抗《あらが》いと創造

——沖縄文学の内部風景

大城貞俊

コールサック社

抗《あらが》いと創造——沖縄文学の内部風景

目次

Ⅰ章　沖縄文学の特質と可能性

一　沖縄現代詩の軌跡と挑戦　――「言葉」の可能性を求めて　8
二　沖縄戦争詩の系譜　26
三　沖縄戦争詩の現在　44
四　「沖縄文学」の特異性と可能性　57
五　伝統と記憶の交差する場所　～文学表現にみられる記憶の言葉と伝統文化の力～　81
六　機関誌『愛楽』に登場する表現者たち　～「沖縄ハンセン病文学」研究　94
七　グローバル社会における詩教材の可能性　～山之口貘の詩から見えるもの～　117
八　沖縄の文芸　～近・現代の文芸と韻律　135
九　「しまくとぅば」の発見と沖縄文学の挑戦　143

Ⅱ章　沖縄平成詩の軌跡と表現

一　はじめに――詩の力　162
二　歴史を検証する言葉の力　――一九九〇年～一九九九年　166
三　時代を継承する様々な試行　――二〇〇〇年～二〇〇九年　181

四　状況と対峙する言葉を求めて　――二〇一〇年～二〇一七年　201
五　おわりに――詩人の企《たくら》み　235

Ⅲ章　詩人論

一　市原千佳子論　――少女、女性、母性、そして海　242
二　佐々木薫論　――喪失と彷徨、今、渾身の跳躍　247
三　網谷厚子論　――極上の物語を紡ぐ旅人の散文詩　257
四　沖野裕美論　――長詩に込められた土地の記憶への愛着　263
五　宮城松隆論　――宿命を生きる詩人の彷徨と希望の旅　269
六　中里友豪論　――今、詩が書かれることの可能性　277
七　牧港篤三論　――希望と絶望の隘路　282
八　知念榮喜の詩世界　――寂寥を溶解する夢の言葉　289
九　船越義彰論　――船越義彰の小説と戦争　294
十　清田政信論　――喩法の反乱　300

付録

資料1　沖縄平成期の詩集出版状況（1989〜2017年）　310
資料2　初出一覧　324
解説　鈴木比佐雄　328
あとがき　338
人名索引　349

抗《あらが》いと創造

——沖縄文学の内部風景

大城貞俊

Ⅰ章　沖縄文学の特質と可能性

一　沖縄現代詩の軌跡と挑戦
――「言葉」の可能性を求めて

はじめに

「言葉」については、人類の知の対象として実に多くのことが語られてきた。それは、ごく当然のことである。私たちは言葉で思考し、他者とのコミュニケーションの手段としても、多くは言葉を用いている。言葉は他者を感動させ、他者を失望させる。あるいは、他者に届かない言葉もある。

人類の祖先の誕生は二五〇万年前だと言われている。言葉を使い始めたのは一六〇万年前からで、文字の発明はこの時代から遙かに遅れて五三〇〇年前からだと言われている。[注1] 言葉や文字の発明で、人類は知識を蓄積し、歴史を刻み、高度な文明を生みだしていったのだ。

「言語論」のセンセーショナルな提言は、おそらくスイスの言語学者フェルディナン・ド・ソシュールによってなされたであろう。ソシュールは近代言語学の祖とも言われ、「シニフィアン（記号表現）」と「シニフィエ（記号内容）」とか、「共時態」と「通時態」とか、言語学の新しい枠組みを構築することによって、これまでの言語学の方法を刷新したと言われている。[注2]

日本の言語学者丸山圭三郎は、ソシュールの言語論を精緻に読み解く研究から、言語と文化に関する独自な境地を切り開いていったが、言葉について次のように述べている。[注3]

> 私たちの生活している世界は、言葉を知る以前からきちんと区分され、分類化されているのではありません。単語のもつ音の価値も、意味の価値も、その言語の体系のなかだけで決定されるのであり、言葉が、あらかじめ区切られた独立の存在である物や概念の名前ではありません。（中略）概念は言葉とともに誕生し、それぞれの単語は全体の体系のなかにおかれてはじめて意味をもち、その大きさ、意味範囲はその単語を取り巻く他の単語によってしか決められません。

ところで、このような言語研究の如何に関わらず、私たちは言葉に取り巻かれた生活を送っている。特に文学表現の現場においては、言葉の可能性や限界性に呻吟すると同時に、その枠組みをも破ろうとする様々な試行がなされている。また、教育現場においても、「伝え合う言葉」として、文字言語や音声言語の特質等について学ばせる必要性が力説されている。[注4]

ここでは、沖縄の現代詩の軌跡を、復帰以前と復帰以後に

2区分して概観しながら、「言葉」と闘ってきた詩人たちの表現方法と問題意識を浮かび上がらせてみたい。このことは、言語表現の可能性を追求することになり、同時に「伝え合う言葉」をラジカルに考える視点に繋がるはずだ。それゆえに、本論は個々の詩人たちの有しているテーマよりも表現意識やレトリックに主眼を置いた考察になる。特に「方言詩」の目指す方向性や現状については、その特徴を明らかにしたい。

Ⅰ　沖縄現代詩の軌跡

1　復帰以前（一九四五～一九七一年）

⑴　リアリズムの方法……牧港篤三《まきみなととくぞう》と宮里静湖《みやざとせいこ》

「沖縄現代詩」の定義は、ここでは時間軸では第二次世界大戦以降に発表された戦後詩に限定し、作者は沖縄で生まれたか、もしくは沖縄に居住して詩を作っている人々と規定して考察したい。結論から先に言えば、「沖縄」と冠するような「現代詩」がこの地にあるかと言えば、私には確かにあるように思われる。

沖縄は、戦後、日本本土から切り離されて米軍政府統治下に置かれた特異な歴史がある。戦前にも「琉球処分」と称されて他府県よりも数年遅れて明治政府に取り込まれた経緯がある。また、地理的にも日本本土より遠く離れた辺境の地であるがゆえに、特異な文化圏や言語を有して歴史を刻んできた。さらに復帰後の現在、この狭い島嶼県に日本全体の四分の三の米軍基地が存在する。「太平洋の要石」としての軍事優先政策が施行されてきたがゆえに、沖縄の人々にとっては、基本的人権をも侵害される様々な悲劇が生み出されてきた。そして、何よりも大きな違いは、さる大戦で唯一住民をも巻き込んだ地上戦が行われ、県民の三分の一近い戦死者が出たということだ。

このような歴史の違いは、当然表現の分野でも日本本土との違いを微妙に醸し出しているように思われる。特に自らの生きる時代と真摯に格闘し、苦悩と矛盾を明らかにしようとすればするほど、沖縄の独自な歴史や複雑な状況が目前に大きく立ちふさがってくるはずだ。表現者たちのこの苦難の軌跡を概観し、問題意識を明らかにすることは有意義なことである。

沖縄現代詩の出発は、やはり戦争体験の表出から始まる。自らが体験した地獄のような戦争を、後世にどのように語り伝えていくか。このことから沖縄の現代詩の第一歩が刻まれていく。

沖縄の詩人たちの表現は、戦後六十年余が経過した現在もなお、沖縄が置かれた状況と深く関わっている。それも時代の状況に対して強い「倫理意識」によって貫かれているところに特徴がある。この特徴をも担いながら、自らの戦争責任をも厳しく追及し、終生のテーマとして出発したのが牧港篤三であった。

牧港篤三は、一九一二年那覇市に生まれる。沖縄戦を現地徴集報道班員として体験する。[注5] 戦前にもジャーナリストとして、また詩人としても活躍していたが、一時期詩を書くことを中断する。しかし戦後、再び詩を書く決意をさせたのは、沖縄戦の体験である。この体験が沈黙することを許さなかったのだ。

牧港篤三に「手紙」という詩がある。この詩の中で戦争を生き延びてきた感慨を次のように述べている。[注6]

わたしは　たしかに生存していた／いまそのことを／あなたに書いてあげる／ことのできるよろこび／に私はうちふるえている／／（中略）わたしたちは残る生涯／を通して語りおわせない／かず多くの物語を／たった百日足らずの戦乱に身一杯／背負い込んだ（以下略）

このように語り、さらに「新しい物語の満ちあふれた暮らしを立てるために」己の体験を振り返り、自らも加害者ではなかったかという厳しい倫理的な姿勢で、詩の言葉を組み立てる決意をするのである。

ところで、牧港篤三の詩は、感情を抑制し淡々と語るところに特徴がある。それは、まるでカメラが戦場の風景を写し取るかのようでもある。そこには、牧港篤三が、新聞記者として培ってきた職業人としての目があるかもしれない。しかし、それ以上に、意識的に自分の詩作の方法として選択したものと思われる。自分の感情や思念をストレートには詩中には歌わない。徹底したリアリズムの方法だ。このことを己を律する枷として設定したのである。信じたものに裏切られたという戦争を通過してきた詩人が獲得した表現の方法であったと思われる。

宮里静湖もまた、リアリズムの手法で己の戦争体験を語った詩人である。一九〇七年に久米島に生まれ、戦前に「沖縄師範学校」を卒業して教職に就いた後、上京する。在京の詩人伊波南哲の知遇を得て、多くの詩誌に関係したというが、満州に職を得て渡り、そこで戦争を迎える。ソ連軍の捕虜となってシベリアに運ばれた後、昭和二十年、ナホトカ港から舞鶴に復員する。[注7]

宮里静湖は、戦前「桑の実」という詩を書き、宮良長包の作曲で多くの人々に親しまれた抒情的な詩人であった。しかし、彼もまた、戦争体験を経た後、詩作の方法としてリアリズムの手法を獲得した。「一切れのパンを巡って、動物のような目をして生きる争いを演ずる」シベリアでの抑留体験は、イデオロギーの愚かさを教え、人間の闇をも垣間見せたはずである。その姿を淡々と描写する詩の一群は、極限の悲しみの前には感情も思想も死滅するのかと思わせるほどである。

(2) シュールレアリズムの効用……克山《かつやま》 滋《しげる》

克山滋の処女詩集『白い手袋』は、一九四八年、宮古平良市で出版される。さらに十五年後の一九八三年には遺族や友人らの手で遺稿集として復刻された。復刻版によれば、克山滋は「一九二〇年、宮古平良市で出生、県立二中を卒業後、一九三八年早稲田の政経に入学、その後中退して日大の芸術科に進み、その頃から詩作に励む。しかし、戦争で徴兵され、六年間の南方戦線を体験、その後郷里の宮古には一九四六年に帰郷、詩集『白い手袋』は、帰郷後二年目の一九四八年に出版される。詩集は東京での生活のころに書かれた作品と、帰郷後に書かれた作品とで編集された」と記されている。克山滋は、詩について次のように考えていた。[注8]

詩はイリジュームの如く、一切の冗舌をはぶいて結晶化すべきと思っている。生活やそういったものはすべて作品以前であって、それらのものは一切僕の肉体やイデェを通して濾過され、一つの結晶体として転がり出るわけだ。だから、たたけばカチッと鳴りそうな、新しい物質のようでもある。それはもはや空間だ。むしろ、造形美といったようなものである。

言語の持つ多様性というものがある。言語が単なる意思表示の記号ではなく、その一つ一つに翳りの如く多数のイメージがまつわり、芸術的余韻がただよっている。シュールレアリズムは言語のそういったところをねらっている。(中略)とにかく、もはや月並みな表現ではわれわれのセンスやアイデアを言い表すことが出来なくなった。

ここには、克山滋の詩に対する考え方が明確に示されている。また、南方での六年間の戦場体験についても、「戦塵にまみれての郷愁というものは、ひたすら青い地中海やギリシャの丘にあった」と記している。[注9]

克山滋にとっては、戦争に耐える方法が、現実を超えるシュールレアリズムの方法であったのだろう。また戦後も、沖縄にやってきたアメリカ兵や自らの日常をシュールレアリズムの手法で描き続けるが、詩集出版からわずか四か月後、交通事故に遭い逝去する。

(3) 抒情の実験……船越《ふなこし》義《ぎ》 彰《しょう》

船越義彰が身に付けた表現方法も、やはり戦争体験を乗り越える一つの「型」であったように思われる。船越義彰は、戦場で「死んでしまおうか……」という母親の言葉に首を横に振り、それこそ紙一重の差で生き延びて戦後を迎える。[注10]この体験が、命ある者、生かされてある者への限りない優しさ、深い愛情へと繋がっていく。それは人間だけでなく、すべての生物、風物、あるいは沖縄を見るときの視線にも広がっていく。この抒情的でピュアな視線で作品は語られるのだ。

船越義彰の抒情性について、友人の池田和《かず》は、『船越義彰詩集』（一九五九年）の巻末に次のように書いている。

船越氏は、二十一歳の初夏に終戦を迎えた。戦争中は防衛隊の一員として弾の中を彷徨させられたが、戦争から解放されると、ある女性との遭遇を機縁に直に愛への出発を試みた。だがその愛人は戦争による過労を背負いきれずに間もなく逝去した。船越氏は、戦争からの解放感と愛人を失った哀しみを抱いて、戦後の新しい生活に向かわなければならなかったわけで、この詩人の抒情性とその根強さは、この出発時において培われたものである。

船越義彰は、池田和が言うように、紛れもなく抒情性に依拠した詩人である。この抒情性は、ロマンチックであり凄烈でさえある。失った一人の女性を思慕する詩人の魂が表出した一連の詩群は、無垢な哀しみに満ち溢れている。しかし、抒情の実験とも言うべき詩人のこの方法は、その後の表現者としての限界をも作っていったと思われるが、このことについては、別稿にゆずる。[注11]

(4)『琉大文學』の詩人たち

戦争の体験を、様々な手法で語り始めた詩人たちの言葉は、やがて米軍政府統治下の現実を目前にして新たな表現のベクトルを獲得していく。一九五〇年代になると、戦争体験を語るだけではなく、アメリカの統治下で様々な基本的な人権が収奪され悲鳴をあげている沖縄の現状が露骨に浮かび上がってくる。この現実に目を向け、作品を書かなければいけないと考える人々が出てくる。その代表的な人々が『琉大文學』に依った若い詩人や思想家たちだ。

彼らは、先行する文学者たちをも批判しながら登場してくる。目前の沖縄の状況に危機感を募らせ、政治と文学の問題を、時代の先鋭的な課題として浮かび上がらせる。その先導的な役割を担ったのが新川明《あらかわあきら》と川満信一《かわみつしんいち》だ。

彼らが拠点とした表現や思想の方法は、「社会主義リアリズム」というのが一般的な見方になっている。もちろん、「社会主義リアリズム」という手法を基軸にのみ『琉大文學』を論ずることは偏った見方であろう。しかし、ここでは本論の一貫したテーマと関連してこの方法について考えてみたい。一般的に、「社会主義リアリズム」については、次のように定義されている。[注12]

社会主義リアリズムは、一九三二年にソ連共産党中央委員会によって提唱され、三十四年の第1回全ソ作家同盟大会その他で公式に採用されたソ連芸術・文学および批評の基本方法。
ソ連作家同盟の規約の中では、その概念が、「1．現実を革命的発展において、真実に、歴史的具体性をもって描くこと」「2．芸術的描写は労働者を社会主義の精神において思想的に改造し教育する課題と結び付けなければならないこと」と規定されている。

『琉大文學』については早稲田大学文学部教授の鹿野政直が、詳細な資料を駆使しながら「否《ノン》の文学――『琉大文學』の航跡」を発表している。[注13]

鹿野政直は『琉大文學』が畏敬を込めて語られる理由は二つあるとし、「ひとつは、この雑誌に結集した人びとが状況に対して示した姿勢のゆえである」とし、「いま一つは、『琉大文學』が戦後沖縄の文化領域に様々の刺激的発言を続ける人びとを輩出させたゆえである」としている。

新川明には『日本が見える』という詩集があり、川満信一には『川満信一詩集』等がある。新川明は終戦時に14歳、少年が見た戦争の風景は痛ましいほどに強烈だ。[注14] それゆえに、平和の使者たるべき為政者としての米軍の行動は大きな幻滅を抱かせたのであろう。その行為が許せなかったのだ。その行為を黙認しているすべてが許せなかったのだ。

川満信一の詩の言葉にも、曖昧で抽象的な遊びはなく、島の歴史や民衆の歴史を振り返りながら屹然と立つ一人の人間の決意が述べられている。政治と出自の暗いカオスの闇を探る言葉は、あくまで具体的で純粋だ。その誠実な言葉が、今なお多くの人々の共感を呼んでいるのだろう。

(5) 内向する言葉……清田《きよた》政信《まさのぶ》と勝連《かつれん》敏男《としお》

一九六〇年代になると、文学が政治的な状況に傾斜していくあり方を反省し、「言葉は届かなくてもいい」「言葉は思考する道具だ」として、内なる世界へ視線を研ぎ澄ましながら、『琉大文學』の提起した課題をも発展的に継承していこうとする動きが現れてくる。その代表的な詩人が清田政信である。

清田政信の第一詩集『遠い朝・目の歩み』が出版されたのは一九六三年のことである。以後、詩集は次々と出版され、一九七〇年『光と風の対話』、一九七八年『疼きの橋』、一九八二年『南溟』『瞳詩編』『渚詩編』、一九八四年『碧詩編』、さらに評論集として一九八〇年『情念の力学』、一九八一年『抒情の浮域』、一九八四年『造型の彼方へ』などの力作が次々と発表される。

清田は、明らかに既成のリリシズムやロマンチシズムとも訣別し、内部世界の惨劇を、鋭い自己の言葉で創出する。もちろんここには、政治と文学の二項対立的思考方法は背後に退けられる。清田が自己の内部の言葉を重視する強い矜持は、例えば次のように語られる。[注15]

ぼくは、何かのためにやくたつことを意図して表現するのではない。主題の喪失、根拠のない地点から書きはじめる。ことばがやくたつことをやめて他者のようにぼくをはじきかえす世界、そこでは、ことばは生きもののようにぼくにとりつき、ぼくを変貌させる。

清田のこの矜持は、言葉を内へ内へとスパイラルに深化させながら、自己の現在を凝視することになる。この行為が真摯であればあるほど、際どい狂気の境を歩くことになるはずだ。それでも清田は、他者への理解を求めず孤立を辞さない。痛々しくも優しい感受性で不可視の闇を引き寄せる論理の強靱さが清田の特性でもあった。

勝連敏男が第一詩集『帰巣者の痛み』を上梓したのは18歳の時である。その後、次々と詩集や歌集を出版する。勝連が若くして表現の世界へ踏み込んだのは、16歳で自殺した友人Kの死がある。勝連は、友人Kの自殺の意味を考え、人間が生きることの意味を考える。それは辛く孤立した営為だ。「書く」という行為について勝連は次のように語る。[注16]

ある人にとって、「なぜ書くか」というとき、かれはすでにある〈断念〉をかかえこんでしまっているのかもしれない。その人にとっては〈耐える〉ということも、ただこの〈断念〉によっているといってもいいかもしれない。

勝連敏男と清田政信、この二人の詩人は、いずれも鋭い自己凝視と対象を己の内部に引き寄せてその深源へ向かい、重い言葉と格闘し、「詩の言葉」として確立した。それゆえに二人の言葉は、私たちの存在を刺激する言葉として屹立したのである。この二人の詩人の登場によって、「告発する詩」から「考える詩」への変革が、あるいはリリシズムに頼り、ロマンチックな詩情を開示する詩作の方法からの訣別が、はっきりと示されたのである。

2　復帰以後（一九七二〜現代）

(1)　同人誌・個人誌の時代

一九七二年五月、沖縄は占領下（米軍政府統治下）の時代を経て日本政府の傘下に復帰する。沖縄にとって、この年は大きな転換点を迎えた年である。思想的には、復帰する日本国家はどういう国家なのかが改めて問い直される。日本の歴史、琉球の歴史が検証され、国家を相対化する視点が構築され、復帰、反復帰の思想が展開される。

詩表現の分野においても、復帰前後の数年間は、既成の表現手段やジャーナリズムにとらわれずに、自らの思いを表現する拠点としての個人誌や同人誌が隆盛を迎える。六〇年代から七〇年代に創刊された個人誌、同人誌は、〈表1〉のと

おりである。[注17]

　これらを見ると、一九七〇年代は個人誌、同人誌とも13冊余の創刊がある。この傾向は、復帰を目前にした六〇年代からの傾向でもあったが、七〇年代になると一気に隆盛を迎える。また個人詩集の刊行も六〇年代の20冊余に比べると、約三倍の60冊余の詩集が刊行される。[注18]

　このことは、「祖国復帰」という時代のターニングポイントになった出来事を無視することはできないだろう。詩人たちは、時代が変わりつつある予感の中で、生存の闇を凝視し、生き続けるための方法として「詩の言葉」を紡ぐために、だれにも干渉されない自由な表現の場を、そこに求めていったものと思われる。

〈表1　個人誌・同人誌等の創刊状況〉

一九六〇年代	
個人誌	『死の泉』『橋』
同人誌	『詩・現実』『ベロニカ』『感情』『地軸』『民』『南西詩人』『発想』
その他	『塔』『文芸沖縄』『座標』『沖縄文芸』
一九七〇年代	
個人誌	『眼欲』『新現実』『蒼ざめた瞳』『来歴』『神経』『脈』『地底』『南北』『虚構』『崖』『心譜』『アザリア』『インドラ』
同人誌	『射程』『ち』『群島』『間隙』『石敢当』『芃乱』『非世界』『薔薇薔薇』『熱風』『白杜』『ションガネー』『縄』『詩・批評』『原郷』
その他	『青い海』『郷土文学』

※注　その他の項目は、総合誌、創作中心の文芸誌などをさす。

　詩の七〇年代を、それぞれの「個性にあった方法での詩表現の時代」と形容することができるだろう。もちろん、同人誌に集まった詩人たちが、すべて志向や表現スタイルを同じくしていた訳ではない。それぞれの問題意識や表現の場として同人誌が作られたのである。ここに当時の同人誌の特徴の一つもあり、また多くの価値観がせめぎ合った過渡期の時代を象徴する出来事の一つとしてあげることもできるのだ。

　このような同人誌・個人誌の時代を牽引していった詩人たちに、水納《みずな》あきら、山口恒治《こうじ》、神谷厚輝、比嘉加津夫、新《しん》城《じょう》兵一《たけかず》、幸《こう》喜《き》孤洋《こよう》、宮城英定、神谷毅、宮城秀一、泉《いず》見《み》亨《とおる》、金城哲雄、勝連繁雄、西銘郁和《いくかず》などがいる。これらの詩人たちの多くは、団塊の世代として七〇年前後に青春を迎えた詩人たちであった。

(2)　海を渡る表現

　一九七二年の「祖国復帰」によって、パスポートが廃止され、日本本土との自由な往来ができるようになると、当然物流だけでなく、人的な交流も盛んになる。異質な人間と人間の衝突、あるいは異質な文化と文化の衝突や迎合は多様な渦をいくつも作っていく。

そのような中から、「沖縄の特異性」が強調され、「ヤポネシアの思想」や「琉球弧の視点」の必要性が県内外から提起される。人々は、徐々に沖縄から失ってはいけないもの、必要なものを選り分けていく。それは、同時に沖縄で生きる自らの存在や宿命をも凝視していくことにも繋がっていく。ここを拠点に、多くの詩の言葉が生まれてくる。

もちろん、このことは沖縄で生まれ、沖縄で育った詩人たちだけの特権ではなかった。海を渡って本土からやって来たヤマトの詩人たちにとっても、容易に居住する場所になった沖縄での体験は、大きく彼らの感性や価値観を揺さぶったのである。

日本本土から沖縄に渡ってきて、鋭い感性と斬新な比喩で沖縄の状況を捉え、また自らの生をも凝視した詩人には、花田英三、矢口哲男、高橋渉二、佐々木薫、芝憲子《しばのりこ》、田中真人《まさと》、うらいちら、大瀬孝和《たかかず》などがいる。また逆に沖縄から本土へ渡り、新鮮な詩表現を獲得して活躍した詩人には、知念榮喜、市原千佳子、飽浦敏《あくうらとし》、仲嶺眞武《なかみねしんぶ》、伊良波盛男《いらはもりお》、八重洋一郎《やえよういちろう》などがいる。彼らの存在もまた、沖縄の詩人たちの表現活動に刺激を与え、様々な深化と広がりをもたらしたのである。[注19]

(3) 方法の実験

一九七〇年代は、多様な価値観がせめぎ合う中で、一気に様々な表現が試みられていく。もちろんそのためには、内的な契機が必要であるが、表記の実験あるいは前衛的な詩表現の方法は、沖縄の文学シーンを確実に広げていく。同時に、このことは、言葉の特性についても否応なく考えさせられることでもあった。

意欲的に、表記の実験を行った詩人の一人に、うらいちらがいる。うらいちらは、一九八一年に沖縄にやってきた。詩集『いろはうた』（一九八八年）には、様々な試みがなされている。例えば文字で図形を描いたり、大小の文字を配列したり、あるいは改行や段落の工夫、余白の効果的な利用などである。このことは、倫理的なメッセージ性の強い沖縄の詩表現の傾向に一石を投じることになる。

大瀬孝和の場合は、言葉の表記を、多くは平仮名書きにすることに特徴がある。大瀬は一九四二年、静岡県で生まれる。一九六六年にキリスト教徒として来沖する。大瀬は自らの「いのち」と「生きること」を執拗に問い続ける詩人だ。平仮名表記は、一音一音の独立性、一語一語の独立性を担って使用されているが、それは「いのち」にまとわりつく余分なものを削ぎ落として純化することで、魂を語るに適した言葉、祈る言葉として、詩表現の世界へ定着していく。

言葉の解体と実験を行った詩人には、八重洋一郎もいる。一九四二年、石垣島で生まれ、二〇〇一年には詩集『夕方村』で小野十三郎賞を受賞している。八重洋一郎の第一詩集

『素描』（一九七二年）では、古語やおもろ語や自らの造語などを駆使した大胆な言葉の実験を行っている。語句の間を1字あけたり、あるいは2字、3字、4字あけたり、あるいは言葉を解体して改行したりなど、言葉の限界を模索し、音、文字にこだわり、言葉の解体と凝集を先験的に試行した詩人と言っていい。八重は詩について次のように語っている。[注20]

絶対存在は構造を持っており、その構造は時間となって抒情する。あるいは、抒情とは絶対存在の構造そのものであって、詩とはその構造を言語を持って記述することである。これが私の詩の立場だ。

八重の詩は、この「立場」と密接に関連して展開される。「言葉」に自らのイメージを託して、激しく自己の内部を凝視するとき、言葉は「存在の構造」を解き明かす彼自身の言葉として獲得され、詩の世界を作り上げていくのだろう。

また、「山之口貘賞」（一九七八年）の創設以来、長くその選者を務めてきたあしみねえいいちは、沖縄におけるモダニズム詩の創始者と喩えることができるだろう。あしみねにも多くの実験的手法を駆使した詩表現がある。文字表記の実験、方言詩の実験などがその例であるが、土着と時代を見据えながら、常に先駆的な役割を果たしてきたと言っていい。

あしみねの友人である大湾雅常《おおわんまさつね》も、強くモダニズム詩への関心を有していた詩人の一人だ。少年期の戦争体験から来るところの絶望感や虚無感、あるいは沖縄の現状に対する危機感は、知性の力でストイックに抑圧され、詩の言葉は比喩的・象徴的に表現される。その屈折した表現と憂鬱は、モダニズム詩の手法を借りて表現されるのが最もふさわしかったのだろう。

また、仲地裕子《ゆうこ》も基地の町の女たちの悲しみを、優れた想像力と喩法で、意識の深層まで降りていって表現した詩人である。彼らの活躍が、新たに言葉の力を発見させ、言葉の意味を拡大していったのだ。もちろんこのことは、新しい風景や人間の発見にも繋がっていく。

(4) 反戦詩の方法とモノローグの実験

芝憲子は、ヤマトから渡ってきた詩人の一人であるが、立場は明確である。現在「沖縄詩人会議」の中心的人物として活躍しており、一貫して反戦平和をうたっている。沖縄の歴史や政治的な状況に真摯に向き合い、決して目を逸らすことがない。芝憲子の詩は、現実の認識、現実への関心、現実から受ける感動が詩を書く契機になっている。そこには、常に庶民の視線がある。具体的な体験を交えながら、「シュールレアリズム」や「風刺」等の表現方法をも援用し、ルポルタージュ的手法で書かれる詩は、多くの共感を生んでいる。

水納あきらは、沖縄の詩人のなかでも特異な存在だ。沖縄の詩人たちが、ややもすると作品世界の持つメッセージ性や意味性に凭れたのに対して、言葉のレトリックを重視して、詩からメッセージ性を剝ぎ取っている。言葉に絶対的な信頼を置かない。言葉を巧みな話体に編み直し、モノローグで表現しているところに水納あきらの特性がある。

伊良波盛男もまた、多彩な方法やテーマ、また特異な話体を有した詩人の一人である。伊良波は一九四二年、宮古池間島で生誕するが、出自の島を「幻の巫島」と呼んだ。第一詩集『蛇の踊り子』を上梓したのは一九七二年であったが、以来、次々と詩集を出版する。伊良波の作品世界の特徴の一つに、出自の島の伝説や歌謡や世語りを素材にして、己の少年期の体験や血族のことをも含めて叙事的な方法で物語詩風に展開した世界がある。その言葉は祈りにも似た詩の発生の始源の言葉、かつての「オモロ」や「ミセセル」「ユンタ」、そして「アヤグ」の世界のリズムとも隣接しており、その「語り部」をも想起させる。それはモノローグの実験と喩えられてもいいものだ。

(5) その他

沖縄の詩人たちにとって、やはり言葉の問題は大きな関心事の一つであることに間違いない。いわゆる沖縄方言を、共通語としての日本語表記の中へどう取り込むか。またどのように表記するか。これらの課題は、生活言語として方言を使用し、方言で思考する人々にとっては、特に切実な課題であろう。

このことについて、強い関心を有している詩人たちは数多くいる。なかでも中里友豪《なかざとゆうごう》、高良勉《たからべん》、与那覇幹夫《よなはみきお》、松原敏夫、上原紀善《きぜん》、山入端利子《やまのはとしこ》などは、意識的に詩語として屹立させようとしている。また、真久田正《まくだただし》はオモロ語の韻律を現代詩の中に蘇らせようという新鮮な試みを行っている。

また、長く詩の言葉への関心を持続させ、今日までも息の長い活躍をしている詩人たちも多数いる。たとえば、星雅彦、宮城松隆、山川文太《もんた》、岡本定勝《さだかつ》、東風平恵典《こちんだけいてん》、仲本瑩《あきら》、石川為丸《ためまる》、赤嶺盛勝などである。さらに若い世代の台頭もあり、鈴木次郎、桐野繁《きりのしげる》、宮城隆尋《たかひろ》、松永朋哉《まつながともや》などの活躍も頼もしい。彼らは、それぞれに独自のスタイルと問題意識を有しており、紙幅の関係で紹介できないのが残念だ。

さらに、沖縄の詩人たちは、ここに取り上げた人たちだけではない。まだまだ多くの詩人たちが活躍している。例えば、二〇〇五年度に創設された「おきなわ文学賞」の詩部門への応募作品数は、二〇〇五年度は一二六編、二〇〇六年度は一五八編であった。また、一年間の詩集の出版は、ほぼ10冊程度の数を維持している。

沖縄には、短詩型文学の表現に、長い伝統と個性がある。「オモロ」「琉歌」、あるいは祭式の場で唱えられる共同体の予祝や感謝の言葉、日常生活の場で祖先に向かって唱えられる「ウガン言葉」にも、短詩型の表現に似た一定のリズムや抑揚がある。

　このような文化や人々に支えられて沖縄の短詩型文学の土壌は育まれているのだ。そういう意味では、まさに沖縄は「詩の島」「歌の島」と喩えられていいだろう。

Ⅱ　方言詩の軌跡と冒険

1　石川正通《せいつう》から山之口貘へ

　沖縄の詩人たちにとって、大きなテーマの一つになっているのは、やはり言語の問題だ。明治期に日本国家がつくられていく過程の中で、沖縄の人々も習慣や生活様式だけでなく、言語も日本語の中に組み込まれていく。詩人のみならず、言葉で表現する者たちにとって、このことは大きな事件であったはずだ。

　小説の世界では、一九六七年に芥川賞を受賞した作家大城《おおしろ》立裕《たつひろ》が、いち早く「亀甲墓」などで、沖縄方言を取り入れた実験的な作品を発表する。また、東峰《ひがしみね》夫《お》も、ウチナーグチを使った作品「オキナワの少年」（一九七二年）で芥川賞を受賞する。さらに今日では、若い作家の崎山《さきやま》多《た》美《み》などが、ウチナーグチのみならず、沖縄文学そのものの解体をも行っている。

　ところで、詩表現の世界では、ウチナーグチはどのように使われてきたのだろうか。日本国家が作られていく明治という時代は、沖縄の人々にとっても、日本語の習得が懸命になされた時代であり、日本語による文学表現が志向されていく。しかし、そんな潮流の中でも、表現言語を共通語としての「日本語」ではなく、ウチナーグチそのままで使用し、自らの感慨を表現した人々もいたのだ。その一人が石川正通である。

　石川正通は一八九七年、那覇市に生まれる。上京後、順天堂大学、国士舘大学などで英語教授を務め一九八二年に逝去している。詩人というよりも教育者としての活躍が大きいのだが、ウチナーグチに対する愛着は強く、東京で生活をしていても頻繁にウチナーグチを使っていたと言われている。そんな石川正通が、沖縄を出てヤマトに旅立つ際に、両親を慰めるために作った詩があり、「那覇方言詩」と副題が付いている。発表は一九三二年だが、石川正通が亡くなったあと、出版された追想集の中で、外間守善が紹介をしてくれている。[注21]

スーさい／ディさいくぬ酒／アンマーさい／泣ちみそーんなけー／マカー仏ぬぐとーる／とじぃかめーてぃ／親孝行すささい／まーさる三郎たましまでぃ／わーが／かんなじ孝行すんどー（以下略）

外間守善は、原文に次のように訳文を付けている。「父さん、どうですかこの酒　母さん／泣いてくださいますな／マカー仏のような／妻を探して／親孝行しますよ／死んだ三郎のぶんまで／私が必ず孝行しますよ」……と。

　沖縄の近代文学の出発は明治三十年ごろだと言われている。そして、明治期の沖縄文学は、どちらかというと、言語も感性までもがヤマト化されていく。そんな中で、生活言語としてのウチナーグチそのままで詩がつくられたという例だ。

　また、当時、伝統的な沖縄文学、例えば琉歌などの韻律やロマンティシズムを、近代詩風にアレンジしようとしていた世禮國男《せれいくにお》の試みがある。さらに近代化していく沖縄の現実の中で、沖縄の心を伝統的なオモロや琉歌の形式に包み込んで表現しようとする伊波普猷《いはふゆう》などの試みもあった。

　山之口貘も方言詩の試みを早い時期に行った詩人の一人である。山之口貘には主な詩集に『思辨の苑』（一九三八年）、『定本山之口貘詩集』（一九五八年）、遺稿詩集『鮪に鰯』（一九六四年）などがある。山之口貘は、日本の近代詩の歴史のなかでも、特異なスタイルを持った詩人で、平易な日常語で、ユーモアとペーソス溢れる詩を書いたと言われている。

　しかし、石川正通とは違って、日本の近代詩の中に身を置き、日本語を駆使して詩を書いていた経緯からも、二人の間でのウチナーグチの使用方法は、大きく隔たりがある。石川正通は詩の全文をウチナーグチで表現し表記したのだが、山之口貘においては、日本語の表現の中に、ウチナーグチを取り込んで詩を書いている。例えば「弾を浴びた島」という詩の中では、ウチナーグチは次のように取り込まれる。

島の土を踏んだとたんに／ガンジューイとあいさつしたところ／はいおかげさまで元気ですとか言って／島の人は日本語で来たのだ／郷愁はいささか戸惑いしてしまって／ウチナーグチマディンムル／イクサに　サッタルバスイと言うと／島の人は苦笑したのだが／沖縄語は上手ですねと来たのだ（以下略）

　山之口貘の詩における、方言のこのような使用法をみると、ウチナーグチは山之口貘にとっては、「沖縄」や「沖縄の文化を象徴するもの」「記号としての方言」、あるいは「沖縄のアイデンティティを担うもの」であったように思われる。

2　方言詩の実験と挑戦

(1)　中里友豪と高良勉

　山之口貘の生きた時代から、今日までおよそ半世紀余もの歳月が流れた。現在、沖縄の詩人たちの多くが、方言詩を一度か二度は書いた経験があるのではないかと思われる。そして、方言詩にはかなり意識的な使用があり様々な試みがなされている。ここでは今日の時代に表現活動をしている沖縄の詩人たちの問題意識とその挑戦を幾つか紹介したい。

　まず、中里友豪は詩の表現言語として、ウチナーグチをかなり意識的に使っている。方法としての方言詩の自覚と言ってもいい。等身大の怒りを等身大の言葉で表現し、日常へ間隙を開ける試みだ。同時に、このことは琉球方言のもつ独特なリズムを詩の世界に取り込む作業といってもいいだろう。例えば「チャタンターブックヮ（北谷の田んぼ）」と題された詩は、次のような詩だ。

キャタビラ銃床怒号を蹴散らし／家も草花も虫も人間も／潰され捨てられインヌミヤードゥイ／果てのないいくさ涯に追われ／／美田といわれたチャタンターブックヮ／コーラル埋め立てアスファルト固め／水の面影も稲穂吹く風も／見事に消し去る兵站基地／／追われた人たち人びとは忘れ／原色ふりまく街に衣替え／さようならコザよこんにちはチャヤタン／ターブックヮ知らぬヤングあふれ／／すかして耽々《たんたん》チャヤタンターブックヮ／辺野古崎浜もチャヤタンターブックヮ／泡瀬の干潟もチャヤタンターブックヮ／透きとおる海はアーサムーサ／／〇／／ゆむ恥んねらん／海山売てぃ食《クヮ》てぃ／むぬゆむるやから／すんちぬびら

　高良勉もまた、方言詩に自覚的である詩人だ。だが高良勉にとっては方言は方言ではない。琉球王国の使用した言語、日本語に対峙する「国語」「ウチナーグチ」であるという視点を明確に有しているように思われる。ウチナーグチは、琉球王国のシンボルであり、対ヤマト政府に対する抵抗のシンボルでもある。さらに、高良勉にとってウチナーグチは魂の拠り所であり、自らの体内に血肉化した言葉である。そして、詩の言葉としてウチナーグチを使用するとき、そこには常にグローバルな視点を有して紡ぎ出されるところに高良勉の特徴があると言っていいだろう。

(2) 与那覇幹夫と松原敏夫

　与那覇幹夫と松原敏夫の二人は、ともに宮古島の出身である。与那覇幹夫には、方言と話体を取り込んだ衝撃的な詩集『赤土《せきど》の恋』（一九八三年）がある。『赤土の恋』は、宮古島の苦難の歴史や、そこで育った者の精神の惨劇を、色で置き換えたところに斬新さがあった。同時に、語り手としての「おばあ」を設定し、方言を新しい表現言語として作り替えたところに、その作品の特異性がある。与那覇幹夫の詩は、方言というものが、もともと「文字言語」ではなくて「語り言語」であったのだという当たり前のことを実感させる。「死骸の海」と題する詩は、次のように語られる。[注22]

青の海に　珊瑚虫が群れて　億の億の親の死骸を　その子
が棲み家にして　またその子が　父祖の死骸に絡み　死骸《ミイラ》
となり　億年の時　大洋のうねりの中に水漬けにされ　化
石となって　そいがこの島なん／隆起珊瑚礁ゆうてるけれ
　虫たちの死骸が重なり合うて　島となった　恐ろしや
気遠く眩むほんどの　虫たちの死骸の山なん　島となるほ
どの　死骸のね／（以下略）

松原敏夫も、方言言語に早くから着目した詩人である。松原敏夫には第10回山之口貘賞を受賞した『アンナ幻想』（一九八六年）という詩集があるが、「アンナ」は、宮古方言で「母親」の意を表す言葉だという。宮古方言が、詩語として自立出来ないか。そのような可能性を探り、問題意識を持続している詩人の一人である。

(3)　上原紀善と真久田正と山入端利子

上原紀善は一九四三年糸満市に生まれる。主な詩集には『開閉』（一九八九年）、『サンサンサン』（一九九二年）、『ふりろんろん』（一九九三年）などがある。彼の特質が最も表れたのは「おきなわのうた」という詩だ。この詩は、「ぬなぬな／なみのんの」と歌い始められる。波がゆったりと、たゆたっている情景を歌ったものだが、ここには沖縄の歴史や人々の様々な暮らしぶりが、詩の言葉で比喩的に表現されている。

しかし、この詩は方言詩の範疇をも突き破っていると思う。上原紀善にとって、方言は自らを認識し、宇宙を思索する血脈としての言葉だが、ここから出発して、「上原語」とでも呼ぶべき自らの言葉を作り上げ、詩の世界を作り上げているのだ。「おきなわのうた」は、次のような詩だ。[注23]

ぬなぬな／なみのんの／ぬなぬな／なみのんの／／ああ
さありがっさい／おお　すうりがっさい／とぅったかたい
／とぅったかたい／／すうたあぬ／ぱあたあぬ／とぅるみ
ゅら／とぅるみゅら／／すぅらい／すぅらい／てぃぬんひ
らき／ぢぃーんひらき／ぱあらい／ぽおらい／／ぬなぬな
／なみのんの／ぬなぬな／なみのんの

上原紀善は、この詩について、次のように語っている。[注24]

田舎の夏の昼下がり、縁側に座っている男の人を見たことがある。ゆったりとして、気品があるように思った。この男の祖先は、大陸から新しい生活を求めて海を渡ってきたのだろう。また、こちらから、中国や東南アジアまで出かけて、物品の交換をしたり、大きな建物や橋、歌や踊り、暮らしぶり等を見てきたのだろう。長い年月の間、沖縄は波に揺られ、生活を切り開いてきた。祖先は海の向こうの文化を沖縄の自然や暮らしに合うように工夫し、独自の生活を築いてきた。私たちの身体の中には長い琉球の歴史が刻み込まれ、生活は落ち着いていて、ゆったりとした時間を享受している生き方があると思う。

このように思っている私に、ぬなぬな、なみのんの、という音が流れてきた。さありがっさい、すうりがっさい、はどこから来たのだろう。ひやさあーさ、すりさあーさ、という言葉が土台にあって、なみのんの、をうけて動きをつくり、前進する意欲、歴史のうねりを想像させるものとして、やってきているかも知れない。とぅったかたいは、尊いと高いをくっつけたもの、とぅるみゅら、については、とぅるは、ゆっくりとした様、みゅらは、祈りの世界を表そうとしたものである。はなはだ恣意的な扱いをしている。てぃぬんひらきぢぃーんひらき、では混迷な状況から地平を切り開くことを祈っている。沖縄は波間を漂っているが、ぬなぬなと粘り強く、のんのと気楽に歩いている。

この詩は言葉を切り取ったり、接合したりして、想像を広げようと試みた実験的な詩である。私の解釈とはまるで異なってもいいし、音楽や絵画を鑑賞するように、読んでほしいと思う。

上原紀善は、今自らの感覚や感性と一体となった「上原語」とも呼ぶべき言葉を創造し、独特の詩の世界を作り上げているのだ。沖縄の方言詩の最前線は、今、上原紀善のこの地点に到達していると言ってもいいだろう。

なお、真久田正は詩集『真帆船《まほぶね》のうむい』（二〇〇四年）で、オモロ語の蘇生と試行という新鮮な詩語を作り出している。さらに山入端利子は、詩集『ゆるんねんいくさば』（二〇〇五年）で、方言を異貌の言葉としてではなく、自らの内的な言葉として素直に表出している。山入端利子には、思想も比喩も感傷も感慨も、方言で語ることが自然な営みなのだ。それゆえに、詩の言葉に方言を用いることも、なんの抵抗もないものと思われる。

終わりに

さて、このように沖縄の詩人たちの表現の軌跡や方言詩の歴史を概観すると、様々な実験を繰り返してきたことが分かる。また、方言詩についての今日の状況は、50年前の石川正通の詩の方法へ戻ったのではないかとも思われる。方言のみの詩から、再び方言のみの詩への回帰だ。喩えて言えば「円環の軌跡」とでも名付けることができよう。

当然、ここに至るまでには多くの時間が必要であり、様々な要因があげられるだろう。その一つに「方言」に対するコンプレックスが払拭され、意識が大きく変わったこともあげられるかもしれない。

方言詩の課題は、たぶん数多くある。表記の困難さや、内容の伝達性という側面からでも克服されなければならない課題はすぐに見つけられる。しかし、言葉の可能性を信じ、共同体の歴史を見据え、自己の内部を凝視するラジカルな視線が多くの詩人たちを方言詩へ向かわせているようにも思われる。

二〇〇九年の現在、沖縄の現代詩は、再び未来へ向かって新たな胎動を始めている。そこには、様々な困難があり課題もあるだろう。しかし、表現する側の必然性さえ内部に確立されていれば、すべては杞憂になるはずだ。言葉の力を発見し、思考し、伝達する言葉の信頼性を獲得するためにも、沖縄の現代詩は、今、新たな挑戦を始めようとしているのだ。

【注記】

1 ＮＨＫスペシャル「病の起源　第4集　識字障害」(二〇〇七年十月十二日放送)。

2 小坂修平他編『現代思想・入門Ⅱ』一九九〇年、ＪＩＣ出版局。

3 丸山圭三郎『言葉とは何か』一九九五年、夏目書房。

4 一九九九年に改訂された高等学校学習指導要領には、国語科の目標として、「国語を適切に表現し理解する能力を育成し、伝え合う力を高めるとともに、思考力を伸ばし心情を豊かにし、言語感覚を磨き、言語文化に対する関心を深め、国語を尊重してその向上を図る」とある。同様の趣旨が中学国語の目標としても掲げられており、中学教科書には「伝え合う言葉」と題した出版社もある。

5 牧港篤三の履歴については、本人著書巻末の履歴事項等が参考になるが、ここでは『幻想の街・那覇』(一九八六年、新宿書房)を参考にした。

6 牧港篤三全詩集『無償の時代』一九七一年、共同印刷出版収載。

7 宮里静湖詩集『港の歴史』一九七四年、雄文社印刷に収載されている伊波南哲の跋文をまとめた。

8 「Ｍ君への手紙」(詩集『白い手袋』収載)。

9 詩集『白い手袋』後書き。

10 「岬」という船越義彰の詩作品に「あの手榴弾で死のうかと母がいい／私はかぶりをふった」と記載されている。

11 船越義彰については、拙論「船越義彰の小説と戦争」(二〇〇七年、『ＥＫＥ31号』収載)などがある。

12 インターネット上の「Ｙａｈｏｏ」の「大辞林」、及び「ジオシティーズ」ブログより要約した。

13 『戦後沖縄の思想像』(一九八七年、朝日新聞社収載)。なお鹿野政直は、「社会主義リアリズム」と『琉大文學』との関係については『琉大文學6号』が転換期だとして、「転換は当事者たちの間で強く意識しつつ押し進められた」とし、「当事者の意識のうえでほぼこのようになされた転換は、ふつう、芸術至上主義から社会的リアリズムへのそれと捉えられ」と記している（一二八頁）。

14 詩「慟哭」（新川明詩集『日本が見える』収載）などに、その表現が見える。

15 「流離と不可能性」より。（同名の評論集『流離と不可能性』収載）

16 「根拠・自註1」は、詩集『ある〈非望〉・ある〈宿運〉』（一九七八年）に収載されている。

17 詳細は拙著『沖縄戦後詩史』（一九八九年／編集工房・貘）参照。

18 詳細は同右参照。

19 二〇〇八年十二月三十日現在、うらいちら、大瀬孝和は沖縄を離れ、逆に、八重洋一郎、市原千佳子は、それぞれの出身地石垣島と宮古島市に帰郷している。

20 詩集『孛彗』（一九八九年／神無書房）後書き。

21 『石川正通追想集』（一九八五年／印刷センター大永）。追想集には、告別式弔辞、追悼の言葉、略歴などが記されている。

22 「死骸の海」は、詩集『赤土の恋』（一九八三年）に収載されている。

23 「おきなわのうた」は、詩集『開閉』（一九八九年）に収載されている。／線は改行、／／線は1行アキを示し、引用者が記した。

24 『高校生のための郷土の文学―近代現代編』（一九九七年、県教育委員会）72頁。

【参考文献】

○丸山圭三郎『言葉とは何か』一九九五年、夏目書房。

○小坂修平・竹田青嗣・他編著『現代思想・入門Ⅱ』一九九〇年、ＪＩＣＣ出版。

○立川健二他編著『現代言語論』一九九一年、新曜社。

○大城貞俊『沖縄戦後詩史』一九八九年、編集工房・貘。『沖縄戦後詩人論』一九八九年、編集工房・貘。『評論集・憂鬱なる系譜』一九九四年、ＺＯ企画。

二　沖縄戦争詩の系譜

1　戦争詩の出発

(1)　記憶の功罪と刻印

二〇一七年度のノーベル文学賞はイギリスの作家カズオ・イシグロに授与された。カズオ・イシグロの作品は記憶をテーマにした作品が多い。作品の舞台や時代を変え、時にはファンタジックな手法をも駆使しながら記憶の功罪を問いかけている。近作『忘れられた巨人』（二〇一七年、早川書房）では、このテーマが極めて明確に提出されている。作品の舞台は六、七世紀ごろのブリテン島（現在のイギリス）、物語はファンタジックな形式で次のように展開される。

ある村で、不可解な現象が起こっている。そこに暮らす人々が病のせいでもなく老いのせいでもなく、自身の記憶を片っ端から失っていくのだ。記憶は遠い過去のものばかりではなく、身近なものも含まれる。記憶を忘却する原因は、山に住む竜の吐く息のせいではないかと噂される。竜さえ退治すれば記憶は戻ってくるのではないかと。だが嫌な記憶を封印し、安寧の中でひっそりと暮らしている人々からは、このままでいいとされる。島ではかつて熾烈な闘いを繰り広げたブリトン人とサクソン人が隣り合って暮らしているのだ。戦争もなく平和な日常が保たれているのはこの霧のおかげとも考えられるからだ。

ところが、記憶をなくすことを恐れる一組の老夫婦が登場して物語は動き出す。アクセルとベアトリスだ。二人は村を出て行った愛する息子の記憶を失うことに不安を覚え、息子に会いに行くことを決意する。アクセルはベアトリスのことをお姫様と呼び、手を携えて旅をする。その途次で、竜を退治しようとする騎士や、竜を守ろうとする人々との争いに巻き込まれる。この騒動の中で、記憶の大切さや国家権力によって隠蔽される記憶の功罪を浮かび上がらせようとする作品だ。

カズオ・イシグロは受賞スピーチでも表現者としての自身のテーマを次のように述べている。

「忘れることと覚えていることのはざまで葛藤する個人を小説に書いてきた。国家や共同体がこれらと同様な問題に直面したらどうなるかを書きたかった」と[注1]。

翻って考えるに、沖縄においても戦争体験の記憶や忘却されることの懸念は、今日の時代や文学の大きなテーマになっている。去る大戦で、日本人は三百万人もの人々が犠牲になった。ナチスはユダヤ人を六百万人から九百万人殺害し、沖縄戦では23万人余の人々が犠牲になった。人間の愚行を死者の数に還元することは差し控えたいが目眩むような数である。

この累々たる死者たちの無念の思いに表現者はどうこたえるか。また悲惨な戦争体験者たちは、戦後七十二年余の歳月の中で、老いを迎え死を迎える。時間は止められない。まさに今日の時代の喫緊の課題でもあるのだ。

本稿では沖縄の文学作品に限定し、文字言語によって刻印された文学表現の一つとしての「詩」を対象に論じることにする。いわゆる「戦争詩」をテクストとして、国家に対峙する記憶の継承のありようや、詩人たちの戦後的思考や表現の方法を考察するものである。

(2) 戦争詩の定義と戦後詩の出発

「戦争文学」や「戦争詩」の定義は容易ではない。「戦記」や「戦史」でもなく、ましてや「証言」でもない。文学や文学ジャンルのひとつの「詩」であるから、虚構性を有していることは当然許されるべきことである。しかし、戦争を挟んだ戦前の「戦争文学」と戦後の「戦争文学」は、性格も目的も大きく異なっている。戦争を礼賛し軍隊や国民を戦場に送ることを意図した戦前の文学作品と、戦争の残酷さを体験し、平和を望む戦後の文学作品は、内容やテーマも異にするものだ。

さらに今日では戦争の様相や実態は、七十年前とは大きく変容している。生命が突然奪われる局地的なテロがあり、軍人と民間人を区別することのない無差別的なテロがある。メディアや表現の方法も多様化しており、過去の戦争体験は、「記憶」の曖昧なものとして捏造され歪曲化されることもある。さらに国家権力と結びつくと、事実と真実も曖昧になり、戦争そのものも隠蔽され霧散するかのようである。

本稿では「戦争文学」や「戦争詩」を定義し、どのように論ずるかを明確にしておくことが必要なように思う。少なくとも対象とするテキストの枠組みを決めていた方が得策だろう。言葉の意味としては、揺らぎを持った定義でいい。ファジーであってもいいと思う。戦争を描いた文学、反戦平和を希求する文学、いのちの尊さや戦争への危機感や警鐘を鳴らす文学、反権力や国家の欲望を暴く文学、いずれも「戦争文学」だ。文学は多様であることが許されるし、「戦争文学」もまた多様であっていいからだ。ただし、ここで論ずる対象は、時代と作者について、次のような大きな枠組みを有した作品に限定したい。

まず一つ目の時代は、戦後一九四五年以降の作品で、ジャンルは詩に限定する。内容は、沖縄戦、あるいは沖縄の人々が関わった戦争を対象にした作品であること。また二つ目の作者については、沖縄県出身者、もしくは沖縄県に定住している者で、彼等が書いた詩作品を対象としたい。

もちろんこの枠組みは、沖縄の戦後の戦争詩を論ずる便宜上の枠組みであるが、私自身の力量を慮っての視点と枠組みであることも言い添えておく。

さて、沖縄の戦後詩の出発は戦争体験を書く戦争詩からスタートする。自らが体験した地獄のような戦争を二度と起こしてはいけないという視点から平和を望む詩が紡がれる。この時代の代表的な詩人に、牧港篤三、宮里静湖、船越義彰、などがいる。

牧港篤三（一九一二～二〇〇四年）は那覇市に生まれた。沖縄戦を現地徴集の報道班員として体験する。戦前にもジャーナリストとして、また詩人としても活躍していたが、一時期詩を書くことを中断する。しかし戦後、再び詩を書く決意をさせたのは沖縄戦の体験である。この体験が沈黙することを許さなかったのだ。

牧港篤三に「手紙」という詩がある。この詩の中で戦争を生き延びた感慨を次のように述べている。

わたしは　たしかに生存していた／いまそのことを／あなたに書いてあげる／ことのできるよろこび／に私はうちふるえている／／（中略）わたしたちは残る生涯／を通して語りおわせない／かず多くの物語を／たった百日足らずの戦乱に身一杯／背負い込んだ（以下略。斜線は改行。二重斜線は1行アキ）

このように語り、さらに「新しい物語の満ちあふれた暮らしを立てるために」己の体験を振り返る。そして自らも加害者ではなかったかという厳しい倫理的な姿勢で、詩の言葉を組み立てる決意をするのである。例えばその一つ「島を雨が蔽うた」は、次のような詩だ。注2

六月は雨期の終わる頃／その六月に　島全体を　戦争が蔽うた／あてもなく　安全なところへ落ちていく　やたらに歩く　私自身を／あらゆる種類の　砲弾が　かすめる／これは　生命の曲芸だ／背負っていた　米の入ったふろしき包みが　吹き飛んで　助かった／一緒に　田舎道を歩いていた　同僚が　ひからびた　枯れ葉のように　飛んでしまい　甘藷畑に消えた（以下略）

宮里静湖（一九〇七～一九八五年）は久米島に生まれる。戦前に「沖縄師範学校」を卒業して教職に就いた後、上京する。在京の詩人伊波南哲の知遇を得て多くの詩誌に関係したというが、満州に職を得て渡り、そこで戦争を迎える。ソ連軍の捕虜となってシベリアに抑留された後、昭和二〇年、ナホトカ港から舞鶴に復員する。シベリアでの抑留体験は次のような詩（「日課」）で表現される。注3

――作業整列／ほの暗い／夜明けの幕舎にこだまする号令に／反射的動作で始まる日課／舎外は憂鬱な雪空／／有刺鉄線の門が開き／収容所という名の檻を出る／警戒兵の監視につながれ／無気力に行進する捕虜の小隊／／変転する

作業場／ダワイ　ダワイと／せきたてられ／ノルマとたたかう／作業時間の／なんと長いことか／／日暮れ／有刺鉄線の檻に帰る／捕虜たちだけの集団なのに／またしてもうごめく軍隊の執念／階級の亡霊がのさばり／厚顔無恥の夜がくる／／　わづかに許された／放尿と脱糞に胃袋は泣き／階級にしがみつく亡者どもの／狂った神経と／ゆがんだ感情が演出する／動物じみたさまざまな行為で／幕舎の夜は更ける／／　ボロのようなからだを横たえて／そしてまどろむ／二等兵のはてない日課

船越義彰（一九二六〜二〇〇七年）は那覇市に生まれる。終戦の年は十九歳で防衛隊員の一人として戦争を体験した。戦後は、詩や小説、エッセイや戯曲など多くの分野で活躍する。詩集には『船越義彰詩集』（一九五九年）がある。

船越義彰は、戦場で「死んでしまおうか」という母親の言葉に首を横に振り、それこそ紙一重の差で生き延びる。この体験が、命ある者、生かされてある者への限りない優しさ、深い愛情へと繋がっていく。それは人間だけでなく、すべての生物、風物、あるいは沖縄を見るときの視線にも繋がっていく。この抒情的でピュアな視線で作品は語られるのだ。

2　終わらない戦後

(1)　沖縄の米軍基地化

去る大戦において、沖縄における日米軍の組織的な戦闘が終わったのは一九四五年六月二十三日とされる。実際にはその後も、沖縄各地では散発的な局地戦が続く。日本本土の防波堤と位置づけられた沖縄戦は住民を巻き込んでの戦争であった。日米の兵士を併せると23万人余の犠牲者を生む。そのうち10万人余が県民で、当時の沖縄県民の４分の１に相当する犠牲者とされる。

沖縄が玉砕した後、日本本土では八月六日に広島に原爆が投下され、八月九日には長崎に原爆が投下される。八月十五日には、昭和天皇が太平洋戦争の無条件降伏を告げる「終戦の詔書」を朗読する。いわゆる「玉音放送」がラジオで放送され終戦を迎える。

沖縄を占拠した米軍は、終戦後も駐留し続けた。住民の土地を奪い、米軍基地を建設し拡大し続ける。このような中で、一九五一年にはアメリカ合衆国をはじめとする連合国側と日本との間で「サンフランシスコ講和条約」が締結される。同日、日本国とアメリカ合衆国との間で「日米安全保障条約」が署名される。

平和条約とされるこれらの条約によって、沖縄は日本本土と切り離され、名実ともに米軍政府の統治下に置かれる。さらに一九五〇年に勃発した朝鮮戦争は、沖縄の軍事基地化をますます推進させる契機になる。米軍政府は、沖縄をアジアにおける戦争の前線基地として位置づけ、極東地域の安全を守る「太平洋の要石」としての軍事優先政策を実施する。その統治下で、沖縄県民の基本的人権は抑圧され、おろそかにされる。新たな沖縄の苦難の歴史が刻まれていくのだ。

このような戦後の歴史の中で、一九五〇年代はまさに沖縄にとっては、軍事優先の米軍政府統治への抵抗と平和を願う県民を結束させる正念場の時代となる。銃剣とブルドーザーによって強奪されていく先祖の土地を命がけで守ろうとする県民総ぐるみの「土地闘争」に発展していくのである。

この五〇年代から六〇年代の沖縄の状況を舞台とした文学作品は数多くある。小説においては一九六七年に第57回芥川賞を受賞した大城立裕の「カクテル・パーティ」がある。また一九七二年に第66回芥川賞を受賞した東峰夫の「オキナワの少年」がある。

「カクテル・パーティ」は、米軍政府統治の実態が親善の仮面を被った軍事優先政策の統治であること、また沖縄の現状を被害者の視点から考えるだけでなく、かつての中国や韓国においては加害者であったという視点を導入したこと、このことを視野に入れながら自らのアイデンティティや沖縄の行く末などを考えようとする極めて普遍的な視点を有した作品である。

「オキナワの少年」は、同じく米軍政府統治下の基地の町コザで生きる少年の物語である。作品は内容だけでなく、「ウチナーグチ」を駆使した新鮮な文体が話題になった。あらすじは次のとおりだ。

一九五〇年代半ば、美里の村で山羊などを飼って生活していたつねよしの家族がコザに移り住む。父親は、いろいろ商売をやったけれどうまくいかず、米兵相手に売春をしている女たちに部屋を貸して生活している。つねよしは生活のためとはいえ家族が始めたこの商売が嫌でたまらない。学校で方言を使うことを禁じられたり、友達の金を盗んだと疑われたりしたつねよしは、いよいよ沖縄が嫌いになり、無人島への脱出を計画する。ある台風の夜、停泊中のヨットに忍び込み、とも綱を切る……。

作者東峰夫は、「この一作で沖縄のひどい現実を書き尽くした」と述べている。作品は、学校での教育が新しい日本国民を作るものだとして、その違和感と「自らのアイデンティティ」探しが沖縄を脱出する行為に暗示される。また、過酷な米軍占領下の時代に、したたかに生きる沖縄の女たちと無力な存在になってしまった父親を描いているが、このこともまた沖縄戦の体験の描き方の一つの有り様を示しているはずだ。

(2) 増幅される危機感／政治と文学

一九五〇年代の詩人たちは、沖縄が軍事基地化されていく中で、もはや戦争体験のみを作品化することが許されない状況にあることを自覚する。増幅される戦争の時代の危機感が、詩人たちを立ち止まらせ焦燥感を生みだしていく。

一九五一年に琉球大学が開学されるが、特に一九五三年に創刊された文芸誌『琉大文學』に依る詩人たちは、先輩詩人たちの姿勢を批判し、政治と文学の課題を鋭く提起していく。この先導的な役割を担ったのが新川明と川満信一である。

新川明（一九三一年〜）には、詩集『詩と版画・沖縄』（一九六〇年）や評論集『反国家の凶区』（一九七一年）などの著書がある。先行する世代の文学のあり方を批判しつつ、状況に対して倫理的な姿勢で関わろうとする詩や評論を発表し続けた。『琉大文學』6号（一九五四年）に収載された評論「船越義彰試論―その私小説的態度と性格」の中では、「私だけの喜び・悲しみ・憤りは、決して私だけのものではない。社会の一部としての私の悲しみ、憤りとして把握すべきだ」「今日は、批評精神の重要さを自覚しなければならない」と論じる。そして長編詩「みなし児の歌」の名高いフレーズに繋がっていく。「(前略) 俺たちの土地が消えてゆくことの／俺たちの頭に虚偽が詰め込まれてゆくことの／これらの『?』にこたえなばならぬ／否（ノン）一切の圧迫に対する答え／否（ノン）一切の権力に対する拒否／(後略)」。

川満信一（一九三二年〜）もまた、新川明と同じく、詩人、評論家として活躍する。詩集に『川満信一詩集』（一九七七年）、評論集に『沖縄・自立と共生の思想』（一九八七年）などがある。この評論集で川満信一は、敢えて「非国民の思想」として日本国家を相対化し、「琉球共和社会憲法私案」などの論考を発表する。ユートピア社会を示唆し、琉球独立を模索する射程をも提起している。

この時代に、沖縄の戦争詩は、反戦詩の特徴を鮮明に帯びてゆく。詩のベクトルは過去の戦争体験を基盤に据えながら、沖縄の現状を告発し、未来を憂う詩の言葉がシュプレヒコール的に発せられる。具体的な作品の題材は、戦争体験から基地被害へ移り、人権擁護の視点への色彩を色濃く帯びていくのである。

例えば当時活躍した詩人の一人、池田和は、「めらめら燃えつきる鉋屑のように」という詩で、「屑鉄拾いの一婦人が立ち入り禁止地域に侵入されて射殺された事件」を題材に、次のような詩を書く。[注4]

何故ころさねばならなかったのだ／何故引き金を引かねば
ならなかったのだ／這入ってはならないAREAなら／
何故バリケードを施さなかったのだ／「逃げ出したから」
――と言うのなら／何故逃げる足を狙わなかったのだ／
「照準が狂った」――と言うのなら／何故その大過を謝罪
しないのだ／／お前が手にしたカービン銃よりも／六尺何

寸かのづんどいお前の体格よりも／お前の憧れる勲章よりもなによりも／かけあいもなく重たくあるべき生命じゃないか／それが平凡な一日の早暁の一瞬に／めらめら燃え尽きる鉋屑のようにあっけなく／一つの生命が喪失されていいものか／／（以下略）

この例のように、戦争詩は戦争体験をうたう詩から当時の統治者である米軍政府を糾弾する詩へと変貌するのである。そして沖縄を「みなし児」と見なすかのように顔を背ける日本政府の態度を厳しく批判する詩の言葉が紡がれるのだ。

しかし必然的とも思われるこのような詩の登場は、必然的であるがゆえに沖縄の地で戦争体験を作品化することの意義や必要性など論理的な拠点を構築することなく次世代に引き継がれていったように思う。このことは、今日までも沖縄戦の継承の方法が多くの詩人や作家たちに模索される伏流になったように思われる。もちろんこの現象は、一概に賛否を断ずることのできない沖縄戦後詩の歴史の特異な軌跡の一つである。

(3) 個人の時代

沖縄の危機的な現状を外部に向かって発信する特質を有した五〇年代詩の言葉のベクトルは、後続する若い世代に批判される。このことに先鋭的な論陣を張って詩作品を発表したのが六〇年代の『琉大文學』を牽引した清田政信である。

清田政信は文学と政治のあり方を見直し、文学の自立性を主張する。主な著書に詩集『遠い朝・眼の歩み』（一九六三年）、『清田政信詩集』（一九七五年）、評論集に『情念の力学』（一九八〇年）など多数の著作がある。清田の新川明批判は、例えば「みなし児の歌」については、「自己主張の強さで政治に相渡ろうとする、状況が生みだした政治詩」と断定する。そして次のように書く。[注5]

〈琉大文學〉に拠った新川明たちは悲劇的なテーマがあった。（中略）彼らは〈わたくし〉とは何か？　という実存的関心を振り切ることによって、徐々に政治の前衛に近接し、同時代を〈われら〉という非文学の地平に等質化して、無言の証人を志向しつつ、〈主体の不在を志向しつつ〉主体の不在を半永久化していくのだ。

そして清田政信自身は、その言辞を証明するかのように自己の内部へとベクトルを反転させ言葉を紡いでいくのだ。外部を告発する言葉から、内部を告発する言葉への転換である。清田は自らの詩作の姿勢について次のように述べる。[注6]

ぼくは何かに役立つことを意図して表現するのではない。主題の喪失。根拠のない地点から書きはじめる。ことばが役立つことをやめて他者のようにぼくをはじきかえす世界、そこでは、ことばは生き物のようにぼくにとりつき、ぼくを変貌させる。(中略)

ぼくは伝達するために書かない。というのが美しすぎるひびきをもつなら、こう言いかえよう。ぼくは書くとき他者への伝達が、そのまま表現の緊急時とはなり得ない。ぼくは自分の破滅にたえながら書く。

清田政信が示唆した自己の内部へ向かうベクトルを有した視線は、多くの詩人たちに影響を与えた。それは、県民が作り出した大衆運動によって勝ち取った一九七二年の日本復帰という大きな変動の時代にも保持され続け、詩の言葉を紡ぐ方法の一つになる。復帰と反復帰、祖国とは何ぞや、日本国家と琉球王国の歴史、そして沖縄や自らのアイデンティティを問う姿勢に顕著に表れてくるのである。

詩人たちは、歴史的なターニングポイントとなるこの時代を真摯に思考する。内部へ向かうベクトルの強さが、外部へ弾く言葉の強さとして自覚されるのだ。このことの一つの現象として、「個人詩誌」や「同人詩誌」の隆盛の時代を迎えるのである。

一九七二年の日本復帰後は、沖縄の社会や経済、はては生活習慣や都市空間のあり方までが大きく変貌する。また、異国であった日本本土への渡航がパスポートなしで自由に往還できるようになる。人の往来にはもちろん詩人たちや表現者たちも含まれる。沖縄から日本本土へ、日本本土から沖縄へ渡ってくる詩人たちの交流は、詩表現にも多様な変化をもたらす。また新しく定住した土地での文化や言葉の違い、習慣や価値観の違いに驚き、その驚きが表現の契機になって新しい詩人をも輩出する。社会の大きな変動は文学ルネサンスの観を呈して詩の言葉として刻まれていくのである。この時期に活躍する詩人たちは多いが、この中から仲地裕子と芝憲子の詩を例にあげよう。

仲地裕子(一九四六年〜)は、基地の街コザのAサインバーで働く女たちの悲しい性と貧しさを、想像力を駆使して女たちに寄り添って書いた。その詩群は二つの詩集『ソールランドを素足の女が』(一九七三年)と『カルサイトの筏の上に』(一九七八年)に結実する。ここに表れた言葉は基地被害に遭遇した女たちのエレジーとしても読める。また戦後の女たちの生活を描いた戦後詩の一つとしても読めるように思う。『カルサイトの筏の上に』に収載された詩「イルミネ書簡」は次のような詩だ。

森はあらされた/ただ一切のほろびの道行きを甘受し/蟹足が棲息する波状段丘に/傷の頭皮を酢酸にひたす/(中略)/「あたしたちは基地の軍属にくもの巣をまぶした夢をささげる前衛なのよ」/(中略)/ヘイ・カムオン/や

さしく娘を誘惑する／これは売淫の第一呪文だ／（中略）／右沿いの最初の路地道に／セブンティーンの女体が立っている／ピーターパンの髪を燃えるほど巻き／細い指には日輪の指輪／くらしあぐねる日々の生存は／ちっぽけなチケットであがなうから／軍属に飲ませてもらうことと／チケットの枚数は確実に比例しあうの／チケットのあてない日には／ろっどの巻き毛をぐしゃと押しつぶし／金属のオートバイの鉗子に跨って／海のホテルへ一足跳びよ／（中略）／うつむく少女のみそさざいの唇から／魅惑の呪詛がほとばしる／「きんぽうげの汁をこすりつけりゃ／よかったのさおまいたちの頭脳《コック》には」／（中略）／悪の雄身をひきずる妖怪に／真っ赤なアナナスの花芯を蓄え／凱歌をあげて飲み込まれる森の女たち／（以下略）

この詩には巧みな隠語や比喩表現が散りばめられている。この謎が解けると、ほつれた糸がほぐれるように悲しい風景が立ち上がってくる。仲地裕子は「見た現実に耐えるために詩を書く」「想像力は己を束縛し解放する」「独創的な比喩の創造はカタルシスになった」として、戦後沖縄の裏面史を、イメージ豊かな詩として表出したのである。

芝憲子（一九四六年〜）は東京で生まれる。復帰の年、一九七二年に沖縄へ移住する。「沖縄詩人会議」同人で、詩集『骨のカチャーシー』（一九七四年）や『海岸線』（一九七九年）など、その他多くの詩集がある。芝憲子の創作態度は一貫しており明確だ。「反戦・平和」である。

芝憲子の反戦詩の方法もまた明確である。視線を市井の人々と重ねる。決して奢らず人々の生活から離れない。イデオロギーの宣伝ではなく、身近な日常生活から風景を立ち上げる。自らを他者に置き換え、他人事ではないとして他者と視点を共有する。興味を喚起し焦点を当てて真実を追求するドラマ仕立ての詩作品はルポルタージュ的手法とも呼べるものだ。そして発想の新鮮さと奇抜さは刺激的な発見にも繋がる。詩集『海岸線』に収載されている同名の詩「海岸線」は次のように展開される。

那覇市場で／大根を買った／／次の朝／みそ汁に入れようとしたら／変だ／大根のはしから太い指が五本出ている／平たい爪／濃い毛／透けた血管／まな板にのった／男の足／／警察を呼ぼうか／どうも虫が好かない／まず大根を売ったおばあさんに聞いてから／／気持ちの悪いのをがまんして／新聞紙に包み／紙袋に入れ／市場に持っていった／今日もテント張りの小さな店で／大根やニラを並べているおばあさん／足を見せると／はじめはびっくりしたが／すぐ泣きそうな顔になって／「うちの人の左足」と言った／「親指の爪がつぶれているからまちがいない」／というのだ／／おばあさんの夫は兵隊にとられて／沖縄戦のときど

こかで死んでしまった／どこで死んだかわからない／おばあさんの両親と妹は／那覇が焼け野原になった十・十空襲のとき死んでしまった／おばあさんは二人の子供を連れて／南部の海岸近くを逃げ回った（以下略）

3 土地の記憶

(1) 沖縄戦の記憶の継承

沖縄戦は、それぞれの場所によって、また日時や世代によっても様々な様相を呈して体験される。それこそ人間の数だけの沖縄戦があったと言っても過言ではない。兵士として体験する沖縄戦もあれば母親として体験する沖縄戦もある。伊江島における沖縄戦もあれば摩文仁における沖縄戦もある。そのどれもが正しい記憶として刻印されるのだ。

戦後七十三年余が経過した今日、沖縄戦の記憶の継承は表現者にとって喫緊の課題である。もちろん、沖縄戦の体験者が高齢になり直接的な継承が困難になるということもあるが、表現者にとって必ずしも体験は決定的な要因ではない。戦争と平和は、どの時代にあっても文学の大きなテーマの一つである。

沖縄戦の記憶はどのように詩の言葉として刻まれるか。ここでは二人の詩人の二つの詩作品を紹介しよう。一つは戦争体験のない戦後世代の高良勉（一九四九年～）の作品「アカシア島」[注7]、他の一つは六歳の頃にヤンバルでの戦争を体験した山入端利子（一九三九年～）の詩作品「ゆるんねんいくさば（夜のない戦場）」だ[注8]。

まず高良勉の「アカシア島」は次のような詩だ（全文）。

梅雨明けの空から／狂おしい太陽神／吼えると／島もオレも／身体じゅう／汗だらけ／朝どれ夕どれ／に耐えて／うずくまる／海からの南風に飢え／相思樹の／黄色い花ぼたん散る／かなかなーよー／君は知っていたかい／相思樹がアカシア／だなんて／暗い鍾乳石の／洞窟の迷路／女学生たちの唄う／相思樹・別れの歌／聴きながら／火炎放射と毒ガスと弾丸の嵐の中／飛び出して行った／という／衛生兵の兄よ／何を想っていた／ねじれた愛国青年／アカシアは北国の花／〈恋のアカシア並木〉／思い込んだのは／オレの方だ／陸軍野戦病院壕の入り口／相思樹の葉先／風に揺れ／島にアカシアの／黄色い雨が降る／歌ってはいけない／島のかなーよー／今は／花染めの手巾を織り／情けをくれる／みやらびはいない／踊っていいのか／軽やかに素足で／かな　かなーよー／永遠に老いることのない／戦場の乙女たちは／逆さに吊され／アジアの草原や水底／兄の骨は／還らない

この詩は、たぶん今なお払拭できない戦争の悲しみを歌ったものだろう。沖縄戦で犠牲になった衛生兵の兄や女学生のいのちへの鎮魂の歌だ。時代のイデオロギーに翻弄され殉じた犠牲者たち。その死は「逆さに吊されて」、正当な評価を受けることもない。しかし、彼らの死を過去の記憶に留めてはいけない。記憶を埋没させることなく手繰り寄せなければいけない。その決意を歌ったもののように思われる。

そしてこの詩は、戦争体験のない者の土地の記憶の取り出し方に示唆的である。詩作品は連の構成を取っていないので独断的な解釈になるのだが、ほぼ時間軸に沿って言葉は紡ぎ出されている。「梅雨明けの」季節から始まった沖縄戦の記憶は「汗だらけ」にする悲惨な記憶だ。「海からの南風」が吹く度に飢餓地獄に苦しんだ乙女たちや兄の死が思い出される。「陸軍野戦病院」入り口の「相思樹」は乙女たちの死を連想させるが、悲惨な死を過去の記憶として「歌ってはいけない」。無数の死者たちの物語へ思いを馳せることこそが重要である。いつまでも葬られない死者たち、「還らない」死者たち、「アジアの草原や水底」で屍と化す死者たちに寄り添い、記憶を甦らせることが大切なのだ……と。

詩は、解釈や解説の振幅を遙かに凌駕する作品世界を有していると思われるが、敢えて独断的な解釈を記してみた。

もう一人の詩人、山入端利子の作品「ゆるんねんいくさば〈夜のない戦場〉」は、自らが生まれ育った土地の言葉、いわゆる「シマクトゥバ」で戦争の記憶を紡ぎ出したところに特徴がある。山入端利子にとって、シマクトゥバは異形の言葉ではない。今なお慣れ親しんでいる生活の言葉だ。この言葉は、山入端にとって思考し、伝達し、記憶を甦らせる言葉だ。自らの心情を素直に語る衒いのない言葉となる。

山入端は、この言葉に日本語訳を付し、さらに自らが発声した朗読CDを付けて詩集を編纂した。長編の詩だが、音声による日常の言葉での戦争体験継承の試みである。この試みは成功していると思う。実にユニークで、言葉とは文字以前に音声であったことをも想起させる。

るくぐわちぬ　あめぬ　ひや　〈六月の雨の日は〉
ちむしからーはぬ　ゆーじりぬ　〈心寂しくなる　代の絶えた〉
あきやしきぬ　めー　とういるうとうき　〈空き屋敷の前を通るとき〉
るくじゅうにん　めーぬ　るーとう　〈六十年前の自分に〉
とうーく　かさなてぃ　〈遠く重なり〉
ぐまーぬ　むぬうびぃ　ゆびうくさりん　〈小さな記憶が呼び起こされる〉
わんや　むーち　ないびーたん　〈私は六歳だった〉
空襲警報ぬ　サイレンが　なれーから　〈空襲警報のサイレンが鳴ると〉

あまくまから　とぅすい　わらびん　いじてぃち〈あっちこっちから年寄りと子どもが出てきて〉
防空壕ち　アイコぐゎぬぐとぅ〈防空壕に向かってアリのように〉
ぬんくまてぃ　いくたんどー〈飲み込まれていくのだった〉
（以下略）

(2) 死者の言葉と体験者の痛み

「沖縄文学」の特質の一つは、作品世界や作者の姿勢が倫理的であることがあげられる。このことは全ての文学ジャンルに共通する特質である。小説の分野における四人の芥川賞作家の作品は、このことの顕著な例である。大城立裕の「カクテル・パーティ」や東峰夫の「オキナワの少年」だけでなく、戦後世代の芥川賞作家又吉栄喜の「豚の報い」や目取真俊の「水滴」なども沖縄という土地に寄り添い、沖縄という土地でなければ生まれなかった作品であろう。

詩の分野においても、詩人たちは倫理的な姿勢で言葉を紡いできた。戦後詩のスタートを飾った牧港篤三以来、平和を願う一貫した姿勢は揺るぎない。米軍政府統治下における人権擁護の闘い、日本復帰以降も米軍基地が強化され、差別的とも思われる日本政府の沖縄対応に違和感を覚える詩人たちの表現は数多くある。

このような系譜に繋がる詩人に上江洲安克（一九五八年～）や星雅彦（一九三二年～）がいる。上江洲安克は、沖縄戦の記憶の継承を意図した『うりずん戦記』（二〇〇九年）で第32回山之口貘賞を受賞した。星雅彦には「戦争への道」と題した詩が、詩集『パナリ幻想』（二〇〇一年）に収載されている。いずれの詩も、沖縄という土地に寄り添う言葉が紡がれている。そして、記憶を紡ぐ言葉の力を信じて詩集が編纂されている。上江洲安克の詩「一人身の翁」と、星雅彦の詩「戦争への道」は次のような詩だ。

◇一人身の翁　上江洲安克
偏屈頑固一人身の翁／慰霊の日の近づけば／気の昂りてか臭言を言う／／曳光弾の美しきこと／艦砲弾の美しきこと／夜の中《うち》のその炸裂のいと美しきこと／えも言えずこの世のものとも思えずと／口角に泡を飛ばせてのたまわく／／ただ慰霊の日より三日ほど／戸を閉じ窓を閉め切り／翁一人こもりて外に出ず／隣家の人の言うに／食せず仏壇に向かいて啜り泣くと／／戸をとじて　こもりし心　蟬の声
（斜線改行、二重斜線1行アキ改行）

◇戦争への道　星雅彦
ふと　昭和十九年の夏／疎開のために那覇港を離れた　波間の／あの日のことを思い出す／／あれが沖縄戦前夜だった　と思ってみたが／もっと歳月を遡れという声がするの

だ／十五年戦争の時の移ろい／／廃藩置県の背後から／動き出したこの国の／植民地の足跡を見ながら考える／／そして行きつくところは――／越境のようでもあったが／行き場のないガマだった／／逃げ場でもあり死に場でもあった／自然壕が受け入れた／ガマのさまざまな運命／／もしガマが再現できるのであれば／そこで死者たちの証言を聞こう／悲しみを噛みしめるだけ噛みしめよう／／ベトナム戦争で逃げ惑う裸の少女／あの恐怖の表情は写真そのものだった／揺さぶられた心はどこへ持っていけばいいか／／どれもこれも戦争への道だった／もはやひっそりと古戦場跡のように／閉ざされたガマが残っている／そこから聖地らしい言葉も何もきこえないが／緑の風の音はさらさらと／確かにざわめいていた

これらの詩は、確かに過去の沖縄戦を甦らせ、犠牲者の無念の思いを浮上させ、土地に染みついた死者の声に耳を傾けているように思われる。

沖縄は死者と共生する社会だ。特に沖縄戦の死者たちの思いを忘れずに生きる社会だ。沖縄の表現者たちは、倫理的であると同時に死者たちの声を拾い集めることにも意義を見いだしている。このことも沖縄文学の特質の一つである。

4　詩人の課題

(1)　言葉の力と射程距離

沖縄の戦後詩史における戦争詩の系譜を概観することに主眼をおいて多くの詩作品を検証してきたが、一つ一つの作品について論じることは限られた紙幅では困難である。同時に、ある程度の系譜は把握できても、正確な把握は困難であることも分かった。なぜなら、時間軸に沿って概観することも、詩人たちの方法意識を収斂することも、振幅が広すぎるほどに多様であり個性的でもあるからだ。

反戦詩の特徴をできるだけ具現化している作品を取り上げ、同時に多くの場所で、多くの沖縄戦が体験されたことが分かるようにと空間的な広がりをも視野に入れながら詩作品を読んできた。だがと言うべきか、やはりと言うべきか文学の営為は断続的に継承されるものではなく、時には蛇行し、時には伏流し、時には合流する川の流れのように常に流動的であり総括することは困難である。それでも敢えて時間軸に沿った概観を戦争詩の系譜として要約すれば次のようになろう。

まず戦後詩のスタートは、戦争体験を作品化する戦争詩から始まる。平和を願う詩の表出は体験や記憶を紡ぐことに重きが置かれ、特に国家権力を告発するものではなかった。五〇年代になると、軍事基地化されていく沖縄の状況への危機感が高まり、目前の状況や従来の文学のあり方に「否（ノン）」を突きつけて抵抗色を強めた政治詩の様相を呈していく。六〇年代は文学の自立が模索され主体的な作品が紡がれ沖縄や自らのアイデンティティを問いかける。七〇年代は日本復帰という大きく変動する社会の中で、表現の多様な方法が模索され、テーマも個の世界で多様化され確立される。そして復帰以降今日までの沖縄の戦争詩は、米軍基地が今なお存在する戦後の変わらない状況の中で表現者の大きな課題として継続されている。この挑戦例の一つに、生活言語としての「シマクトゥバ」があり、詩世界を作る表現言語として試行されている。この背景には、状況に対峙する言葉の力への模索があるのだ、と。

　要約したこの系譜の中で、さらに戦争詩の表現の特色を述べれば、まず倫理的であることだろう。この姿勢から生み出される言葉は、過去にも現代にも、そして未来にも対峙する詩人の言葉を生み出す拠点になる。死者の無念さや戦争体験者の痛みを分かち合う基底まで思考を沈めてそこから言葉が紡がれる。今日、個々の詩人の言葉は、琉球王国の歴史を見据え、日本国家の歴史を見据える視点を新たに取り入れながら言葉が紡がれているのだ。沖縄における戦争詩の歴史は、常に言葉の力が試され、射程距離が視野に入れられた緊迫した表現の場でもあるのだ。

(2) 文学の言葉と日常の言葉

沖縄の人々に愛され、広く人口に膾炙されている民謡の一つに「艦砲ぬ喰ぇーぬくさー」がある。歌は軽快な三線のリズムに乗って歌われる。戦後を生きる県民はみんな艦砲射撃から運良く難を逃れた者に過ぎないと、ユーモアを交えながら、家族を失った悲しみを沈潜させ平和を願う心を忘れずに、前を向いて生きて行こうと、自らを鼓舞する歌である。多くの県民の共感を呼び、40年余も前に発表された民謡だが、今なお歌い継がれている。

　作詞作曲者は比嘉恒敏。歌は「でいご娘」と名付けた比嘉の四人の娘たちによって歌われ爆発的な人気を呼んだ。1番から5番までの歌詞があるが、1番と5番は次のとおりだ[注9]。

1

若さぬ時ね　戦争ぬ世　〈若い時には戦争ばかりで〉
若さる花ん　咲ちゅーさん　〈青春の花は咲かなかった〉
家ん　ガンスん　親兄弟ん　〈家も先祖も親兄弟も〉
艦砲射撃ぬ　的になてぃ　〈艦砲射撃の的になって〉
着るむん喰ぇーむん　むるねーらん　〈着物も食べ物もすっかり無くなり〉
スティーチャー喰《ク》わでぃ　暮らちゃんや　〈ソテツをいつも食べて暮らしたな〉
うんじゅん我んにん　〈貴方も私も〉
汝ん我んにん　〈君も私も〉

艦砲の喰ぇー残さー　〈艦砲の喰残し〈戦争の生き残り〉〉

5
わが親喰《ク》わたるあのイクサ　〈私の親を食べたあの戦争〉
わが島喰わたるあの艦砲　〈私の生まれ島を食べたあの艦砲〉
生まれ変わてん忘らりゆみ　〈生まれ変わっても忘れられない〉
誰があの様　しいいんじゃちゃら　〈誰があんなイクサを始めたのか〉
恨でん悔やでん飽きざらん　〈恨んでも悔やんでも飽き足りない〉
子孫末代遺言さな　〈子孫末代まで遺言として伝えよう〉
うんじゅん我んにん　〈貴方も私も〉
汝ん我んにん　〈君も私も〉
艦砲の喰ぇー残さー　〈艦砲の喰残し〈戦争の生き残り〉〉

この詩はまさに民衆の生活の言葉で紡いだ反戦詩であり厭戦詩である。記憶に残る戦争の体験を皆で共有し、共に励まし合う歌だ。このような言葉が相手の心に届くのだろう。民謡とは、生活の中で歌われる等身大の言葉の音楽であるが、この歌詞はまさに衒いのない日常の言葉が文学の言葉に転化した例のように思われる。

(3)　政治に対峙する言葉を探して

沖縄戦では十万人余の県民が犠牲になった。敵兵の捕虜となるよりは国家に忠誠を尽くすべきだとして、自らの手で肉親を殺す集団自決もあった。県民は多くの犠牲を払い、平和の島の建設を進めてきた。戦後の米軍政府統治から脱却し、平和を求めて日本復帰を熱望し実現した。ところが、その思いは戦後七十三年余、ことごとく国家の思惑で裏切られてきた感がする。辺野古新基地の建設が目論まれる今日の沖縄の状況は、県民の望んだ状況から大きくかけ離れていくようだ。沖縄ではこれらの状況を表して新たな「琉球処分」だと断じる人々もいる。

日本は一八六八年に明治元年を迎え幕藩体制を脱皮して新時代を迎える。琉球王国は一六〇九年に薩摩の侵略を受け、以来傀儡政権と化したままで新時代を迎える。琉球処分とは、琉球王国の帰属を巡って清国と明治政府が交渉を続けていたさなかの一八七九年、明治政府は処分官松田道之を派遣する。松田は約六〇〇人の兵力を従えて来琉し、武力的威圧のもとで首里城にて廃藩置県を布達し、琉球藩の廃止および沖縄県の設置を断行する。この一連の出来事を琉球処分と称している。

ところで、このことを第一の琉球処分とし、戦後間もない一九五一年に合意されたサンフランシスコ講和条約を第二の琉球処分と称する人々もいる。サンフランシスコ講話条約は、その後の日米安保条約と連動し日本の独立と引き替えに沖縄を米軍占領下に組み込んでいく契機になった条約だ。いずれも沖縄県民の意志とは関係なく国家の都合によって沖縄の命運が決定され歴史のターニングポイントになったできごとだ。

そして、今日、辺野古新基地建設を目論む日本政府の姿勢は、第三の琉球処分だとして沖縄の状況を呈示する言葉として厳しく飛び交っている。またもや日本政府は国家の思惑を重視し、県民の意向に耳を貸さずに沖縄の未来を決定しようとしているのだと。

基地のない平和の島の建設を望む県民の思いは、いつまでも届かないのか。いや、軍事基地の島として日本本土から次々と米軍基地が移駐される契機となった「日本復帰」をこそ、第三の琉球処分と称する人々もいる。基地のない平和の島を望んだ県民の希望は完全に粉砕された復帰であった。いや、日本本土の防波堤となって多くの住民が犠牲になった沖縄戦こそが第三の琉球処分だと訴える人々もいる。沖縄の戦後史は、次々と押し寄せる琉球処分の荒波を被り、国家の暴力に踏みにじられ続けてきたようにも思われるのだ。

そんな中で、言葉の力を信じて国家権力と対峙し、沖縄という土地に寄り添って言葉を紡いできたのが沖縄の文学者たちだ。もちろん詩人たちも例外ではない。政治の言葉よりも重く記憶に残る言葉、振幅の広い言葉、射程の長い言葉を探し続けている。

もちろん、すべての詩人たちがそうである訳ではない。個人の関心事やテーマを深く掘り下げて普遍のいのちを賛歌する世界へ到達しようと努力している詩人たちもいる。だが沖縄の戦後詩の系譜は、戦後がやって来ない沖縄の政治状況に呼応するかのように戦争詩の系譜を大きな本流として展開しているように思われるのだ。

沖縄戦後詩のこのような挑戦を具現化した象徴的な詩作品を二つ紹介してこの論考を閉じたい。一つは宮古島の詩人与那覇幹夫（一九三九年〜）の「叫び」、他の一つは石垣島の詩人八重洋一郎（一九四二年〜）の「日毒」だ。

与那覇幹夫の詩「叫び」は、詩集『ワイドー沖縄』（二〇一二年）に収載されている。ワイドーとは宮古の言葉で「頑張れ」「しのげ」などという意味だ。詩「叫び」は、沖縄に軍事基地が建設され、前線に向かう兵士が駐留しているがゆえに起きる被害の実態だと考えていい。詩は、戦後、間もなく宮古島で起こった事件を題材にした。目前で愛する妻「加那」を強姦される夫婦の悲劇を詩の言葉にしている。

私は、なんと詰られようが／あの夫の〈絶叫〉を差し置くほどの／美しい叫びを、知らない。／／それは戦後間もなく／降り注ぐ陽ざしに微睡《まどろ》むがごとき／宮古の村里の、とある村外れの農家に／十一人の米兵が、ガムを噛みながら突然押し入り／羽交い締めに縛った夫の、その目の前で／その家の四十手前の主婦を、入れ代わり犯したが／十一人目の米兵が、主婦に圧し掛かった瞬間／夫が、「ワイドー加那、あと一人！」と、絶叫したというのだ／あ、私は、一瞬、脳天さえ眩む、これほど美しい叫びを、知らない／いや全く、人づてにも、ついぞ聞いたことがない。／そう私は、この世には言葉を越えた言葉があることを、初めて知った。／きっとその日は、世にも壮麗な稲妻が村内を突き抜けたであろう（以下略）

与那覇幹夫は「ワイドー加那、あと一人」という言葉に万感の思いを込めて想像力を飛翔させ、夫婦の痛みに寄り添う。そしてこの言葉は、いつしか沖縄の地で「犯され殺された数多くの主婦やみやらび、いたいけな幼女たちの鎮魂／嘉手納、普天間、金武、辺野古―襲われ続ける守礼の島」の女たちへ寄り添う言葉となる。「ワイドー沖縄！　ワイドー沖縄！」と念じるのだ。この言葉は、政治の言葉に負けないほどの射程距離を有し感動を与える詩の言葉になっている。これこそが、沖縄という土地が作り出した詩人の挑戦する言葉だ。

八重洋一郎の詩集『日毒』もまた土地に寄り添い、国家権力に対峙する言葉を集めた詩集だ。「日毒」とは、毒される日常の意味ではなく、日本政府に毒される沖縄のことを喩えている。この言葉は、琉球王府に仕えた八重の高祖父が使用した言葉だ。八重は、琉球王国の末年に石垣島の役人となった高祖父が明治政府によって強行される「琉球処分」へ異を唱え、「日毒」の日々を耐え王府への忠誠を誓う文書があることを知る。同時にこの文書が明治政府へ反旗を翻した謀反人の証拠とされ、迫害を受けた家系の歴史を知ることになる。八重は、「日毒」に託した高祖父の思いをこの時代に甦らせる。まさに歴史は繰り返されるのだ。いや沖縄の歴史はこの百年の間、何も変わることはなかったのだ。次の詩は、詩集と同名の詩「日毒」である。

ある小さなグループでひそかにささやかれていた／言葉／たった一言で全てを表象する物凄い言葉／ひとはせっぱつまれば　いや己の意志を確実に／相手に伝えようと思えば／思いがけなく　いやいや身体のずっとずっと深くから／そのものズバリである言葉を吐き出す／「日毒」／己の位置を正確に測り対象の正体を底まで見破り一語で表す／これぞシンボル／慶長の薩摩の侵入時にはさすがになかったが　明治の／琉球処分の前後からは確実にひそかにひそかに／ささやかれていた／言葉　私は／高祖父の書簡でそれを発見する　そして／曾祖父の書簡でまたそれを発見する／大東亜戦争　太平洋戦争／三百万の日本人を死においやり／二千万のアジア人をなぶり殺し　それを／みな忘れるという／意志　意識的記憶喪失／そのおぞましさ　えげつなさ　そのどす黒い／狂気の恐怖　そして私は／確認する／まさしくこれこそ今の日本の闇黒をまるごと表象する一語／「日毒」

二人の詩人には、長い歴史の尺度で沖縄の現状を見捉える目がある。死者に寄り添い、土地に寄り添い痛みを共有する姿勢がある。この地点から発せられる言葉は、確かに私たちに届くように思われる。

特異な歴史を背負い、特異な文化風土を有した沖縄の詩人たちの言葉は、日本文学をもダイナミックに揺り動かす境界の言葉になる。権力により時には自らのアイデンティティをも破壊されるが、たじろぐことはない、詩人たちの言葉は弾かれる矢となって権力の中心部を見据える。沖縄現代詩の挑戦は、三の矢、四の矢となって今後も続くはずだ。

【注記】

1 「カズオ・イシグロ講演要旨」(二〇一七年十二月九日沖縄タイムス紙に掲載)

2 「島を雨が蔽うた」は詩画集『沖縄の悲哭』(一九八二年、集英社)に収載されている。

3 詩集『港の歴史』(一九七四年)収載。

4 池田和選集『青い球体・沖縄』(一九八〇年、沖縄タイムス社)収載。

5 「流離と不可能の定着」(清田政信評論集『抒情の浮域』一九八一年)参照。

6 注5に同じ。

7 高良勉「アカシア島」は詩集『花染よー』(一九八九年)に収載。

8 山入端利子「ゆるんねんいくさば」は同名の詩集『ゆるんねんいくさば(夜のない戦場)』(二〇〇五年)に収載。

9 詳細は中松昌次著『艦砲ぬ喰ぇーぬくさー』(二〇一五年、ボーダーインク)をご参照ください。

三　沖縄戦争詩の現在

1　言葉の力

歴史学や近現代日本史を専門とする社会学者の成田龍一は、作家の古処誠二、文芸評論家の川村湊との鼎談で、「戦争体験がない世代が戦争文学を書く」ようになったが「それは大きく四つのタイプに分けられる」として次のように述べた。[注1]

一つは、現代の日常生活の中に、戦争体験がどのように入り込み、戦争の記憶がどういう瞬間に現れるかを書くタイプ。沖縄戦だと目取真俊さんの『水滴』『魂込め』、原爆体験だと青来有一さんの『爆心』。
二つ目が、架空戦記のような形で描くタイプ。例えば村上龍さんの『半島を出よ』や、つかこうへいさんの『広島に原爆が落とされた日』。近未来にしてみたり、時間をずらしてみたりして、実在の戦争をそのまま描くのではなく、「これは架空である」と明示し、戦争をとらえなおすもの（中略）。
三つ目は、もう過去の戦争は取り上げずに今の戦争を描くタイプで、湾岸戦争やイラク戦争を描きます。（中略）
四つ目が、あくまでかつての戦争を書くタイプ。（以下略）

さて、成田龍一のこの分類は、戦後日本の小説作品の特質に触れながら述べたものであるが、沖縄で書かれている戦争詩にもこの分類が当てはまるだろうか。極めて興味深い。

確かに一つ目と、四つ目の分類は沖縄の戦争詩にも当てはまるように思う。「現代の日常生活に戦争体験がどのように取り込まれているか」、また「かつての戦争はどのようなものであったか」を考察し、多くの詩人たちは詩の言葉にしている。

また、三つ目の「過去の戦争は取り上げずに今の戦争を描くタイプ」の作品は、沖縄の米軍基地に目を凝らすとき、自ずと他国の戦争や、自爆テロなどが頻発する世界の危機的状況へ言及せざるを得ないだろう。それゆえに射程の長い詩を書いている詩人たちもいる。例えば中里友豪のニューヨークテロを題材にした「9・11」などがその例に相当するだろう。

ところで、二つ目のタイプ「架空戦記のような形」で戦争詩を書いた作品は、沖縄の現代詩の世界においては管見では見当たらない。その理由は定かではないが、沖縄の詩人たちにとって目前の米軍基地は、アジアの戦争で前線基地となったベトナム戦を喚起し、現実の危機を想定させるものとして十分に自覚されているのではないか。架空戦記は想起されずとも、常に現実の戦記が目前にあるのだ。沖縄の戦争詩はこのような現実世界を目前にしているがゆえに、常に言葉の力が試され、戦争体験の継承が模索されるのである。

翻って、成田龍一に倣って沖縄の戦争詩を分類するとどうなるか。簡便な尺度としての時間軸を用いると、過去、現在、未来へ向かう詩として大別できるように思う。もちろん詩の言葉を対象にしているがゆえに、この分類はそれほど単純なことではない。

「過去へ向かう詩」とは、過去の沖縄戦を描くことであり、成田龍一のいう一つ目と四つ目を混合したタイプである。「現在へ向かう詩」とは、米軍基地が存在する沖縄の現状を告発する詩であり、時代の証言としての詩である。そして「未来へ向かう詩」とは、沖縄戦の記憶と目前の現状から飛翔して、世界の危機や平和の尊さを訴える詩である。

そして、どの方向に向かう詩であれ、共通するキーワードは、国家権力の暴力や、米軍基地あるがゆえの基地被害の実態、そして沖縄戦の記憶の継承が、戦後の時間軸を貫いた詩作品の特質になっているということだろう。

2　戦争詩の具体例とその方法

成田龍一の四つの分類も、時間軸の分類も、それぞれに窮屈な分類だ。言葉はファジィであり、想像力を凝縮した思念の塊であるからだ。言葉は直線的に飛翔するのでなく、分裂して多方面に飛翔する。詩人たちは敢えてその言葉の特性を意識しながら詩の言葉を紡いでいる。それゆえに、意識は重なり意義も重なり時制も重なる。しかしなお、いかほどの効用と結果が待っているか想像もつかないが、成田龍一の分類を援用しながら、時間軸で戦争詩の具体例を取り上げ、その内容と方法を分析し整理してみたい。

まず、第一の「過去へ向かう詩」の型だ。過去へ向かう意識のベクトルが強いと言っても、詩人たちが模索する詩の表現方法は数多くある。沖縄の人々が体験した戦争が、場所や世代によって違うように、表現の方法も違うのだ。ここでは、牧港篤三、上江洲安克、山入端利子、大瀬孝和、そして上原紀善を紹介しよう。

牧港篤三（一九一二〜二〇〇四年）は、沖縄戦を従軍記者として体験する。戦後は、この体験を核にして平和を希求する詩を数多く書く。大日本帝国のイデオロギーを信じて戦争を迎えた牧港は、戦争の実態が殺し合う悲惨なものであることを体験する。この体験が、牧港の詩を、平和を声高く叫ぶシュプレヒコール的なものでなく、淡々と風景の一コマを切り取るように描写するリアリズム的手法によって、自らの体験を詩の言葉として表出させる方法にも繋がっていく。

上江洲安克（一九五八年〜）は戦後世代だが、想像力を援用しながら沖縄の人々が体験した戦争を描く。それは沖縄戦だけでなく東南アジアの戦線まで視野が広げられる。集大成になった詩集に『うりずん戦記』（二〇〇八年）がある。

　上江洲の方法の特異性の一つは、豊かな想像力を駆使して戦争の時代を生きた語り部を創造するところにある。その語り部を戦争の時代に対峙させ熟達した視線から戦争を見つめる。時には八六調の4行詩に結実させる。この方法から紡がれる詩はユニークである。次の詩は、『黙行秘抄』（二〇一二年）と題された詩集に収載されている「ビルマ方面」と題された詩の冒頭部である。

　連隊ひとつで軍団を／敵に廻して迎へ撃てば／騰越《とうえつ》てらす
　青き月夜／残り少なき水をすする
　至近の距離に込めし弾は／慌てもどかし震える指ぞ／敵の
　浸透雲霞のごとし／末期に観るは拉孟《らもう》の空か
　雨は降る降るミートキーナ／弾けて飛ぶは人か土か／ビル
　マの大地に戦友《とも》は溶けて／供養の煙は硝煙ばかり　（以下
　省略）

　山入端利子（一九三九年〜）は、沖縄戦を沖縄本島北部のヤンバルと呼ばれる大宜味村で体験する。体験時は六歳の少女だ。この少女が体験したヤンバルの沖縄戦を、少女の生活言語としてシマクトゥバで語るのである。衒いのない等身大の生活言語で語る戦争体験は、日本兵の暴力や肉親や知人の不条理な死を語り戦争の実相を浮かび上がらせている。

　大瀬孝和（一九四三年〜）は静岡県に生まれる。一九六六年に受浸し、復帰後の沖縄にセブンスデー・アドベンチスト教団の一人として来沖する。現在は勤務先を本土に移しているが、来沖して見聞した沖縄戦の残酷さや米軍基地被害に遭遇する沖縄の現状に心を痛める。キリスト教徒として、また詩人としての琴線を強く揺さぶられたのであろう。詩はユニークな視点や方法で表現される。その一つにひらがな表記を中心とした言葉と、沖縄戦を加害者の視点を導入して描いたことがあげられる。人間の罪業とも見まごう戦場での生きんがための行為を鎮魂するかのように祈る言葉が詩の言葉になる。このことは沖縄戦争詩の世界を広げることにもなった。

　次の詩「水の音」は第3詩集『赤い花の咲く島』（一九九一年）に収載されている。

　ばくふうで　みみがきこえなくなってしまった　あなたは
　　きょうも　ぐーんとひだりのやみのほうがくに　からだ
　を　かたむけて　くらいみちを　おいつめられるようにか
　えっていくのでしょうか。／／おさなごの　ほそくなった
　りょうあしをつかまえて　おもいきりふりまわして　なん
　どもなんども　いわにうちつけてころした。／／（みてし
　まったものは　どのようにしてわすれることができるので
　しょうか。）／／あなたの　生きることのふかいふちには

ほたるのようなひが　ひそんでいるのでしょうか。／／いっぽんのなわに　すうにんのほそいくびをじゅずつなぎにして　おもいきりひっぱりあった。／／（はしにいたわたしは　そうしてしにそこねた。）／／しずかな　ガマのてんじょうから　したたりおちるみずのおとが　きこえないみみについて　はなれないのです。

上原紀善（一九四二年〜）は言葉の「音」を大切にする詩人である。そして詩の言葉は幼いころからなじんできたウチナーグチが多用される。自らの詩法について上原は次のように述べている。[注2]

「幼い頃からウチナーグチを使っているので、感じたこと、考えることも方言の方がしっくりいくところがある。シュールレアリズムの詩法の影響もあってウチナーグチを変形したり、結合したり、意味のない音を使用するようになっていった。シュールレアリズムの思想と方法は戦後の沖縄を見るときにも有効であると思う。また現代文明の危機の中で沖縄的なものの復興が要請されているという思いも強い」。

この詩法によって上原紀善は、出生の地、糸満に寄り添って詩を紡いでいる。それゆえに実験的な詩も多い。次の詩は土地の記憶を掘り起こしたものだが、日本軍によって従軍慰安婦にされたハルモニに心を寄せた詩だ。この詩は実験的な手法をニュートラルにした詩の一つだが、過去の沖縄戦がまざまざと甦る。詩の言葉の力を感じさせられる一篇だ。

ハルモニ／ゴジュウいくつかになる／朝鮮のおばあ／ニジュウいくつかに／海を渡り／沖縄へ連れてこられて／戦に軀がよじれ／母国へ帰れず／パンパンになった
朝　陽が昇ると／北へ向かい　涙腺を強く締め／一日の力を得る／陽が落ちると／北に背を向け／黒くなった軀を保つように／頭に血を通わせまいとして／首を絞め　かすかに笑う
ハルモニはよくコーラを飲んだ／酒は酔っ払うからコーラを飲んだ／今ではコーラを見ると吐き気がする
兵隊はハルモニの山を越え／ハルモニの青い肉の中を／逃げ惑い／斬り込みを決行し／また　兵士は／地獄絵図をハルモニの体熱で／溶解させ／ハルモニの川を流れ／大気を切り裂く叫喚のため／ハルモニの軀はよじれ／母国へ帰れず／戦後の沖縄をさまよい／ミミズの生活や／牛の乳になったり／捨てられたタバコになったりした
遠くに光る　かすかな灯を／想い起こせよ／冷たく燃える炎が／水に流れて／揺れ動く絵のような／世界にたどりつく／扇風機と冷蔵庫もある／沖縄に骨を埋め／骨が北の方へ流れるように／じっと見よう

さて、二つ目の「現在へ向かう詩」の型は、基地被害が頻繁に起こる沖縄の状況と対峙するがゆえに、多くの詩人が有している方法だ。これらの詩が沖縄戦後詩の大きな貫流を作っているように思われる。ここでは中里友豪と市原千佳子、そして網谷厚子を取り上げよう。

中里友豪（一九三六年〜）は、まさに現在を生きる詩人である。国語教師としても活躍してきたが演劇人としても活躍している。そして多くの詩集と多彩な方法を駆使した詩編も多数ある。中里友豪が主宰している詩誌『ＥＫＥ』に、私は10年間ほど所属したことがある。中里は那覇市の生まれだが、幼少のころ慶良間で過ごし、再度本島へ渡った後に集団自決の悲劇が起こったという。その運命の時間と場所を免れたのは奇遇にしか過ぎなかったと語ったのを聞いたことがある。

中里は戦後の沖縄の時代を幼少期から重ねることになるが、時代を体現し、時代と対峙する詩を多く紡いでいる。『中里友豪詩集』（二〇〇八年）の「あとがき」には、次のように記している。

「自分史という言葉がある。それに重ねて言えば、ここに集めたのはまさしく自分史である。自分のことしか書いていない。自分の手の届く範囲、経験したこと、見つめたこと、考えたこと、感じたこと、想像したこと、そういうことばかりである。改めて他人の目に晒すのは、だから、少々気が引ける。戦争、廃墟、植民地支配、軍事基地等々、常に不安で屈辱的な状況が逃れ難く存在した。それは今も続いている。ぼくはそうした状況に常に寄り添うように生きて書いてきた、とつくづく思う。」（以下略）

そんな中里友豪が、「一九六二年一二月二〇日午後一時、嘉手納でＫＢ五四大型輸送機が墜落し、二四歳の青年と、生後二か月の新崎盛男ちゃんが焼け死んだ」事故を題材にした詩「ボク零歳・黒焦げんぼ」を書いた。次のような詩だ。

ボク零歳黒焦ゲンボ／ボク死ニタクナカッタ／「生」ノ意味モ知ラナカッタ／ボク生キタカッタ／デモ死ンダ／（中略）／／ボク母ァチャンノオ乳呑ンデイマシタ／イイ気持チデ呑ンデイマシタ／トツゼン／オ乳ノカワリニガソリンガ流レコンデキテ／オナカノホウカラ焼ケテシマイマシタ／顔が熱イノデサワッテミルト／雑巾ノヨウニ皮ガムケテシマイマシタ／偉イ人タチハミンナ／ボクノ顔カラ目ヲソラシマシタ／ソノハズデス／ボクノ顔ニハ／目モ鼻モ口モ耳モ皮膚モナイノデスカラ（以下略）

市原千佳子（一九五一年〜）は宮古池間島の出身だ。山之口貘賞を受賞した詩集『海のトンネル』（一九八五年）のあとがきには、「自分がいかに生きるかに最も関心をよせ、その孤独の世界での純粋培養に余念がない」と書いている。その姿勢は持続され『太陽の卵』（一九九二年）では女性としての身体、母性としての身体、少女としての身体に依拠しながら記憶を手繰り寄せ、性を突き抜ける深い孤独の位相に対峙している。この姿勢は詩人としての市原を生み、育んできた拠点なのだろう。

この二つの詩集以前に発行された詩集『鬼さんこちら』（一九七五年）にも、すでに女性としての身体を通して語られる言葉が刻まれている。肉体の目、生活の目で語られる風景の一つは、「島の風景―沖縄県コザ市」である。ユニークな話体で語られるこの詩の背景には、当然、戦争に食いつぶされた沖縄の過酷な現実がある。

アメリカはいつも戦争中だからさあ大変／／あたいたちはやったらめったら忙しい／前線へ出向くバリバリの兵士／帰ってくるよれよれの兵士／十万、二十万、三十万……／兵士の戦意はあたいたちを狙う　そして／生きかえる／兵士のあそこは／銃口よりも殺気立っている／上品な半開きは絶対禁物／兵士は突然裸になる／兵士はまったなし／兵士はあらくれ／あたいたちのマチは殺気だった欲情のマチです／／（中略）あたいたちのマチは／殺気だった欲情を知られてはならない。／差別のアメリカを知られてはならない。／マチはひっそり口をあけ／あたいたちは無差別に兵士を抱く／／おいでよ白も黒も／ここは赤線民宿／肌の色によって差別しないよ／股の開き具合を差別しないよ／腰のよじり具合を差別しないよ／おいでよ白も黒も／一緒に寝てしまえばわからないよ／悪臭はだれのものか／憎悪はだれのものか／諦めはだれのものか／戦争はもうたくさんだという本音はだれのものか／おいでよ白も黒も／抱いてかき混ぜてしまえば無彩色の海になる　（以下略）

網谷厚子（一九五四年〜）も、沖縄の風景を描いた。網谷厚子は富山県の出身だが、沖縄に移り住んで目にした異様な風景を詩の言葉にする。次の詩「コロニアな」は、沖縄を表象するキーワードを駆使してパズルのように組み合わせて作り上げている。浮かび上がってくる風景は「日本の中で差別されている沖縄」の現実である。もちろん「コロニアル」は植民地の意味だ。[注4]

ずっと声を張り上げている　何十年も　声は真っ青な空に散らばる　先祖の墓まで辿り着けない　鉄条網の張り巡らされた向こう　見えるけれど　辿り着けない　水いっぱい供えられない　鉄条網のこちらで　かさついた年老いた手のひらを合わせる　声が届かない　許されて花を供えるそんな日は　あたかも地雷を踏まぬように　そっと歩く足の震えが止まらない　あの世とこの世を隔てる　鉄条網が　消えることはない　他国の双翼機が　バタバタとささやかな一日の終わりの安寧を突き破るタッチアンドゴーを繰り返し　爆音だけを残して　瞬く間に姿を消す　モ

ンスター　青い海原に　日本国が　他国の基地を増設する日　声はすでにかすれて　喉から血が吹き出ても　もうこれ以上は　だめなものはだめと　起床ラッパが高らかに鳴り響く（中略）
わたしたちは　取り囲まれている　他国の軍隊に　守られている　というより囚われている　人質となって　生きている　生かされている　世界の中の差別　敗者の中の差別
　永遠の敗者日本　日本の中の差別　みんな知っているのに　だれも見ようとしない　静かに　血を流し続ける　国がある

三つ目の型は、「未来へ向かう詩」の型である。沖縄の過去や現状と向き合えば、自ずから現状を憂い未来の平和を願わずにはおられない。またそのような言葉を探し文学の力を信じて、詩人たちは詩を書くのだ。それだけに戦争詩はすべからく未来へ向かう詩であると言っても過言ではない。その中から芝憲子と宮城隆尋、そして佐々木薫の詩を紹介しよう。

芝憲子（一九四五年〜）の詩は明快だ。一本の矢である。決して折れることのない鋼の矢だ。沖縄の現状を憂い反戦平和を願う姿勢は一貫して揺るがない。この姿勢から沖縄戦の悲劇が紡がれ、新基地建設で揺れる辺野古に自らも行き座り込み反対を唱える。沖縄の現在を語るに常に長い歴史のスパンを有して民衆の視点から語る。芝憲子の方法は多彩であるが、反戦の志は揺るがない。時には声高く、時には静かに、時には厳かに自らを戒める。しかし、いずれの詩もピュアな精神が発露され邪心はない。濁ることはない。次の詩は近作『沖縄という源で』（二〇一七年）という詩集に収載された「沖縄はいま」という詩である。

オキナワ　と言うだけで／こみあげてくるもの／オキナワ　と言うだけで／トクトクと動き出すもの／単なる地名ではなく／血のかよった自分自身だというように／／島ではサンゴの地盤の上に／いたるところにフェンスを立てられ／戦闘機がおかれ／削られている／だが／サンゴはいま波を寄せて／フェンスをはじき倒そうとしている／／わたしたちの憤りは／根本からなので／落胆するひまがない／誰もが頭のすみで／フェンスが消える日のことを考えている／なくなった人々のこと／島を背負う子どもたちのことを考えている／戦闘機の下で平たくされているようなわたしたち自身を／二十一世紀の生きている人間として／この手に抱き取りとりもどすのは　いま

宮城隆尋（一九八〇年〜）は最も若い年齢で山之口貘賞を受賞した詩人である。受賞詩集『盲目』（一九九八年）は、首里高校三年生の時に出版された。瑞々しい感性と若々しい才気が溢れた詩集だ。「死」や「夢」や情緒的な言葉が飛び交っているが、すでに言葉の力の無力感や限界にも気づいている。視線は個の世界を飛び出して沖縄の社会、及び日本政府へも向けられる。今日もなお詩集を持続的に発行し、若い詩人たちのリーダー的存在として活躍している。次の詩「赤い叫びの島」は、詩集『盲目』に収載されている。沖縄の現状を見通す力は、すでに十分なインパクトを有している。

この赤い島には／嫌な臭いがただよっていて／空も海も土も／しかめっ面の人々も／いつまでたってもみんな赤い／／青い空も赤い／青い海も赤い／白い珊瑚も赤い／ワタシタチヲスクッテクダサイ／ワタシタチヲイジメナイデクダサイ／／五十年間しかめっ面の／赤い色をした人々が／いまだ叫び続けている／ワタシタチヲタスケテクダサイ／ワタシタチヲコロサナイデクダサイ／／血を流しながら哀れみを誘い／主義主張自己主張／いぶかしげに低い腰／メンソーレメンソーレ／ビョードウニキモチヲモテ／／やがてクイナもヤマネコもいなくなれば／この人々は何に気づくのか／やがて珊瑚の上にキチができれば／この島の人々は何に気づくのか／赤い頭で叫ぶ／しかめっ面の平和は／訪れるはずもない／それでもこの島の人々は／今日も明日もあさっても／叫び続けるだろう／／珊瑚にしみこんだ赤い色と／いまだただよう死の臭いで／吐き気をもよおすこの島では／醜い亡者の叫び声が／いつまでたっても聞こえてくる

佐々木薫（一九三六年〜）は東京に生まれた。秋田県立高校を経て東京大学医学部附属看護学校を卒業。仕事を得るが復帰前の一九六四年に来沖し、以後沖縄に住み続け詩作を続けている。第一詩集『潮風の吹く街で』（一九八八年）は第11回山之口貘賞を受賞した。以後詩人としての活躍はめざましく、今日まで詩集を継続的に発行する傍ら県内詩人の詩集発行を支援したり、季刊詩誌『あすら』を主宰して沖縄の詩人たちのネットワークを作るなど心強い存在になっている。今では、沖縄そのものが佐々木薫と同化し、佐々木薫と血肉化して詩の言葉は織りなされる。

実は佐々木薫のこの傾向は第一詩集から顕著に見られる特質で、不退転の決意で沖縄に対峙した佐々木の姿勢に沖縄が答えてくれたものだろう。次の詩は「ロシヤ民謡」という詩で『潮風の吹く街で』に収載されている。

どこか　千駄ヶ谷を思い出させる　赤い小窓の喫茶店に座り／昼休み　ロシヤ民謡を聴いている／／道の向こうには外苑広場が／広がっているような錯覚をふと覚え／メーデーか　青年の祭典かのたぐいの／かつてのざわめきが私の心によみがえる／／―だが　ここは沖縄で／私はひとり物思いに沈む者だ／十年の歳月の変転は　日本を祖国と

呼べなくしている／／かつての青春の豊かさから遠く離れ／私が　とまどい苦しみ　飢えているこの沖縄に／自分の運命との　悲しい相似を見ている／／自分の関与できないものに／己の運命を託さなければいけない者の悲しみが／私の心を暗く　いきどおらせる／／帰属を失い　時のめぐりの中で／ひとりあがく者は私であり／その私に沖縄の歴史はまざまざと／その過酷な流転を重ね合わすのである（以下略）

3　現代詩の現在

今年二〇一八年度（第一五八回）芥川賞は、二人同時受賞で、石井遊佳「百年泥」と若竹千佐子「おらおらでひとりいぐも」の二作であった。いずれも興味深い作品であるが、「おらおらでひとりいぐも」は東北弁を駆使した痛快な作品である。

主人公は70歳の桃子さん。桃子さんはご主人を亡くした。寂しくてたまらない。しかし、どこかに解放感もある。この二人の桃子さんが、桃子さんの脳裏でせめぎ合い、結局は「おらおらでひとりいぐも」と、老後の人生を一人で生きていく決意をする。少し寂しく、少しユーモラスな作品だ。

文中で使われる東北弁は作者の生まれた岩手県の土地の言葉である。東北弁は、桃子さんの生活の言葉であり、思考の言葉だ。その言葉が実に効果的に使われており、作品世界をリアルにし、和ませてくれる。

ところで、沖縄の現代詩の現在も、土地の言葉に大いに注目していると言っていい。このことは明治期から、沖縄の表現者たちにとって大きなテーマの一つとして担われたきた。

沖縄県の誕生は一八七九（明治12）年である。かつて沖縄県は琉球王国と呼ばれる島国であった。琉球王国は一六〇九年に薩摩に侵略されて傀儡政権となる。日本の近代は一八六八（明治元）年にスタートするが、琉球王国はその帰属を巡り清国と明治政府との間で交渉が続けられる。琉球王国の歴史は隣国中国と大きな関わりを有しながら発展してきたからだ。明治政府が廃藩置県を実施したのは一八七一年であるが沖縄県が誕生するのは八年遅れの一八七九年である。

明治政府は日本人を作るために共通語である日本語を作る。辺境の民衆の言葉は切り捨てられ、日本人になるために日本語を習得することを強要する。遅れて明治政府の傘下に組み込まれた沖縄県民も必死に中央の言語である日本語を習得することに精励する。日本語こそがコミュニケーション言語であり、日本語を習得することこそが日本人になることの証でもあったからだ。

日本の近代文学は明治10年ごろから出発する。坪内逍遙の「小説神髄」が発表され、ヨーロッパの「小説」が紹介されたのは一八八五（明治18）年である。ヨーロッパの詩のスタイルが、「新体詩」として紹介されたのも一八八二（明治15）年である。

沖縄の近代文学は明治30年から40年代が出発となる。日本文学は日本語で表記することが原則であるから、沖縄の文学者たちにとっても習得した日本語の表記が原則となる。しかし、日本語表記の中に果敢にウチナーグチの表記を取り込んだり、ウチナーグチのリズムを生かそうとした先達は数多くいたのである。この挑戦が、今日まで沖縄文学の課題の一つとして続いているのだ。

日本文学作品へウチナーグチを取り込む意義や方法は、長い時代の中で様々に変化した。概略的に述べれば、近代期においては沖縄を象徴する記号であり、郷愁を喚起する言語として使用された。戦後は、ウチナーンチュのアイデンティティを示す言葉として注目される。復帰後には、詩の手法として取り込まれモダニズム詩としても実験される。

ウチナーグチは、日本語を原則とする日本文学の体系の中で、様々な効用を生みだしている。例えば自らの精神的風土を示すウチナーグチを取り込んで詩の世界を創出することは、日本語の言葉の体系に裂け目を入れることに繋がる。この亀裂から生ずる表現言語は、新しい文学言語を生みだし、文学の世界を豊かにしてゆくことに繋がる。ウチナーグチは、日本語の言語体系における異化作用を生み出す一擲として意識的に自覚されて使用されているのだ。

また、ウチナーグチのもつ美しい響きや独特なリズムを、そのまま詩の世界に取り込むことに挑戦する詩人たちもいる。さらに方言という呼称を嫌い、琉球王国の言語として日本政府に対峙する政治的意味を付与する使い方をしている詩人たちもいる。このこと一つとっても、沖縄現代詩の現在は様々なスタンスからの挑戦が行われ、時代に対峙する言葉の力が模索され、言葉の喚起力が試されていると言えるだろう。

二〇一七年第40回山之口貘賞を受賞した詩集は、佐藤モニカの詩集『サントス港』（二〇一七年）と、あさとえいこ（安里英子）詩集『神々のエクスタシー』であった。二人同時受賞であったが、この二つの詩集の特質を見ることで沖縄現代詩の現在が垣間見えるようにも思う。

佐藤モニカ（一九七四年〜）は千葉県に生まれる。二〇一三年から夫の仕事の都合で沖縄県名護市に移り住んでいる。先祖にブラジル移民の家系を持つ。それゆえに作品には親族の住むブラジルへの思いや、沖縄に移り住んでからの習慣の違いや戸惑いなどがテーマになっている。また今夏に初産で長男を出産した体験が素地になり、母親になる不安や幸せ感が瑞々しく表出されている。

佐藤モニカは小説の分野でも二〇一四年に「第45回九州芸術祭文学賞」を受賞し作品が中央の文芸誌『文學界』に掲載された。また短歌でも「第22回歌壇賞」を受賞した。佐藤モニカの詩作品には戦争の影や米軍基地被害はほとんど現れない。しかし、これまでの沖縄文学になかった移民や子育てという視点を導入して新しい作品世界を広げてくれている。新しい沖縄文学の胎動を感じさせる詩人の登場である。

安里英子（一九四八年～）は、環境問題や基地問題など鋭い発言で知られる市民活動家である。その安里英子が『あすら』同人として十年余にわたって発表してきた詩をまとめたのが詩集『神々のエクスタシー』（二〇一七年）だ。

あさとえいこの詩は、時間と空間を自由に往還して紡ぎ出されており、詩の言葉は伸びやかで鋭い。過去の時間は、沖縄の太古の神々の世界へまで射程を伸ばしている。久高島のイザイホーを思わせる始源の世界を詩のテーマの一つとしている。また現在の時間は戦争で傷ついた一族の今だ。祖父は戦死し、父は首里士族の血筋を忌み精神を病む。兄も気が狂う。戦死した祖父の一字を貰って「私」は「英子」と名付けられる。太古の時間と現在の闇は衝突しながら様々な詩の言葉を生み出している。空間の飛躍は、韓国済州島の悲劇や、アメリカ、そしてベルリンを訪れた体験などにも広がり詩の言葉に結晶する。見えないものを見ようとする言葉の結晶は重い。あさとえいこの詩を読むと、言葉は時間や空間を越える力があることを教えられる。済州島を訪問した際の詩は「済州島の哀しみ」と題して次のような言葉に結晶する。

胸を病んだ無数の蟹たちが／黒い砂を噛みながら　山にかえる／たたきつける四月の雨にぬれて／父や母や妹の　涙を振り返ることもなく／黙って／砂を噛みながら／漢拏山《ハルラサン》にかえる／／波うつ海を夢にみて／山から下りた祖父母たちと　同じ道を／蟹たちは　雨の中を　逆に登っていく／／村では学校の校庭に集められた人々が／腹を裂かれて捨てられた／生きたまま　腹を裂かれた男たちは／絶叫して　走り／腸が血を滴らせたまま　一直線に／堀をこえたという／／蟹たちパルチザンが／無言のまま　黒い砂を噛みながら／漢拏山に向かう／火山島に春がきて／2006年4月／私は　58年目の「4・3事件」の追悼会へ出席した／桜が満開した島で／おだやかに菜の花がゆれていた

4　抗う言葉の行方

集英社が創業85周年記念企画として「コレクション　戦争と文学」全20巻を刊行した。その中の20巻目は地域編とされ『オキナワ　終わらぬ戦争』（二〇一二年）として出版されている。この巻の解説を担当した高橋敏夫は次のように書く。

沖縄の被ってきた戦争と暴力はいっこうに軽減せず、ヤマトとアメリカの戦争と暴力の歴史はさらにつづく。この厳然たる事実は、たしかに直視する者に諦めと絶望をもたらす。

しかし、厳然たる事実はそれゆえにこそ、わたしたちに戦争と暴力に抗い闘うことを逃れがたく求める。現況での絶対的な矛盾ほど人をつよくゆさぶり、不可能を突き破る次の一歩を渇望させるものはない。

沖縄でもヤマトでも、それぞれの場において戦争と暴力に抗うわたしたちの前に、みずみずしく歓喜にみちた抗いのリアルとその熱源が出現する。いや、そうではない。動かしがたく圧倒的な戦争と暴力のリアルに違和感をいだいてはじまる、わたしたち一人びとりの思考と行為および表現がすでに、みずみずしく歓喜にみちた抗いの闘いのリアルそのものではないか。（以下略）

沖縄の人々は希望を捨ててはいない。また捨ててはいけないのだ。小さな言葉の積み重ねが、やがては大きな歴史のうねりを作っていくことを信じている。そして、言葉は、時間や空間を越えて国境をボーダレスにする力があることをも信じている。これこそが、歴史がすでに証明してくれているはずだ。

在日韓国人の評論家徐京植（ソ・キョンシク）は、著書『評論集Ⅱ　詩の力』（二〇一四年、高文研）で、ヨーロッパ・ユダヤ人の絶滅に触れながら、次のように述べている。[注5]

このような「限界に位置する事件」を文学的に表象しようとする行為は、「文学」という「伝統的なカテゴリー」そのものへの問いを内包せざるを得ない。いいかえれば、ジェノサイドを扱ったすぐれた文学作品はそれ自身、「表象の限界」に位置するものであり、それを読む者は自らの「想像力の限界」を試されるのである。


それぞれの土地に寄り添って紡ぎ出す言葉には力がある。歴史の証言となる言葉は歴史を動かす。詩の言葉には、すでに歴史が刻まれている。沖縄の土地は、文学の可能性が模索され、「想像力の限界」が常に試される土地だ。もちろん、そのような言葉こそが、私たちに届くのだ。

この例を、詩人中里友豪の詩「少女」の決意に託して拙稿を閉じたい。中里の詩は基地あるがゆえに米軍兵士に強姦され殺された少女たちへの鎮魂と悲しみを述べながら自らを鼓舞する言葉になっている。それは私たちの決意でもあり、戦争詩を紡ぐ詩人たちの決意でもある。[注6]

永遠に少女でありつづけるだろう／少女よ／ときには青空を見上げることがあるだろうか／ぼくの手はまだ硬直して／その暗い痛みに　屈辱の深みに／触れることができないでいるのだが／／思い出す／クロンボー鐘／（差別と言う

な）／薪よりも白骨が多い傷だらけの土地／テント小屋の集落の要所要所に／酸素ボンベを吊るし／乱打したあのクロンボー鐘／鐘が打ち鳴らされるたびに／女たちは石になり／闇にしがみついた／それでも子羊のように引き裂かれた無垢／カンダバーを摘み／土に爪を立て／芋畑にはりつけにされた少女／打ち捨てられ／無念の血を流し／惨劇は無言のまま朝日に晒された／手榴弾を握って馬乗りになった男を／大人たちは遠巻きに見ていただけだ／娘をかばい身代わりになった母親／生皮剝がれた夫婦／いたるところで／鐘は打ち鳴らされ／いたるところで／女は蛙のように踏みつぶされた／／あれから五十年／由美子ちゃん、悦子さん／惨劇はまだ続いている！／骨を集め／塔を作り／涙で洗い／慰め合い／日に日に清められる記憶の谷へ／物語とともに滑り落ちるか　嗟嘆／今、この時でも／手榴弾を握り／島に馬乗りになって／犯しつづける者ら／が見えるか、涙の目で／もういい／ぼくはぼくの沈黙を組織する／だから少女よ／まだ一言も発するな／たとえ怒りや哀しみが／日常という聖域に埋められても／ぼくは一つひとつを掘り起こし／沈黙の疼きに耳を澄ます／ひとつの言葉を立たせるために／／少女よ／饒舌な沈黙よ／古びた言葉の寺に身を潜める／ぼくを撃て／撃ちつづけよ

◇付記

本稿は「沖縄戦争詩の系譜」（第1稿）の姉妹編、第2稿として起稿した。

【注記】

1　『戦争文学を読む』（二〇〇八年、朝日新聞出版）収載。

2　『上原紀善詩集』（二〇一一年、脈発行所）あとがき。

3　詩「ボク零歳・黒焦げんぼ」は、詩集『コザ・吃音の夜のバラード』（一九八四年、オリジナル企画）に収載されている。

4　網谷厚子詩集『魂魄風』（二〇一五年、思潮社）収載。

5　『評論集Ⅱ　詩の力』（二〇一四年、高文研）に収載された論文「証言不可能性の現在」225頁参照。

6　詩「少女」は、『中里友豪詩集』（二〇〇八年、脈発行所）に収載されている。

四　「沖縄文学」の特異性と可能性

はじめに

沖縄の近代現代文学研究の第一人者仲程昌徳は、沖縄の作者たちが紡ぎ出す南洋諸島や海外の移民地を舞台にした作品を「もう一つの沖縄文学」と称した。[注1] それに倣《なら》えば、日本文学の中で沖縄を舞台にした作品や沖縄の特殊な状況が生みだす文学作品を「もう一つの日本文学」と称したい誘惑に駆られる。それは、日本文学の多様性を示す例としての「沖縄文学」であり、同時に独自性を示す例としての「沖縄文学」だ。換言すれば、日本を相対化する文学であり、日本文学の枠組みを揺り動かすダイナミックなマグマを有している文学である。

沖縄の特殊な状況とは、政治や言語や歴史の特殊性をさす。私たちが生活を営む環境や生活現場のことだ。文学作品を生み出す基盤が、時代の状況と対峙するときに生まれるのだと考えるならば、沖縄の状況は日本本土とは違う歴史や文化、政治的な状況に翻弄される軌跡を描いてきた。

近世においても、かつて沖縄県は「琉球王国」と呼ばれる小国であったことは明白である。その琉球王国は、一六〇九年に薩摩の侵略を受けて島津配下に組み込まれ傀儡政権となる。さらに一八六八年に明治元年を迎えた日本国は「琉球処分」と称して一連の政治的権力を駆使し「琉球王国」を解体し、一八七九年に「沖縄県」として傘下に組み込む。去る大戦では唯一地上戦が行われ、戦争に巻き込まれた県民の四分の一が犠牲になる。本土防衛のための沖縄戦であったが故に犠牲者は多数にのぼったとも言われている。

しかし、県民のこの犠牲的精神は顧みられることなく、戦後は日本国から切り離され、米軍政府統治下に置かれ植民地然とした政治が行われる。沖縄を「太平洋の要石」とする軍事優先の統治政策が行われ、県民の基本的人権を踏みにじる統治が二十七年間にも及ぶ。県民は悲惨な沖縄戦の体験から軍事基地建設に反対し、平和な沖縄県の建設を渇望して一九七二年に本土復帰を果たす。しかし、現実は夢見た復帰とはほど遠く、沖縄には依然として過重な基地負担が続いている。

概観したこの歴史は本土のどの県にもない軌跡である。特異な歴史があれば、それを土壌に生まれる文学作品も特異な風貌を持って生まれることは容易に想像できる。

琉球王国が存在したその特異な歴史を背景に、私たちの先達は「沖縄学」という学問の領域を生みだした。それは「言語学」や「琉球文学」と称される「沖縄の古典文学研究」の分野でめざましい成果を上げている。日本の『万葉集』にも喩えられる『おもろさうし』の研究、また「組踊」や「琉歌」を生み育んできた沖縄の社会や共同体のあり方は、文学の発生をも射程に入れた多くの発見をも提示してくれている。

翻って考えるに、近代以降の「沖縄文学」の研究成果は、やや心許ないと言わざるを得ない。冒頭に紹介した仲程昌徳や故人の岡本恵徳らが切り開いてきた研究分野を継承発展させる課題は依然として大きいと言わざるを得ない。

本稿は、この課題を担うことに少しでも寄与したいという思いで起稿した。論点の主眼は、沖縄という土地の特殊な状況が生み出した歴史や文化を背景に「沖縄文学」という枠組みが成立するかを考えることにある。私は成立すると思っている。そのために「沖縄文学」の特異性を抽出し、可能性について論究できればこれほどの喜びはない。

1　「沖縄文学」の定義と特異性

「沖縄文学」とは何か。私は琉球処分以降、沖縄県となった明治以降から現在までの文学を「沖縄文学」と呼ぶことが可能だと思う。琉球王国の時代に創出された文学は「琉球文学」という呼称があるがゆえに、「沖縄県」が設置された以降の文学を考える相対的な枠組みとしての呼称である。

もちろん、文学は断絶的に継承されるものではない。文学の展開は流動的であり伏流的である。ここでは論ずるためにもう少し詳細に「沖縄文学」の定義について整理しておきたい。

まず、「沖縄文学」を考えるキーワードとして三つの視点を提示したい。「時代」「内容」「作者」である。時代は、沖縄県となった明治以降の文学作品のことをさす。内容は、作品に取り扱われる地域や題材のことを示し沖縄を舞台とした作品をさす。作者は、沖縄で生まれたか、もしくは沖縄に居住して活動している作者の作品とする。この三つの枠組みで組み合わされ創出された作品を「沖縄文学」と考えている。

さらに、「沖縄文学」の時代区分として二区分と三区分が考えられる。二区分は「近代文学」と「現代文学」である。現代文学は戦後文学のことで、この戦後文学を「復帰以前の文学（占領下の文学）」と「復帰後の文学」に分ければ三区分になる。「沖縄文学」の中に、沖縄の古典文学としての琉球文学を包含する考えもあるが、ここでは琉球文学を含めずに沖縄の近代文学、現代文学を論じる対象として「沖縄文学」という呼称を使うことにする。琉球文学と区別するために「沖縄現代文学」の呼称を考えてみたが、明治期の文学をも現代文学と称するには、やはり無理がある。大枠の呼称として琉球王国時代の琉球文学と沖縄県設置以降の沖縄文学で考えた方が座り心地がよい。本稿では「沖縄文学」を近代文学と現代文学に区分して考察していく。

さて、沖縄の近代文学のテーマや作品の特徴は、主に次の四点にまとめられる。一つは「表現言語の問題」である。日本語が作られ、言語が日本語として統一されていく中で地方の言語である「ウチナーグチ」をどう文学言語として表現の中に取り込んでいくか。これが近代期の表現者たちの課題の一つになる。

二つ目は、「日本国家へ編入されること・日本人になることの同化と異化の問題」である。日本国が創出され、日本人が作られていく過程の中で、日本民族としての統一が辺境の地まで広がっていく。その中でウチナーンチュとしてのアイデンティティを考えることになる。

三つ目は、「差別や偏見との闘い」だ。沖縄県は遅れて日本国へ参入したこともあり、また辺境の地であったがゆえに、差別や偏見に悩まされることになる。そして四つ目は、「郷里沖縄への郷愁」が多くの作者たちのテーマになる。

終戦後の沖縄の現代文学（戦後文学）については、次の五点の特徴を指摘することができる。一つ目は「戦争体験の作品化」である。沖縄県民が等しく体験した沖縄戦や土地の記憶の継承をどう文学作品として表象化していくか。これが戦後一貫して流れている今日までの課題である。二つ目は「米軍基地の被害や米兵との愛憎の物語を描く」作品である。米軍基地あるが故に生まれた「沖縄文学」の作品世界の特徴である。

三つ目は「沖縄アイデンティティの模索」で、四つ目は「表現言語の問題」である。この二つの特徴は、近代文学の課題と重なりこれを引き継いだものだ。表現言語の問題は今日では「シマクトゥバ」と呼ばれる「生活言語」をどう文学作品に取り込んでいくかという課題に継承される。作品はさらに自覚化され一層広がりと深化を見せて創出されている。

五つ目は、作者も作品も「倫理的である」ということだ。このことは「沖縄文学」の大きな特徴の一つになっている。文学は虚構であることを前提に表出される世界であるが、沖縄の作者や作品には笑いやファンタジーな世界を紡ぎ出した作品はほとんどない。この特徴は沖縄の戦後がこのことを許さない過激な状況が七十二年間余も続いていることを表しているように思われる。

この五つの特徴は、戦後を二区分して「占領下の時代」と「復帰後の時代」と区分しても継続される「沖縄文学」の特徴だ。このことは、時代のエポックを記した本土復帰の一九七二年以降も沖縄社会や沖縄文学を担う基盤が本質的に何も変わらなかったことを示しているように思われる。

さらに沖縄文学の特徴を挙げれば、「国際性」を帯びた作品世界の創出と、[注2]昨今の作品の傾向から「個人の価値の発見と創出」を新たに付け加えることができるだろう。「沖縄文学」のこれらの特徴は、本土の他地域にみられない特異な作品世界をつくっているのである。

2　沖縄文学（近代期）の具体的な作品と作者

　さて、前述した沖縄文学の近代期の四つの特徴は具体的にどのような作品に表出されているのか。このことを検証してみたい。もちろんこれらの特徴は多くの作品から帰納的に抽出され総括される特徴であるが、当然のことながらすべての作品を紹介することはできない。幾人かの作家とその作品を紹介することにとどまるが、沖縄文学の作品を読むときには、きっと有益な情報の一つになるだろう。

　まず近代期においては、小説家として山城正忠《やましろせいちゅう》、池宮城《いけみやぎ》積《せき》宝《ほう》、久志芙沙子《くしふさこ》らがあげられる。また詩人の世禮國男《せれいくにお》、山之口《やまのくち》貘《ばく》らの作品にもよくその特質が表れている。山城正忠には代表的な小説作品に「九年母」があり、池宮城積宝には「奥間巡査」、久志芙沙子には「滅びゆく琉球女の手記」がある。

　山城正忠（一八八四～一九四九年）は那覇市出身。上京後「新詩社」に加わり与謝野晶子に師事し石川啄木とも交流があった。「九年母」の初出は一九一一（明治四十四）年、『ホトトギス』六月号である。作品の舞台はもちろん沖縄であるが、時代は日清戦争の頃で、清側に荷担する「頑固党」と明治政府に同調する「開化党」の対立する那覇を舞台に展開される。作品は最も早い時期に中央の文芸誌に発表された小説として、また当時の沖縄の世相や風俗をうかがわせるものとして注目された。ここには日本化されていく沖縄の現状や、本土出身の要人に媚びを売る沖縄の民衆の姿が描かれている。また「ウチナーグチ」も風物や慣習を示す言葉として随所に愛着を持って使用されている。

　池宮城積宝（一八九三～一九五一年）は那覇市出身。早稲田大学で英文学を学ぶ。放浪生活と奇行で噂の多い人物であったようだ。当時の流行作家広津和郎の小説「さまよへる琉球人」のモデルとなった人物と言われている。代表的な作品は「奥間巡査」で一九二二年の雑誌『解放』の小説募集に応募入選した作品である。ここには差別と偏見のテーマが色濃く反映されている。主人公奥間百歳は、当時就くことが困難であった巡査の試験に合格し同胞から祝福されるが、身の回りで起こる出来事に翻弄されながら、やがて自らも偏見と差別の加担者になろうとしていることに気づく作品だ。

　久志芙沙子（一九〇三～一九八六年）は首里出身。県立一高女を卒業後、上京。作品「滅びゆく琉球女の手記」は、一九三二（昭和七）年『婦人公論』六月号に発表された短編小説である。作品は沖縄出身で東京に留学している若い女性が、やはり東京に住んでいる叔父の、沖縄出身者という身分を隠した言動を批判的に見ているという内容。発表されたときに東京在住の県人たちを非常に刺激して抗議行動を起こさせた。抗議の趣旨は、沖縄県人の恥部をあらわにし、差別を助長することを恐れるというものであった。作者は、在郷県人学生会から釈明文を要求されて誌上に所感を発表したが、差別に臆せず、ありのままに主体的に堂々と生きることを示唆したものであった。この姿勢は、当時の沖縄県人としては希有なもので極めてまっとうな釈明文であったが、作者はこの一作を限りに書くことから身を退ける。[注3]

詩人の世禮國男（一八九七～一九五〇年）は与那城村に生まれた。琉球古典音楽奏者でもあり、南方的な沖縄の自然と生活をロマンティシズム豊かに歌い上げるところに作品の特質がある。詩集『阿旦のかげ』は一九二二（大正十一）年に発表され沖縄近代詩の嚆矢を告げる詩集として注目されている。ここには琉歌の韻律である八八八六音を、和歌の韻律である五七五七七音に置き換えようとする実験的な試みがある。また「ウチナーグチ」を日本の近代詩の中に取り込むことにも挑戦している。この例として次の「ウスデーク」と題する詩がある。ここには沖縄文学の特質の一つであるウチナーグチの表現言語への取り組みの葛藤と軌跡が窺える。

よりつどふ秀《すぐ》れ娘《みやらび》の房なす黒髪を／伊集の花の真白なす手《て》巾《さじ》にうちたばね／ウスデークの花は咲き出づるよ／打ちならす鼓の拍子が冴えわたれば／林なす娘の樹々は色めき靡き／花染手巾《はなぞめてさじ》と四竹に扇子《あふじ》の花も咲きみだれ／銀の簪に陽が光り／諸鈍長浜《しょどんながはま》に打ちやい引く波の白き歯並びに／音頭とり合唱となり走川《はひかは》のような歌が流れる（以下略）

また山之口貘の詩作品は、本土から差別視された近代沖縄人の苦悩と問題意識を顕在化した作品として特筆されている。[注4]山之口貘の代表的な詩に「会話」がある。出身地を問われて答えることのできない羞恥心と葛藤を表現した作品である。「会話」の詩全文は次のとおりである。

お国は？　と女が言った／さて　僕の国はどこなんだかとにかく僕は煙草に火をつけるんだが　刺青と蛇皮線などの聯想を染めて　図案のような風俗をしているあの僕の国か！／ずっとむこう／／ずっとむこうとは？　と女が言った／それはずっとむこう　日本列島の南端の一寸手前なんだが　頭上に豚をのせる女がいるとか　素足で歩くとかいうような　憂鬱な方角を習慣している　あの僕の国か！／南方／／南方とは？　と女が言った／南方は南方　濃藍の海に住んでいるあの常夏の地帯　竜舌蘭と梯梧と阿旦とパパイヤなどの植物達が　白い季節を被って寄り添うているんだが　あれは日本人ではないとか　日本語は通じるかなどと話し合いながら　世間の既成概念達が寄留するあの僕の国か！／亜熱帯／／アネッタイ！　と女は言った／亜熱帯なんだが　僕の女よ　眼の前に見える亜熱帯が見えないのか！　この僕のように　日本語の通じる日本人が　即ち亜熱帯に生まれた僕らなんだと僕はおもうんだが　酋長だ

の土人だの唐手だの泡盛だのの同義語でも眺めるかのよう
に　世間の偏見達が眺めるあの僕の国か！／赤道直下のあ
の近所

山之口貘については多くの研究者の多くの言説がある。沖縄の近代文学の特徴は、この山之口貘の詩の中にも十分示唆的に表出されている。仲程昌徳は「会話」について、『山之口貘―詩とその軌跡』（一九七五年、法政大学出版会）で次のように述べている。[注5]

「会話」の「お国は？」と聞かれたら、「ずつとむかふ」「南方」「亜熱帯」「赤道直下のあの近所」というように、漠然とした空間の指示による返答になったのも、意味のないことではない。そこには「沖縄よどこへ行く」の中にうたわれた郷愁を誘う風物が、もののみごとに眼の前に写されていながら、しかも「始終、古里の夢をみて」いながら、単純に問に答えることができなかったのは、貘が「世間の既成概念達」や「世間の偏見達」のいやしい眼に、それだけ深く傷つけられていたからであろう。この詩を論じる多くの人々が、そこから差別感や、劣等感等を引きずり出してきて述べることもあながち間違っているとは言えないはずである。

3　沖縄文学（戦後文学）の具体的な作品と作者

沖縄の現代文学とは戦後文学のことである。近代文学と同じように、もしくはそれ以上に「沖縄文学」の特異性が顕著に表れる。それは日本本土と同じ時代であるにもかかわらず、違う道程を歩んできた沖縄の特殊な状況に起因する。沖縄の現代文学の特徴については先に五つを挙げた。

一つは「戦争体験の作品化」で、だれもが肯うことができるだろう。沖縄の戦後文学はこのことを担って出発するのだ。多くの人々を鼓舞し夢を育ませた大東亜共栄圏の建設は大きな代償を払って終了する。ヨーロッパ列強から侵略されているアジアの同胞を解放するというイデオロギーで始められた戦争は、中国戦線での戦死者から数えて日本国民の戦死者は三百万人にも達する。人間のかけがえのない命を数字に換算する愚を犯したくはないが恐るべき数字である。

沖縄戦もまた、住民を巻き込んだ戦争として悲惨な状況を呈して終了する。十四、五歳の少年が「護郷隊」や「学徒動員」という名目で戦場で斃れ、根こそぎ動員された県民たちを含め総人口の四分の一が犠牲になったと言われている。正義のためだと信じた戦争は、命を奪い合う血なまぐさい殺戮の場であったのだ。

沖縄戦後詩の出発を飾る詩人は牧港篤三《まきみなととくぞう》であり、戦後最初の詩集は牧港篤三の『心象風景』（一九四七年）である。牧港篤三の戦後における詩人としての出発は平和を願う戦争体験の作品化からであった。牧港篤三は沖縄戦をジャーナリストとして迎え県民を鼓舞する記事を書く。その行為が、自らを「戦争犯罪人」ではなかったかとする厳しい「倫理観」に拠った詩作品を創出させるのである。牧港篤三は「手紙」という詩で次のように書く。

> わたしは　たしかに生存していた／いまそのことを／あなたに書いてあげる／ことのできるよろこびに／わたしはうちふるえている（中略）／わたしたちは　残る生涯／を通して語りおわせない／数多くの物語を／たった百日足らずの戦乱に身一杯／背負い込んだ（以下略）

「身一杯背負い込んだ」戦争体験は牧港篤三だけではない。また戦争体験は沖縄戦のみならず、東南アジアの島々でも、満州やシベリアの極寒の地でも、沖縄の人々は悲惨な戦争を体験する。それが詩表現として表出されるのだ。例えば克山《かつやま》滋《しげる》の『白い手袋』（一九四八年）や船越義彰《ふなこしぎしょう》の、『船越義彰詩集』（一九五九年）、そして宮里静湖《みやざとせいこ》の『港の歴史』（一九七四年）などは、その例として挙げられる。

　詩人だけでなく歌人や俳人たちの作品も、この沖縄文学の特徴を十分に担っている。例えば仲宗根政善の歌集『蚊帳のホタル』（一九八八年）は沖縄戦の体験がなければ生み出されなかった歌集と言っていい。

　仲宗根政善（一九〇七～一九九五年）は今帰仁《なきじん》村で生まれる。戦前に東京帝国大学文学部を卒業し、言語学者として優れた業績を上げている。沖縄戦では「ひめゆりの学徒」を引率して戦場を彷徨う。歌集『蚊帳のホタル』は、沖縄戦で喪った教え子たちへの愛情に溢れている。引率教諭として彼女たちを守ってやれなかった無念さや苦しさ悲しさ、その思いが生みだした歌集だ。仲宗根はその思いを戦後すぐに日記を付けるようにして短歌を詠む。直筆の筆跡そのままをコピーして編集された特異な歌集だ。歌集には推敲の跡が残り、時には紙面に涙を落としたかと思われる文字の滲みさえある。ノートに刻まれた短歌は次のような作品だ。

○先生！　もういいですかと手榴弾を握りしめたる乙女らの顔
○与座川の清水に浴びて我死なむ望みたえたる戦に追われ
○いはまくらかたくもあらむやすらかにねむれとぞいのるまなびのともは
○沖縄戦かく戦へりと世の人の知るまで真白なる丘に木よ生えるな草よ繁るな

「いはまくら」の一首は「ひめゆり記念館」前の壕跡に立

つ歌碑に刻まれている。沖縄文学はこのような倫理観を背負った人々の表現に特徴があるのだ。

小説の出発も戦争体験の作品化からである。続いてすぐに沖縄の人々の土地を収奪して建設されていく米軍基地が作品の題材になる。米軍占領下の時期の作品には太田良博（一九一八～二〇〇二年）の「黒ダイヤ」、池沢聡（一九三四～二〇〇六年）の「ガード」、嘉陽安男（一九二四～二〇〇三年）の「捕虜」などがある。

「黒ダイヤ」（初出『月刊タイムス』第１巻第２号、一九四九年）は、作者が軍隊に所属しインドネシアで通訳をしていた体験から生まれた作品だと言われている。黒ダイヤのような瞳を持ったインドネシア青年との交流を描いたもので、日本軍が去った後、青年はインドネシア独立のために銃を取って立ち上がる。そのインドネシアに平和が訪れるようにと祈る作品だ。

「ガード」（初出『琉大文學』第7号、一九五四年）は、沖縄人でありながら米軍基地のフェンスの前でガードマンとして立つ二人の男、行雄と研三の心境を描いた作品だ。行雄は侵入者を射殺することで基地を守り生活の糧を得ることをも潔しとするが、研三は中国での戦争体験から銃の引き金を引くことができないと言う。この相反する二つのテーマに引き裂かれるガードマンの問題意識を沖縄全体の課題として浮かび上がらせている。

「捕虜」（初出『新沖縄文学』創刊号、一九六六年）は、嘉陽安男が沖縄戦で一兵士として戦い、捕虜になってハワイまで移送された体験を元に書かれた作品だ。嘉陽安男はその後『捕虜たちの島―嘉陽安男捕虜三部作』（一九九五年、沖縄タイムス社）を出版する。

この時代に県外で活躍する沖縄出身の作者たちも、沖縄戦や米軍占領下の沖縄の状況を対象にした作品を発表する。例えばその一人は石野径一郎（一九〇九～一九九〇年）で、他の一人は霜多正次（一九一三～二〇〇三年）である。

石野径一郎には代表作『ひめゆりの塔』（一九五二年）があり映画化もされ話題になった。太平洋戦争末期、死闘をくり返す沖縄において、女学生ばかりで結成された「ひめゆり部隊」二〇〇人余の大半が、米須の洞窟で玉砕するまでの悲惨な九十日間を描いた作品だ。戦場に散った若い生命への哀惜が全編を貫く。また、霜多正次には米軍占領下の沖縄を描いた『沖縄島』（一九五七年）があり「毎日出版文化賞」を受賞した。

ところで、沖縄文学の特異性は、沖縄が生んだ四人の芥川賞作家たちの作品にも、遺憾なく発揮されている。四人の受賞作家と作品は次のとおりだ。（次頁〈表1〉参照）

小説分野での沖縄文学の特質は、この四人の芥川賞作家の受賞作品を読むことでも十分に検証できる。まず大城立裕の作品「カクテル・パーティ」を検証してみよう。

大城立裕（一九二五年〜）は中城村に生まれた。県立二中を経て上海の東亜同文書院で学ぶが敗戦で中退。戦後は公務員生活を続けながら沖縄の文化的アイデンティティをテーマとした小説・戯曲・エッセイを書き続け、沖縄の土着を掘り下げて普遍的世界へ至る作品世界を創出している。常に戦後沖縄文学の牽引的な役割を果たしてきた作家で、二〇〇二年に『大城立裕全集』（勉誠出版）全十三巻が出版された。

受賞作「カクテル・パーティ」は華やかな題名だが決して華やかな作品ではない。むしろ深刻な作品である。舞台は米軍政府統治下にある一九五〇年代の沖縄だ。前章、後章に分かれて作品は展開されるが、あらすじは次のとおりだ。

◇前章……ミスター・ミラーの家でカクテル・パーティに招かれる「私」。仲間たちと沖縄文化談義に盛り上がる。そんな中、ミスター・モーガンの息子が行方不明になったという報が飛び込む。もしや誘拐……と思われたが、人のよい沖縄人のメイドが黙って実家に連れ帰ったと分かる。そんなさなか、「私」の娘が、部屋を貸していた米兵に強姦される事件が起こっていた。

◇後章……「お前」は、娘の事件に動揺する。友人の中国人孫に相談すると、孫の妻が日本人に強姦されたことを知らされ、沖縄人も中国で加害者であった事実に愕然とする。「布例一四四号、刑法並びに訴訟手続き法典（アメリカ婦女子への暴行は死刑という極刑が用意されているが、沖縄人婦女子への場合は、証人喚問すら困難）」の矛盾を知り、一度は告訴する事を諦めるが、ミスター・モーガンがメイドを告訴したことを知り、闘う決意をする……。

このあらすじの中で、大城立裕は「戦争体験の継承のあり方」、娘が強姦されるという「基地被害の実態」、ミスター・ミラーの諜報活動に代表される「米軍政府統治下の実情」、さらに沖縄社会が、かつての共同体的な感性が通じない社会に変容していることを暗示する「沖縄アイデンティティの問題」など、被害者の父親の苦悩と決断を通して極めて重層的に描いたのである。

東峰夫（一九三八年〜）の作品「オキナワの少年」もまた「カクテル・パーティ」と同じく一九五〇年代の沖縄が舞台だ。ここでは少年の視点から沖縄の現実が描かれる。東峰夫はフィリピン、ミンダナオ島で生まれた。コザ高校中退後、嘉手納米軍基地労働者となる。一九六四年東京オリンピックが開催される年に上京し日雇い労務に従事しながら小説を書

〈表1　四人の芥川賞作家と受賞作品〉

	受賞年	受賞作品	作家名	生　年
1	一九六七年	カクテル・パーティ	大城立裕	一九二五年
2	一九七二年	オキナワの少年	東峰夫	一九三六年
3	一九九六年	豚の報い	又吉栄喜	一九四七年
4	一九九七年	水滴	目取真俊	一九六〇年

く。作品は「ウチナーグチ」を駆使した新鮮な文体が話題になった。あらすじは次のとおりである。

一九五〇年代半ば、占領下のコザが舞台。美里の村で山羊などを飼って生活していたつねよしの家族がコザに移り住む。父親は、いろいろ商売をやったけれどうまくいかず、米兵相手に売春をしている女たちに部屋を貸して生活している。生活のためとはいえ家族が始めたこの商売が嫌でたまらない。学校で方言を使うことを禁じられたり、友達の金を盗んだと疑われたりしたつねよしは、いよいよ沖縄が嫌いになり、無人島への脱出を計画する。ある台風の夜、停泊中のヨットに忍び込み、とも綱を切る。

作者東峰夫は、「この一作で沖縄のひどい現実を書き尽くした」と述べている。作品は、学校での教育が新しい日本国民を作るものだとして、その違和感と「自らのアイデンティティ」探しが沖縄を脱出する行為に暗示される。また、過酷な米軍占領下の時代に、したたかに生きる沖縄の女たちと無力な存在になってしまった父親を描いているが、このこともまた沖縄戦の体験の描き方の一つの有り様を示しているはずだ。

しかし、なんといっても作品の特異性はウチナーグチを作品に取り込んだことであろう。近代以降、「沖縄文学」の課題の一つである表現言語としてのウチナーグチは、ルビを振りながら次のように表記される。作品の冒頭部である。

ぼくが寝ているとね、「つね、つねよし、起《う》きれ、起きらんなー」と、おっかあがゆすり起こすんだよ。／「ううん……何《ぬ》やがよ……」／目をもみながら、毛布から首をだしておっかあを見上げると、／「あのよ……」／そういっておっかあはニッと笑っとる顔をちかづけて、賺《すか》すかのごとくにいうんだ。
「あのよ、ミチコー達《たあ》が兵隊《ひいたい》つかめえたしがよ、ベッドが足らん困《くま》っておるもん、つねよしがベッドいっとき貸らちょかんな？　ほんの十五分ぐらいやことよ」
ええっ？　と、ぼくはおどろかされたけれど、すぐに嫌な気持ちが胸に走って声をあげてしまった。／「べろや」
（以下略。／線改行）

「べろや」は「嫌だ」という意味のウチナーグチだ。また「べろや」は本作品全体のテーマを象徴する言葉のように思われる。本作品は沖縄の現実に「べろや」を突きつけて脱出する少年の物語であるからだ。

一九九六年と一九九七年には、相次いで戦後生まれの芥川賞作家が誕生する。又吉栄喜（一九四七年〜）と目取真俊（一九六〇年〜）だ。

又吉栄喜は浦添市に生まれる。琉球大学法文学部史学科を卒業後、浦添市役所、浦添市美術館での勤務などを経て退職。

「カーニバル闘牛大会」（一九七六年）で琉球新報短編小説賞、「ジョージが射殺した猪」（一九七八年）で第八回九州芸術祭文学賞、「ギンネム屋敷」（一九八〇年）で第四回すばる文学賞、そして「豚の報い」（一九九六年）で第一一四回芥川賞を受賞した。

又吉栄喜の作品は、人間を全方位的な視点で捉え、人種や性別を越えて平等に描くところに特質がある。また、沖縄及び沖縄人の特質を、言語の側面からだけでなく、思考や行動パターンをとおして描こうと意欲的な試みを行っている。

受賞作品「豚の報い」は、バイタリティ溢れる沖縄の女たちの日常を描いたものだ。女たちはスナックに勤めているのだが、突然闖入してきた豚に驚いて「マブイ（魂）」を落とす。その「マブイ込め」のためにスナックの常連客である大学生の正吉と一緒に正吉の生まれ島を訪れて御嶽《ウタキ》の神に祈ることにする。道中に女たちの歩んできた人生が時には明るく、時には悲しく語られる。正吉には島を訪れるもう一つの理由がある。風葬した父親の遺体を、墓に納骨するために遺骨を収骨することである。正吉は美しく骨になった父親の遺骨と対面し、ここに新しい御嶽を作ることを思いやる。新しい御嶽を作ることは伝統的な沖縄の風習を打破するタブーに踏み込むことになる。ここにはヤマトを相対化するウチナー（沖縄）アイデンティティの探索まで視線が届いている。正吉の決意は文中で次のように語られる。

女たちや俺に拝まれると父も正真正銘の神になる、成仏する。ここを御嶽の形にしよう。正吉には真謝島の東や南に昔からある御嶽がよそよそしく、力がないように思えた。わざわざ知らない御嶽に女たちを連れていくよりは、自分の神のいる、この御嶽に連れてこよう、と正吉は決心した。

又吉栄喜には、他に基地の町コザのAサインバーを舞台にした「ジョージが射殺した猪」や、戦後も村に残った在日朝鮮人への差別を取り上げた「ギンネム屋敷」などがある。これらの作品も、戦争を体験し、基地あるがゆえに作品化された土地の記憶が書かせた沖縄文学の特質を担った作品と言えるだろう。

目取真俊は今帰仁村で生まれる。琉球大学国文学科卒業。「魚群記」（一九八三年）で第十一回琉球新報短編小説賞を受賞、「平和通りと名付けられた街を歩いて」で第十二回新沖縄文学賞、「水滴」（一九九七年）で第二十七回九州芸術祭文学賞、同作品で第一一七回芥川賞を受賞した。

受賞作品「水滴」は、沖縄戦のみならず、戦争の記憶の継承のあり方として普遍化され厳しく問いかけられた作品だ。作品は次のように展開する。

主人公の徳正は沖縄戦の語り部だ。その徳正の足が、ある日冬瓜（スブイ）のように膨らんで親指の先から水が滴る。続いて夜な夜なベッドの傍らに兵隊たちが現れ、喉の渇きを癒やすかのように徳正の足指にしゃぶりつく。さらに足指から滴る水は生命力を有した奇跡の水だということが分かり、従兄の清裕がその水を売る商売を始める。兵隊の中には、戦場で置き去りにした戦友石嶺の姿も見える。徳正はその事実を黙って語り部として活動する。やがて戦友たちの沈黙に耐えられず、徳正は石嶺にその非を詫びる。するとその日を境に、足の膨れも元に戻っていくという作品だ。

芥川賞の受賞作品四篇についての選考評は、いずれも沖縄文学の特異性を示すものだが、「水滴」の選考評は次のようになっている。[注6]（次頁〈表2〉参照）

ここに「水滴」の選考評を紹介したのは、これらの評言が、いずれも「沖縄文学」の特徴や特異性に繋がるものであるからだ。「沖縄という不思議な場の力」「すぐれて沖縄的で現代的な小説」「その風土と暮しの色が、『水滴』の世界を強く支えている」「沖縄戦という戦争を現代に及ぶ視野で捉えている」「五十年前の戦争の後遺症を巧みに描く」「これは沖縄ならでは成り立たぬ現代の寓話だろう」「戦争体験なるものは沖縄にとってただ遺産にとどまらず、今日もなお財産として継承されているという、沖縄の地方としての個性を明かした作品ともいえる」などだ。

目取真俊はその後も『魂込め』（二〇〇〇年）、『群蝶の木』（二〇〇一年）、『風音』（二〇〇四年）など沖縄戦の継承をテーマにした作品を次々と発表する。中でも『眼の奥の森』（二〇〇九年）は、作品に取り込まれた方言と悲劇が折り重なって強い衝撃を与える。作品は終戦間近い海岸で一人の少女が米軍の兵士に強姦される事件を中心に展開される。この事件に関わりのある人たちの視点から物語は幾重にも紡がれていく。芥川龍之介の「藪の中」を思わせる手法だが、作品世界は芥川の手法を超えている。

次の引用箇所は、米兵に強姦された少女が、産婆の手を借りながら、自宅の裏座敷で家族に見守られ子を生む場面である。「自分」と記される妹の回想場面であるが、登場人物の複雑な心情が、共通語とウチナーグチの表記を駆使しながら見事に描かれる。母の言葉も姉の言葉も、そして産婆の言葉も、ここではウチナーグチで語られることによってリアリティを有した人間の言葉として、悲しみを増幅させているのだ。

産婆から赤ん坊を受け取った母は自分と寝ている姉を励ますように、可愛いぐわーえっさー、うり、今洗《なまあみ》すんどー、と大きな声で言って、赤ん坊の体をお湯で洗った。涙をこらえた母の顔と震える手に抱かれた赤ん坊の顔が目に浮かぶ。ふいに裏座で音がし、みなも目が引き戸にかかった白い手に向けられる。

我《わん》が赤子《あかんぐわ》ぞ……、我《わん》が産子《なしんぐわ》ぞ……。

戸口まで這ってきた姉が、汗まみれの顔に笑みを浮かべて、

〈表2　芥川賞受賞作「水滴」選考評一覧〉

丸谷才一	「徳正の右足がふくれて踵から絶え間なく水がしたたり、さうしての因縁、といふあたりまではなかなかよかつた」「しかし足から出る水が毛生え薬になつて、それで儲ける段になると、想像力の動き具合が急に衰へる」「これは小説を発想する力に恵まれてゐる人が、しかしそれを構築し展開し持続する修練を経てゐないため、惜しい結果になったものである」
日野啓三	「問題は一九四五年だけでなく戦後五十余年に及ぶこと、被害者としてだけ戦争と自分を装ってきたこと（沖縄だけであるまい）——戦後の自己欺瞞を作者は問い直している」「その無意識の長い罪を意識化し悔い改め救われるメデタイ話ではない」「そんな主人公のすべてを、そのエゴイズム、弱さ愚かさを、作者は大肯定している。倫理的、宗教的にではなく、沖縄という不思議な場の力で」「すぐれて沖縄的で現代的な小説である」
黒井千次	「誇張をまじえた線描のようなユーモラスな描写の中に、村人達の躍動する顔が見えた」「その風土と暮しの色が、『水滴』の世界を強く支えている」「後半、寓意性が突出していささか空転の気味があるなど欠点は見られるものの、この重い主題を土と肌の臭いのする熱い寓話として持ち上げた作者の足腰の強靱さには、注目すべきものがある」
河野多恵子	「この賞の選考に携わってきた十一年間で、印象に残る受賞作は複数あるけれども、最も感心した」「敬服した」「非リアリズムによって、沖縄戦という戦争を現代に及ぶ視野で捉えている」
宮本輝	「また沖縄か、と苦笑する委員がいらっしゃったが、それは刮目させる作品を生み出し得ない多くの新人たちに対する苦い思いのあらわれである」「メタフォリックな小説の作りが、世迷い言の寓話と一線を画したのは、作者の目が高いからだと思う」「ところどころに瑕瑾はあり、文章も必ずしも独自な秀逸を放ってはいないが、優れた構成と精神性に私は感心した」
池澤夏樹	「民話（寓話ではない）の形を借りて五十年前の戦争の後遺症を巧みに描く」「他の候補作がみなどこかで文学を（人生を？）なめているのに対して、この作品だけは誠実にテーマに向き合い、しかも充分な技術があるおかげで自己満足に陥っていない。受賞に値すると判断した所以である」
石原慎太郎	「これは沖縄ならでは成り立たぬ現代の寓話だろう。あるシーンでは不思議な幻想性さえ感じさせるが、寓話仕立ての部分がそれを相殺してしまって作品の出来を損なってもいる」「それにしても不思議な印象の出来栄えである。やはり戦争体験なるものは沖縄にとってただ遺産にとどまらず、今日もなお財産として継承されているという、沖縄の地方としての個性を明かした作品ともいえる」

やせ細った手を伸ばす。

動《えー》くなけー、寝《に》んとーけー。

産婆が怒鳴りつけたが、姉は聞こえないようだった。赤ん坊の泣き声が急に高くなった。母は、赤ん坊を姉に渡そうとして、ハッと気づいたように自分の胸に抱いた。

心苦《ちむぐり》さよや、こんなまでぃ哀《あわ》れなくとや……。

母が赤ん坊を抱いたまま泣き崩れると、産婆は裏座に入って後ろから姉を羽交い絞めにし、奥に引きずっていく。姉には抵抗する力は残っていなくて、我《わん》が赤子、我が赤子と弱々しい声が暗い裏座から聞こえた。


このように「沖縄文学」の特異性は、四人の芥川賞受賞作家の作品からも十分に垣間見ることができる。また、選考委員の言葉からも「沖縄ならではの作品」という言葉が頻出する。ここに「沖縄文学」の特異性が示されているはずだ。

沖縄という土地の持つ「不思議な場の力」は、もちろん芥川賞受賞作家以外にも見られる顕著な特徴である。例えば崎山多美（一九五四年〜）は、特に表現言語としての「シマクトゥバ」をどのように作品世界に取り込んでいくか、果敢な挑戦を続けている。生活言語としての音声言語をどう文字言語として変換し定着させるか。文学作品としての普遍的な課題に至る先鋭的な試みを行っている。

崎山多美の代表作の一つである『ゆらてぃく　ゆりてぃく』（二〇〇三年、講談社）は過疎の島、架空の保多良島が舞台の作品である。保多良ジマは、八十歳を過ぎた老人だけが住んでいる死にゆく島だ。シマの老人一一七歳のジラーが、ドゥシのタラーやサンラーに浜辺で目撃した不思議な出来事を話す体裁を有しながら物語は進行する。飽和したヒトダマの泡が女の姿になってジラーに迫ってくる。保多良七不思議のウラパナスのひとつだが、この場面は次のように表記される。[注7]

エぇー、ジラぁ
と言いかけた、が、そんな聞き手の反応にはいっこう意に介するふうもなく（中略）ちょっと間をおいた後、タラーは、ぐーっと上体を乗り出し、次のコトバを探しさがし口をもぐつかせるジラーを覗きこんで、こう言った。

……水《ミジ》ぬ踊《ウドゥ》イ、んじ云《い》せー珍らさんやぁ、ジラぁ。

それで《ぁんし》、何《ヌ》ーなたが　其《う》ぬ、ミジぬウドゥイ、んじ云《い》せーや。

と話しに水、どころかジラーみずからたっぷりと油を注いでしまったのだった。


この作品は、確かに沖縄でなければ書かれなかった作品の一つであろう。沖縄という土地に生きる作者であるからこそ書くことができた作品だと言い換えてもよい。

もちろん、この作品にはいくつかの課題もある。例えば地方の風土・文化・アイデンティティを伴った物語をどのように作品化するか。また方言使用の限界や幻想的作品の中でのリアリティの問題もある。しかし、同時にここにこそ現実を殴打する作品の力があり、フィクションの可能性を示唆する作品として成立するようにも思うのだ。少なくとも日本文学を豊穣にする多彩な種子を有しているように思う。作品内容の有する風刺性と相俟って、文学作品の可能性をも示唆するものだ。

さて、先に「沖縄文学」の特徴として「国際性」を付け加え、復帰後の近作の傾向から「個人の価値の発見と創出」をあげた。このことの例証には長堂英吉（一九三二年〜）の作品や大城立裕がここ数年発表し続けている私小説の作品群がある。もちろん、この例は、彼らの作品だけに見られるものではない。

長堂英吉は寡作な作家だが、「ランタナの花の咲く頃に」（一九九一年）で新潮新人賞を受賞。沖縄固有の社会を背景に、人間を優しい真摯な目で捉え、温かさとユーモアで包み込んだ作品世界を創出している。作品の一つに「エンパイヤ・ステイトビルの紙飛行機」がある。舞台は沖縄のみならずニューヨークまで広がっている。作品は戦後沖縄に駐留したアメリカ兵マイクと結婚したカナの物語だ。二年足らずの結婚生活の後、ベトナムへ出征したまま帰らないマイクの消息を三十年後に友人から聞かされる。セントラルパークで、日本人観光客を相手に物乞いをしていた男はマイクではなかったかと。カナはマイクを探しにニューヨークに出掛けるのだ。マイクとの思い出は次のように語られる。

マイクは真面目な顔で頭に皿を乗せ、トーチを掲げた。〈自由の女神〉のポーズを作って言った。カナは、自分の折った紙ヒコーキがエンパイヤ・ステイトビルのてっぺんから悠々とニューヨーク市の上空を滑空している光景を思い描いて胸が熱くなった。／「いつかのぼって飛ばしてみたいな」／「そうだな、いつかふたりで飛ばしてみような」／それ以来、エンパイヤ・ステイトビルにのぼって紙ヒコーキを飛ばすということが二人の夢になった。マイクとの生活は二年足らずに過ぎなかったが、考えてみればその二年足らずは、カナの人生で最も大胆で屈託のない日々であった。

「国際性」というキーワードで括れば本稿冒頭に述べた南洋諸島や海外移民地を舞台とした作品群「もう一つの沖縄文学」も国際性豊かな作品だ。戦後小説の出発を飾った太田良博の「黒ダイヤ」はインドネシアが舞台であり、嘉陽安男の「捕虜」はハワイが舞台である。また大城立裕にはブラジル移民を題材にした「ノロエステ鉄道」などの作品もある。さらに近年注目を浴びている移民三世佐藤モニカの「カーディガン」（九州芸術祭文学賞受賞、二〇一四年）や「コラソン」（『文學界』二〇一五年九月号）などの作品も県外を飛び出して空間的な広がりを持った作品になっている。

沖縄文学の有する特異性の背景には、常に政治と文学の課題を有してきたことがあげられる。それは一九五〇年代に『琉大文學』同人らが提出した喫緊の課題であった。それを弁証する形で登場してきたのが個人の作品世界や文学の自立性についての模索である。それは『琉大文學』同人を批判するようなかたちで登場してきた詩の分野での清田政信らの姿勢に顕著に表れているが、当時から文学の自立性の問題について思考を巡らして作品を書いてきたのが大城立裕だ。大城立裕は、芥川賞受賞作「カクテル・パーティ」以降も、フィクションである小説の仕組みを巧みに援用しながら作品を書いてきた。しかし昨今は、自らが私小説だと語る作品が増えている。「レールの向こう」や「病棟記」などもその一つだ。自らの老いや妻の病を飾らぬ姿勢で淡々と描いている。

また、二〇〇〇年代から登場してきた若い作家たちの作品も自らの周辺を凝視し、そこに普遍的テーマを求める作品が多い。例えば琉球新報短編小説賞を受賞した、てふてふＰの「戦い、闘う、蠅」や東江健の「二十一世紀の芝」や照屋たこまの「キャッチボール」、新沖縄文学賞を受賞した伊波雅子の「オムツ党走る」や伊禮英貴の「期間工ブルース」、そして九州芸術祭文学賞沖縄地区優秀賞を受賞した平田健太郎の「墓の住人」など、豊かな作品世界を作り上げているのである。

なおエンターテインメント性を有した作品を書き続けている池上永一の登場なども新しい「沖縄文学」の胎動としてとらえていいだろう。それは「沖縄文学」にさらに広がりと深さをもたらすものであるが、同時に沖縄アイデンティティを豊かに掘り起こす作品世界となっているようにも思われるのだ。

4　文学の力

文学に何ができるか。なぜ書くのか。この根源的な問いを常に抱いて創作しているのが「沖縄文学」を担う作者たちだ。また、このことが強いられる環境にあることも「沖縄文学」の特質である。

実際、文学に何ができるかと問うとき、惨憺たる思いに陥ることもある。問の重さにたじろぎ深手を負って書くことを放棄した表現者たちがいたかもしれない。自らが書く拠り所を見つけなければ何度も押し寄せてくる徒労感や無力感に体ごと浚われてしまうだろう。辺境の地沖縄で文学に携わることや表現することの困難さは容易ではない。

しかし、昨今のノーベル文学賞受賞者の作品を読むと勇気づけられることが多い。「沖縄文学」を担う作者にとって拠り所の一つを示してくれているように思われるのだ。少なくとも私には、彼らの作品に共感することが多い。

沖縄文学の担い手たちが勇気づけられる理由は、彼らの作品の多くが出生の土地に寄り添い、自らが育った土地の人々へ寄り添って作品を紡いでいることにある。民衆が生きている空間や時代に依拠する生活の言葉で作品を創出しているのだ。これは辺境の地で文学作品を創出する沖縄文学の特質に類似し、沖縄文学の担い手を励ましてくれるようにも思われる。

ボブ・ディランについては（自らを音楽家としているので）言及は避けるが、スベトラーナ・アレクシエービッチの

〈表3：ノーベル文学賞受賞作者と主な代表作（過去5年間）〉

	受賞年	作者名	国名	主な代表作品
1	二〇一六年	ボブ・ディラン	アメリカ	※音楽家
2	二〇一五年	スベトラーナ・アレクシエービッチ	ベラルーシ	チェルノブイリの祈り――未来の物語
3	二〇一四年	パトリック・モディアノ	フランス	1941年。パリの尋ね人
4	二〇一三年	アリス・マンロー	カナダ	林檎の木の下で
5	二〇一二年	莫言（ばくげん）	中国	赤い高粱

『チェルノブイリの祈り―未来の物語』は、一九八六年四月にチェルノブイリで起こった悲惨な原発事故の実態を二百人余の人々から聞き取ってまとめた作品だ。事故に巻き込まれた人々の様々な声を集め、事故の様相を明らかにしたという意味では証言集でありドキュメンタリーである。しかし、作品は事故の原因や実態を明らかにすること以上に、事故に巻き込まれた人々の生と死にスポットを当てている。名もない民衆の平穏な生活を一瞬にして奪った原発事故。愛する夫は帰って来ない。大切な人々が目前で手の施しようもなく死んでゆく。徐々に身体に異変が表れ、顔は爛れ、慌てて鏡を隠す肉親たち。原発の被災者たちは、国家や隣人からも排除され、人生が一変する。故郷の土地を追われ、家屋や財産を奪われ、目を盗んで産んだ子どもは奇形児になる。作者の視線は、このような被害を受けた同胞への愛と国家権力の理不尽な対応を明らかにする。極限状況下でも揺るがない人間の愛情と悲しみに満ちた作品世界が描かれていると言っていい。

パトリック・モディアノの『1941年。パリの尋ね人』もやはり生まれた土地パリを舞台にした作品で、ユダヤ人である自らの出自にもこだわった作品だ。モディアノは、一九四一年十二月のパリで発行された新聞の尋ね人の欄を、四十七年後の一九八八年十二月に読む。それは十五歳の娘が突然行方不明になり両親が娘の情報を求めたものだ。モディアノは、この記事のことが気になり娘と両親のことを調

べ始める。十年ほどの歳月をかけて調べていく中で様々な事実が浮かび上がってくる。結論から言えば、三名はユダヤ人で、ナチスによってアウシュビッツに送られ殺されていたのだ。

作品は、作者自身がノンフィクションと言っているとおり、ドラマチックに仕立てられているわけではない。取材によって明らかになっていく三名の人物の軌跡と結末が淡々と語られるだけだ。モディアノは、その途次で発見した様々なエピソードを拾い上げる。そして様々な感慨を述べる。例えば尋ね人の広告を出した両親のように、ある父親は「捕獲吏」に捕獲された娘を返してくれと必死に警視総監に訴える。明らかになるのはパリの権力者たちが市民の声に耳を貸さずにナチスに協力した実態だ。何万という調書は破棄され捕獲吏の名前も永久に分からない。そんな中、読まれることもなく倉庫の奥に置き忘れられていた幾百もの手紙が見つかった。このことに関して次のように書く。「今日、私たちはこうした手紙を読むことができる。宛先のご本人たちが目もくれようとしなかったのだから、当時まだ生まれていなかった私たちこそが手紙の受取人であり管理人なのだ」と。

モディアノは、また私たちに次のように語る。「もはや名前もわからなくなった人々を死者の世界に探しにいくこと、文学とはこれにつきるのかもしれない」と。

また翻訳者はモディアノについて次のように紹介する。「モディアノは人生は浜辺に残された足跡のようなもので、打ち寄せる波によってたちまち跡形もなく消されてしまうものだと意識し、そのようなかすかな足跡を捉えて形に残すのが作家の務めであると考えていた」のだと。[注8]

このようなモディアノの言葉や姿勢には共感が大きい。

「沖縄文学」のテーマは、モディアノと同じように無名の人々の無償の行為や、無念の思いで死んでいった死者たちの言葉を拾い集めることである。戦争の記憶の継承は、フィクションだけでなくモディアノのような方法があることにも気づかされるのだ。

アリス・マンローの代表作と言われる短篇集『林檎の木の下で』は二部仕立ての作品である。第一部は作者の先祖がスコットランドからカナダへ移住するまでの何代にも渡る父祖たちの物語。第二部はアリス・マンロー自身を思わせる少女を主人公にした物語だ。第一部に五篇、第二部に六篇の短篇作品が集められていて、それぞれ独立した作品としても読めるが、一本の時間軸に貫かれた一族の物語である。これもまた、カナダの雄大な景観や自然を背景にして土地に寄り添った一族の歴史が回想されて描かれるのだ。

中国の小説家、莫言の『赤い高粱』は彼の代表作の一つである。東北郷という架空の地で日本軍に対抗するゲリラ部隊に参加した人々の暮らしや生き様を描いた作品だ。高粱を踏み倒し、赤く血で染める日本軍の野蛮な行為を読むのは辛い。「東洋鬼子が攻めてくる。同胞よ、立ち上がれ、武器をとれ、鬼子から故郷を守れ」と村人は歌う。日本軍は抵抗した捕虜を殺すのに、村の屠畜人を使い、見せしめにする。村人の前で耳を殺ぎ、性器を切り取り、頭皮から皮を剝がせる。ゲリラ部隊もまた、日本兵を殺し遺体を残酷に扱う。「埋めれば、俺たちの土地が腐る！ 焼けば、俺たちの空が穢れる！ 河へほうりこめば、日本へ流れつくだろう」と侮辱する。凄惨な生き残り競争とも言うべき荒々しい物語が、頁を捲るたびに次々と押し寄せてくる。

そんな残酷な行為が、高粱が生い茂る大自然の大地で繰り広げられる。纏足をはじめとする村の風習や、ゲリラの隊長となった一族の歴史が、「むき出しの生の意志と赤裸々な本能のままに」克明に描かれる。巻末の解説では、「(『赤い高粱』は）国民国家や民族の対立という現代性を介在させたとはいえ、残虐なまでの命の収奪は奔放な性行為とともに、生きる本能として捉えられている。しかも生の営みとして、あるいは避けられない宿命として表象されている。たとえフォークロアの中でも、同様の表現伝統は見当たらない。しかし、土地に深く根を下ろし、歴史の帳簿から消去された生のエネルギーは紛れもなく、広大な農村に生きる人々のものであり、中国文化のれっきとした部分であった」と……。

彼らの作品だけでなく、多くの文学者たちに影響を与えたと言われるガルシア・マルケスの『百年の孤独』も、自らの出生の地に寄り添って、土地の記憶や風土、そして時代との格闘を描いた作品であった。ノーベル文学賞作家の作品は、文学の方向性や価値について、改めて考えさせてくれる極めて示唆的な作品である。

さて日本文学でも土地に寄り添い、土地の言葉や土地の歴史に着目して作品を紡いでいる作家は多い。「九年前の祈り」で二〇一四年度下半期の芥川賞を受賞した小野正嗣もその一人だ。また長崎に拠点を置き原爆の悲惨さやキリシタンへの弾圧などを多くの作品で描いてきた青来有一もその一人である。さらに水俣病の公害の実態を『苦海浄土―わが水俣病』で描いてきた石牟礼道子などにも表現者として土地に寄り添い土地の言葉を拾い上げる姿勢が顕著である。

ここでは小野正嗣の作品「九年前の祈り」を取り上げよう。「九年前の祈り」は、若い女性を主人公にした作品だ。九年前、大分に住んでいた主人公は、地元のおばさんたちと一緒にカナダ旅行をする。カナダで知り合った男性との遠距離恋愛が始まり、カナダの男性は東京に職を求めてやってくる。女主人公も東京へ職を求めて二人の結婚生活が始まり男の子を出産する。しかし、男とは別れて、女主人公は息子を連れて、再び育った土地（大分県の県南の小さな漁村＝蒲江）に戻ってくる。九年前、カナダで障害を持つ子の幸せを祈っていたおばさんのように、女主人公もまた、息子の成長や自分の人生を見つめながら祈り、生きる意味を考える……というような作品だ。

作品は、生まれた土地に生きる無名の人びと、その人びとの暮らしを温かく描いている。作者は前衛的な作品を書いていたようだが、受賞インタビューの中から目に付いた次の二点を紹介しておく。

小説は土地に根ざしたもので、そこに生きている人間が描かれると思うんです。あらゆる場所が物語の力を秘めている。それを切り取って書くことが、普遍的な力を持つと。世界の優れた文学は、個別の土地や人間を掘り下げて描くことで普遍的になっていると思います。蒲江もおもしろい、特殊な場所ですよね。僕が大好きな文学はそういうもので、特別な世界を描きながらも普遍的なものにつながる。大好きな世界です。

弱者という言葉をつかうのはおこがましいですが、辱しめられたり、しいたげられている、困難を抱える人たちはいます。そういう不可思議なものに目が向いてしまうのが、文学や芸術かと思う。そういう人たちの存在に注意を傾けるのが文学だとも思いますし、僕にとっては自然な傾きなのかもしれません。

ここに述べられている小野正嗣の関心こそが「沖縄文学」の関心でもあるのだ。この課題を背負い沖縄の表現者たちは、自らが生まれ育った沖縄を取り巻く状況に対して決して目を逸らすことなく倫理的な姿勢で作品を書いているのである。

5　土地に寄り添う文学の可能性

沖縄という土地は、やはり特異な歴史や文化を担ってきた土地だ。一六〇九年に琉球王国が薩摩に侵略されて以来、四百年余の歴史がそれを示している。薩摩は琉球の日本化を禁じ琉球王国という傀儡政権を存続させた。

近代期に突入する一八六八年（明治元年）には江戸幕府の体制が崩壊し日本国が誕生する。一八七一年には廃藩置県が実施されるが、唯一琉球だけは例外で鹿児島県の管轄下に置かれる。それは琉球の帰属をめぐり、明治政府と清国政府との間で国家間の交渉が行われていたからだ。清国と明治政府は琉球を分割して統治する案などを検討する。しかし一八七四年の征台の役（明治政府の台湾出兵）などを経て一八七九年琉球処分を敢行し、沖縄県を設置する。琉球処分については『沖縄大百科事典　下巻』（一八八三年、沖縄タイムス社）では次のように記される。

〈経過〉七五年五月、政府は〈処分〉の方針を固めた上で松田道之を〈処分官〉に任じ、琉球出張を命じた。松田は七月に政府の命令を携えて来琉し、琉球藩当局に対してそのすみやかな遵奉を要求する。それは、①清国に対する朝貢使・慶賀使派遣、および清国から冊封を受けることを今後禁止する、②明治の年号を使用すること、③謝恩使として藩王（尚泰）自ら上京すること、などである。琉球藩当局はこれらの命令を拒否し、旧態保持の嘆願を繰り返す。松田は再三来琉し、ついに警官・軍隊の武力的威圧のもと、七九年（明治十二）三月二十七日、処分＝廃藩置県を行うことを布達した。ここに首里城は明け渡され、琉球王国は滅びた。（以下略）

〈評価〉以上のような経過をたどって琉球処分はおこなわれ、琉球王国から琉球藩となり、さらに沖縄県と改められ四七番目の〈県〉として日本の一地方に措定された。琉球処分はいわば沖縄における〈近代〉の開幕を告げる事件であり、一六〇九年の薩摩侵入という島津氏の侵略・支配につぐ沖縄史上重要かつ画期的な事件であった。しかも、沖縄史のうえで、時代を画する重要事件が、いずれも沖縄史の自律的・内発的展開の帰結としてではなく、いわば他律的・外発的に生起している点に、その特質がかくされているように思える。（以下略）

このような記載を読むと、去る大戦で日本本土の防波堤として悲惨な地上戦を強いられた沖縄戦が、必然性を有した一連の出来事として繋がっていくように思われる。さらに戦後、日本政府から切り離されて米軍政府統治下に置かれ、そして今日もなお高江や辺野古における米軍基地建設が強行され、日本国安全のための負担が強いられている。これらの状況を見ると、再び「時代を画する重要事件が、いずれも沖縄史の自律的・内発的展開の帰結としてではなく、いわば他律的・外発的に生起している」と考えざるを得ない。このようなことが積み重なって、今日なおも沖縄の特異な歴史と厳しい状況が持続されているのである。

このように日本本土とは違う特異な歴史を有した土地で、特異な文学が生まれないはずはないのだ。一人の表現者が誕生するのは、このような時代の困難さと対峙し、状況に違和感を覚えて自問したときだろう。それ故に沖縄文学の作品は倫理的にならざるを得ないのである。それほどまでに沖縄の状況はいつの時代にも厳しいのだ。もちろん表現者の誕生にはその他の要因もある。

沖縄文学の特異性について、さらに付け加えることが一つある。それは「死者の視線を共有する態度」である。換言すれば沖縄文学は「死者の土地における文学」という重要なキーワードを発見することができる。

沖縄の社会は、沖縄戦の死者のみならず死者と共生する社会だ。日常生活の中で、先祖の霊へ香を焚く機会が多い。旧盆や法事だけでなく、家族の喜怒哀楽の出来事を先祖（仏間の位牌）へ報告する。孫の来訪を喜び孫の進級を祝い、家族の健康を祈願する。家長はその役目を担い、抑揚のついた言葉でリフレインしながら祈り言葉を唱える。人間は必ず死ぬ。その死者たちの視線を共有しようとする姿勢が、沖縄文学の多くの作品に見られるのである。

沖縄の地は、表現者に倫理的であることを強いる厳しい現実がある。と同時に、死者の視点を忘れるなと呼びかける戦争体験がある。沖縄の社会の貧しさや、政治的な状況が絶えず私たちに問いかける。これでいいのか、平和の島の建設はどうなったのか。沖縄戦の犠牲者たちの無念さを忘れたのか、親兄弟を殺さざるを得なかった集団自決の悲劇を忘れたのかと……。沖縄は、常に言葉の力を考えさせる土地であり、絶えず表現することの意味を問いかけられる土地である。「沖縄文学」はそこに基盤を置いているのだ。

「沖縄文学」は成立するか。これまで俯瞰したように琉球王国が存在し、一六〇九年の島津侵攻以来今日まで四百年余にわたる特異な歴史がある。そして現在もなお基地被害に悩まされている現状があり、高江地区や辺野古でのさらなる新基地建設という本土とは違う沖縄独自の状況が続いている。そんな中で独自な文学が成立しない訳はないのだ。

沖縄には、政治的な状況の特殊性のみならず、海を隔てた辺境の地であるがゆえに、本土とは違う独自の文化や死生観や慣習がある。それは琉球王国の時代から営々と継承されてきた文化である。もちろん言語もその一つだ。本土とは違う沖縄独自の文化や歴史は、本土と違う文学作品が創出される大きな要因になるはずだ。

「沖縄文学」は成立する。日本文学の多様性を証明する文学として存在し、同時にその独自性を示す文学として存在する。それ故に「沖縄文学」は日本文学の枠組みを揺らすだけでなく、自らの枠組みを揺らすことが絶えず続けられている。ここに「沖縄文学」の特異性と未来をも牽引する可能性も生まれるのだ。

終わりに

政治と文学は沖縄文学の大きなテーマである。戦後七十二年余、相変わらず一貫して流れる本流で、沖縄で表現する人々にとって最大の関心事である。そして近年では、その背後に大きな壁として立ちはだかる日本政府や日本政府との関係性をも問いかける作品が生まれている。

文学の力は、厳しい状況であればあるほど、その有効性が試される。文学の言葉は、むしろ政治の言葉よりも戦闘的であると考えることもできる。少なくともその射程と振幅は長く広い。閉塞的な政治状況を打破するためにも、視点を変えたり発想を転換したりする文学の力は、文学の発生時から有している力だ。あるいはそれを時には「言霊」と言い換えていいかもしれない。

　このようなことを考えさせられる二つの詩集に出会った。一つは宮古島出身の詩人与那覇幹夫（一九三九年〜）の『ワイドー沖縄』（二〇一二年、あすら社）で、もう一つは石垣島在住の詩人八重洋一郎（一九四二年〜）の『日毒』（二〇一七年、コールサック社）である。

　『ワイドー沖縄』の「ワイドー」とは、宮古方言で「頑張れ」という意味だ。この詩集に「叫び」という詩が収載されている。戦後、宮古島で実際に起こった事件を題材にした作品だという。衝撃的な作品だ。ある日、村はずれの農家に十一人の米兵が土足で上がり込み、夫を羽交い締めにして、その目前で愛する妻（加那）を陵辱する。夫は「ワイドー加那、あと一人」と叫んだというのだ。詩人の魂は、この「叫び」に万感の思いを込めて次のように書く。

> 私は、何と詰《なじ》られようが／あの夫の〈絶叫〉を差し置くほどの／美しい叫びを、知らない。／／それは戦後まもなく／降り注ぐ陽ざしに微睡むがごとき／宮古の村里の、とある村はずれの農家に／十一人の米兵が、ガムを噛みながら突然押し入り／羽交い締めに縛った夫の、その前で／その家の四十手前の主婦を、入れ代わり犯したが／十一人目の米兵が、主婦に圧し掛かった瞬間／夫が「ワイドー加那、あと一人！」と絶叫した／というのだ／／ああ、私は、一瞬、脳天さえ眩《くら》む、これほど美しい叫びを、知らない。／いや全く、人づてにも、ついぞ聞いたことがない。／そう私は、この世には言葉を越えた言葉があることを、初めて知った。／きっとその日は、世にも壮麗な稲妻が村内を突き抜けたであろう（以下、略）

　これが沖縄だと言えば言い過ぎだろうか。ここに沖縄の変わらない現実があるのだ。

　八重洋一郎の詩集『日毒』で使用されている「日毒」という言葉は、日本国に毒される琉球・沖縄の意で使用されている。八重洋一郎の高祖父は琉球王国の役人として石垣島に派遣されたようだ。その高祖父が、明治期の琉球処分の時代に「日毒」という言葉を使っていたことを八重は古い手文庫から発見する。その言葉を使って清国に救済を願い、琉球王国の国王に忠誠を誓った文書である。しかし高祖父は捕縛され、見せしめのために拷問を受ける。八重はこの言葉を、父祖の歴史を辿りながら現代に蘇らせる。現代の沖縄もなお「日毒」に苦しめられている現実があるのだと……。

　与那覇幹夫や八重洋一郎の詩は、文学の言葉である。もちろん二人の詩人は常に戦闘的な言葉を吐いている訳ではないが、常に沖縄の未来や沖縄の歴史を見据え、「言葉を越えた言葉」を探している。文学の言葉の振幅は広く垂心は重い。

ここには沖縄でなければ生まれない詩があり、沖縄であることによって生まれる文学がある。「沖縄文学」が有する言葉の力、言葉の可能性、これを担うのが「沖縄文学」を創出する作者の僥倖であり、これを探るのが「沖縄文学」研究者の醍醐味であろう。

【脚注】

1 『もう一つの沖縄文学』（仲程昌徳、二〇一七年四月三十日、ボーダーインク）二六二頁参照。

2 日本ペンクラブ平和委員会シンポジウム「戦争と文学・沖縄」二〇一七年七月二十二日、東京堂書店にて、文芸評論家川村湊が、筆者の発言を補完するように「国際性」を挙げた。

3 この辺の事情については『ツタよツタ』大島真寿美、二〇一六年十月二十日、実業之日本社が参考になる。

4 『沖縄大百科事典　下巻』（一九八三年、沖縄タイムス社）七五四〜七五五頁参照。

5 『山之口貘——詩とその軌跡』（一九七五年、法政大学出版会）

6 芥川賞選考評：初出『文藝春秋』一九九七年九月号。（※掲載した以外の選考委員や選考評の一部を引用者が省略した）

7 『ゆらてぃく　ゆりてぃく』（崎山多美、二〇〇三年二月、講談社）十一頁参照。

8 『1941年。パリの尋ね人』（パトリック・モディアノ、白井成雄訳、一九九八年七月一日、作品社）

【参考文献】

・『日毒』八重洋一郎詩集、二〇一七年五月三日、コールサック社
・『もうひとつの沖縄文学』仲程昌徳、二〇一七年四月三十日、ボーダーインク
・『死者の土地における文学—大城貞俊と沖縄の記憶』鈴木智之、二〇一六年八月一日、めるくまーる
・『チェルノブイリの祈り—未来の物語』スベトラーナ・アレクシエービッチ、松本妙子訳、二〇一五年十月二十六日、岩波書店
・『新訂版　沖縄文学選』編者・岡本恵徳他、二〇一五年一月三十日、勉誠出版
・『九年前の祈り』小野正嗣、二〇一四年十二月十五日、講談社
・『ワイドー沖縄』与那覇幹夫詩集、二〇一二年十二月五日、あすら舎
・『赤い高粱』莫言、井口晃訳、二〇一二年十一月九日、岩波書店
・『沖縄文学全集　第6巻　小説Ⅰ』沖縄文学全集編集委員会、一九九三年三月十五日、国書刊行会
・『蚊帳のホタル』仲宗根政善歌集、一九八八年十月十五日、沖縄タイムス社
・『山之口貘—詩とその軌跡』仲程昌徳、一九七五年四月三十日、法政大学出版局

五　伝統と記憶の交差する場所
～文学表現にみられる記憶の言葉と伝統文化の力～

はじめに

東峰夫が「オキナワの少年」で、一九七二年第66回芥川賞を受賞したのは、日本の文学史上、画期的な出来事であった。その理由の一つは、作品で使用されるウチナーグチの衝撃にあった。作者の東峰夫は、臆することなく自らが育った郷土沖縄の言葉を、日本文学の作品世界に持ち込んだのである。日本文学とは、当然、日本語（共通語）で書かれた作品世界を有していなければならない。それが当時の一般的な概念であった。その自明な枠組みを揺さぶり、日本語の多様性をも開示したのが東峰夫の「オキナワの少年」である。例えば作品の冒頭は、次のように書き出される。

ぼくが寝ているとね、「つね、つねよし、起きれ、起《う》きらんなー」と、おっかあがゆすり起こすんだよ。／「ううん……何《ぬ》やがよ……」／目をもみながら、毛布から首をだしておっかあを見上げると、／「あのよ……」／そういっておっかあはニッと笑っとる顔をちかづけて、賺《すか》すかのごとくにいうんだ。

「あのよ、ミチコー達《たあ》が兵隊《ひいたい》つかめえたしがよ、ベッドが足らん困《くま》っておるもん、つねよしがベッドいっとき貸らちょかんな？　ほんの十五分ぐらいやことよ」

ええっ？　と、ぼくはおどろかされたけれど、すぐに嫌な気持ちが胸に走って声をあげてしまった。／「べろや」（以下略／線改行は引用者が記す）

作品は、一九五〇年代半ば、米軍占領下の沖縄コザの町が舞台である。美里の村で山羊などを飼って生活していたつねよしの家族が、コザに移り住む。父親は、いろいろ商売をやったけれどうまくいかず、米兵相手に売春をしている女たちに部屋を貸して生活している。つねよしも家計を助けるために新聞配達などをしているが、生活のためとはいえ、家族が始めたこの商売が嫌でたまらない。つねよしは、女たちへ、ひそかな思いを寄せるが、もちろん成就するはずはない。学校で、友達の金を盗んだと疑われたつねよしは、オキナワからの脱出を計画し、ある台風の夜、停泊中のヨットに忍び込み、とも綱を切る……、というストーリーである。

作品の評価は、発表当時から様々であった。例えば、「過酷な状況の中で、したたかに生きる女と、『男性』性が、無価値で空虚なものになってしまった占領下の沖縄」を描いたとする評や、「少年のアイデンティティは、オキナワのアイデンティティである」とする評、また「父権からの脱出と、学校に対する違和感」。さらに、「学校＝新しい『日本国民』としてのアイデンティティ教育への違和感」などが描かれているとも評された。もちろん、これらの評はごく一部であるが、作者自身は「この一作で沖縄の『ひどい現実』を書き尽くした」と述べた。[注1]

なるほど、作者が言うとおり、描かれている世界は沖縄の占領下のひどい現実である。しかし、ここで注目したいのは、ひどい現実を述べるのに、生活の言葉としての地方の言語である「ウチナーグチ」が使用されていることである。つねよしの思いは、ウチナーグチで述べることによって、沖縄という地域をシンボル化する働きを持つ。また、ウチナーグチで述べることによって、つねよしの素直な思いの吐露となり、作者の思いとも馴染むものになっている。ウチナーグチは、まさに作者が表現の拠り所とする言語であったのだ。

翻って考えてみるに、地域の言語とは、その地域の意思伝達の手段として大きな役割を有している。同時に、地域において延々と継承されてきた文化や記憶を語る言葉でもある。また、これらの言葉は、その地域の伝統的な言語文化の象徴としての役割をも担っているはずだ。ここでは、伝統的な言語文化を担う言葉と、文学作品に現れる地域の言葉とをクロスさせ、「伝統と記憶の交差する場所」として考察してみたい。

1 記憶の言葉の持つ力

沖縄の文学が有しているウチナーグチでの表現は、今日、多くの作者が試み、その方法も実に多様化している。小説においても、先述した東峰夫の「オキナワの少年」においてのみ顕在化しているわけではない。多くの作者が試みている表現方法の一つである。今や文学表現における実験的方法というよりも、むしろウチナーグチの使用が自然であると述べる作者たちもいる。そして、自らの言葉は、日本語の中の一地方語としての「方言」ではなく、独立国家、琉球王国の言語の流れを汲んだ「ウチナーグチ」、あるいは「島クトゥバ」であると主張する表現者も多く現れてきた。ここでは、両者の意味をも含めて「ウチナーグチ」と称して論を進めていく。

沖縄の近代文学の出発は、明治30〜40年ごろだと言われている。そして、明治期の沖縄文学は、どちらかというと、言語も、そして感性までもが、ヤマト化されていく中で、生活言語としてのウチナーグチを疎んじて、文学作品の中にも中央の言語であるヤマト言葉を表現手段として獲得しようとした。そのような動向が主流であったという。[注2]

もちろん、そんな中でも伝統的な沖縄の言語を保持し、取り入れようとした動きもあった。例えば琉歌などの韻律やロマンティシズムを、近代詩風にアレンジしていこうとした琉球古典音楽研究者であり詩人でもある世禮國男《せれいくにお》の試みがある。さらに近代化していく沖縄の現実の中で、沖縄の心を伝統的なオモロや琉歌の形式に包み込んで表現しようとする伊波普《いはふ》猷《ゆう》などの試みもあった。

ちなみに、世禮國男は大正期に活躍した詩人であるが、『現代詩歌』『炬火』『日本詩人』等に作品を発表し、川路柳虹、平戸廉吉の序を付した詩集『阿旦のかげ』がある。「琉球景物詩十二編」の詩のひとつで、「ウスデーク」というタイトルを付した次のような詩がある。[注3]

よりつどふ秀《すぐ》れ娘《みやらび》の房なす黒髪を／伊集の花の真白なす手《て》巾《さじ》にうちたばね／ウスデークの花は咲き出づるよ／打ちならす鼓の拍子が冴えわたれば／林なす娘の樹々は色めき靡き／花染《はなそめ》手巾《てさじ》と四竹に扇子《あふじ》の花も咲きみだれ／銀の簪に陽が光り／諸鈍長浜《しょどんながはま》に打ちやい引く波の白き歯並びに／音頭とり合唱となり走川《はひかは》のような歌が流れる（以下略）

この詩には、近代詩という日本語の詩語の枠組みの中で、郷里沖縄の言葉をどのように取り込むか。また八六調の琉歌のリズムを、どのように七五調の和歌のリズムに変換するか。その方法や苦悩を先駆的に示している。タイトルの「ウスデーク」は、沖縄の伝統行事の一つであり、「娘」や「手巾」に、ルビを「みやらび」や「てさじ」と振るなどの工夫が見られ、ウチナーグチに込められた伝統文化の象徴としての風物が、散りばめられて表現されていることが分かる。

また、山之口貘も、早い時期にウチナーグチを日本語の表現形式の中に取り込んで詩を作った詩人の一人である。異郷での長い生活は、望郷への思いを募らせ、郷里の風物や、ウチナーグチは、「沖縄」や「沖縄という地域への郷愁を象徴するもの」としてシンボル化されている。代表作の一つである詩「会話」の中には、「刺青」「蛇皮線」「濃藍の海」「常夏」「竜舌蘭」「梯梧」「阿旦」「亜熱帯」などの言葉が、飛び交っている。

終戦後、数十年ぶりに帰郷した沖縄では、このようなウチナーグチまでが奪われている現実に直面して「苦笑」する詩がある。「弾を浴びた島」という詩で、戦争で多くのものが灰燼に帰した沖縄で、ウチナーグチまでもが駆逐され奪われてしまったのかという感慨を述べた詩だ。ふるさとの言葉で考え、ふるさとの言葉に、歴史や文化を象徴させていた貘にとって、ショックは少なからずあったように思われるが、貘独特な詩世界で次のように歌われる。詩中で使われているウチナーグチの「ガンジューイ」は「元気ですか」、「サッタルバスイ」は「やられてしまったのか」というような意味である。

島の土を踏んだとたんに／ガンジューイとあいさつしたところ／はいおかげさまで元気ですとか言って／島の人は日

本語で来たのだ／郷愁はいささか戸惑ってしまって／ウチナーグチマディン　ムル／イクサにサッタルバスイと言うと／島の人は苦笑したのだが／沖縄語は上手ですねと来たのだ

さて、山之口貘の生きた時代から、今日までおよそ半世紀余もの歳月が流れた。現在、活躍している沖縄の詩人たちの多くが、ウチナーグチを取り込んだ詩を一度や二度は書いた経験があるのではないかと思われる。沖縄の戦後詩の歴史においては、「ウチナーグチ」の使用は、きわめて意識化された表現方法の一つである。生活言語としての郷里の言葉を、詩の表現言語として浮かび上がらせている詩人たちの幾人かを取り上げて、彼らの問題意識と表現の特質を明らかにしたい。

まず、その一人に中里友豪がいる。中里は、詩の表現言語としてウチナーグチを、かなり意識的に使っている。等身大の怒りを等身大の言葉で表現し、日常へ間隙を開ける試みだ。同時にウチナーグチのもつ独特なリズムを詩の世界に取り込む作業といってもいいだろう。このことによって、民衆の意識をも代弁し、生活の根っこにある感情をも紡ぎだしている。例えば二〇〇一年、ニューヨークで起きた旅客機テロ事件を題材にした「9・11」と題された詩は、次のように歌われる。

ユーシッタイ　運転手はそう言った／ユーシッタイルヤイビール／アメリカヤ　ドゥクヤイビーシガ／ドゥーナーガル　イチバンチューバーンディチ／ヨーバーターウセーティ／イーシチカンダレー／ミサイル　ウチクダイ／ケイザイフーササイ／ムル　ドゥーカッティ／ヤクトゥアマクマウティ／ニータササッティ／テロン　シカキラリールバーテーサイ／イーバーンディウムトールチョー／マンドーイビール　ハジヤンドー（以下略）

発表された中里のこの詩には、本人の共通語訳が付されている。「いい気味だ、運転手はそう言った。いい気味ですよ、アメリカはあんまりですよ、自分こそが一番強いといって、弱いものたちをバカにして、言うことを聞かなければ、ミサイル撃ちこんだり、経済封鎖したり、みんな自分勝手。だから、あっちこっちで恨まれて、テロなんか仕掛けられるわけですよ。それみたことかと思っている人は、多いはずですよ（以下略）」

運転手とは、ここではタクシーの運転手を指すものと思われる。その運転手が客である作者へ、「9・11」の感想を語るという構図を取った詩だが、この構図よりも語り手である運転手の語り方に注目したい。運転手にとって、自らが生まれた郷里の言葉は本音を言わせ、饒舌にする言語として機能しているのである。

与那覇幹夫は宮古島出身の詩人である。宮古島の方言と話体を取り込んだ衝撃的な詩集『赤土《せきど》の恋』（一九八三年、現代詩工房）で注目を集め、第7回山之口貘賞を受賞した。『赤土の恋』は、宮古島の苦難の歴史や、そこで育った民衆の精神の惨劇を、色に置き換えたところに斬新さがある。同時に、語り手としての「おばあ」を設定し、新しい表現言語としての詩言語を創出したところに作品の特異性がある。与那覇幹夫の詩は、生活言語としての「方言」が、もともと「文字言語」ではなくて「語り言葉」であったのだという当たり前のことを実感させる。「青澄《あおみゅう》」と題する詩は、次のように語られる。[注4]

「みゅう」んはね　厄い禍い魔の場《ば》へこんだところ深
いところ　逃げられない救けたすからないところ　島立て
のころんの　ふっるい言の葉のよう　元々はね「澪」なん
が　もろもろの魔性が寄り合って「澄《みゅう》」んになったようん
ほんれ　今日んも　天《ていん》な青瀞《おおとぅりー》てぃ青澄《おおみゅう》さ　そんでじゃ
生き物　死んだらみな天に上る云うけれ　あの天の青
あれ死者の　魂ん国への澪――水路《みを》かもね
島の上に島があるちゅう　まっことヘンじゃけど　あの
天の青ざめた青　この世の出来事《さま》じゃないんよ
あゝ　こん島　島も海んも　死者ん国の青で覆われてい
るんか
行っても行っても　生きてあるもんには辿りつけない青《おお》
ん島に　この世の何処の世界《くに》に　こん島のよう　死者の島
魂ん島と　対《むか》い合ってるところあるじゃろかのう

上原紀善は、一九四三年糸満市に生まれた。主な詩集に、『開閉』（一九八九年）、『サンサン』（一九九二年）、『ふりろんろん』（一九九三年）などがある。上原紀善の特質が最も表れたのは『開閉』に収載された「おきなわのうた」という詩だ。この詩は、「ぬなぬな／なみのんの」と歌い始められる。波がゆったりと、たゆたっている情景を歌ったものだが、ここには、沖縄の歴史や人々の様々な暮らしぶりが、詩の言葉で比喩的に表現されている。そして、この詩は方言詩の範疇をも突き破っているように思われる。上原紀善にとって、方言は自らを認識し、宇宙を思索する血脈としての言葉だ。ここを出発点にして、「上原語」とでも呼ぶべき自らの言葉を作り上げ、詩の世界を作り上げているのだ。「おきなわのうた」は、次のような詩である。

ぬなぬな／なみのんの／ぬなぬな／なみのんの／／ああ
さありがっさい／おおすうりがっさい／とぅったかたい／
とぅったかたい／／すうたあぬ／ぱあたあぬ／とぅるみゅ
ら／とぅるみゅら／／すぅらい／すぅらい／てぃぬんひら
き／ぢぃーんひらき／ぱあらい／ぽおらい／／ぬなぬな／
なみのんの／ぬなぬな／なみのんの

上原紀善は、今自らの感覚や感性と一体となった「上原語」とでも呼ぶべき表現言語を創造し、独特の詩世界を作り上げているのだ。沖縄の方言詩の最前線は、上原のこの地点に到達している。このことは、地域の生活語としての言語と、詩としての表現言語が見事に合体した例として考えることも出来るだろう。

なお、山入端利子《やまのはとしこ》は、詩集『ゆるんねんいくさば』（二〇〇五年）で、ウチナーグチを異貌の言葉としてではなく、自らの内的な言葉として素直に表出している。山入端利子には、思想も比喩も感傷も感慨も、ウチナーグチで語ることが自然な営みなのだ。それゆえに、詩の言葉にウチナーグチを用いることに、なんの抵抗もない。少女時代の沖縄戦の体験は、見たがままに、体験したがままに「夜もない戦場」という不条理の世界として語られるのだ。

ところで、写真家比嘉豊光の記録した写真集や証言集『島クトゥバで語る戦世―一〇〇人の記憶』（二〇〇三年、琉球弧を記録する会）も、ウチナーグチが、民衆の記憶を語る言葉として最も馴染んでいることを証明するものだ。比嘉豊光は、戦後六十年余を経過した現在も、県内各地の公民館等において、老人会などに呼びかけ、戦争体験をその村の「島クトゥバ」で語ってもらい、それを映像と写真等で記録し、さらに文字化する活動を行っている。それは、戦争体験者の精神の解放にも繋がり、これまで語れなかった戦争体験を語ることにも繋がっているように思われる。比嘉豊光は、同書の中で、仲里効のインタビューを受けて次のように語る。少し長い引用になるが、島クトゥバでの聞き取りを体験した者の貴重な感慨であり、伝統を体現する言葉と、記憶を継承する言葉の重要な接点を提供してくれているようにも思われるのだ。

比嘉：「楚辺誌・戦争編」の聞き取り調査を行ったが、オジーやオバーたちは自らの戦争体験を島クトゥバで話してくれた。そのときにテープで録音し、その表情を写真で撮った（中略）。当然、字誌編集のために文字化するわけだが、共通語に置き換えたときに歴然と言葉の表現の違いが見えてきた。オジー、オバーたちの語りを共通語に置き換えると、その文字から表情が消えるのである。これは、言葉、そして表情も含めてビデオに記録しなければと思った。（中略）

仲里：島クトゥバで聞き取り、それを共通語に置き換えたときに感じたギャップとは、具体的にどういうことか。

比嘉：民話とか祭祀行事も含めて島クトゥバで記録しているが、今、重要視しているのが、戦争体験を島クトゥバで記録することである。戦争体験は普段は語られないことで、日常的に子どもたちに聞かせるようなものではない。しかし、改めて島クトゥバで記憶を呼び起こして話し始めると、その時の感情や風景まで表情に出てくるのが一番感動的である。

仲里：そうすると、同じ戦争体験でも、言葉にして表に出す場合、共通語で語るときと沖縄の言葉で語るときでは、膨らみにしてもディテールにしても、言葉自体の力が違う。

比嘉：もちろん。その時と場所の記憶のほとんどが島クトゥバであるはずである。そこに記憶を戻した時、共通語となるとその記憶（感情・表情）が、表現できないのでは、と思う。要するに感情がないというか……。島クトゥバだと、感情も含めてすべて呼び覚ますことができるのではないか。言葉プラス感情が出て来る。島クトゥバだと、周囲も見渡すことができるが、共通語だとそうはいかない。言葉の制約で語り手の表情や重み（広がり）がしぼんでしまう。

比嘉の感慨には、たとえ言葉の原初的な役割が、語る行為という音声言語の特質と重なるものであるとしても、多くの示唆に富む。ウチナーグチを使う者は、容赦なくスパイ容疑が掛けられたという戦時中の支配体制の下で、人々は、体験を共有することさえもが封じられていたようにも思われるのだ。逆説的な言い方をすれば、地域の伝統的な言語文化を体現する島クトゥバは、記憶と癒着して滅びることはなかったのである。記憶を継承する言葉として、ウチナーグチが、いかに有効であるか。比嘉の感慨は、このことを十分すぎるほどに例示してくれているように思われるのだ。

2　伝統的な言語文化と地域

地域における伝統的な言語文化の具体例の一つとして、当然、地域に根ざした言語を上げることができる。もちろん、政治体制や社会体制の変動によって、地域における言語や方言は、様々な変容や再生、消滅を余儀なくされるはずだ。しかし、どのような経過や結果を強いられようとも、中央から発信され、強制される言語だけでなく、地域に根ざした言語こそが、その地域の伝統文化を生み出し、育てる母胎になり得るはずだ。伝統文化とは、そのような言語に支えられて生み出される文化であろう。言語が衝突し、文化が変容し、物語が再生されても、長い歴史的な時間の審判を受けて残り続けるものこそが、伝統文化として定着するのだろう。

沖縄においては、伝統的な言語文化をイメージさせる代表的なジャンルに、「オモロ」「組踊」「琉歌」などがある。もちろんそれらを支える基盤言語として、ウチナーグチがあることは言うまでもない。これらのジャンルの表現の特性にも、記憶を継承し、文化を発展させる重要なキーワードが含まれているように思う。

オモロ、琉歌、組踊を誕生させた時代は、「琉球文学」の時代と称されている。沖縄の古典文学の隆盛期である。琉球文学は、奄美・沖縄・宮古・八重山の四つの諸島で、一二、三世紀から七、八世紀に生まれ、「琉球国」が無くなる十九世紀末（一八七九年、琉球処分ごろ）までを、その大きな区切りと考えるのが一般的な概念である。

琉球文学には口承文芸と筆録文芸の時代があり、沖縄における文字使用の始まりは、現在のところ十五世紀末ごろまでしか遡れないという。『おもろさうし』第一巻の編集は一五三一年であるが、それ以前には、明確な筆録文芸はないと言われている。もちろん、口承文芸としてのオモロや、宮古・八重山の古い神歌は十二、十三世紀、あるいは十四、十五世紀ごろには歌い始められていたと言われている。[注5]

『おもろさうし』は、オモロを集めた沖縄最古の歌謡集で、全22巻一五五四首からなる。沖縄の古典文学を代表する作品で、沖縄の万葉集とも喩えられる。オモロは、グスク時代ないしはそれに遡る時代から、奄美・沖縄の各地で謡われていた歌謡で、本来は神を祀る祭祀の場で、神女たちを中心として謡われていた祭祀歌謡である。これが、首里王府の公式行事に取り入れられるようになり、男性役人の管掌するところとなる。現在音曲として伝えられているのは、そうした王府における男性歌唱者の謡ったオモロである。これを首里王府が十六世紀以降に収集し、本として編纂したのが『おもろさうし』だ。

組踊は、沖縄方言による韻文の戯曲（古典楽劇）で、「歌・舞・せりふ」の総合芸術と言われている。組踊は、中国皇帝の詔勅を奉じて渡来する冊封使歓待の宴で上演するために創作されたもので、作者は当時の首里王府の役人、踊り奉行の玉城朝薫《たまぐすくちょうくん》（一六八四～一七三四年）。玉城朝薫は、薩摩へ7回渡航、そのうち2回の江戸上りを体験、本土の芸能（能・狂言・歌舞伎・浄瑠璃）などにも精通し、その影響は組踊にも表れているという。一七一八年に創作され、初演は一七一九年尚敬王冊封の時で、演目は「執心鐘入」と「二童敵討」であったという。

もちろん、組踊に登場する人物のせりふや所作には、伝統的な言語文化の一つとして継承されてきた言葉や、地域共同体の豊作を予祝し、厄災を払う神女たちの所作や詞章を唱える抑揚などが基盤になっていると言われている。一九七二年には「国の重要無形文化財」に指定され、二〇一〇年には「世界無形文化遺産」にも登録された。

琉歌は、琉球の歌、または琉球歌謡の略で、日本本土の和歌に対して使われた言葉である。奄美や沖縄本島で謡われてきた8886音の4句体30音の韻律を持つ短詩型歌謡で、十四、十五世紀以降に中国から渡来した三線の音曲に乗せて発展した。内容は個人の心情を詠んだ叙情的な作品が特徴で、四季、恋、雑《ぞう》に大きく分けられる。そのうち、庶民の作と思われる歌は素朴でおおらか、風土性が豊かで、士族の作と思われる歌は、知的、観念的、技巧的であると言われている。しかし、詠み人知らずの歌が圧倒的に多いのも特徴の一つである。注6

さて、三つのジャンルの概略を述べたが、共通するのは、やはり生活に根ざした伝統的な文化の力だろう。「オモロ」の語義は、「お杜で謡う歌。神前で謡う歌。共同体の思ひ」等の説があり、起源は、農村生活を基底に、自然賛歌や英雄賛歌、労働や航海の安全を祈願したものである。『おもろさうし』の歴史的価値も、古い時代の琉球の社会・言語・宗教・民族・歴史を知る上で不可欠なものとされている。換言すれば、そのような場所から生まれた言葉こそが、伝統的な言語文化として継承され、人々の記憶に残っていったのだ。

また、組踊の所作は、神と人をつなぐ祈りの所作をヒントにし、人と人をつなぐ舞台芸術として創作され、長い時間の中で鑑賞に耐え、重宝されて残ってきたものだ。琉歌は、人間の個性や感情に拠りかかりながら作られたものであるが、詠み人知らずの歌が多いということは、長い歴史的な時間の中で淘汰されてきたものだけが作品として残り、音曲と併せて継承されてきたことを示しているはずである。

3　言葉の力の波及力

今日の時代は、やはり不安定な時代であると喩えてもいいだろう。もちろん、過去においても、それぞれの時代の危機があり、危機に対してそれぞれの時代の闘いがあり、闘いの継承があった。そして、いつの時代においても、継承の方法として最も有効な手段は、言葉であったということが出来るだろう。言葉は、思考する道具として、また時間や空間を飛び越え、多くの人々に伝達する手段として、優れた特質を有していることは明らかである。

今世紀に入っても、危機は否応なく私たちを打ちのめす。二〇〇一年九月十一日には、ニューヨークツインタワーへの旅客機を激突させるテロがあった。原因や理由を推し量ってもなお、惨状を目前にして言葉を失った。世界は壊れている、あるいは壊れるという予感に震撼した。二〇一一年三月十一日には、我が国の東北地方を襲った大震災の惨事を、同時間帯のテレビ画面で目撃した。黒い濁流に押し流される家々の光景は信じがたかった。原子力発電所の倒壊の惨状と併せて、またもや言葉を失った。

しかし、かつてそうであったように、言葉は立ち上がらなければならない。人間を励ます言葉として、また記憶を継承する言葉として、言葉を取り戻さなければいけないのだ。そして、そのような状況の中で、被災した人々へ届けられる言葉があるとすれば、それは沈黙を経た言葉であり、想像力を通過してきた言葉であろう。逆に被災者から届けられる生活を伴った言葉や、具体的な体験を経た言葉は、大きなインパクトを与えて、私たちの心に刻み込まれたはずだ。

　このような体験が私たちに与える教訓は多い。その一つに言葉の効用を改めて確認させられたことが挙げられよう。グローバル時代の言葉であればなおさらのことで、記憶されるためには、断片的・表層的でない言葉が必要であるように思われる。沈黙を経て、想像力を通過してきた言葉こそが相手の心に届くのだ。

　翻って考えてみるに、若者言葉や流行語は、時代の世相を反映しても、長く心に残り、記憶と共に継承されていく言葉は数多くはないように思われる。消費社会の中で、言葉も消費され、捨て去られていくのだ。表層的な文化に迎合する文学作品の言葉もまた、そのような運命を余儀なくされるに違いない。作者の沈黙を経た言葉、作者の想像力を経た言葉、そのような言葉で紡がれた文学作品こそが、私たちに感動を与えるのだ。

　このようなことを考えると、伝統に根ざした言葉の波及力ということに思いが至る。伝統に根ざした言葉とは、まさに生活に根ざした言葉であり、体験を経た言葉であり、沈黙や想像力を通過して淘汰されてきた言葉である。このような言葉こそが、記憶をよりよく語り、体験をも継承していくのだろう。さらに人間の関係をも濃密なものに築いていくはずだ。敷衍的な言い方をすれば、それは言葉に限らず、地域で育まれ、創造される文化の基盤に据えられる言葉と同質の特性を有しているはずである。

　教育者であり国文学者でもある益田勝実は、かつて生活と結びついた言葉への関心を、「村の路上で」と題して次のようなエピソードで語っていた。このことは、今日の時代においても十分な射程を有した問題提起であり、極めて興味深い。長い引用になるが示唆的なエピソードであるので紹介する。[注7]

> 村のまんなかを走っている道路で、リヤカーをひいてくるタッちゃんにあった。おかみさんが後押ししている。「こんにちは。」「おでかけかな。」50メートルほどおくれて、タッちゃんのおじいさんがくる。むこうから声をかけられた。「薄日になりましたなあ。」「……。」何ともいえない。帽子をとって頭をさげ、とにかくすれちがった。
>
> 　何とも応答できなかったまま、のどにグッとものがつっかかって飲み下せないような感じで、十数歩も歩くと、どっと悲しみがこみ上げてきた。「ほんとうの生活から湧きだすことばを、根こそぎ失ってるんだ。おれには、あいさつさえできないんだなあ。」コチンと月給とり機械になりきった自分が、むしょうにみじめでたまらない。これが学校なら、「こんにちは。」「こんにちは。」ですむところ

だ。「オッス。」「ヤア。」でもいいのだ。大地ととっくむ生産生活の伝統からきりはなされた日々の中では、あいさつは、まったく無意味な符牒に堕している。が、村の農民たちはそうではない。あいさつは生きた会話なのだ。ねぎらいであったり、相談であったりする。だから、それに気づくようになってからは、「お精が出ます。」といって、畑のそばを通るようにしている。「どうだね、草は。」「今年の草は性が悪くて、あとからあとから出やがらあ。」とやりとりしながら、足もとめずゆっくりと通り過ぎるのが、村の人たちのあいさつである。「こんにちは。」「いいあんばいですな。」というふうに、ちゃんと懸け合いになってくるのである。ところが今日はまずかった。「薄日になりましたなあ」「こんにちは」とは、いくらなんでもいえなかった。田んぼから上がって、昼めしに帰る人に、「お精が出ます。」もだめ。「こんにちは。」と「お精がでます。」以外のあいさつのことばを失ってしまっている……。生きた生活と結びついたことばを喪失しきっている自分……。しかもそれで、ぼくは国語の教師なのだ。

ここには、生活と結びついた地域のことばでコミュニケーションを図ろうとする益田勝実の思いが明らかに見えてくる。

確かにそれぞれの地域に根ざしたあいさつ言葉は、豊かに継承されているように思われる。そして、穏やかな人間関係を構築し、親しみを込めた呼びかけの言葉にもなる。例えば、沖縄の地では、「メンソーレ（いらっしゃいませ）」、「ガンジューイ（元気か）」、「チュラサンヤ（可愛いなあ）」などは、その言葉を聞き、発するだけで心が和む。「イチャリバ、チョーデー（出会った者は、みな兄弟だ）」という金言もあるが、これらの言葉は、少なくとも歴史や文化の一端を体現しているように思われる。

第一一七回芥川賞受賞作家、目取真俊は、沖縄の戦後の米軍占領下の人々の意識や、戦争体験の継承のありようを、鋭く摘発しながら文学作品を発表して、多くの人々の共感を得ている。その理由の一つに、目取真俊が表現の世界で駆使する言語世界があるように思われる。目取真俊は、共通語の表現世界に、ウチナーグチを取り込み、人物の存在にリアリティを持たせている。この方法によって使われる言葉には、人物だけでなく、状況や時間にまでもリアリティを感じさせている。さらに、地の文としての共通語に、ウチナーグチのルビを振りながら、人物の心情へ深く降りていく手法は、読者の共感を生み、優れた表現世界を生み出している。逆説的な言い方をすれば、目取真俊は、共通語の世界だけでは決して描くことの出来ない沖縄の世界があることを自覚しているものと思われる。

話題作の一つでもある『眼の奥の森』（二〇〇九年）から、表現世界の具体的な例を紹介したい。引用する箇所は、米兵に強姦された少女が、産婆の手を借りながら、自宅の裏座敷で、家族に見守られ、子どもを産む場面である。「自分」と記される妹の回想場面であるが、登場人物の複雑な心情が、共通語とウチナーグチの表記を駆使しながら見事に描かれる。

産婆から赤ん坊を受け取った母は自分と寝ている姉を励ますように、可愛いぐわーえっさー、うり、今洗《なまあみ》すんどー、と大きな声で言って、赤ん坊の体をお湯で洗った。涙をこらえた母の顔と震える手に抱かれた赤ん坊の顔が目に浮かぶ。ふいに裏座で音がし、みなも目が引き戸にかかった白い手に向けられる。

我《わん》が赤子《あかんぐわ》ぞ……、我《わん》が産子《なしんぐわ》ぞ……。

戸口まで這ってきた姉が、汗まみれの顔に笑みを浮かべて、やせ細った手を伸ばす。

動《えー》くなけー、寝《に》んとーけー。

産婆が怒鳴りつけたが、姉は聞こえないようだった。赤ん坊の泣き声が急に高くなった。母は、赤ん坊を姉に渡そうとして、ハッと気づいたように自分の胸に抱いた。

心苦《ちむぐり》さよや、こんなまでぃ哀《あわ》れなくとや……。

母が赤ん坊を抱いたまま泣き崩れると、産婆は裏座に入って後ろから姉を羽交い絞めにし、奥に引きずっていく。姉には抵抗する力は残っていなくて、我《わん》が赤子《あかんぐわ》、我が赤子と弱々しい声が暗い裏座から聞こえた。

強姦された少女の悲劇は、六十年のときを超えて、妹によって語られる。母の言葉も、姉の言葉も、そして産婆の言葉も、ここではウチナーグチで語られることによってリアリティを有した人間の言葉として、悲しみを増幅させるのだ。

目取真俊が使用するウチナーグチやルビについて、仲里効は、『悲しき亜言語帯』（二〇一二年）の中で次のように述べている。[注8]

目取真俊の文学を「マイナー文学」である、と言ってみる。そして、その「マイナー」さを可能にするのは、沖縄の言語を同化主義的に陵辱したことへの注意深い異議提起であり、この島を襲い住民の四人に一人を死に追いやった戦争の経験と戦後の時間に止むことなく流れ込んでいるイクサの記憶であり、この島の身体を暴力的に分断し、いまもなお継続するアメリカの不条理な占領状態への抗いであると言えよう。

（『悲しき亜言語帯』二〇一二年、未来社）

沖縄語の〈ルビ〉が、ただ単に意味の役割を振り当てられているだけではなく、日本語を揺すり崩す異物となっていることを確認することになるだろう。沖縄語の日本語への対訳的対置ではなく、沖縄語が日本語を『酷使』するマチエールにもなっていることも。〈ルビ〉はまた独自の文字体系を持つことなく日本語に従属させられてきた沖縄の言語の「限界」の言表行為でもあり、さらに言えば、不動に消滅の危機に曝されている少数言語の「悲しみ」のテクネーである、と見なしても過言ではない。

（『悲しき亜言語帯』二〇一二年、未来社）

仲里効のこれらの指摘は新鮮で興味深い。ただ、仲里効の関心は、目取真俊の文学を「マイナー文学である」と仮定して、「支配言語と従属言語の関係に働く文化のヘゲモニー」を見ることにより、「言語植民地主義」の問題を明らかにすることに、多くの関心が向けられていることにも留意しておくことが必要だろう。

◇付記

出典原書では冒頭に「論文要旨」、第4項に「地域の言語文化を育む教育の試み」とその実践例を記しているが、ここでは割愛した。

【注記】

1 『文藝春秋』（一九七二年、三月号）

2 岡本恵徳「近代沖縄文学史論」（『現代沖縄の文学と思想』一九八一年、沖縄タイムス社、収載）参照

3 出典：「琉球景物詩十二編」（『沖縄文学全集第一巻』一九九一年、海風社、収載）。

4 出典：与那覇幹夫詩集『赤土の恋』（一九八三年、現代詩工房）

5 「おもろさうし」「組踊」「琉歌」については、沖縄県高教組編『新編沖縄の文学』（二〇〇三年、沖縄時事出版）を、主に参照にしてまとめた。

6 同上

7 出典：「国語教師・わが主体」（『益田勝実の仕事5　国語教育論集成』二〇〇六年、ちくま学芸文庫、収載）

8 出典：仲里効『悲しき亜言語帯』（二〇一二年、未来社）

【参考文献】

1 沖縄県高教組編『新編沖縄の文学』（二〇〇〇年、沖縄時事出版）

2 益田勝実『益田勝実の仕事5　国語教育論集成』（二〇〇六年、ちくま学芸文庫）

3 府川源一郎『私たちのことばをつくり出す国語教育』（二〇〇九年、東洋館出版社）

4 仲里効『悲しき亜言語帯』（二〇一二年、未来社）

5 スーザン・ブーテレイ『目取真俊の沖縄』（二〇一一年、影書房）

六　機関誌『愛楽』に登場する表現者たち
～「沖縄ハンセン病文学」研究

はじめに

沖縄愛楽園に入園している歌人新井《あらい》節子《せつこ》の短歌に初めて接したのは、一九八〇年代の終わりごろだった。当時私は、沖縄県高等学校教職員組合が発行を企画していた『沖縄の文学―近代・現代編』の編集事務局長の任を担っていた。当時の学校現場では、沖縄の文学作品を教材にした実践授業が広がりつつあった。その背景には、自主編成教材を作成する動きが全国的に広まりつつあったこと、また生徒たちの興味関心の広がりに対応するために、教育課程への選択科目の導入等があり、「その他の科目」の一つとして副読本『沖縄の文学』の編集が現場教師から待望されていたことなどがあった。もちろん、郷土の文学作品の教材開発は、生徒たちに深く郷土沖縄を認識し、同時に豊かな感性を磨き、鋭い洞察力や創造的な人生を送ってもらいたいと願ったからである。

現場での授業実践をも参考にしながら、「沖縄の文学」への造詣が深い教師らに協力してもらい意見を交換しながら三年間の歳月を掛けて編集作業は行われた。出版の際には、地元の新聞にも大きく紹介され、また藤井貞和（県外の大学教授）等からも高い評価を得て賞賛された。

その本の編集過程で新井節子の作品に出会ったのである。作品はハンセン病という運命的な病と対峙する一人の女性の人生を鋭く照射したもので、緊張感に満ちた衝撃的な作品であった。例えば次のような作品である。

○落ち鷹のごとき流離の島めぐり海はけわしき冬の表情
○傷つけし胸部《バスト》いたわるわれの夜々にひびきて海の孤独なる声
○アルコールに浸して夜は爪ぬぐう吾に残りたる宝石の如
○究め尽くせしものひとつなく昼も夜も臥しおれば白き獣にも似る
○裸樹しろき亀裂のごとき愛ひとつ蘇る礫の道ふみゆけば
○ひと生《よ》病む遠離《おんり》の果てをおもうとき夕雲よ炎のごとく奔れよ

新井節子は、そのとき残念ながら作品の掲載には応じてもらえなかった。私は、後年、県教育庁が国語科の「その他の科目」のテキストとして『郷土の文学』を編集する際にも編集委員として参加する機会を得た。やはり新井節子の作品は捨てがたく、再度、収載することを強く要望し掲載の許可を頂いた。私は、この作品が高校生に読まれることの意義を改めて反芻して喜んだものである。

今回、本論を執筆するに際して脳裏をよぎったことの一つに、機関誌『愛楽』を読むことで二人目の新井節子に出会うことが出来るのではないかという期待感もあった。同時に、社会の偏見や差別と闘いながら、自らの生の拠り所として文芸作品を作り続けた人々にスポットを当てることは、私たちの責務の一つでもあるような気がしたのである。

機関誌『愛楽』を読むことは、私に予想以上の多くのものを与えてくれた。一九五四年の創刊から一九七六年の37号までの二十年間余の『愛楽』誌であったが、それぞれの時代を生きた人々の苦しみや絶望が投影されていて胸が痛んだ。同時に、「沖縄愛楽園」の希望の歴史も刻まれているように思った。これらの歴史を封印してはいけないという思いが、作品を読み継いでいくほどに大きくなり、怠惰な作業を続ける私を叱責し続けた。もう少し早くこの作業に携わるべきであったという悔いも生まれてきた。これらのことが、私の思いを持続することが出来た大きな要因であった。

Ⅰ　機関誌『愛楽』の発行状況と登場する表現者たち

1　発行状況

名護市済井出に「国頭愛楽園」が開園したのは、一九三八（昭和13）年である。入所者は三一一人で、後に「沖縄愛楽園」と名称が変更になる。開園に至るまでには、様々な困難があったことが容易に想像出来る。例えば一九三二（昭和7）年には「嵐山事件」が起き、一九三五（昭和11）年には「屋部焼き討ち事件」が起こっている。いずれもハンセン病に対する無知や偏見から起こったもので、地域の住民が、近隣にハンセン病を患った人々が住むことを忌み嫌った過激な排斥運動が引き起こしたものである。（注1：詳細は『沖縄県ハンセン病証言集』及び『沖縄大百科事典』一九八三年沖縄タイムス社発刊参照）。

「愛楽園」の歴史を綴った『沖縄県ハンセン病証言集　沖縄愛楽園編』（二〇〇七年／沖縄愛楽園自治会発行）の年表を見ると、機関誌『愛楽』に関する記載は一箇所しかない。一九五四（昭和29）年に「自治会機関誌『愛楽』発行」と記載されている。

私が本論で考察する『愛楽』は、一九五四年発行の創刊号から一九七六年発行の37号までである。36号から37号発行までの五年間は休刊されている。この間は、タブロイド版の機関誌『すむいで』が毎月一回発行されていたようだ。37号の後書きには、この事情が記載されており、同時に今後は『愛楽』と『すむいで』を並行して発行したいという決意が述べられている。しかし、それ以降の『愛楽』発刊の有無については定かでない。

また、「沖縄ハンセン病文学研究」であれば、もう一つの療養所である「宮古南静園」の機関誌等をも含めるのが当然であろう。しかし、その有無や発行状況については詳細に調査する時間的余裕がなかった。ここでは割愛し別の機会に譲りたい。

『愛楽』の発行状況や、園内文芸の隆盛については、文芸特別号と銘打った『愛楽』19号（一九六〇年）が参考になる。ここには、「園内文芸誕生から今日まで（戦前）」（南山正夫）や、「園内文芸誕生から今日まで（戦後）」（友利光夫）などの論考が掲載されている。また創刊号や各号の「編集後記」などからも機関誌『愛楽』に託した人々の思いを垣間見ることができる。例えば「文芸」に親しむことについては、「第19号編集後記」に、「ペンをもって文芸をつづり、それを一つの作品とすることはそれ自体、実に尊いことであり、またそれによって他に影響を及ぼすところまでいけばその人の人生は活気に満ち、充実した日々を送ることができるに違いない。その意味からだけでも、私たちは多くの人が文芸に親しむことを願い、そして園内文芸の活発化を望むものである」と記されている。

その他、各号の編集後記から、『愛楽』の発行に関することのいくつかを整理して、その趣旨を次に列記する。

1　『愛楽』創刊号、及び第2号の出版費は、沖映社長宮城嗣吉氏の篤志によるもので、第3号から自治会の予算で発行出来るようになった。（第3号、創刊号編集後記など）。

2　第5号より、印刷は熊本「恵楓園」に引き受けてもらった。（第5号編集後記）。

3　『愛楽』発行について、当初は年2回を目標に編集した。（第6号編集後記）。

4　『愛楽』発行の目的の一つは（文芸作品をも含めて）、「H氏病を、正しく理解してもらうこと」にあった。（第11号、第12号編集後記）。

5　機関誌『愛楽』のほかに新聞も発行するようになった。（第14号編集後記／一九五九年）。

これらの記述からは、文芸に対する極めて旺盛な意欲が感じられる。実際、五七年から六〇年は、各年とも4号を数える発行があるから驚きだ。限られた入所者の数で、それ以降も、およそ各年一回の発行が継続され、それが二十年余も続くエネルギーには、やはり驚嘆せざるを得ない。それだけに、入所者にとっては、文芸が心の支えになり、『愛楽』に対する思いは熱いものがあったように思われる。発行状況一つからしても、「沖縄ハンセン病文学」の特質の一つを抽出することができるようにも思われるのだ。

2　投稿者名から

『愛楽』掲載の投稿者の氏名を見てすぐに気づくことは、同じような名前の筆名が多いことである。一字変更したり、加えたり、削除したり、あるいは平仮名書きにしたり、違う漢字を当てたりなど、様々な工夫がある。なかには明らかに同一人物だと思われるのに性別を違えた名前で投稿している者もいる。これらの例は数多くあげることができるが、例えば次のような例である。

「例：里山るつ子／里山るつ／山里つる／安村新茶／安新茶／岡一男／岡一夫／翁長求／翁長もとむ／新井せつ／新井節子／仲賀信／中賀信／上間幹夫／植真幹夫／藤井春夫／藤井春子」。

また、二つ目の特徴としては、「島」「幸」「春」の付いた筆名が多いことだ。三つ目は、投稿者がジャンルを横断して投稿していること、さらに四つ目には、『愛楽』が発行された二十二年余もの間、ほぼ投稿者は限られていて、広がりのないこと等が上げられる。

このことの背景には、様々なことが考えられるが、一つ目の特徴の背景には、実名で投稿することを怖れ、偽名を使用し、さらに自らを特定することができないような配慮が働いたものと思われる。ここには、やはり社会の偏見や差別から逃れようとした作者の思惑が働いたのだろう。しかし、このことは、作者のみの問題ではない。まさに社会の状況をも反映したもので、換言すれば、ハンセン病に対する差別や偏見の痕跡として捉えることもできるはずだ。

また、後年になっても新人作家の登場がほとんどなく、このことによって文芸欄が停滞し、一種の閉塞状況に陥るのも、またやむを得ないこととも思われる。ハンセン病は治癒されるようになり、新しい入園者が激減したこと、また園外の表現者たちとの交流が限られていて、表現者としての刺激や学習の機会が乏しかったこともその原因の一つとして上げられよう。

しかし、文芸作品が、投稿者たちに自浄作用をもたらし、生きる支えの一つになったことは明らかである。表現の根源的な意味や効用を、機関誌『愛楽』は私たちに示していると言えるだろう。

3　作品から

『愛楽』の文芸作品を読むと、一つの特徴が浮かび上がってくる。それは、テーマや題材がハンセン病に関することに偏向していることである。このことは、どのジャンルにも共通した特徴で、同時に時間軸を貫く特徴でもある。

文芸作品であれば、作品を書く契機が個人的な体験を拠点にしたものであったとしても、時には虚構の力を援用したり、夢幻の世界へ想像力を飛翔させて作品を造形することがあってもいいはずである。作者も読者も、このことを楽しみにし、またこのことを文学は了解する世界がある。しかし、このような作品はほとんど見られない。地球的な規模のテーマや課題、あるいはファンタジーや推理小説、冒険小説、時代小説などは皆無である。もちろん小説だけでない。韻文の世界でも、このことはほとんど変わらない。『愛楽』文芸のテーマは共通しており、題材も一貫していると言い換えてもよい。逆説的言い方をすれば、題材から飛翔する多様なテーマを展開させることができなかったところに、『愛楽』を含む「ハンセン病文学」の特異性があるのかもしれない。もちろん、いくつかの作品には、存在の根源に降りていく普遍的な世界への止揚を図る試みがなされてもいるが、それは徹底されたものではない。

これらのことは創作の必然性にも繋がっていく。それゆえに文学の有する普遍的な課題をも浮き上がらせてくれる。しかし、同一のテーマを長期に扱うことは、表現された世界に閉塞感をもたらす要因の一つにもなる。自らの作品世界を限定し想像力を閉塞させることは、文学にとっては不幸なことである。

もちろん、このことの原因は作者の側にのみあるのではない。隔離された療養所内での生活こそが、大きな要因になり、作者たちの体験を狭めていったのである。そして、このことを強いた社会の側にこそ大きな原因があると言ってもいい。換言すれば、作者たちは言葉を奪われてしまったのだ。それゆえに言葉は増殖せず、思考のベクトルは、少年期を送った故郷の風景や絶望的な現実へ向かうことに狭窄させられたのだろう。未来の言葉を獲得し、恋愛を讃歌したりファンタジックな世界で遊ぶことは、言葉の倉庫や表現の世界からは遠ざけられることになったのだろう。

表現技法の多くはリアリズムである。シュールや実験的な表現技法の試みは、ほとんどない。「ハンセン病」を患ったことからくる悲憤や寂しさ、絶望感や孤独感などが真摯に描かれる。園での日々の暮らしや、病と闘う己の姿、また僚友の姿をリアルに描くことによって作品世界は成立する。あるいは出会った人々への愛、また面会にくる家族との対面の場面をリアルに描くことを通して、故郷への郷愁や家族への愛や感謝がうたわれるのだ。

また『愛楽』文芸の特質の一つに作者たちの優しさがある。権力や差別に対する怒りを直截的な表現で罵倒し、シュプレヒコール的に述べた作品はほとんどない。もちろん、時には運命を呪い、己の現在に激しく慟哭する作品もあるが、現在の状況を強いた国家権力や政治のあり方に対して、激しく対峙し告発する作品は見あたらないと言っていい。

投稿された作品は、どちらかというと、散文（創作）よりも詩歌などの韻文の方に、より充実した作品が多いようにも思われた。もちろん文学的随筆と呼ばれる随筆作品に、筆者の本音や実感がより鮮明に述べられていることがあるかもしれないが、ここでは、随筆は論の対象にしなかった。本論の目的は、筆者の本音や実感を明らかにし、差別の実態を告発することにはないからである。なお、『愛楽』文芸の特徴として、「琉歌」が創刊号以来ずっと途切れることなく20年余もの間、掲載されたこともあげられよう。入園者にとっては、郷土の伝統的な言語文化である「琉歌」に安らぎを見いだし、交流の「場」としていた人々も数多くいたようにも思われるのだ。

4　協力した選者たち

『愛楽』文芸の選者として協力した人々は、下記〈表1〉のとおりである。夭折した歌人の呉我春夫、今は亡き詩人の船越義彰、そして一九六七年に芥川賞を受賞した作家大城立裕も労苦を惜しまずに『愛楽』の作品に向き合い、優しいまなざしと、同時に文学と親しむことへの厳しさを指摘している。園内の文芸愛好家にとっては、有り難いことであっただろう。

歌人の呉我春夫が選者になったのは第2号からであるが、創刊号当初から、園内の文芸愛好者へ激励を与えていたようだ。その縁もあって、呉我春夫が主宰していた園外の「九年母短歌会」との交流もスムーズになされたものと思われる。また俳句の選評には、季語を重んじる伝統俳句の立場に立脚したものが多かった。評者たちのコメントが、『愛楽』の文芸愛好者たちにとっては、貴重な外部との通路の一つであり、様々な作品の視点を与える「異眼」をもたらしてくれたはずだ。

しかし、選者たちの評には、時には違和感を覚えるものもあった。作品に対して激励するがあまりの厳しい注文であったが、作者たちにはどのように受け止められていたか気に

〈表1　『愛楽』文芸の選者たち〉

ジャンル	選　者
詩	船越義彰（第2号〜第36号）／川平朝申（第37号）
短歌	呉我春夫（第2号）／小林寂鳥（第3号〜）／松田守夫（第14号〜）／中野菊夫（第24号〜）／松田守夫（第26号〜）／中野菊夫（第28号〜第37号）
俳句	数田雨條（創刊号〜）／日高日車（第5号）／久高日車（第7号〜）／矢野野暮（第14号〜第37号）
琉歌	久場政盛（創刊号〜第2号）／原田貞吉（第3号）／久場政盛（第4号）／親泊康順（第5号〜）／照屋寛善（第7号〜）／山田有幹（第12号〜）／出光清充（第14号〜）／川平朝申（第23号〜第36号）
創作・随筆	大城立裕（第2号〜第37号）

なるところである。投稿者を、文学を志す一作家と見なすか、文芸愛好者として配慮するかは難しい判断である。なお、琉歌の選者には、園内の同好会の役員らが担当したこともあったようだ。

作家の川端康成が来園したことも記されている。一九五八年のことだ。川端康成は後にノーベル文学賞を受賞するが、高名な作家の来園と激励は、大きな刺激にもなったはずだ。いずれにしろ『愛楽』は、様々な課題とも直面しながらも、粘り強く文芸の火を灯し続けて来たのだろう。巻では「3号雑誌」と揶揄される文芸誌の発行だが、二十年余もの長きに渡って継続されたことには改めて敬意を表したい。ここに『愛楽』発行の意義も潜んでいるのだろう。

Ⅱ　各ジャンルの主な表現者たちと作品

1　詩

詩作品を読んで、強く心を引かれた作者たちには、南山正夫、宮城つとむ、島中冬郎、島中稔、宮里光雄、友川光夫、南原旅人、大河隆、東原嶺雄、島田米子などがあげられる。これらの作者たちは、継続的に作品を投稿し続け、同時に『愛楽』文芸を積極的に牽引していった作者たちだ。南原旅人は、第14号（一九五九年）に「人間の確証」で、また島田米子は第32号（一九六八年）に「少女」という作品で一度しか登場しないのが残念だ。

これらの作者の、どの作品も魅力的だが、特に東原嶺雄は、完成度の高い詩作品を持続的に投稿し続けた作者の一人である。例えば、次のような作品だ。

○詩作品1：「つぶやき」（『愛楽』第30号）

(A)

あの人もこの人もみんな行ってしまった／可能性の夢に追われて……／人間としての誇りを求めて……／社会に出て行った／私は行こうにも行けず／出ようにも出られず／自分の夢をもとめてうずくまる

(B)

いつの間にか夢は消えていた／単調な生活に埋もれて……／二十年も無為の生活を重ね／青春も喪ってしまった／この病院で過ごすために生まれてきたかのように／今日も治療に行き／明日を待っている／まるで／永遠に続く業のように……

(C)

夜　机の前に座っていると／ひしひしと心をつつむものがある／部屋は誰もいない／みんなテレビを見に行ったのだろう／ふと／死の世界を／覗いてみたい思いにかられる／

なぜなら……／なんの為に生まれて来たのか／なんの為に命があるのか／わからないから……

(D)

守るべきなんの倫理もなく／今日を生きている／落ち行く心の悪臭が幻想を呼んでいる／ああ欲しい／あふれる欲望が／ほとばしる命の躍動が／そして／守るべきなにかが

○詩作品2：「二十回目の面会」（『愛楽』第30号）

来よう来ようと思いながら……／忙しくてね……／母の言葉だった／僕の事だったら……心配しなくていいのに／でもそういうわけにはいかないよ／かあさん……／一年に一回でもお前のところに来ないとね／心が落ち着かないんだ／母は風呂敷の結び目をほどきながら／ほほえむ／お父さん元気？／お父さんは元気だよ／だけど／長男のお嫁さんが死んでね／母はぽつんと言った／交通事故なんだよ……／行雄もこれからが大変だ／四人の子どもがいるしね……／母の顔はうれいにかげる／兄嫁さんの代わりに／僕が死んだらよかったたな……／馬鹿言うのでない／母の怒った言葉が／ぐわんと胸に迫る／心にしみる／今年で／二十回目の母の面会である

東原嶺雄の作品の特徴は、日常語の話体を用いて、平易な言葉を連ねるところにある。しかし作り上げられた世界は平易ではなく奥深い意味を象徴していて、味わい深い。さらに問いを問いとして提示し、無理に断定しない終末の口調が余韻を醸し出して、しんみりとした孤独感を伝えてくる。具体的な描写が象徴的な世界を暗示する効果は、作者独特の詩世界を作り出している。一冊の詩集を編むに値するほどの作品を有しているようにも思われるが、出版されれば大きな反響を呼び起こしたのではないかとも思われる。

なお、多くの作家たちの共通のテーマに、友の逝去を悲しむ追悼詩や、家族からの励まし、肉親への愛情、療養生活の日々などがある。また、比喩表現にも独創的なものがあり、興味を覚えたが、一人の作家に必ずしもそのような作品が集中しているわけではなかった。次の二作品は、いずれも病への怒りや孤絶感を象徴的に描いていて、印象に残った作品である。

○詩作品3：「我が歌」　南山正夫（『愛楽』創刊号）

五月の闇にそそぐ渦滴のごとく／春の夜のしずくのごとく／／水色のベールは淡すぎる／緑のジュウタンは強すぎる／紺のカーテンは厚すぎる／／ひょうひょうときたり／ぶつぶつとつぶやき／今日も窓のない風景に／放心している／／他人が笑うとき／私も笑っている／／他人が歌うとき／私も歌っている／並べた甕を割りながら

○詩作品4：「無題」　宮城つとむ（『愛楽3号』）

その日――／友はぽっくり死んだ／「宿命」という安価な字句で／片付けられし十年の苦闘は／火葬場の中で反転し／圧縮されて／小さい骨壺に納められた／／一人息子は／煙に生まれた灰になって／ひからびた老婆の手に支えられ／頬ずりされた／／昨日の土には／三十年来の／アラレが降るという

2 俳句

『愛楽』に掲載された俳句世界の特徴の一つは、園生活のことや病気のことなどを題材にした作品が圧倒的に多いことが上げられる。仮に文学が、抽象的・普遍的世界を志向する側面を有しているとしても、表現者の拠点は実生活での感慨であることを改めて実感させられる。優れて想像力を喚起する作品であれ、その帰着点の多くは、運命的な病と闘っている作者の姿を彷彿として浮かび上がらせるものだ。そして、このような人々の戦いの内実に無頓着であった私たちの後悔をも呼び起こすものだ。

作品には、俳句というジャンルの特徴から、季語を大切にし、園内外の風景を詠じたものが数多くある。四季の変化の乏しい沖縄でも、作者たちには、移ろいゆく時の流れが敏感に感じられたのであろう。『愛楽』俳句選者たちの、季語を大切にする伝統俳句を重んじる立場からの作品評も影響したのかもしれない。このことは、日々を慈しみ、大切に生きることの自覚や契機にもなったであろうと思われる。しかし、季語や定型に囚われない自由律俳句の世界への視点も広げることができれば、なおいっそう作品世界は豊かになり、俳句を作る楽しみも倍加したであろうとも思われるのだ。

もちろん、選者たちの懇切で温かい激励は、作者たちの創作意欲や表現技法の向上に役立ったものと思われる。そのせいか、作品は号を重ねるに従って、レベルがアップしているようにも思われる。実際、ここに選定した作品〈表２〉の多くは、結果として後半号の『愛楽』からの抽出が多かった。個人的にも成長の足跡を記しているような作品もあり感慨深かった。また、女性作家の手によるものと思われる作品には、夫との結婚生活を喜び、容姿を気にする作品もあり、微笑ましく好ましかった。園外との交流の兆しが垣間見られ、園外へ旅発つ友を温かく見守り激励する句などもあり、まさに園の歴史、ハンセン病の歴史が刻まれているようにも思われた。

俳句のみならず、『愛楽』には、多くの作者が登場し、多くの作品がある。これらの作品や作者を、出来るだけ多く紹介したいと思うのだが、作者のリストについては本論末尾に付した資料を参考にしていただきたい。ここでは極めて私的な基準尺を有して選定したいくつかの作品を紹介したい。五十音順に並べた作家に、これらの作品を付したのが〈表２〉である。結果としては、翁長求、中賀信、仲村盛宜、小島住男、石垣美智などの作品に、私の共感は大きかったようである。

翁長求の作品には、強烈な孤独感が漂っている。その孤独感は病を患い不自由を余儀なくされている現状への怒りと表裏になったものだ。そして特徴的なことは、感性の鋭さにある。周囲の風物、一木一草に至るまで、視覚や聴覚等の全感覚が動員されて句は作られる。たぶん、その感性は天性のものだろう。病者としては苦痛をもたらすものかもしれない。

〈表2 『愛楽』に登場する俳句作家と主な作品〉（※五十音順）

	作者	作品（掲載号）
あ	新井節子	虫闇に涙の顔をはばからず（第5号）／露しとどとなりて薬香の島蒼し（第5号）／百合ひらくこの一途さに君を待つ（第7号）
	青木恵哉	秋一日旅へ義肢の緒　確と結い（第27号）／一人一人旧知の去りて園の秋（第27号）／去ぬ友へ手を振る浜や園の秋（第27号）
	鮎皆月	片方の丈夫な足袋も惜しみつつ（第18号）（南静園）
	石垣美智	人の世に在りてふ証し曼珠沙華（第12号）／秋薊筆横走る後遺症（第19号）／葉鶏頭まぶたようやく整えり（第20号）／着ぶくれていよいよ険し己が貌（第37号）／昼蝶の道はてしなく牛啼けり（第37号）
	石田マユミ	春眠や晩学の徒の舌もつれ（第10号）
	翁長求	秋晴れに繃帯とれし足浸す（第8号）／麻痺の指なめて夜寒の辞書めくる（第8号）／傷心の遺り場激しく蝿を打つ（第12号）／足裏の知覚僅かに地のぬくみ（第18号）／海峡を隔てて暮るる花ユウナ（第19号）／骨拾う音に交えて春落葉（第20号）／草笛や少年海へ吹き鳴らす（第26号）／クローバの青さに試歩の足伸ばす（第30号）／凍蜂の落ちて小さき音発す（第32号）／冬鴉降り来て石に嘴ぬぐう（第32号）／鳥渡る闇研ぐごとく孤独感（第35号）／秋の夜の潮騒均す闇の襞（第35号）／車椅子落葉をのせて戻りけり（第35号）／曼珠沙華夕日の中に漂えり（第37号）／鷹鳴くや狂女しきりに掌を合わす（第37号）／春遠く凪夕闇に消えんとす（第37号）／花梯梧仰げば軋む車椅子（第37号）／歯ぎしりの闇を啼き過ぐほととぎす（第37号）／夢に棲む片足立ちの羽抜鶏（第37号）
	大角山子	湯に入りぬわが痩身に月寒く（第26号）
か	嘉手川春子	闘病の顔透きとほる秋鏡（第12号）
	北野一生	妻亡せて白きスーツに冷ゆる月（第12号）
	幸田貢	永病みのベッドのくぼみ守宮鳴く（第37号）／庭に出てギブスの足のあたたかし（第37号）

	小島住男	秋蟬や竹馬の友等の顔浮かぶ（第20号）／探りきし杖に移りし草いきれ（第24号）／盲目われ竿もち役の潮干狩り（第26号）／初夢や杖もいらずに天駆ける（第37号）
さ	島根陽一	生涯を決めて島着く銀河濃し（第9号）／春潮に浮かして山羊のもつ洗う（第29号）／天の川語る子もなく島に住む（第36号）
	下里静夫	初便り口で封切る母の文（第26号）
た	玉川清水	父となる友面会や日の短か（第36号）
	棚田典夫	銀銀と海背光の芒波（第5号）
	知名秀裕	春浅く夜の個室にマッチ擦る（第24号）／郷の夢覚めて春暁星遠く（第26号）
	友川光夫	偏見は己の中に鬼薊（第29号）
な	仲里実光	見栄もなき悲しみもなき冬支度（第20号）（南静園）／手袋の指に綿入れ指揃う（第26号）（南静園）
	中村久夫	軟膏に染まりし脚を塗りて春（第18号）
	仲賀信	ことごとに人を頼りの冬支度（第19号）／古里へ続く初潮汲みにけり（第32号）／手を借りて植眉を切らす秋日射し（第35号）／遠くなる古里恋いえり鰯雲（第36号）／妹を抱けば姉泣く秋の暮れ（第37号）
	仲村盛宜	凍掌でもみほどく病後の四十路肩（第19号）／郷愁もなく身を倒し行く友の秋（第19号）／鳥雲に男ざかりを病み継ぐも（第29号）／端午とて妹へ必ず癒ゆと書く（第37号）／酷暑日々癩という字を忘れたく（第37号）／伊集の香や絶ゆることなき注射針（第37号）
	仲田正子	草笛のはにかみすでにもの思う（第12号）
ま	牧野牛歩	天衣無縫黒岩山の百合開く（第26号）
	松山雄児	新患に新薬語り秋扇（第20号）（南静園）
	南山正夫	身のまわり聖書いっさつ春ぬくし（第26号）
	宮城つとむ	流星や短かに結ぶ病衣の帯（第19号）／鐘鳴るや天高くこだます治癒の檄（第25号）
	深山一夫	いきものの如き状なる秋の峯（第20号）／秋時雨仔猫義足の足に乗る（第35号）
	南真砂子	囀りや夫と発つ旅の顔装う（第30号）
	M子	菊白く惜別の辞の虔《ひく》く澄む（第9号）
や	安田喜幸	秋深し病軀労る四畳半（第26号）

しかし、表現者としては恵まれた資質だと言っていい。その感性が、鋭く闇の声、見えないものの背後を見据えるがゆえに、作品には外界の風物が多く登場する。例えば、花梯梧、鷹、曼珠沙華、鴉、蜂、ユウナ、草笛、落葉等である。それらの風物に、作者は見えない声を、隠れた息吹を自らの心情表現として託するのである。

中賀信の句には、望郷の念が色濃く反映された句が多い。故郷を離れ、かつ故郷へ帰ることが容易でないがゆえに、よけいに様々な感慨が渦巻いているのであろう。重ねる歳月と比例するように、郷愁の思いが、作者の心を大きく占めているようである。

仲村盛宜の句には、具体的な肉体の描写が頻出する。細部の変化をも含む生理的な描写はピュアな哀感に通底し、病への憤慨にも繋がっていく。また、小島住男には、病のゆえにか目が不自由であることが伺われるが、必死に手を伸ばし、杖を頼りに生きる日々の描写は、存在の拠点をも照らし、自由への飛翔を夢見ているようにも思われる。

さらに石垣美智の句には、後遺症と闘い、悩み、同時に光明をも見いだそうとする姿勢が伺われ、謙虚で、しかし痛々しい。もちろん、普遍的な作品世界へ到達しているが故に、読者の想像力を喚起する力にも優れている。なお、短歌で優れた作品を発表していた新井節子の才能は、俳句にもその一端が示されていて興味深かった。

3　短歌

(1)『愛楽』短歌の特質と歴史

短歌は『愛楽』文芸の中でも、もっとも人気のあるジャンルであるように思われる。掲載された作家は一三八人を数える。同一人物であろうと推測される異名を使用した人物をも含めての数であるが、それにしても圧倒的な人気である。また、作品のレベルも高い。個別の絶対的な価値を有して屹立している。ただ、後半期の『愛楽』には、優れた作品が減じていく傾向が見られた。いくつかの理由が推測されるが残念である。

『愛楽』に登場する歌人を知る上で大きな手がかりになるのが小林寂鳥の「愛楽による歌人の素描」(『愛楽』19号収載)である。小林寂鳥は、第3号から第12号(一九五五〜一九五八年)まで、『愛楽』短歌の選者を務めている。温かいまなざしの評は、多くの作者たちの励ましになったものと思われる。小林寂鳥がスポットを当てた作者には、山里つる子、深山一夫、新井節子、棚田典夫、松並一路、原田道夫、内田永信、天久佐信、上野登、先島竹志、島川漱治、春山行夫、東原嶺雄、中森信子などである。私はさらに、小島住男、源静夫、宮良保、翁長求などの作品も印象深かった。

作者の数が多いだけに歌われる対象も多彩であった。もちろん、他のジャンルと同じように、療養所の暮らしの中での感慨が最も多いテーマである。例えば闘病、僚友、望郷、孤独、希望と絶望、家族への思い、友の葬送等だ。また短歌の場合は、テーマがさらに広がっていた。基地、政治、戦争と平和、風景、労働、さらに日本国家をも対象化する視線もある。想像力は自由に31音の中で飛び回っているようだ。

実際、愛楽園に短歌同好会が出来たのは、戦前にまで遡るという。先島竹志の「愛楽短歌会のあゆみ」(『愛楽』19号収載)には、『愛楽』創刊までの歴史が述べられているが、創刊号までの歴史を簡潔にまとめると次のようになるだろう。

○昭和13年「愛楽園」開園。
○昭和14年「麗島短歌会」発足。開園の翌年で、研究会は毎月1回開催。作品は機関誌『済井出』に発表。
○昭和15年~18年頃。会員は14人ほどに増えて盛会。
○昭和19年~21年頃。戦争による空白期。
○昭和22年頃、園内に文芸活動が胎動。
○昭和23年、「麗島短歌会」復活。
○昭和24年、「麗島短歌会」を「白百合短歌会」へ改名。短歌会誌『白百合』発行。
○昭和25年、「白百合短歌会」衰運。
○昭和26年、「タチバナ短歌会」発足。「白百合短歌会」は「タチバナ短歌会」へ合流。歌集『たちばな』発刊。
○昭和28年、「愛楽短歌会」に改名。呉我春夫氏の薫陶激励を受ける。
○昭和29年、『愛楽』創刊号発行。

先島竹志は、本論文が収載された『愛楽』19号発刊時(昭和35年/一九六〇年)までの歴史を、時系列的に論述してくれていて、『愛楽』短歌の歴史をひもとくには、大いに参考になる。

また、『愛楽』創刊後の昭和30年以降については、園外の「九年母短歌会」との交流を続けながら互いに研鑽を深め、合同歌集を刊行。県内の新聞歌壇、県外の短歌誌などに投稿、昭和34年頃に全盛時代を迎え、昭和35年には、新井節子が「日本短歌新人賞」を受賞したと、同論文には記している。そして結びに、一九六〇年九月記として「今年の五月に九年母会員との合同歌集『槌音』(平山良明氏編集)を発行しました。現在では会員19名、投稿誌、九年母、アララギ、樹木、檜の会、蛤良野、関西アララギの各誌へ全会員が頑張って作品発表をしています」と書いている。

このような状況が、前述した小林寂鳥に、「沖縄の歌人の大きなパーセントが愛楽によって占められている。つまり、沖縄歌壇の浮沈を負うものは愛楽による人々だと云えそうだ。願わくば、質量ともにそうあってもらいたい」(「愛楽による歌人の素描」、『愛楽』19号収載)というような、ややオーバーな表現にさせたのであろう。

(2)『愛楽』に登場する短歌作者たち

『愛楽』に登場する一三八人の作者たちを五十音順に並べたのが次の〈表3〉である。

これらの作家たちの作品の中で、やはり新井節子は特筆に値するだろう。言葉が鮮烈である。言葉が緊張感を誘発する。言葉が研ぎ澄まされ想像力を激しく喚起する。言葉が普遍性を獲得しているのだ。これらのことは、いずれも文学的言語の優れた特質であろう。さらに新井節子の比喩表現は、自らの言葉を引き絞ったぎりぎりの撓《たわ》みの中で放たれるのだ。作品の多くが、高いレベルを維持しているが、冒頭部で紹介した作品以外にも、〈表4〉に示したような作品がある。なお、〈表4〉は、新井節子だけでなく、他の作家の作品をも抽出して紹介した。

〈表3　『愛楽』に登場する短歌作者たち〉（※五十音順）

	作者名
あ	青木恵哉／東勇／東茂／東光家／天久佐信／新井せつ／新井節子／新垣亀吉／新川とし／伊沢利夫／石垣美智／石田みさを／石田三男／石田迪夫／石田操／井出啓／岩山静枝／上原カナ／上野登／上間幹夫／植真幹夫／植真幹男／内田永信／大味栄／大見栄／大川隆／岡一夫／丘野幸雄／沖島澄子／大城三男／大角みのる／翁長求／ＯＭ生／小野弘
か	嘉手苅春子／神田良一／北山かおる／北山迪子／許田耕一／金城弘一／金城忠正／久貝かほる／久里薫／小島住男／小島みどり
さ	坂本空蟬／先島猛／先島竹志／里山つる／里山つる子／里山るつ／里山るつ子／城郁子／島於茂登／島しげる／島倉浮世／島川漱治／城山ゆき／島袋朝昌／島袋重四郎／島袋稔／島袋清／島袋朝一／島袋陽一／島根陽一／新里美津子／園咲恵／曾野咲恵／添島元
た	平栄輝／平良一成／平良とよみ／平良豊美／高木悦子／竹富生夫／武原吉舟／棚田典夫／玉城正夫／玉城繁／知名秀裕／知念武／千葉薫／友川光夫／富森文子／豊田稔
な	仲賀信／中島薫／仲田恵美子／仲西徹／中西稔／仲村盛宜／西村宏／野崎白揚／野原光／野原みつ
は	原田道夫／原田道雄／原漂児／春山行夫／端山敏夫／東原嶺雄／平田正子／平田静夫／平川栄三／平山哲夫／藤しげる
ま	前平政敬／牧野牛歩／真喜操／松島しずか／松下元児／松並一路／松山汀／牧ひろし／緑一洋／嶺新雄／宮良保／宮城つとむ／宮城靖／宮沢茂／宮下和子／南真砂子／源静夫／深山一夫／森中信子
や	安田里子／安田喜幸／山崎由紀子／山里つる／山里つる子／山里るつ／山里光盛／山村晴夫／山村春夫／吉野三区／吉村きよし／寄宮ひさし
わ	湧川次郎／鷲田荘一

〈表4 『愛楽』短歌に登場する主な歌人たちとその作品〉（※五十音順）

	作家と作品（掲載号）
あ	◇新井節子／○望潮も灰一色にけむりをり痺れむばかり心飢うる日は（第5号）○潮鳴りに遮光燈蒼き病棟の夜は深海の魚めきて棲む（第5号）○否まれし秘事ともなりゐて生きるわが爪鮮しく春の兆しす（第6号）○ひと押しに駆けくだるらむ死への傾斜持ちて生きる日のわれを畏るる（第12号）○魚の目のごとく濡れゐむ潮鳴の折り重なれる夜を歩めば（第12号）○闇厚く裂きたつ夜の巌ぬらし戒も警もなき濤の声（第15号）○岩あらく削ぎゆく潮よわが裡のひたひたと昧《くら》き浸蝕止まぬ（第15号）
	◇井出啓／○荒地野菊薙ぎて嗚咽す新患の少年夕焼けも言葉も容れず（第20号）
	◇上野登／○診察を了へてくさむらに萎れ泣く吾娘をいたわる母の姿よ（第5号）
	◇植真幹男／○コワデイシの幹に夕光あわくしてわくら葉の降る音もわびしも（第27号）
	◇植間幹夫／○デスモアで死なずにまたも盲友の足をかじりしねずみを憎む（第24号）
	◇大味栄／○慰問団にまざりて来たる叔母たちが我を確かめただ泣き崩る（第5号）
	◇大見栄／○両の手に傷もつ妻の髪洗う人の来るかと雨戸を閉めて（第24号）
	◇翁長求／○島に来て十年経ちし今もなほ吾が癒ゆる日のあるという母（第10号）○親指にのみ残る知覚に伝い来る地のぬくもりは吾驚かす（第18号）○かりの名も呼び古されてこの島に終わる運命のいのちなりけり（第20号）○限られし十万坪に深海の魚族の如き日々の営み（第24号）
	◇OM生／○十本の指がなくとも生き甲斐があるのよと言ひ捨てて髪を巻きし妻（第10号）
か	◇北山迪子／○冬の雨降りつぐ夕べかそかなる音立てて吾のさびしい心（第8号）
	◇金城忠正／○戦時中追わるる如く園に来て母の逝きしも後にして知る（第38号）
	◇小島住夫／○植毛し指の整形手術終え社会復帰に友は装へり（第12号）○目の光ほのかなれども開眼の一縷の望みかけて医師待つ（第12号）○癩盲となりしを知らず吾待ちし母は寂しく世を去りましぬ（第12号）
	◇小島みどり／○草荒れし南の磯の堕胎児の墓に冷たし今日の上げ潮（第12号）○堕胎児の泣き声止まぬ病室の窓より見えて鷹渡りたり（第12号）
さ	◇里山るつ／○友より来し点字の文をためさんと舌の先にてさぐれど読めず（第5号）
た	◇棚田典夫／○苦しみを支え合いいて君と焚く野火は原始の暖かさあり（第5号）
	◇知名秀裕／○停電の部屋灯さんと小机に唇当ててマッチ捜す（第23号）○癒ゆる日を信じて待つと書きくれし弟の頼り我には重し（第24号）

	◇千葉薫／○癒えて帰る夢を持ちたる遠き日の幼き頃の恋ひしかりけり（第5号）
	◇友川光夫／○指失せてバレーボールも捉え得ぬ逸る心に蹴り転がしぬ（第14号）
な	◇仲西徹／○癩患の流るる汗は日ごと射すプロミン薬のにほひするかも（第4号）
	◇野崎白揚／○飼い猫を吾子の如くに添い寝する妻のかなしも産めぬ掟は（第4号）
	◇野原光／○人もなき林のかげにどくだみの花しろじろと咲きていたりき（第5号）
は	◇春山行夫／○剃刀の刃に病み古りしわが貌を映して秋の陽は落つるなり（第27号）
	◇原漂兒／○其の微笑にえがきし夢は誰なれし汝が葬列に縁者の影なし（第12号）
	◇原田道雄／○落ち着かぬ心鎮めんと錆付きしナイフを鋭く研ぎてしまいおく（第18号）○肉落ち肩にすがりて行く路地に友の義足のきしみ冴え居つ（第28号）
	◇東原嶺雄／○黄色なる月照る舗道を求めるに何かぬけゆく寂しさのあり（第10号）○象なきものに怯える夜にして廃墟の上に月登り来ぬ（第18号）
	◇平田静夫／○かく生きむ吾の一生か歩みては熱持つ義足傷に軟膏をぬる（第10号）
ま	◇平山哲夫／○語る人なくて歩めば朝の海に一日の陽のきらら光りぬ（第10号）
	◇松並一路／○吾が好みて食いし月桃餅をさげて十五年振りに母の来ませり（第6号）○百日紅の幹をまさぐりつつ手を伸ばし盲ひの友は花に触れて居る（第26号）○年老いてわびしく臥しゐる友の戸籍二十年前に「死亡」となりをり（第35号）
	◇深山一夫／○サラサラとしきりに阿旦葉の落ちし道汝を恋ひつつ一人歩みぬ（創刊号）○磯沿いの道に沁みゆく雨ありてたらの老樹のわくら葉は落つ（第35号）○秋雨に濡れしジンジャの花切れば義足に雫のしみとほるなり（第36号）
	◇源静夫／○われとわが苦しみてきし幾月か足の切断終へて安けし（創刊号）○去年よりは背の低く見ゆ母をわがいたはる先に感傷となり（第2号）○ペン握るだけの自由の指持たむ願いを求めて数年を経つ（第9号）○整形の親指を見つめて少年は繰り返し言う父母のことども（第24号）
	◇宮沢茂／○虚空刺す龍舌蘭の気魄をば残りし片肺に凝固して生きむ（第9号）
や	◇吉村きよし／○父と呼ぶ吾子一人もなしらい園に胸病みて臥す三十七歳の秋（第12号）
	◇寄宮ひさし／○脚断ちて望みも断てる今はただ妻と倶なれ悔ゆるなく生く（第12号）
わ	◇湧川次郎／○咲き揃う花を囲める青芝の露触れてみつ義足の先に（第9号）

4　創作

(1)　登場する作家たちとその特質

『愛楽』に登場する小説ジャンルの作家は十二人、作品は十八編である。（その内、看護師一人一編含むが、ここでは考察の対象にしない。作品の梗概については後述する）。登場する作家たちを五十音順に並べ、その作品を記したのが〈表5〉である。

これらの作品を読んで感ずる特徴的なことは、まず作品中の登場人物が、ハンセン病を患っているか、もしくは患った過去を有していることである。十八編中十六編が、そのような人物を主人公に設定して物語は展開する。登場しない二編のうちの一編は、「一セント」を擬人化した手法で描いた作品。他の一編は東京を舞台にした若い男女の恋愛を描いたものである。作者たちの関心が園の外の人々へ向かうことは、極めてまれなことのように思われる。もちろん、園の外で生活する家族への関心は主題の一つになるほどに関心が深いのだが、多くの作家たちの眼差しは、自分自身へ向けられ、そこから方円状に広がる人々へ限定されている。

ただ、その眼差しが、自分自身に向けられるがあまり、作品は個的な世界に留まり、十分に普遍的な領域まで押し上げられていない弱点が見られる。登場人物の人格設定について

〈表5　『愛楽』に登場する主な創作作家とその作品〉（※五十音順）

	作者	作品	出典号
あ	上原将十九	「わたしは一セント」	第35号
	上原孝	「ニガナ」	第11号
	大河隆	「絶叫」	第15号
	大河隆	「黒い渦」	第17号
	大河隆	「白い武装」	第19号
か	国本稔	「老婆」	第19号
さ	島中冬郎	「八重の森」	第19号
な	仲曽根美枝子	「白衣の底辺」	第32号
	南原旅人	「黒い流れ」	第13号
は	東原嶺雄	「ある秘書のある日の半日」	第30号
	比嘉喜幸	「砂山」	第28号
み	宮良保	「浜蟹」	第4号
	宮良保	「母」	第19号
	深山一夫	「闘魚」	第6号
	深山一夫	「ふるさと」	第27号
	源静夫	「脛毛」	第2号
	源静夫	「焼土の女」	第6号
	源静夫	「石塔」	第19号

※注1　仲曽根美枝子は、愛楽園看護師。

も、行動や言葉遣いへの統一性が弱く、また時代や年齢、性別にも、相当の表現として相応しくない記述も見られた。さらに、自分が歩んできた人生を説明していることに傾斜し過ぎた作品もあった。小説の虚構性を活用しながら、会話や情景描写等の特徴を援用すれば、もっと読者の想像力を喚起する作品になり得たと思われる。

しかし、作品はいずれもが十分にインパクトがあった。たとえ登場人物の造型が不十分であっても、叙述される人々の人生は、過酷で数奇な軌跡を描いている。換言すれば、物語としてだけでも十分に作品としてのインパクトを有していると思われるのだ。

また、戦争に翻弄され、差別や偏見に苦しみながら生きていく姿は、具体的な日常の中で描かれている。逆説的な言い方をすれば、個別的な体験から発せられる素朴な言葉は、リアリティを有して作品のディテールを作っているいうことだ。

文学的な才気を特に感じた作家には、上原孝、大河隆、国本稔、南原旅人、宮良保等がいた。これらの作家は、文章にも破綻が少なく、小説の特質をもしっかりと援用しながら物語を展開しているように思われた。作品がさらに多くの人々の目に触れれば、新鮮な刺激や激励を受け、さらに意欲や完成度が高まったのではないかとも思われた。

作品については、一般読者には、なかなか触れる機会がないと思われるので、以下に18作品すべてについて、簡単な概要を記しておく。

(2) 個々の作品について

①上原将十九

○「わたしは一セント」

一セントが沖縄へ行くことになって、港町で船に乗せられたのは、初夏の野山が青葉におおわれている頃であった……。この書き出しで始まる物語は、なかなかシャレている。擬人化した一セントから見た文明批評あり、人間観ありと、発想がユニークで好感が持てた。文章も味わい深い。

②上原孝

○「ニガナ」

「松助、おめでとう」／「息子さんの嫁もよく出来ているというし、やがては孫を抱いて日向ぼっこか。羨ましいなあ」／「何しろ、この舎から軽快退園なんて初めてだもんなア」／十四畳の部屋で、目の見えない人や、手の変形した人、義足をつけた人たちが松助を取り巻いて次々に言った……(以下略)。作品の書き出しの部分である。そんな松助が、退園の前日にやってきた妻子から、しばらく退園を待って欲しいと言われる。松助は絶望のあまり、崖上から身を投げ出して自殺をする。死体を発見した僚友達は、あんな危ない崖の上まで「ニガナ」を取りに行かなくてもよかったのに、と噂する。作品は、40枚ほどの短編だが、高い完成度をもっている。構成もよく、松助の心情を託した風景描写、巧みな比喩表現、ディテールを描く筆力等々感心した。文学的センスは、作品全体のなかでもAランクに位置するだろう。残念なことに同名の作者の作品はこの一編だけである。

③大河隆

○「絶叫」

南松園に入院している恵助は、妹節子の縁談が、自分の病気のせいで破談になったことを嘆き苦しみ自殺をする。節子も自分を裏切った男、信男を道連れに、自動車に轢かれて死ぬことを決意する。信男は、偏見を持ってはいけないと説いていた教師であったが、節子にハンセン病者の兄がいると分かったとたん、手のひらを返すように冷たくなったのだ。「キャアッツ」という絶叫を残して、節子の身体は自動車の前で大きく跳ね上がり地面に叩きつけられる。節子の「絶叫」は社会への抗議の声だったのだろうか……として、小説は閉じられる。

○「黒い渦」

昭和18年、大城義夫は南松園を出て台湾で就職する。罹病者であることを隠して知り合った弘子と愛しあう。義夫は罪の意識に苛まれて弘子の前から姿を消す。それから七年後、義夫は弘子と再会するが、弘子は、自分が裏切られたと思い、二人の間に生まれた子ども玲子へも激しく暴力を振るうようになる。運命の「黒い渦」へ巻き込まれた人々の悲劇が繰り広げられ、義夫も弘子も運命を呪いながら死を迎える……。入り子型の構造になった作品は、作者の文学的才能をも豊かに感じさせる。

○「白い武装」

妻に先立たれた秀一は、妻の親戚の道子を後妻に勧められる。婚約が整い、交際を続けている最中に、ハンセン病者を父に持つ政代と出会う。政代は婚約を破棄され自殺をするところを秀一に救われたのだが、やがて秀一を愛するようになる。政代の激しい愛情を知って二人は関係を結ぶのだが、秀一が政代の愛情に戸惑っている間に政代は自殺してしまう。道子も秀一と破談を申し入れる。秀一は自分の内部にあった差別感が「白い武装」となって政代を死に追いやったことを知り死を決意する……。文章が格調高く、登場人物の心理を丁寧に描いている。やや観念的な会話のやりとりが気になったが、高いレベルの作品である。

④国本稔

○「老婆」

山野は、本土の療養所から愛楽園に移ってきた。家族に迷惑は掛けられないと、音信を断って生活をしている。ある日、面会人の老婆に孫と間違われてしまうが、温かい老婆の言動に、忘れていた故郷の母を思い出す。そして母に会いたいという素直な気持ちに従い、自分の運命を受け入れることから新しい出発を決意する。主人公の素直な心中を吐露した好短編。

⑤島中冬郎

○「八重の森」

病者の心理を、幻想的な手法で描いた作品。主人公、真はハンセン病を患い、仲間から追放される。夢か現実か、定かでない世界に意識は浮遊し、森に住む妖精のような女性、八重と出会う。八重は身を隠して森に住んでいるのだが、八重との会話を通して、人間の生き方をも深く考察し、病者の深層心理にまで迫った実験的な作品。

⑥仲曽根美枝子（看護師）

○「白衣の底辺」

精神病棟が舞台。新人看護師の千枝子は、かつての恩師森が、入院していることを知る。献身的な看護をする千枝子に対して、森は無理難題を押しつけ、やがては暴力までふるう。その行為に、人間の尊厳までもが踏みにじられたと考えた千枝子は、辞表を提出する。翻意を促す看護師長。そんな中、森が看護師の目を盗み、溺れてしまう。人工呼吸をやっている同僚に、わたしにやらせて下さいと言って、千枝子は森の身体に寄り添って懸命に看護をする。一人の看護師の成長譚。

⑦南原旅人

○「黒い流れ」

窮屈な療養所であるN園を抜けだし、台湾での就職先を求めた若者菊島信二の物語。時代は戦時中。菊島は、当初僚友と二人で台湾行きを決行したのだが、その僚友は社会の差別的な目に耐えられず自殺。菊島は、病を隠して台湾で就職したが、自分の素性がいつバレるか不安な日々を過ごしている。和ちゃんという恋人も出来、結婚を決意するのだが、結局、自分の安らぎはN園にしかないと悟って恋人に別れも告げず、N園へ戻る決意をする。菊島の生き方には、賛否両論あるだろうが、そうせざるをえないほどに社会の偏見は根強いものがあったのだろう。文章に破綻は少なく構成にも優れている。

⑧東原嶺雄

○「ある秘書のある日の半日」

ハンセン病者の登場しない小説で、『愛楽』では希有な作品。東京を舞台にした若い男女の恋物語。若い社員の藤井は、社長の秘書山根三津子から食事に誘われる。山根は社長の愛人という噂が流れている。山根の知り合いの店で食事をした後、二人は結ばれる。互いに好意を抱いていたことを知った藤井は、山根との結婚を夢見るのだが、乗り越えなければならない社長の壁があることを自覚する、という話。文章には洗練された手際の良さを感じる。

⑨比嘉喜幸

○「砂山」

山瀬安守は、22歳のときに入園して三年になる。園で知り合った大里啓子と結婚して、啓子の父松吉の計らいで園外で所帯を持つ。安守は、苦労を共にしてきた母と啓子との三人での新生活が始まるが、松吉と母が関係を持ったことを知り、激しく母を罵倒して家から追い出す。やがて妻の啓子にも諭されて、母を再び呼び戻すことを決意する。生きることは、砂山を築くようなものだ。壊れたらまた築く、その繰り返し……と喩えるエピローグは、嫌みがなくて好ましい。

⑩宮良保

○「浜蟹」

玉城徳一が44歳、美砂子が18歳のとき二人は結婚した。しかし、歳の差が気になりだしたころ徳一の病気は進行し、足を切断、手も変形し、全ての面倒を妻の美砂子に看て貰わなければいけなくなる。二人は、それぞれの思いを抱いて、新しい出発のために別れることを決意する。若い妻に対する中年男の、揺れ動く心を丹念に描いている。途中に挿入された徳一とアメリカ兵との出会いのエピソードも戦後の一こまを浮かび上がらせて味わい深い作品になった。

○「母」

一郎の妻春子は、数年前に子供を生んだ。しかし生まれるとすぐに、その子は、病気の感染を恐れて園の外で生活している一郎の母や姉に引き取られた。家系を絶やしてはならないとする一郎の母の喜びは大きかったが、その子は1年余で死んでしまう。一郎の母は、再度子供を欲しがるが、一郎は断種手術をしていた。このことを知った母の落胆は大きく、かつて自分が婚約を破棄して裏切った男の祟りだと、秘密にしていた青春時代のロマンスを語り出す。一郎は、そんな母の姿に心は温まり、「母のロマンスを美しく脚色しながら、想像はすいすいと飛び回るのであった」と物語は終了する。作者の文章は破綻がなく、構成力にもすぐれ、十分に高い水準にある作品のように思われる。

⑪ 源静夫

○「脛毛」

愛楽病棟Aルームに入室した古波蔵良静の闘病記。右足首の脱臼から歩行も困難で松葉杖に頼っている主人公が、足の切断手術を願い出る。手術を前にしての不安感等を、看護師や同室の仲間との交流を通して描いた作品。

○「焼土の女」

伊波由美子は、昭和19年、29歳のとき沖縄に駐屯していた日本軍によって、強制的に愛楽園に入園させられた。それから十年後、故郷の自分の土地が、戦争で土地台帳などが焼失したのを機に他人名義になっているのを知り、村に戻ってその真偽を確かめる。途中、離婚をして一人で生計を立てている嶺井よし子と知り合い、境遇を語り合ううちに、二人とも戦争で灰燼に帰した焼土から必死に立ち直ろうとしていることに気づく。自らの権利を主張する主人公の積極的な生き方が印象深い。

○「石塔」

H氏病を患った仲岳由一は、村の人たちの好意で家を建ててもらうことになった。しかし、その場所は由緒ある場所で建ててはいけないと村のノロ信子がやってくる。信子は由一の幼なじみだ。二人の問答を通してそれぞれの人生が浮かび上がってくるが、結論は得られない。信子が帰った後、由一は、夢で一人の男に導かれるように、「白塔」の立つその場所へ家を建てることを許され、幸せな気分に浸るのだ。

⑫深山一夫

○「闘魚」

原稿用紙10枚ほどの掌編。ライ院の不自由舎にいる政一は、ある日激しい下痢などに襲われて重病棟に移される。そこで同じように病に苦しむ良子と出会う。政一は良子に対して激しい恋情を感じるがどうしようもない。良子は腎臓病と診断され、さらに憔悴していく。政一は、やがて退室するが、良子の枕元のガラス瓶の中で泳いでいた闘魚に自分たちの姿を重ね見て、不自由な生活の中にも、希望を見い出して生きていこうと決意する。

○「ふるさと」

応召された仲村正夫は、戦線でハンセン病を患い療養所に強制送還される。以来ふるさとと音信を断っていた正夫は、二十年振りにふるさとを訪ねる。両親は死亡し、妻は正夫が戦死したものと思い再婚し、息子や娘も、死んだと思っていた父親の登場に戸惑う。正夫は、ふるさとには、もう自分の落ち着く場所はないと悟り、ふるさとを去る。この作品も10枚ほどの掌編小説。

終わりに

本論を書くにあたって、作者の履歴探しはしなかった。作者の履歴は、作品の評価とは一切関係がないからである。インタビューや取材も自粛した。掲載された作品のみを読み解いた。また、琉歌についても論究すべきであったが、筆者にはその力量も時間的余裕もなかった。琉歌も、短歌と同じように多くの愛好者を有して園内文芸の中核を担っていたように思われる（巻末資料参照）。

作品からは、様々なことが透けて見えた。特に作者たちの生活の実態が、リアルに浮かび上がってきた。控えめに語る作者たちの作品は、どれもこれも、日々の暮らしが反映され、生々しい息吹が感じられた。

優れた表現者を探すという私の当初の目的は、達成されたかどうか定かではない。しかし、この目的以上に、多くのものを得たように思う。願わくば、本論を読んでくれる人々にも、そのいくつかが伝われば、これ以上の喜びはない。

貴重な資料を、長く貸与して下さった「沖縄愛楽園自治会」に感謝したい。また私を激励してくれた友人の森川恭剛教授（琉球大学法科大学院）にも深く感謝したい。ありがとう。最後に私の脳裏に鮮やかに焼き付けられた一首の短歌を記す。

◇井出啓「荒地野菊薙ぎて嗚咽す新患の少年夕焼けも言葉も容れず」（第20号）

◇付記

出典原書には資料として、巻末に機関誌『愛楽』の創刊号から終刊号までの韻文作者の一覧表と主な作品を収載したが、ここでは割愛した。詳細は原書『琉大言語文化論争　第８号』（２０１１年３月）参照。

七　グローバル社会における詩教材の可能性

～山之口貘の詩から見えるもの～

【要旨】
沖縄県が生んだ近代・現代を代表する詩人に山之口貘がいる。山之口貘は、戦前期の日本社会に残っていた負の遺産としての沖縄差別や貧困を、平易な日常語で詩の言葉として紡ぎ、ユーモアとペーソス溢れる詩世界を構築した。山之口貘の詩は、文科省検定の小学校、中学校、及び高等学校の国語科教科書で採用され紹介されている。また、沖縄県で作成された国語科副読本の中でも、代表的な詩教材として定着している。本論では、「差別」「偏見」「推敲」「言葉」「地域」「詩教材」「書くこと」などをキーワードに、山之口貘の詩を通して、地域教材がひらく可能性を考えてみた。

1　はじめに

沖縄県が生んだ近代・現代を代表する詩人の一人に山之口貘がいる。山之口貘は、戦前期の日本社会に残っていた負の遺産としての沖縄差別や貧困を、平易な日常語で詩の言葉として紡ぎ、ユーモアとペーソス溢れる詩世界を構築した詩人である。

山之口貘は、大正期に辺境の地としての沖縄県から上京し、貧しい生活を続けながら、共通語としての日本語で詩作をし、1編の詩を完成するのに百回もの推敲を重ねたとも言われている。

今日、山之口貘の詩は、文科省検定の小学校、中学校、及び高等学校の国語科教科書で採用され紹介されている。また、沖縄県で作成された中高校国語科の副読本の中でも、代表的な詩教材として定着している。

2　山之口貘の人と作品

山之口貘は一九〇三年、那覇市に生まれ、一九六三年東京で没した。本名は山口重三郎。一九一七年沖縄県立第一中学校に入学、詩作や絵画に熱中するが、一九二二年に県立第一中学校を中退して上京、翌年関東大震災に遭い帰郷する。

一九二四年再び上京、様々な底辺の職場を転々としながらも詩を書き続け、佐藤春夫、金子光晴、草野心平などの知遇を得る。一九三七年に金子光晴の立ち会いで結婚、翌一九三八年に処女詩集『思辨の苑』を刊行して詩人としてデビューする。一九五八年、一時沖縄に帰郷し文学仲間の熱烈な歓迎を受ける。一九六三年、胃ガンで東京都新宿区の病院に入院、四か月の闘病生活の後、亡くなった。

山之口貘は関東大震災後の新しい文学運動が展開され始め

【表1-(1)】山之口貘詩の教科書採用状況

題名	対象	出版社	採用年（西暦）
船	小6年	光村図書	05年
天	小6年	日本書籍	68年 71年 74年 05年
	小6年	大阪図書	02年
	小6年	東京書籍	86年 89年
ミミコの独立	中1年	教育出版	93年 97年
	中1年	三省堂	78年 81年 84年 87年 90年
	中2年	学校図書	78年 81年
妹へ送る手紙	高校 現代国語I	三省堂	73年 76年
喪のある景色	高校 現代国語3	第一学習社	78年 81年
賑やかな生活である	高校 現代文	角川	95年
ねずみ	高校 現代文	三省堂	04年
弾を浴びた島	高校 現代文	筑摩書房	83年 86年 89年 95年
鮪に鰯	高校 現代文	桐原書店	04年
私の青年時代（エッセイ）	高校 国語1	三省堂	79年 83年 86年

【表1-(2)】副読本での採用状況（沖縄県）

題名	対象	出版社	採用年（西暦）
弾を浴びた島	中学校	沖縄時事出版	87年
会話	高校	沖縄時事出版	91年
妹へ送る手紙	高校	文進印刷	97年

たまっただ中に飛び込み、政治的には右でも左でもないという立場で詩を書き続け、終生沖縄を忘れることのできなかった詩人である。平易な語彙による語りに近い独特なリズムを生み出し、ユーモアとペーソス溢れる作品世界を築き上げたと言われている。（参照：『沖縄大百科事典』一九八三年、沖縄タイムス社）。

山之口貘には、処女詩集『思辨の苑』の他に、一九四〇年に『山之口貘詩集』を出版、一九五八年には『定本　山之口貘詩集』を出版する。本詩集で第2回高村光太郎賞を受賞した。逝去して一年後の一九六四年に遺稿詩集『鮪に鰯』が編集出版されたが、寡作な作家の一人であったと言えるだろう。

なお、山之口貘の略年譜は「表2」のとおりである。[注1]

3　山之口貘の詩の特質と魅力

山之口貘は、なぜ平凡な日常を珠玉のように慈しんで詩の言葉とすることができたのだろう。なぜ一編の詩を完成するのに百枚もの原稿用紙を費やしたのだろう。また、なぜ語りに近い日常語で、ユーモアとペーソス溢れる作品世界を作り出すことができたのだろう。貘の詩の魅力は、その疑問を解き明かすことで示すことができるように思われる。

自伝によれば、貘が二度目の上京を果たしたのは大正13年

【表2】山之口貘略年譜

明治36年　一九〇三年	9月11日、沖縄県那覇区東町に生まれる。本名山口重三郎。父重珍、母カマドの三男。
大正06年　一九一七年　14歳	沖縄県立第一中学校に入学。3年に進級した頃、失恋などで悩み、絵筆のかたわら詩作に励む。
大正09年　一九二〇年　17歳	経済恐慌起こる。沖縄産業銀行八重山支店長の父の鰹節製造業つぶれる。当時地元新聞社に詩を発表していたが、琉球新報に掲載された抗議詩「石炭」が在学中の県立一中の職員室で問題になる。父の経済上の失策のため家族の離散、失恋等が原因で、中学4年で中退する。
大正11年　一九二二年　19歳	上京。初めて本土の土を踏む。日本美術学校に籍を置く。
大正12年　一九二三年　20歳	東京の生活は厳しく、学費や生活に窮しているところ、9月1日の関東大震災に遭う。罹災者恩典で帰郷。山城正忠主唱の琉球歌人連盟に上里春生らと参加、幹事になる。
大正13年　一九二四年　21歳	詩稿を抱いて2度目の上京。しかし、大震災後の東京に職はなく帰郷。沖縄本島の親戚や友人間、また一時、父母のいる八重山を転々とする。

昭和02年	一九二七年	24歳	3度目の上京。詩人サトウハチローらを知る。しかし、定職を得られず放浪生活へ入る。書籍問屋の荷造人、暖房屋、お灸屋、隅田川のダルマ船の鉄屑運搬助手、ニキビソバカス業の通信販売員や汲取屋など、さまざまな職業に就きながら、貧乏生活の中で詩を書き続ける。その頃より、山之口貘の名を用いる。佐藤春夫にその才能と人柄を愛されて、しばしば生活上の支援を受ける。
昭和08年	一九三三年	30歳	金子光晴と知り合い、親交を結ぶ。
昭和12年	一九三七年	34歳	金子光晴夫妻の仲人で、茨城県結城郡の小学校長の娘安田静江と結婚。新宿のアパートで新生活を始める。
昭和13年	一九三八年	35歳	第一詩集『思辨の苑』を刊行。佐藤春夫、金子光晴の序文を付す。
昭和14年	一九三九年	36歳	東京府職業紹介所に就職。
昭和15年	一九四〇年	37歳	12月『山之口貘詩集』を刊行。
昭和16年	一九四一年	38歳	6月、長男重也出生。
昭和17年	一九四二年	39歳	7月、長男重也死亡。
昭和19年	一九四四年	41歳	3月、長女泉出生。12月太平洋戦争勃発。妻の実家茨城県飯沼村に疎開。
昭和23年	一九四八年	45歳	3月、一家で上京。練馬区に移り住む。以後の住居となる。10年近く勤めた職業安定所を退所し、もっぱら文筆生活に入る。
昭和33年	一九五八年	55歳	『定本山之口貘詩集』を原書房より刊行。11月、34年ぶりに故郷へ帰る。滞在中、母校を振り出しに、各高校に乞われて講演行脚する。
昭和34年	一九五九年	56歳	『定本山之口貘詩集』に第2回高村光太郎賞。
昭和38年	一九六三年	60歳	3月14日、胃癌のため東京都新宿区大同病院へ入院、4か月の闘病生活の末、同病院にて7月19日永眠。直前、沖縄タイムス文化賞を受ける。
			※山之口貘の墓は、千葉県松戸市の八柱霊園にあって「山之口貘の墓」と刻まれている。
昭和39年	一九六四年		12月、遺稿詩集『鮪に鰯』を原書房より刊行する。

の夏である。貘の生きた時代は、沖縄の人々にとって、差別と偏見の対象とされた辛苦な時代であった。貘にとっても、時代を生き抜く方法を確立することは大きな課題であったはずだ。

昭和13年に刊行された第1詩集『思辨の苑』には、すでに貘の詩人としての特質が遺憾なく発揮されている。収載された詩の一つに「存在」と題する次のような詩がある。

> 僕らが僕々言っている／その僕とは僕なのか／僕が、その僕なのか／僕が僕だって、僕が僕なら、僕だって僕なのか／僕である僕とは／僕であるより外に仕方のない僕なのか
>
> （「存在」　斜線は改行を示す）

貘は、自らの存在を認識するために複眼的な視点を構築していることが、この詩から理解できる。国家や世間が絶対的な価値観を強いる時代に、多様な視線を持つことが重要であることを、貘は様々な職業を遍歴しながら会得していたものと思われる。

実は、ここに貘の詩の魅力の一つが隠されている。つまり、差別や偏見と対峙し、沖縄人としてのアイデンティティを確立するためには多角的に物事を見ることが必要だったのだ。自他の言説を絶対視せずに苦しみを昇華する。国家の言説も、世間の言説も、多角的に捉えることによって価値を相対化していく。このような姿勢は、当然、詩作の方法にも繋がっていく。百回書き直す行為は、なにも詩の巧拙のみに関わる問題ではない。言葉と格闘しながら精神を浄化する消炎剤としての効能もあったはずだ。

貘はまた、上京後の困難な時代を生きる姿勢について、「自殺したつもりで生きることに決めた」（「自伝」）と記している。[注2] これが貘の詩の魅力を解明する二つ目の鍵だ。一度、死を決意した者にとっては、見るもの全てが新鮮に映ったはずだ。死とは観念的な世界で成就されるものではない。まさに生活との格闘であり日常の次元からの失踪である。そうであれば、詩のことばも当然、観念的なことばは排除される。平凡な日常は非凡な日常に反転し、人生は価値あるものとして浮上するのだ。

多角的な視点を持った目と、自殺の決意を通過してきた目を、たとえば「うりずんの目」と呼ぶことができる。うりずんとは、大地を潤す慈雨の季節のことだ。貘は困難な時代を経て、百人の目を持ち、一日を百日にすることのできる優しい目を獲得した。この目は、日常の些事の風景や感慨に宿る命を見つめ、日々を珠玉のように慈しむ。まさに人生を潤す目だ。その意味においては神の目であり、自然の目である。

貘の代表的な詩とされる「会話」は、偏見と差別に晒されたウチナーンチュの複雑な心情を吐露した詩と評されている。しかし、ここには、「お国は」と問われ、多角的な思考で答

えをずらし、ずらしながら複眼的な視点の一つであるユーモアを構築し、ユーモアを構築しながら赤道直下のあの近所で生きる快哉を叫ぶ晴れやかな貘の表情が見えるようにも思われる。

まるで僕までが、なにかでなくてはならないものであるかのやうに、なんですかと僕に言ったって　既に生まれてしまふた僕なんだから／僕なんです（「数学」）

貘の詩は、ぼくらに、とてつもなく大きな力を与えてくれる。詩とは、なんともはや、かくも多様で痛快で愉快なものなのだ。

4　国語教育の中で詩教育の果たす役割

詩の教育が、国語教育の中で果たす役割については、これまでも多くの人々が、多くのことを述べてきた。文学作品であること、あるいは短歌・俳句等と同じ韻文であること、あるいは創作指導の側面からも、詩の役割は重要な位置を占めると力説されてきた。その一人に、実作者でもあり、国語科教科書の編集など、国語教育とも繋がりの深い小海永二の発言は共感を得るところが大きい。

小海は、『現代詩の指導―理論と実践』（一九八六年初版、明治図書）の中で、「国語教育の中で詩の教育の果たすべき役割は独自のものがあり、それは非常に重要だと思う」として、次の四点にまとめて述べている。

第一に、言葉の教育＝言語教育（日本語の教育）ということを言う場合に（国語教育である以上、それを言うのは当然である）、詩の表現というものが、散文の表現よりもずっと豊かに端的に言葉のありよう・言葉の働きを示しており、言葉のありよう・言葉の働きを知り、言葉そのものについての認識を深めるのに、非常に有効だと信じるからである。

第二に、これが最も重要な点なのだが、詩が読み手・書き手の双方にとってその感性に深くかかわる芸術的表現であって、詩を学ぶことで子どもたちの感性の豊かな耕しが行われると考えるからである。（中略）。

第三に、詩の教育は、鑑賞指導では子どもたちの主体的な読みや味わいを最大限に認めてやることによって、創作指導ではその表現の独自性を尊重してやることによって、子どもたちひとりひとりの個性を伸ばすのに役立つからである。（中略）。

第四に、このことは第三のこととも関連があるのだが、詩の教育には創造性の開発という側面が含まれていると思われるからである。詩には、そもそも通念や常識を破って、新しい角度から物をとらえたり、新鮮な感じ方を提示したりする働きがある。またそのような詩こそ、価値ある詩なのである。そこで、詩を読んだり書いたりすることは、通念や常識にとらわれぬ独自の物の見方や感じ方を学ぶことになり、そのことは子どもたちの創造性の開発というねらいにかなってくる。

まことに、示唆的な提言で、実作者として、言葉に向き合った小海の体験の重さが感じられ、説得力のある主張になっている。

また、現代詩を積極的に教材化している足立悦男は、現代詩は、「どこかで、生徒たちの認識や感情を刺激し、生徒たちの内面に隠れている言葉を引き出す力を持っている」と述べ、「すぐれた現代詩は、教室に持ち込むだけで、もうそれだけで言葉の波紋をたててくれる」と述べている。[注3] そして、詩の教育に「異化の詩教育学」という概念を持ち込み、ロシアフォルマリストのシクロフスキーの「異化論」を援用しながら、「異化の詩教育学―異化・変容・生成の詩教育」という理論を作り上げた。足立は、「異化」については、シクロフスキーの言葉を借りて次のように説明する。[注4]

> 事物と密着してそれ自身意識されなくなる日常言語に対して、言葉を事物との習慣的密着から解放し、事物の本質を明視するための詩的言語の働き、文学作品の手法として求められた。

なお、足立悦男には、詩教育に関する著書が多数あるが、その一つに『国語教育実践理論全書1新しい詩教育の理論』（一九八三年、明治図書）がある。本書では、従来の「鑑賞指導」に重点を置いたいわゆる「感じ方の詩教育」に疑問を呈し、新たに「認識」の観点を強調し、「見方の詩教育」理論を展開している。「見方の詩教育」は、「子どもたちの現実認識の力を鍛えることをねらいとする」として、山之口貘の詩「天」を具体例に挙げながら、次のように述べている。

> 貘の詩「天」は、この詩人の、現実に対する埋めがたい違和の内面が透けて見える。（中略）天に〈落っこちそうになる〉恐れと、〈土の中へもぐりこみたくなる〉ほどの不安にさいなまれた恐れの認識である。この詩人はいま、下界にも天界にも身の置き場を失う恐れと不安におののいている。この詩を教材化するのであれば、ものの見方と内面のこの関係をこそ問うべきである。
>
> 貘と同じように、草原に寝ころんでこの詩を読んでみればわかる。（中略）快い状態で空を見上げているときには、天と地の逆転といった奇抜な発想の表面しか読めない。「天」の詩が迫りくるとき、わたしたちは貘という詩人の

見方の背後に、生活の憂いというものの底知れぬ奥深さを見出してたじろがされる。生活詩を書く詩人が貴重なのは、我が身を削りながら生活の光と影をぎりぎりまで追いつめていく、その生活認識の凄さをわたしたちに教えてくれるからである。要点は、やはり物事への見方の問題と、見方の背後にある詩人の内面との関係なのである。

足立悦男は、本書の中で、さらに「イメージの多義性」や、「比喩表現の力」についても言及している。いずれにしろ、国語教育の中で詩教育の果たす役割は大きく、まさに「ことばの力」を考えさせるに大きな役割を担っていると言っていいだろう。

5　今、なぜ山之口貘か

ところで、今、なぜ山之口貘なのか。時代は情報化社会と呼ばれ、グローバル社会と呼ばれてから久しい。平成20年度告示の学習指導要領では、国語科において「伝統的な言語文化」についての学習が新設され重要視されている。

しかし、このような時代であればこそ、山之口貘の詩の価値も再浮上してくるように思われる。換言すれば、貘の詩の特質が、そのまま今日の時代の課題に答えてくれるように思われるのだ。

貘の詩の特質については、いくつかの特徴を挙げることができる。ここでは、五つの特徴に整理してみたが、この特徴が、教材化の視点とも重なるように思われる。

まず、一つ目には、「地域とグローバルな視点を学ぶ」手がかりがあるということだ。貘の詩は、地球的な規模で、世界や人類の未来をうたった詩が多い。また、辺境の地沖縄から東京に出て、郷里への郷愁をうたった詩も多く見られる。貘の詩に頻繁に見られる「地球」という語に着目した詩人の高良留美子は、貘のことを「地球の住人」と称しているほどだ。[注5]

貘の詩を読むと、地域の課題が世界に広がり、世界が地域に息づいているように思われる。このことの大切さを学ぶことは極めて今日的な課題である。具体的な作品を末尾に付した詩作品から選べば、「船」や「鮪に鰯」、「喪のある景色」などがあげられよう。

二つ目は、「ことばに対する姿勢を学ぶ」ことができるということだ。ことばの機能や働きを注視する姿勢を身に付けると言い換えてもいい。

国語科においては、「話すこと・聞くこと」「書くこと」「読むこと」は、大切な学習の3領域である。地方の方言言語を生活言語としていた貘にとっては、百回も書き直す推敲の作業は、まさに「ことばを学ぶ」ことの苦闘であっただろう。ウチナーグチを捨て、同時にウチナーグチをも取り込んだ詩表現を確立する営為は、ことばに向かう大切な姿勢を学ばせてくれる。本稿の末尾に示した作品からは、「弾を浴びた島」などを例として挙げることができる。

また、貘の詩の表現技法に着目することも、「ことばの力」を学ぶ上では、極めて有効な方法に思われる。貘の詩のみならず、ことばの力を学ぶ上では、詩が有効な教材になりえることは、自明なことであるが、特に貘の詩には、その力を考える手がかりが顕著であると言っていいだろう。

貘の詩の表現の特徴について述べた論考は、仲程昌徳の『「ない」ことをめぐる『思辨』』が示唆的である。[注6]

仲程昌徳は、具体例を挙げながら、説得力のある論を展開しているが、貘の詩表現の特徴の一つには、「偽物化」と「擬人化」の手法の「妙」にあるという。「貘の詩の異風さ」は、ここにその一つの原因があると言うのだ。

例えば、詩「ものもらいの話」の次の2行、「恩人ばかりをぶら提げて／交通妨害になりました」と、詩「檻褸は寝てゐる」の次の4行、「まひるの空から舞い降りて／檻褸は寝てゐる／夜の底／見れば見るほどひろがるやう　ひらたくなった地球を抱いてゐる」を挙げ、前者「ものもらいの話」の2行を(A)、後者「檻褸は寝てゐる」の4行を(B)として次のように述べる。

例えば(A)の、「恩人ばかりをぶら提げて」といった1行。「ぶら提げ」られるのは物であって、概念ではないはずである。「恩人」と「ぶら提げて」とは通常では結びつかない。1行目と2行目の関係も同様である。語と語のレベルでも、文と文のレベルにおいても、通常ではみられない表現。結びつくことのない語と語、文と文とが、強引に結びつけられている。オクシモロン（対義結合、撞着語法）とも異なり、異領域語結合とでも呼んだ方がいいような表現である。

(B)の「檻褸は寝てゐる」も(A)と類似の1行である。通常「寝る」は生命体の述部で、「檻褸」は「朽ちる」であろう。(B)の手法も、本来つながるはずのない語を連結したものであるが、(B)には、「夜の底」(a)、さらに「地球を抱いてゐる」(b)といった表現も見られた。これらも通常ではない用法である。（中略）

(A)と(B)とは、似たレトリックになっている。しかし、その内実は、偽物化と擬人化というように全く逆向きになっている。その偽物化や擬人化が、通常の表現とは異なる印象を強いものにしたと言える。

偽物化や擬人化の手法は、しかし、貘だけが得意とする手法ではない。そしてそれは新しいレトリックでもなかった。貘の詩が異風な印象を与えるのは、「恩人」と「交通妨害」、「檻褸」と「地球」という範疇を異にする語の応答によるし、何よりもその対応の妙にあった。

仲程昌徳の指摘は、(A)と(B)の詩行のみならず、貘の詩に多く見られる特徴であることは間違いない。

仲程は、その他、貘の詩表現の特徴を二つ指摘している。これも、仲程自身の言葉を引用して紹介した方がいいだろう。その一つは、貘の詩が「平易な詩」であると言われるゆえんはなぜか、と問う視点からの解明と特徴である。[注7]

まず、一つには語のレベル。

(A)で言えば、「恩人」「交通妨害」、(B)で言えば「襤褸」「地球」といった語である。それらを難解語と見るのはいない。日常語である。そしてそれは、貘の全ての詩語について言うことが出来る。

二つには、述部。

それを単純化して列挙していくと、

ア) 言ひました、言った、言ふんだが、言ふのだ、言ふと、おっしゃるか

イ) あった、ある、あります、のである

ウ) ゐる

エ) です

といったように、大略、四つのグループにまとめることが出来る。それをさらに大別すると、「言う」形と「ある」形に分けられるほど、くっきりとした形を持っている。

「言う」形は会話体を、「ある」形は口語文の指標となるもので、特別に改まった感じをいだかせない。

三つには、歌われた対象。

私は、雨に濡れた午後の空間に顔を突っ込んでゐるのである

身を泥濘に突きさして私はそこで立ち止まってゐるのである

全然なんにも要らない思想ではないのである

女とメシツブのためには大きな口のある体格なのである。

（「解体」）

『思辨の苑』は、そのほとんどが、「解体」に歌われている「女とメシツブ」を対象にしている。生と性という人間の行為と関わり、極めて身体論的である。

貘の詩が「平易」であるとされるのは、多分、そのような生と性が、対話的で、陳述的かたちをとり、身近な言語でもって歌われていることにある。

このように、仲程昌徳は貘の詩の平易さは、一つ目に使われる語が日常語であること、二つ目に述部が「言いました」「ある」などくっきりした形をもっていること、三つ目に歌われる対象が日常の生活と密着していて極めて身体論的であることを挙げている。このことは、学び手の子どもたちにとっても容易に馴染める世界であるはずだ。

仲程は、さらに貘の詩の特徴の一つとして「反転」の手法にあると述べる。「反転」の手法は、「貘の詩法の最も優れた特徴として挙げられる」として、「現金」「座蒲団」の二つの詩を例示して説明する。ここでは「現金」の詩を例示し、仲程の指摘を紹介したい。まず、「現金」は、次のような詩である。

誰かが／女というものは馬鹿であると言い振らしてゐたのである／そんな馬鹿なことはないのである／ぼくは大反対である／諸手を挙げて反対である／居候なんかしてゐてもそればかりは大反対である／だから／女よ／こっそりこっちへ廻はっておいで／ぼくの女房になってはくれまいか

（「現金」）

仲程の述べる「反転の詩法」とは、この詩のように、「馬鹿である ↓ないのである ↓大反対 ↓反対 ↓大反対 ↓だから」という論の展開の方法をさす。喩えて言えば「肯定（定理）↓否定 ↓否定 ↓否定 ↓否定 ↓だから」と記号的には説明することができるだろう。このどんでん返しとも言うべき論の跳躍、あるいは落差が、貘の詩の特徴というのである。

仲程は、この「反転の詩法」は、この詩のように「だから」という直接的な用法で現れるだけでなく、「座蒲団」のように、「楽の上に座ったさびしさよ」と、異領域結合の型で現れることもあるという。さらに、この「反転の詩法」が生まれた背景や拠点について、次のように述べる。

（この手法は）「ない」ことの認識を巡って生まれてきたと言っていいだろう。「ない」状態を際立たせるための最大の戦略としてそれはあったし、「ない」ことをめぐる「思弁」が生み出した方法であった。

「ない」状態とは、経済的にも精神的にも追いつめられ、まさに逼迫した貘の日常をもさしているように思われる。そして「妹へ送る手紙」も、「その変形といえる一篇」として、次のように述べる。

「書かうとはするのです」「書けないのです」「書かないのです」「書けないのです」「書けなくなって」「書いたのです」というように書こうとするが書けない、書けなくなって書いた言葉。その振り絞ったところで生まれたのが、貘の詩であった。

仲程昌徳のこのような提言は、まさに、言葉がどのような力を有しているかを考えることに繋がる。言い換えれば、貘の詩は、考えることが生み出した「ことばの力」とも言えるだろう。

さて、三つ目の視点は、「社会の中で生きることの意味を学ぶ」ことができるということだ。具体的には、差別や偏見に対峙する詩を読むことによって、人間と人間の関係の有り様を学ぶことができると言える。あるいはだれでもが有する「基本的な人権」の問題に繋がる視点を、貘の詩は有していると言っていいだろう。末尾に付した詩「会話」などは、このことの最も顕著な例にあげられよう。

四つ目は、「戦争の愚かさと平和の尊さを学ぶ」ことができるということである。「命を見つめる力」と言い換えてもいいが、グローバル社会であればこそ、人類共生の思想を確立することは、最も重要なことであるはずだ。去る大戦で地上戦を体験した郷里沖縄への思いは、必然的に平和への思いに繋がっていく。末尾に掲載した詩からは、戦争が終わった後の沖縄訪問を題材にした「弾を浴びた島」や、ビキニ環礁での水爆実験を題材にした「鮪に鰯」、さらに「ねずみ」などを、作品例として挙げることができるだろう。

五つ目は「感性の力の大切さを学ぶ」ことができるということだ。あるいは「感性の力の必要性」と言い直してもいい。山之口貘には時代に流されない豊かな想像力がある。東京生活の中で、自明なものを疑い、発想を転換して物事を認識する方法を身に付けていたものと思われる。例えば「天」という詩。ここには何ものにも負けない感性の力強さがある。発想を転換して物事を認識する方法がある。「天」と「地」を逆転して見る発想は、人間の豊かな想像力の世界が生み出した賜だと思われるのだ。

山之口貘の詩は、このように教材化するに多様な視点がある。そして、それらの課題に答えることができる世界を有している。換言すれば、貘の詩の世界は頑固である。そして、日常の中にこそテーマがある。このことが貘の詩の魅力の一つでもある。そして、まさにこのことによって、貘の詩は、十分に今日的であると思われるのだ。

今日、国語科の学習においては、自らの生活に根ざし、自らの生活に還元する学びが重要視されている。日常の生活の中からテーマを探し出して詩の言葉にする貘の詩世界は、日常を凝視することの大切さを教えてくれる。さらに故郷に目を凝らす視点は、地域の言語文化の発見と創造にも繋がるはずである。

グローバル社会の中で世界の国々が共存し、平和を築くためには、それぞれの国の文化や、社会の仕組み、あるいは日常の生活に根ざした慣習や家族のあり方までも理解し尊重する姿勢を培うことが大切である。そのためには、外へ向かう視線と同時に私たち自身にも同じ視線を向けなければならないだろう。

今日、「伝統的な言語文化」の学びが強調される国語科の授業においては、「地域の子どもを育てる」視点が大切である。自らが生きる場所に誇りを持つことの視点だ。このことが、ひいては世界の人々や文化を尊重する姿勢に繋がっていくはずだ。このことについて、府川源一郎（横浜国立大学教授）が、著書『私たちのことばをつくり出す国語教育』（二〇〇九年、東洋館出版社）の中で、次のように述べている。

各地域の教師たちは、それぞれの地域の中で教育活動を行っている。したがって、そこでの営みはそのまま「地域の子どもを育てる」ということにつながっている。（中略）しかし、その教育が、子どもたちに、郷土に生まれたこと、あるいは郷土で育っていくことの喜びと自負とを育てているか。また、地域に根ざした思考と、地域の文化をふまえたものの見方を、身に付けることができているか。それが問題である。もし、学校教育が、その地域に生まれたことの誇りとそこへの愛着を生みだしていないとするのなら、ほかならぬ「地域」で教育活動をすることの意義はどこにあるのだろうか。

もっとも、地域に深く腰を据えた教育とは、偏狭な愛郷心を育てるものではないことも、言い添えておかねばならない。

府川源一郎の指摘は、今日の国語教育のあり方について、極めて多くの示唆に富む。その指摘された教育を実践する教材の一つに、山之口貘の詩が有効であることは、もはや言うまでもないだろう。

6　詩教材の可能性

山之口貘の詩や人柄については、貘の詩人仲間や研究者たちが様々なことを述べている。貘の詩の多様性に負けないほどに興味深い。もちろん、それらの感慨を合わせると、詩と人間を愛した山之口貘の全体像がくっきりと浮かんでくる。その中から幾人かの言説を紹介しよう。

まず、佐藤春夫は、「山之口貘の詩稿に題す」として次のような詩を寄せている。[注8]

家はもたぬが正直で愛するに足る青年だ。／金にはならぬらしいが詩もつくっている。／／南方の孤島から来て／東京でうろついている。風見みたいに／／その男の詩は／枝に鳴る風見みたいに自然だ　しみじみと生活の季節を示し／単純で深みのあるものと思う。／／誰か女房になってやる奴はゐないか／誰か詩集を出してやる人はゐないか

佐藤のこの詩からは、貘の詩の特質と人柄が窺える。詩の特質としては「自然である」こと、「生活の季節を示し」ていること、そして「単純で」あるが、「深みのある」表現であることなどが浮かび上がってくる。

金子光晴も、貘の詩才を高く評価した詩人の一人である。金子は遺稿詩集『鮪に鰯』の中で「貘さんのこと」として、次のように述べている。

貘さんは、よそでも書いたが、キリストとよく似ている。時々、間違われて迷惑したのではないかと思う。キリストは、貘さん同様びんぼうだっただろうが、びんぼうから超越して、びんぼうをあわれんで、かわいがっていたようなところがあったようだ。貘さんの場合も、まったく同じだ。びんぼうや死は、貘さんがいとしんで飼っている小動物のようなものであろう。いろいろ迷惑をかけられながらも、貘さんは、決してつよい声で叱ったりはしないので、そこで、びんぼうも少々のさばり加減だったのかもしれない。

貘の娘の山口泉は「沖縄県と父・など」として、次のように述べる。[注9]

時間は父にとって、無限に自分のものだったように見える。たった五十九年ぽっちの短い生涯ではあったけれど、実は、何百年、何千年、何万年という果てしない時間を、ちゃっかり私有していたのではないかと、私は密かに疑っているのである。そうでなければ、あの悠長な仕事ぶり、ひとつことに長いこと執着し続ける態度、などについて、いったいどんな説明がつくと言うのであろう。

詩人の山本太郎は、「バクさんの葬式―臨終で終わらぬ詩人山之口貘」題して、次のように述べる。[注10]

「バクさんの臨終の顔には髭がはえ、ソクラテスみたいだったという……」村野四郎さんの弔辞がきこえた。哲人の面影をもつ詩人はいまやすくない。バクさんはたしかに庶民の人間哲学をそのまま生きた不思議な詩人だった。（中略）

バクさんのような詩を唄うためには、バクさんのような生き方が必要だった。だれにでもできることではない。六〇年近く破れ目をぬっては使い尽くしてきた底光りのする人生は、だれもがたやすく入手できるものではない。

評論家の藤島宇内は、「つき合い―貘のいる風景／東京のはざまで」と題して次のように述べる。[注11]

私はあの戦争中、軍国主義の激流にほとんどの文筆家、マスコミが押し流され、戦争宣伝に加担せざるをえなかった時、それに押し流されない精神の自立性を保った文筆家もいたことを、戦後になって知った。貘さんはおよそ政治的な発想の人ではなかったが、軍国主義に迎合する気質は持ち合わせない点ではきわめてめずらしい文筆家の一人だったのである。

次に、今日活躍中の現代詩人荒川洋治の貘評も興味深い。山之口貘の詩には「地球」という語と「結婚」という語が頻繁に使われているとする。そして二つの語について、それぞれ次のように述べる。[注12]

> 作者がいつも使う言葉、何かがあるとすぐに引き出して使いたくなる言葉のようだ。「地球」という一語を使うと、貘さんは元気が出てくるのである。いつもいつもではなかろうが、この一語が守神のように、作者について離れない。

「結婚」については、「山之口貘がもっとも執心した言葉だった」として、次のように述べる。

> これはもう、たいへんな数である。そこらじゅうに出てくる。よく詩は、同じ言葉を使うな、と教えられるが、山之口貘の詩は、その意味では「人道に反する」ものだった。（中略）その実人生の暦をひもとくと「結婚」は山之口貘にとって一番の目標であったようで結婚さえできれば貧乏な生活からも抜け出すことができるし、精神的にも立ち直れると思ったらしい。（中略）ほんとうにこの詩人は、「結婚」の二字に引っ張られて生きた人であることが分かり、「結婚」という文字は「理想」や「幸福」という文字に置き換えられてくるのである。だが、山之口貘の詩においては、「理想」「幸福」ではない。あくまで、ずばり「結婚」なのである。そこがおもしろい。それは「地球」と同じだ。彼は自己の真実を描くために、語彙を敢えて拡大しなかったのである。（中略）
>
> 彼は地球にせよ、結婚にせよ、そして詩にせよ、まるで物の世界を相手にするかのように向き合った。（中略）目に見え、手でつかめる物のように歌うのだ。物だから、いつでも簡単に呼び出すことができる。話題にし、文句を言うこともできる。そういう言葉との生きた関係をつくりあげた。その意味ではとても新しい詩人である。少なくとも人間を歌った詩人としてはとてもめずらしいことなのである。

荒川洋治の評では、貘は「自己の真実を描くために、語彙を敢えて拡大しなかった」という部分などは、特に興味深い。このように、貘への評を見ていくと際限がない。いずれも評者の温かいまなざしが感じられる。貘、その人のなせる技だと思う。しかし、ここでは、詩人論を構築することが目的ではなく、詩教育の可能性を論ずることが目的なので、貘評の紹介は、これで終わりたいと思う。最後に山之口貘研究者の第一人者である仲程昌徳の言説を紹介する。仲程昌徳は、「生活のある風景、それが、山之口貘の詩なのだ」、と断じて

次のように述べている。[注13]

放浪、結婚、戦争、娘の成長、そして沖縄は、貘の詩作のひいた軌跡であるが、最後の沖縄は、彼のその「バランスを求めるこころ」を、ともすれば乱してしまいかねないほどに重いものであったようである。貘の沖縄に寄せるこころは、丁度、良きものが解体していくことにたいし、かなしみを寄せていく関係に似たものがあるが、貘のそれは、単なる郷愁といえるようなものではなかったと言えよう。
（中略）
彼にとって、生活を失ってしまうことは詩を失ってしまうことであったし、詩を失うことは生命を枯らしてしまうことと同然であったのである。
生活のある風景、それが、山之口貘の詩なのである。

このように、何人かの山之口貘評を見てきたがこれだけでも、貘の詩の有している世界が、今日という時代の困難さを照射する鏡となり、国語科教材として、多くの可能性を秘めていることが理解出来るはずだ。

山之口貘の詩が有している「伝統と文化」、「辺境と中央」、「方言と共通語」、「時代と生活」、「地域と世界」、「戦争と平和」などは、いずれも貘の詩のテーマのみに限定されるものではない。また、国語科の教科のみにも限定することのできない普遍的な広がりと深みを有したテーマである。そして、同時に今日的なテーマでもある。

書くことは、考えることだ。考えることは、よりよく生きることに繋がる。貘は、生きることが困難な時代に、よりよく生きることに苦悩し、心で繋がることを切望した詩人である。その手段として、ことばを選び、ことばで繋がろうとした詩人である。

貘の詩から、これらのことを発見することは、今日のグローバル社会における詩教材の可能性を問うことに繋がるものと思われる。そして、貘の詩は、この期待に十分に応えてくれるものと思われるのだ。

7　終わりに

この世に生を受けた一人の人間の軌跡には、様々な「物語」が織りなされる。山之口貘の軌跡にも、様々なエピソードがある。艱難辛苦の日々が織りなした物語もあれば、喜怒哀楽の織り糸もある。そんな様々な織り糸の一つに、「グジー事件」と呼ばれる愉快なエピソードがある。貘が県立一中に在学していたころのエピソードだ。[注14]

貘は、友人の姉であるグジー（呉勢）に恋をした。初恋の相手だ。そのグジーと何とか婚約を成立させたいと思い、思案をした貘は、仮病を使って親を騙し、婚約を成立させたというのだ。その手法は、まず四六時中、布団に潜り、うなされているふうを装う。両親は心配をし、医者に診てもらうが、仮病であるがゆえに医者は首をかしげるだけで治せるはずがない。そこで困った両親は、ユタ（巫女）を呼び、占ってもらう。貘は、ユタの前で、「グジー、グジー」と、うめいてみせて、見事にグジーとの婚約を成立させたというのである。しかし、破天荒な言動の多い貘に、やがてグジーは愛想をつかして、婚約を解消するというオチまでついている。なんともはや、微笑ましく愉快なエピソードである。

貘の詩の生まれる拠点の一つには、このような人間としての貘の個性や、生き方にもあるように思われる。そして、それが詩の魅力を生みだしていく基盤になっているようにも思われる。

詩を読むことは、表現の手法を学ぶだけでなく、人間を理解することにも繋がるはずだ。それは語り手である作者を理解することであってもいい。作中に登場する人物を理解することであってもいい。また、詩の世界は真実であってもいいし虚構であってもいいと思う。しかし、その世界で息づいている人間を理解することが、詩を読むことの大きな側面の一つであることに間違いはない。

貘の詩の魅力は、貘の作り出した詩世界で振る舞っている人間を理解することの喜びにもある。実は、ここにも貘の詩の有する新たな詩教材の可能性の一つが浮かび上がって来るようにも思われるのだ。

このように見てくると、貘の詩は様々な切り口と、多様な可能性を秘めた詩教材の宝庫であると言っても過言ではないはずだ。

◇付記

出典原書においては、資料として文科省検定国語教科書、及び沖縄県の国語科副読本に収載された山之口貘の詩を付記したが、ここでは割愛した。また本文の一部を省略し、参考文献も割愛した。

【注記】

1　略年譜の作成に当たっては、『貘のいる風景―山之口貘賞20周年記念誌』（一九九七年、琉球新報社）、及び『山之口貘詩文集』（一九九六年、講談社）を参考にしてまとめた。

2　山之口貘「自伝」（『山之口貘詩文集』一九九六年、講談社、収載）。

3　足立悦男「異化の詩教育学―その構想と展開」（『論叢国語教育学　復刊第1号　通巻6号』二〇一〇年、広島大学国語文化教育学講座、収載）。

4　同右。

5　高良留美子「生き物への共感―山之口貘と沖縄」(『中国』5月号、特集沖縄、一九七〇年)

6　仲程昌徳「『ない』ことをめぐる『思辨』」(『貘のいる風景―山之口貘賞20周年記念誌』一九九七年、琉球新報社、収載)。

7　同上。

8・9・10・11　『貘のいる風景―山之口貘賞20周年記念誌』(一九九七年、琉球新報社、収載)。

12　荒川洋治「詩人と『物』」(『山之口貘詩文集』一九九六年、講談社、巻末解説)。

13　仲程昌徳『山之口貘　詩とその軌跡』(一九七五年、法政大学出版局)。

14　山之口貘「私の青年時代」(『山之口貘詩文集』一九九六年、講談社、収載)、および松下博文「喜屋武呉勢と石川妙子」(『貘のいる風景―山之口貘賞20周年記念誌』一九九七年、琉球新報社、収載)参照。

八　沖縄の文芸～近・現代の文芸と韻律

1

仲宗根政善《なかそねせいぜん》歌集『蚊帳《かや》のホタル』を読んだときの衝撃は大きかった。出版されたのは一九八八年であるから、今から十数年も前のことだ。

仲宗根政善は一九〇七年沖縄県の今帰仁《なきじん》村に生まれ、一九九五年に亡くなった。東京帝国大学文学部を卒業し、『琉球方言の研究』などで優れた業績を上げた言語学者である。同時に、沖縄戦では姫百合の学徒たちを引率して戦場をさまよい、『ひめゆりの塔をめぐる人々の手記』を著した作者でもあった。

その仲宗根政善が、沖縄戦で亡くなったひめゆりの乙女たちの記憶を蘇らせ、痛恨の思いを抱きながら書き綴ったのが、この歌集である。作品は、終戦後間もない頃から、長年に渡って書き続けられたもので、直筆の原稿そのままの印刷で、それゆえに、訂正や加筆等の痕跡も赤裸々で、作者の息遣いが感じられる作品群であった。

沖縄戦については、『鉄の暴風』等、これまでにも数多くの戦記や証言集などが発表されおり、また優れた文学作品も数多くある。しかし、身を削るようにして刻まれた短歌群は、それらのいずれにも負けないほどの感動と、命の尊さを自覚させられるものであった。

○沖縄戦かく戦へりと世の人の知るまで真白なる丘に木よ生えるな草よ繁るな
○いはまくらかたくもあらむやすらかにねむれとぞいのるまなびのともは
○与座川の清水に浴びて我死なむ望みたえたる戦に追われ
○先生！　もういいですかと手榴弾を握りしめたる乙女らの顔

仲宗根政善歌集には、このような静かな怒りや、悲しみと向き合う作者の魂の実相が幾重にも刻まれていたのである。

仲宗根政善歌集が与えた衝撃は数多くあったが、その一つに、短歌という詩型のもつ力について認識したことがある。あるいは文学の力と言い換えてもいい。作品世界のもつ迫真性のある伝達力は、沖縄という地に、確かに戦場があり、そこで命を落とした人間が数多くいたのだという確固たる事実を伝えてくれるのだ。

さらにもう一つは、自分自身の内面世界と向き合うときの文学の効用である。仲宗根政善は、一首、一首に生涯のすべてを掛けるほどの祈りを込めて歌っている。戦場で喪った教え子の命を慈しみ、生き延びた自らを激しく苛むかのようでさえあるが、それは喪った教え子と自らの生への鎮魂の効用だけではない。普遍的な言い方をすれば、短歌は一握りの歌人だけのものではなく、一個の人間の魂の叫びとなり、民衆の表現手段になり、歴史にもなり得るのだという実感である。

　仲宗根政善が歌った悲惨な戦争から六十年余、沖縄は今、豊穣な表現世界を有しているように思う。音楽やスポーツの面をも一種の個性ある表現のパフォーマンスだと考えれば、なおいっそう活躍は華やかだ。たとえばゴルフの宮里藍や、音楽のオレンジ・レンジなど、活躍する才能は多種多様である。

　文学の面でも、一九九〇年代に入って、又吉栄喜《またよしえいき》、目取真俊《めどるましゅん》と相次いで芥川賞作家が誕生した。さらに昨年度は「おきなわ文学賞」が、県文化振興会によって創設され、詩、短歌、俳句、小説など八部門に海外を含む県内外から六三九編の応募があったという。文学へ関心を有する人々は数多く、それを支える裾野も広い。まさに、二十一世紀沖縄ルネサンスとも喩えられるべき状況である。

2

　ところで、かつて沖縄の地は、文学不毛の地ではないかと囁かれたことがある。一九六六年の創刊号以来、長く沖縄の文学表現を先導してきた文芸誌『新沖縄文学』（沖縄タイムス社刊）は、創刊号で「沖縄は文学不毛の地か」と銘打った座談会を組んだ。沖縄に在住する表現者にとって、このことは、それほどに深刻な課題であったのだ。[注1]

　しかし、『新沖縄文学』第四号（一九六七年刊）に掲載された大城立裕の小説「カクテル・パーティ」が芥川賞を受賞するやいなや、状況は一変する。沖縄の歴史的・地理的状況の特異性は何のハンディにもならないことが分かったのだ。むしろ唯一の地上戦が行われ、住民のおよそ三分の一が戦死したと言われる戦争体験や、戦後もなお居座り続ける米軍の軍事優先政策等によって露見した様々な矛盾や、基本的人権が蹂躙されている沖縄の状況は、文学の格好のテーマになり得ることを認識したのである。

　もちろん、このような認識は、戦後の特異な状況や、大城立裕の快挙だけが要因になったのではない。明治の近代国家に組み入れられて以来、沖縄の表現者たちの地道で困難な闘いの積み重ねが、今日のような文学の沃野へと発展させたのである。

　このような闘いの歴史の中で、とりわけ明治、大正期の沖縄文学の表現の中枢を担っていたのは、短詩型文学、特に短歌であったように思われる。しかし、この闘いは必ずしも容易な闘いではなかった。沖縄の近代を担った表現者たちにとって、自覚的な表現を試みようとすればするほど、「文学不毛の地」としての後進性を嘆かねばならなかったのである。

○山といふ山もあらなく川もなきこの琉球に歌ふかなしさ

この歌は、明治四十三年十一月九日、地元の新聞『琉球新報』紙上に掲載された長浜芦琴《ろきん》という歌人の歌と言われている。沖縄の文学者たちは、明治三十年代のころから、日本の伝統的な和歌を作り始めていく。たとえば上京して『新詩社』などに加入して与謝野鉄幹や与謝野晶子などの指導を受ける者も出てくる。注2

このような中で、表現は日本の伝統的な叙情を模倣して歌い始められる。そして、その対象として詠まれるべき山という山もなく、川という川もない。四季の変化にも乏しく、紅葉もなく雪も降らない。この歌が、このような沖縄の地で歌うことの悲しさを嘆いたものであることは容易に想像出来る。沖縄の文学表現の闘いは、このような稚拙で素朴な感慨から始まっていくのである。

この闘いは、さらに辺境の地であるが故の差別や偏見との闘いをも包含しながら増殖していく。むしろ、このテーマこそが、去る大戦をも挟んで、表現者の大きな課題として発展的に継承され、今日のルネサンスともいうべき活況を呈していくのである。

もちろん、先人たちの闘いは多様であり、今日までも様々な方法が模索され実践されている。たとえば独特なペーソスとユーモアのセンスで、琉球及び琉球人に対する差別意識をも対象化してみせた詩人山之口貘の方法がある。また、小説では、奇行や放浪癖があり、広津和郎の小説「さまよへる琉球人」のモデルになったとも言われる池宮城積宝などの闘いがある。

池宮城積宝は、早稲田大学で英文学を学び、歌人としても多くの作品を残しているが、一九二二年に雑誌『解放』の小説募集に応募して当選した「奥間巡査」などの作品が、注目を浴びた。「奥間巡査」は、当時の沖縄の文学者たちが等しく呻吟した共通の課題をテーマにした作品である。

小説「奥間巡査」の主人公奥間百歳《ももとせ》は、那覇市の町はずれにある特殊部落の出身である。努力の甲斐あって見事官吏試験に合格し巡査になる。しかし、その栄光を手に入れたものの、部落出身であることを恥じ、やがて部落の人々に対して敵意を持つようになる。差別される側からの脱出を試みた奥間百歳が、知らず知らずのうちに差別する側に立つ。いつしかそれは共同体との関係のありようだけではなく、個人と個人との関係にまで影響を及ぼすものとして立ちはだかってくる。このことを知った奥間百歳の苦悩と悲哀が、この作品のテーマである。

日本の近代文学は、自我の解放と個の確立が主要なテーマであったと言われている。沖縄の近代文学は、さらに差別と被差別の問題を、個人のレベルだけでなく、中央と辺境の対立の構図にまで押し上げ鮮明に照らし出していく。奥間百歳の苦悩は、池宮城積宝のみならず、山之口貘のものでもあったし、また沖縄近代文学を担った表現者たちの等しく担ったテーマでもあったのだ。

短歌においては、池宮城積宝と同時代の歌人、山城《やましろ》正忠《せいちゅう》や摩《ま》文《ぶ》仁《に》朝信《ちょうしん》にも言えることである。山城正忠は、上京後、与謝野晶子に師事、石川啄木とも交流があったという。また、摩文仁朝信も十六歳のころから上京し、「新詩社」に加わり、作品を「スバル」や地元新聞の歌壇などに発表する。

作品世界は、まだ内面の深化に乏しく、また山之口貘ほどに屈折した表現世界を有してはいない。しかし、いずれも沖縄を自覚し、沖縄の特殊な状況から表現された作品であることには間違いない。摩文仁朝信は「琉球人ということを一種の誇りとし、自己を偽らず、新時代の人の胸に満ち満ちた情緒」を歌いたいと決意している。

次の二首のうち、前者が山城正忠、後者が摩文仁朝信の作品である。

○ふるさとは琉球といふあわもりのうましよき国少女はたよし

○故知らぬ悲しみ多し琉球の海を思へば墓を思へば

このような、近代沖縄の表現者たちの有した沖縄であるが故の特異なテーマは、実は、戦後の表現者たちへも引き継がれ深化されていく。状況が様々な変容を示すとはいえ、根本的な問題は、何も変わらないのだ。あるいは、表現者にとって普遍的なテーマは、時代を凌駕すると言った方がいいかもしれない。

今日、小説における目取真俊の提出する作品や言動の波紋、あるいは詩人たちが有する作品のモチーフは、多様なスタンスや価値観が含まれているとはいえ、依然として近代が担った未解決の課題をも、鋭く深化しながら提起しているように思われるのだ。

3

「沖縄文学」を、沖縄で生を受けた人々の書く文学とここでは定義するとして、果たして沖縄文学のアイデンティティはあるのだろうか。あるいは、沖縄文学の特質は何だろうか、と考えることは有意義な問いかけの一つになるだろう。

他府県の文学と詳細に比較して論ずる用意はないが、時系列的に俯瞰しても、確かに浮かび上がってくる沖縄文学の特質はいくつかあげられるように思う。例えば一つ目の特質は、常に時代や状況と格闘してきた文学と言えるように思う。また、二つ目には、人間としての倫理観に極めて強い根拠を置く文学とも言えるだろう。さらに三つ目には、短詩型文学の表現方法に伝統的な系譜があり、選択の比重が置かれてきた文学と言えるようにも思われるのだ。

これらの特質を生んだ要因は、沖縄が歩んできた特異な歴史や風土と無関係ではない。そして、これらの要因は、いずれも相互に関連しあい影響を与えあっているように思われるのだ。

これらの特質を生み出した背景には、沖縄が近代以降、明治政府の管轄下に置かれ辛酸を舐めてきた政治的な状況と無縁ではないはずだ。いや、それ以前の薩摩藩による琉球王府侵略がなされた一六〇九年から想定にいれてもいいだろう。それ以降、様々な時代の様々な出来事が、大きな荒波のように沖縄の人々に襲いかかる。「琉球処分」と称され、琉球から沖縄県と変わっていく歴史、そして唯一の地上戦となる沖縄戦の体験、その後、安保体制下に組み置かれ、米軍政府に統治される二十七年余、さらに復帰後の今もなお続く米軍属兵士等による基本的人権の蹂躙と様々な基地被害。どれをとっても、ヤマト本土とは異なる歴史を歩んできた現実があるのだ。

このような時代の中で、沖縄で文学を志す者は、当然沖縄の特異性を自覚し、苛酷な時代状況と対峙せざるを得ない。また、状況に真摯に対峙しようとすればするほど、一個の人間としての倫理的な生き方を問わざるを得ないだろう。先にあげた歌人、山城正忠や摩文仁朝信、そして山之口貘や池宮城積宝は、まさに沖縄の特異性を自覚した表現者であった。また仲宗根政善も、戦争という未曾有の体験を経て、命の尊さを見つめる人間としての倫理観に、極めて強く依拠した表現者であったはずだ。

三つ目の特性である短詩型文学を表現の手段として多く選んできた背景にも、このような特殊な状況に翻弄された歴史と関係があるはずだ。もちろん、多くの要因が多層的に絡み合ったものだと思われるが、このような厳しい現実が、作品のテーマとして政治的な色彩の濃い文学作品を生みだす要因になったことは容易に考えられる。

そして、緊急性を要し、逼迫した現実と対峙するには、喩えていえば、散文的な表現の論理的な冗長さよりも、シュプレヒコール的な鋭く感性に訴える言葉が必要であったのだ。同時に、方言に馴染んできた沖縄の人々にとって、共通語を獲得して散文的に表現することは容易なことではなく、ましてや方言での表記は、なおさらに困難であっただろう。このことが短詩型文学の隆盛を生み出す要因になったのではないか。

また、このことは沖縄独特な風土や慣習とも関連があるように思われる。沖縄の人々は、日常生活の中で、常に韻律や抑揚のある言葉に接している。たとえば法事や慶事のたびごとに、一家の長が、仏壇に香を立て、先祖の位牌に合掌しながら「ウガンクトバ（祈願言葉）」を唱えるのだ。それだけではない。子や孫が訪ねて来るたびに、健康や将来の平安を祈願する。さらに季節の折り目節目にも、家族全員が正座して一家の長の即興的な「唱え」を聞くのだ。

　また、沖縄には、「おもろ」「ニーリ」「あやご」「ユンタ」「ジラバ」などと呼ばれる伝統的な韻律を有した短詩型の文学表現がある。さらに「琉歌」に至っては、八、八、八、六音のリズムで、三線の音色に乗せられて、広く今日までも人々に愛好されているのだ。

　このような風土と伝統的な韻律を有した歴史が、先の政治的状況の苛酷さと、方言表記の困難さとも相まって短詩型文学の隆盛を生んでいったと思われる。このことが、同時に沖縄文学のアイデンティティをも創出していく基盤になっているはずだ。

4

　沖縄の歌人たちの系譜をたどっても、沖縄文学の特質を逸脱することはない。むしろ、ますますその感を強くする。戦後の米軍政府統治下の時代も、また復帰後の今日までも、歌人たちの表現は、基本的にはこのような表現の特質を有しながら継承されてきたように思われる。

　戦後の沖縄文学の出発は、捕虜収容所の中で、沖縄戦の体験を後世に伝えたいと決意する詩人牧港篤三らによって担われていく。短歌においては、結核療養所において闘病生活を続けていた呉我《ごが》春男らによって「九年母短歌会」が結成され、「歌は私の生命の燃焼であり、また、魂の拠り所である」として、生きる喜びが歌われていく。[注3] さらに伊江島出身の歌人であり教育者である小林寂鳥《じゃくちょう》らの尽力により、地元新聞に「歌壇」が設けられ、広く人々の表現手段として認知されていく。

　また、民俗学者であり国文学者でもある折口信夫が、沖縄の各地を訪れ、それぞれの地で得た感慨を歌人釈迢空として発表していったことも刺激になったであろう。また、ハンセン病を患い療養生活を続けながら、合同歌集『九年母』で活躍し、昭和三十四年には『短歌研究』新人賞を受賞した新井節子なども、鋭い感性で自己の運命を凝視し、感動的な作品世界を作り上げていった。

○妻子らのむく九年母の強き香よ古里の秋も深まりにけり　呉我春男

○衝撃の重なり多き島に咲く仏桑華粘りて枝を離れず　小林寂鳥

○青波に入りて　たちまち消え行きしさびしき船か――。
　波照間の船　釈迢空

○裸樹しろき亀裂のごとき愛ひとつ甦る礫の道ふみゆけば　新井節子

一九七二年の復帰後は、パスポートが廃止され、本土との交流が自由に行われるようになる。当然、歌人たちの交流も盛んになる。このことによって、多様な表現のあり方を学び、視野を広げ、刺激を受けた歌人は、数多くいたであろう。同時に、このような視点や方法を学ぶことによって、さらに独自な歴史や文化風土をもつ沖縄の特異性を自覚し、沖縄の人々の精神のありようを表現していく方法が模索されるのである。

一九七六年、平山良明は『沖縄県歌話会』を結成し、「沖縄戦を中心とする沖縄体験に学び、風土に根ざした文学を創出することをめざす」として、精力的な活動を続けていく。

平良市生まれの歌人平良好児《たいらこうじ》は、郷里の宮古島にて『郷土文学』を主宰して、地域文化の発展に貢献する。桃原邑子《ゆうこ》は、沖縄戦での悲惨な体験と戦後の異民族支配下の苦悩を歌い、沖縄人であることにこだわり続ける作品を発表する。

さらに、戦後途絶えることなく続いた政治の季節の中で、緊迫した状況と意識とのせめぎ合いを、鮮烈な思想短歌で表現した新城貞夫がいる。また、山之口貘賞詩人でもある勝連敏男は、少年期に自殺し友人の死を見据えながら、自らの生と死の意味を問い続けた歌集を精力的に発表し続けたのだった。

○人の世の深き悲しみくり返すあけもどろの花咲いわたる島　平山良明

○くろとんの葉裏をめくる朱の風に負いしいくさの傷口喘ぐ　平良好児

○ベトナムの人殺め来しB52の着陸の脚が蹴りゆく夕焼け　桃原邑子

○球根花芽吹く若者硝子器に真水ふつふつたぎりつつ朱夏　新城貞夫

○時と血が傷の痛みを量るとき夢さかのぼる眼の中の虹　勝連敏男

平成十八年の今日、沖縄は依然として「沖縄文学」と呼ばれるべき特異な状況下にあると思う。この特異な状況下に置かれている沖縄で生きることの意味を真摯に問い続けていく限り、「沖縄文学」は消滅しないであろう。今日、この意味を担い続けている歌人たちに、『花ゆうな短歌会』を主宰する比嘉美智子がおり、『紅短歌会』を主宰する玉城洋子がおり、そこに集う多くの歌人たちがいる。

また、喜納勝代や名嘉真《なかま》恵美子、そして高校生をも含めた若き歌人たちも、瑞々しい作品を発表し続けている。沖縄という宿命の地で、困難な課題と遭遇することは、むしろ表現者の僥倖と言わねばならない。

【注記】

1　『新沖縄文学』は、後に「文化と思想の総合誌」とサブタイトルが付され、さらに一九九三年からは『沖縄文芸年鑑』と名称が変更されて年一回発行されている。

2　この期の状況については、岡本恵徳著『現代沖縄の文学と思想』（一九八一年・沖縄タイムス社刊）に詳しい。

3　『呉我春男全歌集　命の譜』（一九九〇年・六法出版社刊）。

九　「しまくとぅば」の発見と沖縄文学の挑戦

【キーワード】
しまくとぅば　方言　伝統的な言語文化　沖縄文学　表現言語　生活言語　共通語　アイデンティティ　「復帰・反復帰」論争　記憶の継承　言葉の消滅と生成

はじめに

沖縄タイムス社が、二〇一三年七月七月、発行している新聞のページを増やして「うちなぁタイムス―週刊しまくとぅば新聞」の頁を開設した。「しまくとぅば」をめぐる状況はここまで来たかという感慨を強く覚える。創刊号には次のような広告が掲載されている。

二〇〇六年に「しまくとぅばの日」が県条例で制定され、県民がしまくとぅばを再評価・再認識してから七年、継承に向け機運は高まった一方、普及については十分に浸透しきれていない現状がある。この時期に、しまくとぅば新聞「うちなぁタイムス」を週1回の企画として新たにスタートさせ、広く県民が考える契機にしたい。第1号は識者4人の座談会から、普及・継承に向けた方策を探る。

4人の県内識者とは、宮里朝光（NPO沖縄県沖縄語普及協議会会長）、石原昌英（琉球大学法文学部国際言語文化学科教授）、仲里効（映像批評家）、知念ウシ（むぬかちゃー）である。いずれもしまくとぅばを時代へ継承する視点から発言している。

例えば富里朝光は、「古来の固有名詞に回帰すること」が必要だとし、石原昌英は、「母語を話すことは権利である」とし、仲里効は、「戦時下で、言葉一つでスパイとみなされ生死が左右された」事例を挙げ、知念ウシは、「しまくとぅば」は「うやふぁーふじをつなぐ宝物」と述べている。創刊された「うちなぁタイムス」が、今後どのように紙面を展開していくか。「しまくとぅば」の行方も含めて興味深いことである。

ところで、「沖縄タイムス社」に限らず、「しまくとぅば」は、今、多くの人々の関心を集めている。県条例で制定した「しまくとぅばの日」もこのことを示しているが、市町村自治体や、学校教育の現場でも普及のための様々な取り組みが行われている。例えば那覇市議会は二〇〇七年に「しまくとぅば」の普及促進宣言を決議、さらに二〇一二年には具体的な活動として「ハイサイ運動」を開始した。

学校教育の現場でも、今次の学習指導要領で、「伝統的な言語文化」を重視する視点が強調されたことも追い風になって、「しまくとぅば」への関心は強まっている。学習指導要領では、伝統的な言語文化に関する教育の充実として、例えば国語科においては、「ことわざ、古文・漢文の音読など、古典に関する学習を充実させること」が提唱されている。また、他教科においても、「そろばん」「和楽器」「唱歌」「美術文化」「和装」の取り扱いを奨励し、さらに「武道」を必修化することも述べられている。もちろん伝統的な言語文化とは、中央集権的な言語文化だけでなく、地方で息づいている言語文化を含むことを鑑みれば、沖縄においては「空手」や「琉舞」を含め、「琉歌」「組踊」「オモロ」、また文化の具現化した生活言語である「しまくとぅば」にも、関心が向けられるのは当然のことであろう。

中央の伝統文化を代表する「歌舞伎」と、沖縄の伝統文化の「組踊」がコラボした舞台も、二〇一三年上半期の話題になった。東京で活躍する歌舞伎役者坂東玉三郎が、地元沖縄の芥川賞作家大城立裕の新作組踊「聞得大君誕生」に出演したのである。さまざまな課題も提起されたが、坂東玉三郎の意欲は好ましく、沖縄の若い組踊演者にとっては大きな刺激を得たものと思われる。

このような状況の中で、言語表現に着目し、「しまくとぅば」で表現された沖縄文学の系譜を概観することは有意義なことのように思われる。この小論では、特に詩と小説のジャンルに焦点を当てながら「『しまくとぅば』の発見と沖縄文学の挑戦」と題して言及してみたい。ただし、ここで言う「しまくぅとば」とは、沖縄地方の方言言語全般を指す概念として使用する。また「沖縄文学」とは、一九四五年以降の戦後六十七年余の沖縄の現代文学を指し、沖縄で生まれたか、もしくは沖縄に居住して活躍している作者の作品を指すものとする。

私たちが使用している生活言語には、「琉球方言」「しまくとぅば」「うちなーぐち」、などと様々な呼称がある。その中で「しまくぅとば」という呼称を使用するのは、先に述べた沖縄タイムス社の使用や、県の条例に定めた「しまくとぅばの日」など、昨今、使用例が急速に広がりつつあることも理由の一つである。同時に、沖縄はかつて「琉球王国」と呼ばれる独立国家が存在していた。このことは自明なことであり、この王国の系統を体現する言語を含めた言葉に言及するのであれば、方言という呼称に、やはり違和感を覚える人々がいるだろう。また、琉球王国の王府である首里城が存在していた首里地域の言葉を対象とする文学作品だけではなく、那覇や離島やヤンバルで使用されている言葉、それこそ「しまくとぅば」を対象とした作品をも論じたいと思うからだ。

実際、今日活躍している表現者たちの中には、「しまくとぅば」のみならず、「うちなーぐち」や「方言言語」の範疇を突き抜けた新しい個的な言語を創造し、文学の表現言語として果敢に挑戦している表現者たちが数多くいる。これらの表現者たちの営為をも含めて、「しまくぅとば」という呼称を使うことが妥当であると思われる。

1　沖縄戦後文学の出発

「しまくとぅば」の文学作品での使用を、まず詩のジャンルから考察してみよう。沖縄の詩人たちの戦後の出発を飾った作品は、自らの戦争体験を凝視し、そこから平和を希求する倫理的な色彩を有した作品が多い。しかしこれらの作品群に、「しまくとぅば」を使用した例は、ほとんど見られない。(以後、しまくとぅばを使用した詩を「しまくとぅば詩」と呼んで論ずる)。

戦後、最も早い時期に出版された詩集は牧港篤三の『心象風景』(一九四七年)だとされている。この詩集にも、「しまくとぅば詩」の掲載はない。次いで矢野克子の『いしずえ』(一九四七年)、克山滋の『白い手袋』(一九四八年)が出版される。終戦後の一九四〇年代に出版された詩集はこの三冊であるが、いずれの詩集にも、「しまくとぅば詩」は掲載されていない。牧港、矢野、克山の三者には、それ以降も「しまくとぅば詩」の作品は見られないので、表現言語として三人ともに共通語が馴染んでいたのであろう。三人の当時の境遇は容易にこのことを納得させる。

牧港篤三は一九一二年那覇市に生まれる。戦前から詩を書き、戦前戦後ともジャーナリストとして新聞社に勤務する。戦中も従軍記者として記事を書いたというから、詩表現の言語として共通語を選び取ったことは十分理解出来る。それが牧港にとっての表現言語であったからだ。

矢野克子は一九〇五年、名護市に生まれる。日本共産党創設者の一人とされる徳田球一は実兄である。矢野は県立一高女を卒業して師の矢野酉雄と結婚。一九二二年に夫とともに上京し、以来、生活の場は東京であった。矢野克子の表現言語は東京の主婦としての生活言語であり、その場所から戦争で灰燼に帰した郷里沖縄へのエールが送られる。

克山滋の人生は波乱に富んでいる。遺稿集として友人知人に復刻された詩集『白い手袋』(一九八三年)には、次のような記述がある。

「(克山滋は)一九二〇年、宮古平良市で出生。一九三八年に上京して早稲田に入学、その後中退して日大の芸術科に進み、その頃から詩作に励む。しかし、戦争で徴兵され六年間の南方戦線を体験、詩集『白い手袋』は、帰郷二年目の一九四八年に出版される。詩集は東京での生活の頃に書かれた作品と、帰郷後に書かれた作品とで編集された」と。

克山滋は詩集を出版した翌年、一九四九年二月に交通事故に遭い早世する。表現の手法としてシュールレアリズムを駆使したが、「しまくとぅば」は、そのような表現方法には馴染まなかったのかもしれない。

その他、戦後の早い時期に出発を遂げた詩人たちには、船越義彰、石島英文、伊波南哲などがいる。伊波南哲は戦前から東京で活躍した詩人で山之口貘とも交流があった。戦後、伊波には『伊波南哲詩集』（一九六六年）などの出版があり、船越義彰には『船越義彰詩集』（一九五六年）がある。また石島英文には詩曲集『潮がれ浜』（一九五八年）などがあるが、いずれの詩集にも、「しまくとぅば詩」は見あたらない。

小説の場合もこのような傾向は大きく変わらない。詩の出発と同じように表現される作品の内容は、戦争体験を題材にしたものや、終戦後も駐屯し続ける米軍や、基地建設のために強奪される土地問題や蹂躙される人権を主題にしたものが多いが、「しまくとぅば」の使用はほとんど見られない。

例えば、戦後逸早く発表された太田良博の作品「黒ダイヤ」（初出『月刊タイムス』第一巻第2号／一九四九年）は、ニューギニヤで出会ったダイヤのような瞳をもった少年との交流を描いた作品だが、「しまくとぅば」の使用はない。その他の復帰以前の作品には、池沢聡の「ガード」（初出『琉大文學』第7号／一九五四年）、嘉陽安男の「捕虜三部作」（「捕虜」初出『新沖縄文学』創刊号、一九六六年）等があるが、「しまくとぅば」の意識的な使用は見られない。

また、本土在住の二人の作家、石野径一郎や霜多正次も、戦後、間もなく小説作品を発表し注目を浴びるが、その表現言語は共通語である。

石野径一郎は一九〇九年那覇市首里に生まれ、一九二七年に上京、一九三二年に法政大学卒業後、教員生活を続けながら作品を発表。戦後の作品『ひめゆりの塔』（一九五二年）が話題になり、次々と映画化される。「ひめゆりの塔」は、太平洋戦争末期、死闘をくり返す沖縄において、女学生ばかりで結成された「ひめゆり部隊」二〇〇人余の大半が、米須《こめす》洞窟で玉砕するまでの悲惨な九十日間を描いている。戦場に散った若い生命への哀惜が全編を貫く。

霜多正次は一九一三年、今帰仁《なきじん》村で生まれる。東京大学を卒業、主な作品に『沖縄島』（一九五七年）等がある。同書で「毎日出版文化賞」を受賞するが、「あとがき」には次のように記している。


戦後の沖縄の実状については、国民はほとんど何も知らされていなかったといっていい。国会で総理大臣が沖縄はアメリカの信託統治だ、と答弁するようなありさまであった。私はそういう状態にいらだつような気持ちで、沖縄を少しでも国民に知ってもらいたいと思って、この作品を書いた。そのため、沖縄が抱えているいろいろな問題、沖縄返還運動が民主的、民族的な広い統一運動として発展するために必要だと思われる様々な問題を、私は一種の焦燥感にかられて、この作品の中に貪欲に盛り込んだ。よくもわるくも、そうせざるを得なかったのである。

ここには、状況に対する危機感や切迫感は見られるが、庶民の悲劇を描くに庶民の言語を使用するという表現意識は、ほとんどみられない。それは、作品がヤマト本土の人々へ向かって発せられたことにも大きな要因があるように思われる。沖縄の戦争の惨状を、また軍事基地化される沖縄の現状を、ヤマト本土の人々に訴えるには、たとえフィクションというジャンルの小説であれ、共通語という言語を使用した方が得策であると作者らが判断したであろうことは容易に理解出来る。

沖縄の戦後文学の特質の一つに、時代と相わたる倫理意識がある。沖縄の表現者たちは、県民の多くが被災した戦争体験の過去から、米軍政府統治下における基本的人権の蹂躙される時代を否応なく体験する。それは米軍政府によって「太平洋の要石」と称される軍事基地建設最優先の沖縄統治政策も原因になっていた。

一九五〇年代に、『琉大文學』の同人たちが、既成の文学者たちへ、過去の戦争体験のみに拘泥することなく現実の沖縄の状況へ目を向けた作品を発表せよ、と呼び掛ける問題提起は、このような背景でなされていく。しかし、その呼び掛けや論争も、多くは表現言語としての「しまくとぅば」へは留意されることなく、作品のテーマが重視されたものであった。それは「政治と文学」という課題を担った米軍占領下における沖縄の表現者たちの切迫した課題でもあったのだ。

「しまくとぅば」が表現言語の可能性として発見されるのは、六〇年代の、「復帰・反復帰」論争の中で、沖縄のアイデンティテイ、あるいは自らのアイデンティティを模索する営為の季節まで待たなければならなかったのである。

2　表現言語としての「しまくとぅば」の発見

文学作品の中で、表現言語としての「しまくとぅば」が発見されるのは、「復帰・反復帰」論争が交わされる一九六〇年代を嚆矢とすると考えた方がよいだろう。ただし、「地域文化を体現する言語」という広い範疇で考えればその限りではない。「しまくとぅば」は戦後逸早く人々の生活の中で復活する。しかし、それは復帰闘争と影響しあって複雑な様相を呈しながら進行する。

戦後、米軍政府は、沖縄を軍事基地化する政策の中で、逸早く沖縄の文化的特質に着目しその復興に取り組んだと言われている。例えばそれは、「しまくとぅば」を駆使する沖縄芝居への支援にも繋がっていく。その背景には、ヤマト本土とは違う沖縄の文化の固有性や習慣等の違いを沖縄の人々へ自覚させることによって、ヤマト国家との断絶を図った政治的な意図があったとも言われている。実際、米軍政府は、「しまくとぅば」や「英語」による教科書編纂を画策したことがあったという。さらに古くから伝わる「紅型」や「織物」「工芸」なども盛んに奨励したがゆえに、沖縄の人々も、その価値を再認識したとも言われている。しかし、ここでも「しまくとぅば」は表現言語としては、いまだ発見されてない。

また、生活言語としての「しまくとぅば」は、復帰運動の中で疎んじられる傾向もあった。このことは学校教育の現場で特に顕著に表れ、児童生徒は「標準語の使用」を励行され、「祖国復帰への関心と日本国民としての自覚を促す運動へと繋がっていった。

文学作品における表現言語としての「しまくとぅば」の発見と今日までの使用の時期を、私は三期に分けて考えている。第一期は、山之口貘の詩「弾を浴びた島」を嚆矢として、「しまくとぅば」の使用が大きく注目され試行される時期である。五〇年代末から六〇年代の中ごろまでの時期と考えてよい。第二期は、「復帰・反復帰」論争の渦中で、沖縄のアイデンティティが模索された一九六〇年代末から復帰を迎える七〇年代初頭にかけての時期である。この時期には、表現言語としての「しまくとぅば」は確実に発見され、意識的に使われる。そして、第三期は、復帰後から今日までの時代で、多様な価値観が提唱され表現言語が模索される時代である。

それぞれの期の特質や作品例をあげると、次のように概観することができるだろう。第一期を象徴する山之口貘の「弾を浴びた島」は次のような詩だ。

島の土を踏んだとたんに／ガンジューイとあいさつしたところ／はいおかげさまで元気ですとか言って／島の人は日本語で来たのだ／郷愁はいささか戸惑いしてしまって／ウチナーグチマディン　ムル／イクサニ　サッタルバスイと言うと／沖縄の人は苦笑したのだが／沖縄語は上手ですねと来たのだ　（斜線は改行を示す／引用者記す）

山之口貘は周知のとおり、沖縄の生んだ詩人で、日本近代現代詩の歴史に名を刻む高名な詩人である。一九〇三年那覇市に生まれ、一九一七年沖縄県立第一中学校に入学、詩作や絵画に熱中する。一九二二年に県立一中を中退して上京、翌年関東大震災に遭い帰郷する。一九二四年に再上京、様々な底辺の職場を転々と変えながらも詩を書き続け、佐藤春夫、金子光晴、草野心平などの知遇を得る。一九三八年に処女詩集『思辨の苑』を刊行して詩人としてデビュー。一九五八年、一時帰郷し、文学仲間の熱烈な歓迎を受ける。「弾を浴びた島」は、沖縄に帰郷した年の感慨を記したものである。

この詩のなかで、「ウチナーグチ」と記されている言葉が、これまで言及してきた「しまくとぅば」である。その具体的な例が「ガンジューイ」や「ウチナーグチマディン　ムル　イクサニサッタルバスイ」と片仮名表記されている部分である。山之口貘は、終生、沖縄を忘れることの出来なかった詩人であると言われている。「しまくとぅば」は、郷里沖縄への感慨を記号化した表現言語として使用されている。貘の感慨は、「しまくとぅば」によって沖縄に在住する文学仲間に伝えられたのだ。

しかし、沖縄の人々にとって、「しまくとぅば」は「方言札」等によって長く収奪された負の歴史を有していた。さらに当時は、祖国復帰運動と連動するように共通語の使用が奨励されていた時代である。そのような状況と併せて考えると、貘の「しまくとぅば」の使用は沖縄の人々へ特異な印象を与えたのではないだろうか。また米軍政府統治下における祖国復帰運動は、共通語への回帰を社会的なベクトルとして持っていたがゆえに、新鮮な文学言語として意識させられたものと思われる。あるいは貘には、強く表現言語としての「しまくとぅば」の使用は意識されていなかったかもしれない。しかし、沖縄の戦後詩の歴史を考えると、エポックメーキングになる詩のように思われる。長く表現者の意識の深層に醸成されるにしろ、着実に種子は蒔かれ、助走が始まったのだ。

第二期の象徴的な出来事は小説からやってくる。東峰《ひがしみね》夫《お》の作品「オキナワの少年」（一九七二年、第66回芥川賞受賞作品）が、その大きな衝撃の一つだ。作品は、「少年」を取り巻く「沖縄の悲惨な状況」を描いただけでなく、「しまくとぅば」の新鮮な文体が話題になった。

冒頭部は、次のように書き出される。

ぼくが寝ているとね、「つね、つねよし、起《う》きれ、起《う》きらんなー」と、おっかあがゆすり起こすんだよ。／「ううん……何やがよ……」／目をもみながら、毛布から首をだしておっかあを見上げると、／「あのよ……」／そういっておっかあはニッと笑っとる顔をちかづけて、陳《すか》すかのごとくにいうんだ。
「あのよ、ミチコー達《たあ》が兵隊つかめえたしがよ、ベッドが足らん困っておるもん、つねよしがベッドいつとき貸らちょかんな？ほんの十五分ぐらいやことよ」
ええっ？と、ぼくはおどろかされたけれど、すぐに嫌な気持ちが胸に走って声をあげてしまった。／「べろや」
（以下略。斜線は改行を示す。引用者記す）

東峰夫は、一九三八年、フィリピン、ミンダナオ島に生まれる。コザ高校中退後、嘉手納《かでな》米軍基地労働者となるも、一九六四年上京し、日雇い労務に従事しながら小説を書き続けたという。受賞作は、上京して十年近くの歳月が費やされた後に発表されるが、当時の東峰夫にとって、東京での生活言語はもちろん共通語であっただろう。その東峰夫が、沖縄の状況を描くに、沖縄の少年の生活言語である「しまくとぅば」を意識的に選び取って作品世界を構築したのである。つねよし少年が、自らのアイデンティティを求める旅は、沖縄のアイデンティティを求める旅にも重なる。沖縄を考え、自らの存在の拠点を考える言語として、「しまくとぅば」が発見され使用されていくところに、第二期の特徴がある。

ところで、大城立裕は東峰夫よりも早く「しまくとぅば」を作品へ取り入れ使用している。大城立裕は一九六七年、小説「カクテル・パーティ」で第57回芥川賞を受賞するが、「カクテル・パーティ」よりも一年早く発表された「亀甲墓」（一九六六年）がそれである。作品には「実験方言をもつ風土記」とサブタイトルが付されている。

大城立裕は一九二五年に中城村に生まれるが、今日までも多彩な活躍がある。常に戦後沖縄文学の牽引的な役割を果たしてきたと言っていいだろう。県立二中を経て上海の東亜同文書院大学で学ぶが敗戦で中退。戦後は公務員生活を続けながら沖縄の文化的アイデンティティをテーマとした小説・戯曲・エッセイを書き続け、沖縄の土着を掘り下げて普遍的世界へ至る作品世界を創出してきた。大城立裕が沖縄文学界に残してきた功績は数え切れないほど大きい。小説のテーマや手法も多様である。その中の一つに逸早く着目した「しまくとぅば」があり、実験作品としての「亀甲墓」があるのだ。「亀甲墓」は次のように書き出される。

> なにしろ、ウシにとっても善徳にとっても、百坪のなかの十五坪萱ぶきの家の中のことしか考えない日常だったのだ。沖縄県とか大日本帝国とか、アメリカとかいうものは、出征兵士を見送ったり遺骨を出迎えたりする日に考えるだけだったから、あの音がそれらと関係があるなどとは、さらに気がつくはずがなかった。
>
> まず、ドロロンと空気をぶちこわすような音がして、家が揺れた。（略）
>
> 「じいさん、艦砲射撃だ。いくさど」
>
> 「カンポーサバチては何だ」
>
> あのばかみたいな音とサバチ（櫛）と何の関係があるだろうといぶかる。
>
> 「サバチでない。射撃だ。艦砲さあ」
>
> 「かんぽーては何だ」
>
> 「軍艦の大砲だ、どこかに打ち込んだんだ。いくさの来たど」（以下略）

復帰前の一九六〇年代の沖縄の文学状況は、「沖縄は文学不毛の地ではないか」という議論が真剣に交わされた時代である。このことを解消するためには、むしろ共通語が奨励されることが好まれた時代である。沖縄の状況をヤマト本土に向けてアピールするための表現言語は、当然共通語の使用が目指されたはずだ。それだけでなく、島嶼県と呼ばれる沖縄には、それぞれの島々に固有の「しまくとぅば」があり、海を隔てると、隣の島であれ、理解が不可能な「しまくとぅば」が存在する。また交通の不便なヤンバル地域でも、山を隔てて独自な「しまくとぅば」が発達した。

そのような状況の中で、どの地域の「しまくとぅば」を表現言語として使うかは定めがたい難題である。「ヤマト国家」への復帰を願っていた多くの県民の「共通語」への願望もある。そのような状況が過剰に反応し、地域に根ざした「しまくとぅば」を文学表現の場で用いることには抵抗があったように思われる。換言すれば、沖縄を取り巻く状況がこのことを許さなかったのだ。その中で大城立裕が発表した「亀甲墓」は、時代の数年先をも予見していたように思われる。

もちろん、使われている言葉は、どの地域の「しまくとぅば」でもないだろう。「カンポーサバチては何だ」とか、「いくさの来たど」とは、どの地域でも生活言語として使用されていないはずだ。大城立裕の「しまくとぅば」の使用は、従来のヤマトの言語体系を基底に据えながら、「しまくとぅば」の特質や特徴をどのように生かしていくか。ルビや脚注なしでの表記の方法や言葉の実験をこの作品で逸早く行ったように思われる。

しかし、その実験は、その翌年の「カクテル・パーティ」の芥川賞受賞によって、一気に後退する。多くの人々や表現者の注目は、はるかに後者の作品へと傾いていく。「カクテル・パーティ」が提起した沖縄の社会的政治的な状況への関心が、「しまくとぅば」への関心を一気に凌駕してしまうのは沖縄の戦後文学の歴史の皮肉でもあった。「しまくとぅば」への関心は、「カクテル・パーティ」の芥川賞受賞から五年後の「オキナワの少年」の芥川賞受賞によって、再びスポットを浴びることになるのである。

小説の世界で試行が始まっていた「しまくとぅば」の使用は、詩の世界でも六〇年代末から七〇年代初頭にかけての復帰前後に表現言語として発見される。それは第三期へと至る過渡的な時期に位置づけられる出来事でもある。詩人たちの多くは、自らのアイデンティティや、復帰、反復帰論争に大きな関心を抱くことになるが、表現言語としての「しまくとぅば」を積極的に取り入れる詩人は、六〇年代初めにはまだ見当たらない。知念榮喜の詩集『みやらび』（一九七〇年発行）は、タイトルに「みやらび」という「しまくとぅば」を使用しているが、収載された詩は共通語で表出されている。戦前に活躍した詩人、世禮國男の詩集『阿旦のかげ』のように、身近な生活言語である「しまくぅとば」を、なんとか日本の戦後詩の体系の中に位置づけようとする試みは、ほとんど見あたらない。不思議なことである。

その原因を考えることは興味深いことだが、要因の一つに、やはりメッセージ性の強いスローガン的な詩、思想的な表現言語が主流を占めていたことがあるように思う。他者に言葉を届けるには、やはり他者の言葉に拠りかからざるを得ないのだ。詩の言葉を届けるターゲットが共通語を使用している人々であれば、共通語の詩表現となるのが必然的な趨勢でもあったのだろう。

また、この時期は沖縄の表現者たちが自らの表現拠点をも模索していく発表の場として「同人誌」「個人誌」を発行し、その隆盛期を迎える時代とも重なる。「しまくとぅば」を詩や小説作品にどのように取り入れるかということと同時に、「しまくとぅば」そのものの価値や特質が注目された時代であった。例えば儀間進は、個人誌『琉球弧』（一九七〇年創刊号）で、「ウチナーグチ」の特質や表現の多様さについて指摘し、今日までも持続的な関心を有している。その関心は「ウチナーグチ」の有する微妙な息遣いまでも追求し体系化したと言っていいだろう。

第三期は、復帰後の時代で、今日までも繋がる多様な価値観や表現言語が模索されていく時代である。この時期の特徴は、「しまくとぅば」が、沖縄をシンボル化する記号化から脱却したことがあげられる。また、「しまくとぅば」は、自らの存在を模索し表象する言葉としてだけでなく、明確な実験言語として使用されるようになった。それは今日にも及ぶ長いスパンを有した挑戦で、文学の世界のみならず、音楽や映画等を含めた多様なジャンルでも試みられている。

例えば、音楽の分野では、宮古島市出身のシンガーソングライター下《しも》地《じ》勇《いさむ》が、自らの出生の地である「宮古くとぅば」をそのまま歌詞にして歌い、多くの人々の共感を獲得した。それを皮切りに、若い歌手たちは、それぞれの「しまくとぅば」で自らの感慨を誇りを持って歌い始めている。また、演劇集団「お笑い米軍基地」は、人々の生活言語を舞台に乗せ、基地あるがゆえに生み出される沖縄の歪んだ状況を、笑いとペーソスによる風刺で表現している。「しまくとぅば」は今、表現の最前線に躍り出て注目されていると言っていいだろう。

3　文学の場における様々な試行と実験

「しまくとぅば」が表現言語として意識的に使用されている第三期の現在、文学の場においては、どのような試行と実験がなされているのか。それを、まず詩表現の現場から考えてみたい。

今日、「しまくとぅば」を詩表現の言語として、一度や二度は使用したことがあるという詩人たちは少なくないように思われる。むしろ持続的に先鋭的に表現言語として使用している詩人たちは、数多くいるように思う。そのような詩人たちの詩を読むと、次にあげる五つの型に分類出来るように思う。以下その特徴に便宜上の呼称を冠して代表的な詩人たちとその表現の方法を概観したい。

第一の型は、「言葉の異化作用」を標傍する詩人たちだ。「しまくとぅば」を、近代以来、定型として体系化してきた共通語の表現言語の中に取り入れることによって、言葉どおしがぶつかり合い、そこに新しい言葉の概念が生まれることを試みる。古い言葉の秩序を揺らし、新しい認識を発見する。このことが、ひいては私たちの日常生活を豊かにしていくことに繋がると考える詩人たちである。多くの詩人たちはこの型に属すると思われるが、最も意識的にこの型を体現している詩人が中里友豪だ。

第二の型は、「しまくとぅば」を「琉球王国のシンボル」として意識的に使う詩人たちである。それは、ヤマト国家に併合された琉球王国への懐旧や、琉球王国が確かに存在していたとする歴史的な事実を表明することにも繋がっていく。また、構造的な差別として日本政府から強いられる現在の沖縄の不平等な政治状況に対する異議申し立てであり、「抵抗のシンボル」にもなる言葉として使用される。かって沖縄は「方言札」によって「しまくとぅば」が奪われ、差別化された歴史がある。これらの詩人たちにとって「しまくとぅば」は、魂の拠り所であり、自らの体内に血肉化された言葉である。

第三の型は、「新しい表現言語の創造」として「しまくとぅば」を改変して用いる詩人たちの表現である。この型は、上原《うえはら》紀善《きぜん》に代表されると言っていい。上原は「しまくとぅば」を、自らの「宇宙を思索する血脈としての言葉」として位置づけている。そしてさらに重要なことは、この「しまくとぅば」を自らの有する思索のフィルターを通して、「しまくとぅば」の範疇をも突き破る新しい表現言葉として自由に創造し蘇らせ、詩表現として定着させていることである。比喩的に言えば、「胎内言語」として「しまくとぅば」を置き、そこを拠点にして新しい表現言語を生み出しているということだ。上原紀善にとって「しまくとぅば」は、「思考の方法」あるいは「思考の道具」として使われている。例えば上原紀善の詩に「おきなわのうた」という次のような詩がある。[注1]

ぬなぬな／なみのんの／ぬなぬな／なみのんの／／ああさありがっさい／おお　すうりがっさい／とぅったかたい／とぅったかたい／／すうたあぬ／ぱあたあぬ／とぅるみゅら　とぅるみゅら／／すぅらい／すぅらい／てぃぬんひらき／ぢぃーんひらき／ぱあらい／ぽおらい／／ぬなぬな／なみのんの／ぬなぬな／なみのんの

上原紀善は、今、自らの感覚や感性と一体となったこのような表現言語を創造し、独特の詩世界を作り上げているのだ。「言葉に生気がなくなっている現在、沖縄の言葉の律動を掘り起こすことは有益なことだ」とする上原紀善の詩表現は、地域の生活語としての言語と、詩としての表現言語が見事に合体した例として考えることができるだろう。

第四の型は、「生活言語」としての「しまくとぅば」を、詩表現言語としても何の衒いもなく自然に使用する詩人たちである。彼らにとっては、「しまくとぅば」は生活言語であるだけでなく、思考言語であり表現言語でもある。その代表的な詩人が山入端利子《やまのはとしこ》である。山入端にとっては、記憶を語るに、あるいは日常を語るに、郷里大宜味村の「しまくとぅば」が最も適した言葉なのだろう。それゆえに戦争体験も「しまくとぅば」で語られる。代表的な詩集『ゆるんねんいくさば』（二〇〇五年）には、自らの詩を朗読したCDが付いている。このことも新しい試みだ。

第五の型は「オモロ語の蘇生と試行」である。古語であるオモロ語も、「しまくとぅば」の意識的な使用として本論の対象とするが、このことを試行している詩人は多くはない。真久田正《まくだただし》がその代表的な詩人である。真久田はオモロ語に着目しただけでなく、そのリズムや形式を実験的に現代詩の中で蘇らせようと努力している。真久田は昨年（二〇一二年）、惜しまれて逝去したが、オモロ語を詩言語として盛り込んだ画期的な詩集『真帆船のうむい』（二〇〇四年、KANA舎）は、やはり、刮目させられる新鮮な詩集である。ヨットマンでもあった真久田には、オモロ人の姿も視線の先に見えていたのかもしれない。「島廻い船競い」と題された詩は、海洋民族としての誇りも垣間見える作品である。

東方《あがいかた》の　明けもどるてば／宜野湾《じのん》におわる／誇り男等《ころがま》が
船遣《ふなや》れ／ややの真帆《まほ》よ　押し揚げて／／鳴響《とよ》む　北谷澪《みお》
に／大弥帆《うふやほ》よ　押し添いて／嘉手納澪に　十走《とはし》り八走《やはし》り／
船競《ふなそ》いど見物／／あれや　この舵取り／これや　くぬ綱取
り／残波浦走り間切り／君綾船がちよろめど見物／／浦々
の深さ／名護浦の渡中《となか》／雲風す寄り添い／風向かい湧き上
がて／／伊江島たちゅう　抜き当てて／備瀬の岬よ　走《は》い
出じゃち／国頭　辺戸の浦々に／やうら　やうらと　走《は》り
や　走《は》りやせ（以下略）

4　沖縄現代文学の挑戦

沖縄の現代文学は、確かに豊饒さを有して展開されている。もちろんそれは「しまくとぅば」という表現言語の問題の挑戦だけに限らない。テーマや方法の豊かさ、作者の年齢層の広がりや問題意識の先鋭さなどにも象徴的に表れている。

ここでは、多くの作者の個々の営為を論じる余裕はないが、芥川賞候補になった崎山多美の営為と、直木賞候補になった池上永一の営為について、「しまくとぅば」の文脈で考えてみたい。

崎山多美は現在、小説の分野における「しまくとぅば」の試行の最前線に位置する作家である。前述した詩人たちで喩えれば、上原紀善の営為に類似するように思う。そして崎山多美の「しまくとぅば」への関心は、「書き言葉」だけでなく、言葉の表出される原初の形態である「話し言葉」へも向けられている。このことが、崎山多美の特質の一つになっている。そしてこの傾向は、近年の作品により多く顕著に表れるといっていいだろう。

崎山多美は一九五四年、西表島に生まれた。琉球大学国文学科卒業。「水上往還」（一九八九年）で第一〇一回芥川賞候補になる。復帰後、沖縄が急速に「本土化」していく中で、「しまくとぅば」と「ヤマト言葉」との間に横たわる「ミゾ」を意識しながら、「沖縄」あるいは「しま」に生きる人々の意識と人生を濃密に描く作家として評価が高い。「しまくとぅば」を「新しい表現言語」として改変し創造した顕著な例としての作品の一つに「ゆらてぃくゆりてぃく」（二〇〇三年）があげられる。

「ゆらてぃくゆりてぃく」は、架空の過疎の島、保多良ジマを舞台にした作品である。保多良ジマは、八十歳を過ぎた老人だけが住んでいる島だ。一二七歳のジラーが、八十八歳のドゥシ（友人）のタラーや、八十歳のサンラーに浜辺で目撃した不思議な出来事を話す体裁を有して物語は進行する。次の部分は冒頭近くにあるタラーとジラーの会話の部分である。[注4]

エえー、ジラぁ

と言いかけた、が、そんな聞き手の反応にはいっこう意に介するふうもなく（中略）ちょっと間をおいた後、タラーは、ぐーっと上体を乗り出し、次のコトバを探しさがし口をもぐつかせるジラーを覗きこんで、こう言った。

……水《ミジ》ぬ踊《ウドゥ》イ、んじ云《い》せー珍らさんやあ、ジラぁ
それで《あんし》、何《ヌ》ーなたが
其《う》ぬ、ミジぬウドウイ、んじ云《い》せーや。

と話しに水、どころかタラーみずからたっぷりと油を注いでしまったのだった。

これだけの引用部分からも、崎山多美の言語実験の特異さが際立っていることがすぐに分かるはずだ。その一つは、明らかに文学言語の拡大に積極的に関わろうとする姿勢があげられる。共通語による旧態依然として存在する日本文学の言語体系を、地方の言葉によって激しく揺さぶろうとしている。もちろん、地方の言語とは、出自の島の「しまくとぅば」だが、「しまくとぅば」も解体され、再生される。ここでは具体的には文字表記の挑戦がある。例えば、片仮名と平仮名を交えた文字表記の試行と実験だ。右記の引用文から示せば「エえー、ジラぁ」「それで《あんし》、何《ヌ》ーなたが」「其《う》ぬ、水《ミジ》ぬ踊《ウドゥ》イ、んじ云《い》せーや」などである。「えエー」は、平仮名表記と片仮名表記の両方を混在させている。さらに「ジラぁ」の「ぁ」には小文字を当てている。また「それで《あんし》、何《ヌ》ーなたが」

のように、共通語表記に「しまくとぅば」のルビを振っていることも分かる。

このような表記の実験は、文字言語や文学言語の可能性を切り拓いていくことに繋がるように思う。それはフィクションとしての小説作品の可能性を開拓していくことに繋がり、文学作品の多様性を示すことにも繋がる。またこのような表現言語を創造し駆使することによって、「保多良ジマ」や「保多良ビト」の創造にリアリティを持たせ、幻想的な作品世界へ誘う効果をもたらしている。あるいは幻想社会へ霧消する作品世界を手繰り寄せているといってもいい。これらのことの可能性を「ゆらてぃく ゆりてぃく」は示してくれているように思う。作品の冒頭は、次のような特異なイメージを作り上げて語り始められる。

ヒトが死ぬと、通夜の晩、遺骸は焼いたり埋めたりせずに、イカダカズラを全身に巻きつけ陽の昇る寸前に海へ流すというのが保多良ジマにおける葬送の儀式である。（中略）屍から遊離したタマシイは49日目に水に溶ける。昇天したり成仏したり、33年忌が過ぎると神サマになる、というようなことにはならない。死んでしまっても保多良のヒトビトはヒトダマとなって永遠に水の中に漂うだけ、なのだそうだ。

「ゆらていく ゆりていく」には、昔語りの手法を取り入れながら、それを異化する方法をも取り入れている。「～である、そうな」「～に漂うだけ、なのだそうだ」「～思いであった、とか」などである。この手法は、軽妙な話体を作り、同時に不思議な余情をも生み出している。

また作品は、保多良ジマの風習やヒトビトの生きかたとして「子供を生まないのが美徳」「成るようになったその状況を丸ごと受け入れるのが自然である」「婚姻という制度も、家を守るという道徳倫理も慣習も、あってなきに等しい」「制度やしきたりには疎遠で遺言を墨守する」などと、風刺的なフレーズが並び、寓喩的な物語が展開される。この世界を作り出すのに必然的な手法として、このような言語の創造が試みられたのであろう。いたずらに言語を弄んだのではなく、作品世界を構築する必然性から生み出された「しまくとぅば」を基底とした表現であるのだ。

池上永一は、近作『テンペスト』（二〇〇八年）が大きな話題を集め、多くの読者を獲得した。琉球王国を舞台にした作品だが、舞台化もされ、テレビでも放映された。「テンペスト」とは、「大騒動」「猛旋風」とでも訳せる言葉のようだが、上下二巻の大作である。作品の時代は十九世紀、場所は首里王府、薩摩と清国との間で翻弄され、ペリー提督の黒船が来航する第二尚氏王朝末期が舞台である。その王府に一人の美貌の若者が登場する。名は孫寧温《そんねいおん》。難関の官吏登用試験に合格し、ライバル喜舎場朝薫と競い合いながら夢を語り、大国に翻弄される琉球の生きる道を懸命に模索する。ところが孫寧温には秘密があった。第一尚氏の末裔であり、真鶴という女性の性を偽り宦官の役人として王宮に入ったのだ。

物語は、この孫寧温を中心に展開する。孫寧温を宦官に設定しただけでも破天荒な着想であるが、恋や友情に引き裂かれる孫寧温のドラマチックな人生を縦糸に置き、王宮内部の権力争いや女官たちの奸策、薩摩派と清派の覇権争いなど様々な愛憎を横糸に、明治十二年「琉球処分」そのときに向かって王国滅亡のドラマが詩情豊かに織りなされるのである。

ところで、「テンペスト」に「しまくとぅば」が使用されている訳ではない。首里王府の役人たちは、薩摩の役人たちと流暢な共通語で意思疎通を図り物語は進行する。ここには琉球を舞台にしているが、琉球王国を象徴する「しまくとぅば」は使用されていない。共通語で織り成される豪華絢爛の物語で、まさにエンターテインメント小説である。

しかし、池上永一のデビュー作は、第6回日本ファンタジーノベル大賞を受賞した『バガージマヌパナス』（一九九四年、新潮社）である。この作品では、「しまくとぅば」がそれこそ縦横無尽に使われている。作品の題名にも顕著に表れているが、「バガージマヌパナス」とは「わたしたちの島の話」とでも訳される八重山地方の「しまくとぅば」である。作品は、島の少女、綾乃が神のお告げを受け、ユタになるまでの物語で、池上は、「しまくとぅば」を登場人物に自由に語らせユーモラスに描いている。挿入される「トゥバラーマ」や「ウガン（御願）」言葉も、片仮名を用いて、そっくりそのまま「しまくとぅば」で表記されるのである。

例えば、主人公の綾乃は島が開発され、破壊されていくことに不安を覚えているが、その箇所は次のように描かれる。

綾乃はできることなら、この島を手つかずのままにしてほしいと思う。島の形を変えてしまうほど不似合いな巨大空港。整然としたアスファルト道路。近代的なリゾートホテル。大挙してやってくる観光客。いまにそれらで溢れ返り、島に住むところがなくなるに違いない。

綾乃は時々そんな思いにかられて怒る。

「ワジワジーッ」

呆気っと虚ろな目をしてだらしなく口を緩ませた綾乃に通りすがりのオバァが、

「アイ綾乃、ヌーソーガ（何やってんの）」

と頭に載せた荷物の籠を両手でおさえて立ちどまった。

綾乃は、ひざを抱えながら体を揺らせ、煙草の煙を見つめていった。

「別にトゥルバッテイル（ボーッとしている）」

そしてどうでもいいように、

「オバァ、マーカイガー（どこに行くの）」

ときいた。

池上永一は、「バガージマヌパナス」以後も次々と作品を発表する。一九九八年には「風車祭（カジマヤー）」で直木賞候補にもなる。今や日本を代表するマジックリアリズムの作家とされ、沖縄の伝承と現代とが融合した豊かな物語世界が注目されている。エンターテインメント小説である「テンペスト」を含めて、沖縄文学は今、振幅の広い確かな成熟期へ向かいつつあるように思われるのだ。

終わりに

文学にどのような力があるのか。曖昧な根拠であるとしても、表現者たちはその力を信じているはずだ。あるいは、表現者の数だけ、文学の力は見据えられているのかもしれない。いずれにしろ、文学は言葉によって生成される文芸作品だ。表現者たちが言葉にこだわることは当然のことである。

ここでは生活言語として地域の人々に使用されている「しまくとぅば」と、日本国家の言語としての共通語とを対比させながら、文学表現の言語の生成や変容を概観してきた。「しまくとぅば」であれ、共通語であれ、どのような言語でも時代や社会の変容によって、消滅と生成を繰り返していくはずだ。その意味で、文学もまた、変容と新しい創造言語を獲得していく試みは、大いに実験されていい。

その試みや実験を「しまくとぅば」という地方の言語を基底にした沖縄の作家たちの取り組みを通して概観したが、これらの取り組みは、日本文学全体の中でも、極めて先行的で興味ある取り組みであるように思う。沖縄文学を、言語の使用やその置かれた政治的社会的条件を鑑みて、日本文学とは別のカテゴリーを有する作品群であると考え、新しいパラダイムで考えるべきだという主張もある。文学の定義もまた、言語と同じように、ダイナミックな揺さぶりの中で持続される思考が有効であろう。

ところで、「しまくとぅば」を今日の文学作品に表現言語として取り込むことに課題がないわけではない。むしろ課題は多すぎるのだ。例えば「しまくとぅば」を理解出来ない人々とのコミュニケーションをどのように図り、どのような工夫で表現言語として成立させるか。また、「しまくとぅば」を使用することによって得られる地方のリアリティを、中央のリアリティとしてどう成立させるか。さらに「しまくとぅば」を孤立させずに、地方の風土や文化や固有のアイデンティティを有したままでどのように作品化するか。これらのことは、喫緊で困難な課題である。

もちろん、メリットも大きなものがある。そのいくつかの視点は、すでに述べてきたが、さらにつけ加えれば、表現言語の限界を切り拓き、言葉の可能性を模索する試みの一つにもなるということだ。また文学作品のフィクションとしての可能性を考える際の視点にすることもできるだろう。個人の体験を普遍的な言語の体験に止揚する実験の場にもなるはずだ。

「しまくとぅば」を、文学表現の言語として試行している沖縄の作家たちの営為は、困難なリスクを伴うだろう。しかし、光明は見えないわけではない。例えば、言葉を一つの単語として個別に意味を提起するのではなく、文脈として「しまくとぅば」の意味を提起し、使用することを模索してもいいはずだ。換言すれば、地方に根付いた文化を伴って「しまくとぅば」が理解されるのならば、「しまくとぅば」の文学作品への使用の危惧は、いつか杞憂に終わるかもしれない。少なくともその一里塚になるように思われるのだ。

【注記】

1　出典：上原紀善詩集『開閉』一九八九年、8頁

2　出典：沖縄県教育委員会編集『高校生のための郷土の文学——近代現代編』一九九七年、72頁

3　出典：『眼の奥の森』二〇〇九年、影書房

4　出典：『ゆらてぃく　ゆりてぃく』二〇〇三年、講談社、11頁

Ⅱ章　沖縄平成詩の軌跡と表現

一　はじめに――詩の力

『アウシュビッツ以後、詩を書くことは野蛮なのか』（藤野寛、二〇〇三年）を読んだのはもう十数年も前のことだ。そのときの衝撃は今でも忘れられない。今でも本棚に立つ背文字を見ると、言葉の力の功罪にうろたえることがある。本論を執筆するに当たって、再度扉を開いてみた。傍線や書き込みが無数にある。たぶん、懸命に理解しようとしたのだろう。あるいは理解できずに疑問符を付けたと思われる箇所も多い。四角で囲ったり、二重丸を付けたりと、微笑ましくもあり、鼻白む思いもする。内容は、たぶん文明の力でも止めることのできなかったアウシュビッツのホロコーストについて、ドイツの哲学者アドルノの書いた著書『啓蒙の弁証法』を、本書の著者藤野寛が読み取ろうとしたものだった。人類の築いてきた文化全般を含めて、文学のひ弱さ、詩の力の脆弱さを思い知らされたように思う。それがたとえ逆説的に論じられていたにしろ、私には、その後も背文字の一文は、大きく胸奥に刻印され、私を脅かし続けた。二重丸を付けた箇所を一箇所、引用してみよう。[注1]

文化は、アウシュヴィッツに対して無力であっただけではない。文化こそが、アウシュヴィッツを生みだしたのである。さらに、付け加えて言うのならば、ナチズム体制が崩壊して以降の「戦後」という時間にも、「管理社会」という形で「全体化された野蛮」は継続しており、「全体が非真」という点で根本的に変更はない、とされる。「非真なる全体」から疎開可能な避難所など、どこにもありはしない。詩や音楽などがひっそりと棲息できる隠れ家など存在しない、ということだ。

著者藤野寛の論述は私を激しく狼狽させた。実際この書物の読後以降、私は詩を書くことにうろたえた。詩を書けなくなったのである。まさか、このことのみが多くの原因とは思えないが、この書物の紹介から論考を起こしたのは、書けなくなった理由を探ることも、拙論を綴る私の密かな試みにしたいからだ。その理由を考えることで、表現の根源的な意味に到達できるかもしれないという理由もある。

詩とは何か。私が書けなくなっても詩は存在する。多くの詩人たちが詩を書いている。その詩とは何か。どのようなものなのか。そして今後も書かれ続けていくものなのか。

私たちが学生だったころ、私たち団塊の世代の精神的支柱でもあった一人の文学者がいた。吉本隆明だ。吉本は、詩について次のように述べている。[注2]

詩とはなにか。それは現実の世界で口に出せば全世界を凍らせるかもしれないほんとうのことを、かくという行為で口に出すことである。こう答えれば、すくなくともわたしの詩の体験にとっては充分である。

そして、さらに次のようにも言う。「わたしたちはだれも自己以外の者に自己の理解を求めることはできない」と。しかし、いくら自分に潜ろうと、世界を凍らせる言葉など簡単に見つかるはずはない。吉本もまた「これは百人の詩作者にきいて、百通りの答えが出るなかのひとつの答えにしかすぎない」と述べているのだ。

翻って、沖縄の戦後詩人たちは、どのような思いで、どのような詩を書いてきたのだろうか。私はかつて個人的な関心から『沖縄戦後詩史』（一九八九年）や『沖縄戦後詩人論』（一九八九年）を書き、さらに『憂鬱なる系譜――沖縄戦後詩史　増補』（一九九四年）を書いた。露わになったのは沖縄の戦後詩人たちが状況に対して倫理的であったことだ。倫理的であるということは「抗う文学」という側面をも持つ。このことがまず一つの特徴としてあげられる。

沖縄の戦後詩は、沖縄戦の体験を詩の言葉にすることから始まった。私の三つの著作の対象は、沖縄戦の終了した一九四五年から一九八九年までである。いわゆる戦後の昭和の時代を対象にして論じたものだった。今回は九〇年代から現代までを対象にして論じたい。つまり、平成の時代の詩の世界を対象に拙論を綴ることになる。そしていくつかの理由から、論じる対象は詩集のみに限定した。まずは詩集の出版状況をデータにすることから始めたが、それが巻末に付した「資料1　沖縄平成期の詩集出版状況」である。

このデータを睨みながら、論の構成や特徴を抜き出そうと思考を巡らした。まず各年ごとの詩集出版状況は次のとおりである。

〈表1　各年ごとの詩集出版冊数〉

年	出版冊数	年	出版冊数	年	出版冊数
一九九〇	17	二〇〇〇	7	二〇一〇	12
一九九一	14	二〇〇一	12	二〇一一	7
一九九二	12	二〇〇二	10	二〇一二	18
一九九三	14	二〇〇三	5	二〇一三	5
一九九四	13	二〇〇四	11	二〇一四	11
一九九五	12	二〇〇五	9	二〇一五	7
一九九六	6	二〇〇六	9	二〇一六	9
一九九七	10	二〇〇七	7	二〇一七	9
一九九八	7	二〇〇八	13	二〇一八	－
一九九九	8	二〇〇九	7	二〇一九	－
合計	113	合計	90	合計	78

このデータから読み取れることは、詩集出版が一番多い年は二〇一二年で18冊、一番少ない年は二〇〇三年と二〇一三年の5冊である。そして顕著な特徴としてすぐに分かることは一九九〇年代は１１３冊の詩集の出版があったのに対して、二〇〇〇年代は90冊と減少し、二〇一〇年代は、二〇一七年現在、二〇〇〇年代とほぼ同数であろうことが予測される。つまり平成の時代を十年ごとに区分して詩集出版状況を概観すると、若干の変動はあるものの１００冊前後で推移していることが分かる。月ごとの出版に換算すると7冊から10冊程度である。十年間の比較では大きな変動はないと言うことができるだろう。

次に平成期の詩人で、複数冊の詩集を発刊した詩人を抜き出してみたい。何らかの特徴が浮かび上がってくるのではないかという期待感と、論じる対象を焦点化するための目論見である。

さて、平成期（一九八九～二〇一七年）に3冊以上の詩集出版を持つ詩人たちを抽出すると29人と意外と多いことに気づく。29人で総計一五八冊の詩集出版になる。平成期の詩集出版の総計は二八一冊だから、およその半数以上になる。2冊以上になると、その数はもっと増えるだろう。

このことから何が推察されるか。一つは、複数冊の詩集出版があるということは、詩人たちの内部に詩表現への関心が持続されているということだろう。なるほど抽出した詩人たちは沖縄戦後詩を牽引してきた詩人たちである。彼らの努力が沖縄の詩状況そのものを作ってきたはずだ。彼ら29人の営為に着目すれば、平成期の詩状況を把握することができるのではないかという期待感がある。

〈表2　平成期に3冊以上の詩集出版のある詩人たち〉

冊数	詩人名	冊数	詩人名	冊数	詩人名
10	仲嶺眞武	6	花田英三	4	市原千佳子
9	伊良波盛男	6	中里友豪	4	大城貞俊
9	八重洋一郎	5	勝連繁雄	4	波平幸有
8	佐々木薫	5	高良勉	3	沖野裕美
8	比嘉加津夫	5	芝憲子	3	中村田恵子
7	新城兵一	5	宮城松隆	3	下地ヒロユキ
7	上原紀善	5	かわかみまさと	3	泉見享
7	網谷厚子	4	宮城隆尋	3	うえじょう晶
7	大瀬孝和	4	星雅彦	3	上江洲安克
6	山入端利子	4	与那覇幹夫		

同時に詩表現者の担い手の拡大や若い世代の関心が薄れているのではないかということも懸念される。ここに抽出された29人のうち、宮城隆尋（一九八〇年生）を除いてほぼ全員が五十歳代、六十歳代以上の年齢である。このことが非難されることはないが、私たちの世代に口ずさまれていた「詩は青春の文学」という状況からは、遠くかけ離れているのかも

しれない。今日では、詩は青春を振り返り、記憶を継承する「玄冬文学」の一つになったのではないかとさえ思われる。

私は、詩作には怖じ気づいたが、詩には関心を有し詩集も数多く読んできた。さらに論じる対象としての一九八九年から今日まで、詩人たちと同じ時代を生きてきた。その時々の印象を交えながら、改めて詩の営為の全体を概観してみたい。それは期せずして平成期の詩表現の軌跡と特質を見ることになるはずだ。そのための方法として、平成の三十年を十年ごとに三時代に区分して概観してみたい。もちろん、十年ごとに概観することは、方法上の画策で大きな断絶や飛躍を予想している訳ではない。

二　歴史を検証する言葉の力
――一九九〇年〜一九九九年

1　比嘉加津夫と新城兵一の活躍

一九九〇年代（一九八九年含む）を概観するためには次のようなキーワードが考えられる。「沖縄現代詩文庫の刊行」「比嘉加津夫の活躍」「新城兵一詩集の刊行」「水納あきら遺稿集の刊行」「上原紀善の方言詩」「川満信一詩集『世紀末のラブレター』」「新屋敷幸繁詩集の刊行」「宮城隆尋の登場」だ。

同時代の中にいるとなかなか見えなかったのだが、二十年余を経た今日、「詩集出版状況」を一覧にして俯瞰してみると、この時代の特質や諸兄の営為が貴重なものであったことが改めて見えてくる。

比嘉加津夫（一九四四年〜）の詩世界については、かつて拙著『憂鬱なる系譜――沖縄戦後詩史　増補』（一九九四年）に「鏡の街での個と表現」と題して考察し収載した。比嘉の言葉に向きあう真摯な態度に驚愕した記憶が蘇る。「鏡の街」とは静謐と騒擾の渦巻く私たちの世界を象徴する言葉として使用したのだが、私たちの住むこの街は、実は虚像かもしれないし実像かもしれない。光や闇の加減によって鏡の像は変化する。そんな世界で生きる私たちもまた実像か虚像か曖昧で実在感が乏しい。この世界で空洞化した自己を取り出し、人間として生きる葛藤や焦燥感、あるいは喜怒哀楽を普遍的な域まで押し上げ、言葉を紡いでいるのが比嘉の詩世界であると述べたのだ。

比嘉はこのような表現世界を詩人として有していると同時に、九〇年代になると、時代を共有する表現者たちへエールを送り続けていることも特質の一つとして挙げることができる。この姿勢が顕著に表れ始めたのが九〇年代である。

例えば、比嘉が主宰する個人詩誌『脈』は、やがて同人誌として表現を共有する仲間たちに開かれていく。『脈』は発展的な展開を加味しながら、数少ない文芸誌の一つとして今日までも営々とその発刊を続けている。そればかりではない。「脈発行所」を創設し、八九年から「沖縄現代詩文庫」シリーズを画策し、沖縄の詩人たちに発行の機会を提示し、第1巻から第10巻までを一九九四年までに完結させている。さらに二〇〇五年からは「新選・沖縄現代詩文庫」シリーズをスタートさせ、二〇一五年までに全10巻までを完結させている。「脈発行所」は、シリーズものだけでなく、詩人たちの詩集発行をも支援しているのだ。

また自らは、一九九一年に「比嘉加津夫文庫シリーズ」を手がけ、一年間で第1巻から20巻まで、詩だけでなく様々なジャンルに渡る作品を網羅し発刊する。その中には「島尾敏雄ノート」などの研究書まで含むが、第1巻から第6巻までを詩集として編纂している。この文学的営為は驚異的だ。詩人としての視野も拡大され、さらに九三年には2冊の詩画集を発刊する。『春は風に乗って』と『MODEL』だ。特に瞠目されるのはこの二つの詩画集に挿入された絵は、すべて比嘉自らが描いたものであるということだ。前著に描かれた逆三角形の顔をした女性像は不思議な存在感があるし、後著に描かれた裸婦像は躍動している。九〇年代の劈頭はまさに比嘉の時代として幕をあけたのである。

比嘉がこの時代に発表した多くの作品は、今日までも色褪せることはない。比嘉の表現者としての多才な営為は今日もなお衰えることなく発揮され、同時代を並走する詩人たちへの支援も休むことなく続けられているのである。

新城兵一（一九四三年～）が発行した『新城兵一詩集』（一九九三年）は八百頁に及ぶ膨大な詩集である。あとがきには「既刊七冊の詩集をすべて集めて、ここに新城兵一詩集として上梓する」と記されている。「脈発行所」からの出版だが、作者の思いのこもった詩集である。

新城兵一はそれ以降も精力的に詩集を発行し、二〇一八年現在まで13冊の詩集出版がある。紛れもなく詩表現にこだわり、沖縄の時代と共に歩んできた詩人である。

新城兵一の詩人としての営為については、第六詩集『エチカ』（一九八八年）までの六冊の詩集を対象に詩人論を著したことがある。「闘う孤往の兵士」と題して、『沖縄戦後詩人論』（一九八九年）に収載した。沖縄の現実や自らの来歴に真摯に向きあい孤独な闘いを続けている新城の詩世界を紹介したものだ。

一九九〇年以降にも7冊の詩集を上梓しているが、新城兵一の詩世界はどのような彩りに染まっているのか。あるいは変容はないのか。何が彼を持続的に詩表現に向かわせているのか。このことについての関心から、二〇一〇年代に出版された近作詩集3冊『死生の海』（二〇一一年）、『いんまぬえる』（二〇一二年）、『弟または二人三脚』（二〇一三年）を読んでみた。ここには、やはり初期に有していた詩世界の持続と変容があるように思われる。

持続されているのは真摯な姿勢である。また、自らの内部へ向かう思考のベクトルの強靭さだ。かつて新城兵一は第1詩集『未決の囚人』のあとがきに次のように書いていた。

いま、みずからある場所が、かならずしも自ら欲するところであるとはかぎらない。私たちは、何者かに強いられるようにして、他律的な生存の場所とてだてを選び、その日その日を呻吟して生きている。

そして、「ただ生きてあること、生き延びること／それ

すらも　ぎりぎりの方法を必要とする」（「方法論」）として、生きるに困難な日々を浮かび上がらせていた。この姿勢は一貫している。自らの「生と死」を凝視し、普遍の闇を透視しようとする困難な営為は続いている。詩集『いんまぬえる』には「泉を！」と題する次のような詩がある。

したたる〈し・ず・く〉は　苦しみのかたち／生きてあることの／痛みそのままであることの／／深夜の岸辺をゆびさし／崩れ落ちていく　凍った嘆き／涸れたままの井戸に／封印された闇はしかし深く湧いて／／だが　たれにももはや／聞くことのできない／いまは遠い未生の風の〈うた〉が聞こえる／いや　かりそめの「平穏」な世の／ひそやかな死者らの／末期の額がうつす／黙したままの断層の空がみえる／／それは　いまでも　いまもなお／踏みにじられた声々の／あえかな根拠をあかしつづけ／わが立命への　胸を刺す異和となる／／それでもわたしらは／暁の新鮮なひかりに　なけなしの／「きぼう」をやっとつなぎ／にがい記憶の水を飲み干して／明日への　すなわち破局への／危機みなぎる希薄な生をえらぶのだ／／未生の風よ／蒼ざめたひかりを放ちながら／わが井戸の闇を割って　ほとばしる／ひとすくいの泉となるか

詩集の表題となった「いんまぬえる」とは宗教上の言葉で、「神は私と共にいる」という意のようだ。新城兵一の生は、「いんまぬえる」と称してもいまだ癒やされてはない。この詩集には死と生が対極的に示されているように思う。

ところで、初期の詩世界と違えて変容しているのは連綿と続く詩語の連なりだ。一編の詩が、初期の詩編と比べると長いのだ。詩の言葉は饒舌で散文的な言葉に広がっているように思われる。換言すれば内部に閉じ込められた思考の言葉が外部へ解き放たれているように思われる。具体的な例として、難解な漢語が音に解体され、ひらがなだけの表記の詩へ開示されていることもあげられよう。また同時に外部へ向けられていた「兵士」としての眼差しが、家族や病んだ弟へ向けられる優しい眼差しに変わっている。自らが置かれた場所を「肯定」し、そこで生きる決意を語った詩が多く見られる。この世界が新城兵一の近年の作品世界になっているように思われる。

初期詩編において「未決の囚人」として自らを規定した新城兵一の世界は、「いんまぬえる」という慈愛の視点に広がっているのだ。最新作の詩集『弟または二人三脚』では、十四歳のころから精神を病んでいた弟の人生を辿り、六十歳の時に突然逝去した弟への慈愛に溢れている。例えば次のような詩句である。

だから　弟よ　もういいんだよ／狂ったまま　そのように

生きていいんだよ／存在の深奥からしんみりつぶやくために／腕をひろげて　しっかり受けとめるために／個我の示唆する架空の地帯へ背いて／いまある　あるがままの存在の核へ一息に降りていこう

（「家郷論」：『いんまぬえる』収載）

けれどもいまは　ゆっくりと〈肯定〉を学ばねばならない／おおいなるもののてのひらを　足裏でしっかり踏みしめながら

（「光を孕む」：『いんまぬえる』収載）

新城兵一が言う「おおいなるもの」とは、或いは信仰の世界を示唆しているようにも思われる。いずれにしろ詩人の辿り着いた拠点からの言葉は、やはり魅力に溢れている。

2　水納あきらの夭逝と遺稿詩集

水納あきら（一九四二〜一九八八年）は沖縄の戦後詩人の中でも特異な詩人だ。沖縄の詩人たちの詩作品の多くは、平和を希求する視点から、戦争体験の継承や目前の基地被害など、基本的な人権が抑圧されている状況を告発するテーマが多い。それゆえに言葉の力に留意しながらもメッセージ性を有した詩が多いのだが、水納あきらの詩世界はこの場所から遠い距離を置いている。第二詩集を『イメージで無題』（一九七六年）と題したように、イメージやレトリックを駆使した詩作品が特徴で、独特な詩世界を築いている。その水納あきらが一九八八年七月に病で倒れ不帰の人となった。それから三年後、水納あきらの友人たちが既刊の詩集全五冊を一冊にまとめて解説を付したのが遺稿詩集『水納あきら全詩集』（一九九一年）である。巻末の解説は高良勉と私が担当した。

私は、「水納あきらの詩には、他人を寄せ付けないレトリックがある。私たちの理解することのできない詩行が随所に出てくる。それはまるで、私たちのことばと作者のことばは違うのではないかと思われるほどに、ことばのイメージを結ぶことができないもどかしさと苦痛を感じさせる」として、その根拠を次のように述べた。[注4]

（水納の現在とは）自己の体験や出自や詩作と深く絡み合いながら、絶対的な存在というものを信ずることができない気質を形づくっていった。どのような真理も、事実も、全てが相対化され、客観化されて理解される。（中略）相対的に思考する構図を己の頭脳に無意識のうちに宿命と化した者の悲しみ、そこに私たちが追従することのできない比喩の世界やイメージの世界が生み出される根拠がある。

水納の詩の世界が有するユーモラスな風刺、茶化した表現、パズルのようなことば、虚無的な匂いのする生、それらはみな相対的な思考方法を生理的なまでに備えた者が醸し出す笑いの風景であり、軌跡である。水納はこの位置で「詩のことば」を紡いでいるのだ。

実際、水納あきらは戦後詩人の中には珍しく、主体を空洞化させて詩を書いた特異な詩人である。収載された詩集『イメージで無題』の中から「通行中のイメージ」と題した詩は次のような作品だ。

ガタガタブーブーギャーッフフフ／ガタガタブーブーギャーッフフフ／ねえ日曜日さ北部まで行かない／子供が一年生になったばかりなんだ／あなたはペテンよ／どんな映画がいい／でも花にとまる蝶はきらい！／何故なぜなんだ／あよう俺たちはさ現象なんだよ／いつだってこうなんだ／あっ危ない／青信号なのに／ありようが問題なのさ／全くいま何時だと思っているんだろう／きのうさ／雨が降っていただろう／その頃だよ／ワイパーが動かないんだ／じゃーね／買い物しなくちゃいけないの／ちくしょう／あの台がおかしいよ／もしもし　もしもし／（以下略）

3　土地の言葉を紡いだ詩人――上原紀善と飽浦敏《あくうらとし》

この時代の上原紀善（一九四三年〜）の登場も新鮮だった。上原紀善は、詩集『サンサンサン』（一九九二年）で第15回山之口貘賞を受賞する。翌年には詩集『ふりろんろん』を出版、さらに詩集『詩・連音　原始人』（一九九五年）や詩集『詩・連音　嘉手志』（一九九六年）を次々と出版する。

第一詩集は『開閉』（一九八九年）だ。『サンサンサン』や『ふりろんろん』という詩集のタイトルにも象徴されるように、また自らの詩集に「詩・連音」と名付けるように、上原紀善は音に強い関心を有する詩人である。同時に、土地に根ざした「シマクトゥバ」を詩の表現言語として取り込んで果敢な挑戦を臆することなく試行している詩人である。上原の詩の現在が、「音」に留意した方言詩の最前線に位置していると言っても過言ではない。

その後、上原紀善は、二〇一二年に『新選・沖縄現代詩文庫⑧上原紀善詩集』を出版するが、巻末に「連音」と題して詩論を付している。自らの詩を紹介しながら、詩作の姿勢を開示し、自らの詩の特質について明快に述べている。少し長いが引用しよう。

「りんりら　りんりら／ぴりら　ぴりら／ぴりる／ぴりっ
ぴりっ／ぶるるんるん／ぴりんけん　ぱらんけん／ぱー

りら　ぱーらら／ぴりら　ぴりら／ぱからが／ぴんぷるけん……」

これは、私の第四詩集『詩・連音・原始人』の一節である。意味を摑もうとすると、つまらない、くだらないものの集積、塵捨て場の光景が広がるばかりである。物語を期待してはいけない。散歩のとき、気の向くまま、道端の草を踏みつけたり、遠くに見える家を想像したり、目の前の犬の四本の足を見たりする。（中略）

散歩のときの心地よさは意味の槍をもたずに、ふわふわとした雲に乗る。地面の抵抗を受けて軽やかな足を経験することにある。りんりらと発したとき、草を噛んだときに起こったようなことが私の意識に起こり、ぴりら、ぱからがの音を呼び寄せる。この音の運動は私のイノチと闇との通行によって起こる。私の記憶の層に起こる運動は層の長い歴史と現在の環境の相互作用によってあらわれる。私が書きたい詩は目標を掲げて進むものではなく、散歩の時のように、自由に意識を解放しようとするものである。

長い引用になったが、自らの詩の特質を自らが語っているので上原詩の理解には大いに役立つ。また同じ詩集の「あとがき」には次のように書いている。

私が詩を書くようになったのは三〇歳も過ぎてからで、西脇順三郎の超現実主義の詩論に刺激を受けた。（中略）幼いころからウチナーグチを使っているので、感じたこと、考えることも方言の方がしっくりいくところがある。シュールレアリズムの詩法の影響もあってウチナーグチを変形したり、結合したり、意味のない音も使用するようになっていった。シュールレアリズムの思想と方法は戦後の沖縄を見るときにも有効であると思う。

上原紀善は、確かな上原ワールドを持っている。そしてこの世界は上原紀善以前には、だれもが試行しなかった詩作の方法である、と言い切っていいだろう。

土地の言葉に着目して詩を紡いだ詩人には、詩集『星昼間』（一九九六年）で第20回山之口貘賞を受賞した飽浦敏もいる。ただ二人の方法は異質で重なることはない。上原紀善は「連音」の詩人だが、飽浦敏は古里の歴史と記憶を紡ぐ詩人である。

飽浦敏（一九三三年〜）は石垣島の生まれだ。成人して大阪で就職し、大阪で詩の教室に通い、詩作することを学ぶ。第一詩集『悠久ぬ花』（一九八七年）のあとがきには、次のように書いている。

詩と出会って十年。明るくなると忘れていた古里が見えてくる。古里は語り継がれた民話も、また風習などもそろそろ眠りの途中にあるのを知りました。それらの風習や民話などを眠りから呼びおこしていきたい、私の家族や村を眠りから呼び起こしたい、そんな気がしていますけれど、気持ちばかりが先行して、もどかしさを感じながら細々と書いて参りました。

この思いは、第二詩集『星昼間』（一九九六年）にも、また第三詩集『にーぬふぁ星』（二〇〇五年）にも引き継がれている。石垣島という土地に寄り添い、土地に纏わる自らの記憶を紡いで詩の言葉にする。この世界が飽浦敏の詩世界だ。そして、詩の言葉には島のことばが変形されることなくそのままの形で頻繁に登場する。この言葉を、幼いころに体験した驚きそのままに、今日にも等身大のピュアな心で紡いでいる。ここに飽浦敏の作品世界の魅力がある。

そして、方法としてのもう一つの魅力は作品中に「加那志」を登場させたことだ。加那志は作者の分身であろう。「私」の体験を「加那志」の体験として「加那志」が語ることによって客観性を獲得した。個の体験を普遍の世界へ飛翔する目を持ったことになる。この方法は極めて斬新で興味深い。

だが、過去の記憶を紡ぐがゆえに言葉だけでなく心もまた過去に向かう。過去の体験や島の風物は充分に飽浦の都会生活の「息苦しさ」を慰めているのだろう。しかし、詩は過去に向きあうベクトルだけで紡がれるはずはない。飽浦もまたこのことに気づいているのだろう。第三詩集『にーぬふぁ星』では沖縄戦の記憶や現在の基地被害にも言及した詩篇が数編現れる。一人の詩人の詩の言葉を紡ぐ方法や葛藤の軌跡として、三冊の詩集は示唆的であり興味深い。

4　川満信一詩集『世紀末のラブレター』の衝撃

川満信一（一九三二年〜）が第一詩集『川満信一詩集』を出版したのは一九七八年だ。それから十六年もの長い沈黙を破って、第二詩集『世紀末のラブレター』（一九九四年）を出版した。このことも九〇年代のセンセーショナルな話題になった。

川満信一は、第一詩集で反体制的な色彩を帯びた硬派の思想詩を書いていた。また、反復帰を唱える論客へ大きな影響力を有していた。その川満信一が、『世紀末のラブレター』という思わせぶりなタイトルで詩集を出したのだから話題になったのだ。

今回この詩集の再読と、さらにその後十九年経って出版された第三詩集『かぞえてはいけない』（二〇一三年）を併読した。川満信一の詩法は、第一詩集とほとんど変わっていないという印象を強くもった。変わっているのは、言葉の発せられる拠点が共同体から個の世界へ移っていることだろう。

第二詩集は「ラブレター」という言辞に、読者はややイメージを仮託し過ぎたのかもしれない。また川満信一自身が巻末の「あとがき」に、「じじんばばんの恋の心模様」を「陽のもとにさらして」みたいと書いたのが誤解の元だ。本詩集には男女の情愛の世界はほとんど見られない。「ラブレター」は男女間のやりとりに使用したのではなく、むしろ「世紀末」の沖縄の地への「ラブレター」と思われる。そんな詩の言葉が氾濫しているのだ。「反復帰」を唱え、「沖縄・自立と共生の思想」を説いた川満の思想も、現実や未来を見る視線も揺るがない。第一詩集で駆使された象徴的で比喩に満ちた詩世界は「世紀末の嘆歌」と川満自らが名付けるように、第二詩集でも悲劇の島沖縄への愛情へ満ちている。

さらに、個の世界から発せられる言葉は、やや宗教的な色彩を帯びて釈迦が呼び寄せられ、禅的世界も可視されて作品世界の広がりを見せている。しかし、言葉の選び方や詩法は揺るがない。例えば第二詩集に収載された第三詩集と同名の詩「かぞえてはいけない」は次のようにうたわれる。

（前略）かぞえてはいけない／老いの歳を／かなしみが鉄砲水となって噴き出すから……／／物語を捨て／季節を捨て／詩を捨て／それでも言葉の残骸を笹に組み／荒れ狂う海原へ漕ぎ出すのだ／／知の腐朽する世紀末の／不確定性原理の現象学を撃ち／青春の底波を巻き返して／難破船の生命綱を握る／最期の水夫となれよ／世紀末の黒い雨／しびれるブラックレイン

（「かぞえてはいけない」）

このような言葉に彩られた第二詩集を発行した後、川満は、翌一九九五年に『川満信一コラム文庫』Ⅰ、Ⅱ、Ⅲを同時に発行する。続いて二〇〇四年には『宮古歴史物語─英雄を育てた野崎の母たち』を発行。二〇〇七年からは個人詩誌『カオスの貌』を発行し続け、詩作品の発表の舞台とすると共に、特集などを組み、今日にまで至っている。

第三詩集『かぞえてはいけない』は、既刊の二冊の詩集と個人詩誌『カオスの貌』に発表した詩作品を、友人の今福龍太が取捨選択して編集し発行した詩集だ。それ故に、第三詩集に驚くような発見はない。むしろ第一詩集から三十五年余の歳月を経ても、今日の作品として読めることに驚いてしまう。改めて射程の長い詩であったことに気づくのだ。

第三詩集に新しい特質を加えるとすれば、詩作品が出自の古里や肉親への思いを対象にして広がりを持ち始めていることにある。同時にスマフツ（島言葉）と呼ぶ郷里の言葉へ強い関心を寄せていることであろう。例えばその思いは次のような詩句になる。

ニッポン語を習わなければ良かったんだ／ニッポン語を習ったばかりに／死の床で苦しむ母にさえ／「ナンデスカ、ナニヲシテ、ホシイノデスカ」／などと、羽織、袴で、背広の根性で表情を装っていたのだ／／最後の息を引き取る間際の／スマフツを呑み込んだ母に／スマフツで答えきれないでいたぼくの／謂われもないコンプレックスの無残さ
（以下略）
（「吃音のア行止まり」）

川満信一は一九三二年宮古島に生まれ、今年で八十五歳になる。沖縄の戦後思想界、文学界を牽引してきた巨星の詩心は、二〇一八年の現在でも涸れることなく未だ健在である。

5　県外の二人の詩人——大瀬孝和と花田英三

一九九〇年代には県外の二人の詩人の活躍も目についた。大瀬孝和と花田英三だ。二人の詩人の詩作品は沖縄の詩人たちへ大きな示唆を与えたはずだ。二人とも山之口貘賞を受賞した。大瀬孝和は『夫婦像・抄』（一九八九年）で、花田英三は『ピエロタへの手紙』（一九九一年）で受賞した。花田英三は後に山之口貘賞の選考委員としても活躍した。大瀬孝和、花田英三ともに九〇年代期の詩集の出版は四冊ある。

大瀬孝和（一九四三年〜）は〈祈る人〉だ。静岡県の生まれだが、セブンスデー・アドベンチスト教会の一員として一九八〇年代に沖縄に着任し、現在は横浜に赴任している。八〇年代には既に第一詩集『西国道・抄』（一九八六年）を、第二詩集『夫婦像・抄』（一九八九年）を上梓していた。いずれも沖縄の地に着任してからの詩集だが、九〇年代になっても創作意欲は衰えず次々と四冊の詩集を発行する。

九〇年代の嚆矢となったのは『赤い花の咲く島』（一九九一年）である。続いて『暗い庭と青い空と』（一九九三年）、『暗い夜の縞馬』（一九九五年）、そして『空中楼蘭ー神様の研究』（一九九九年）だ。この四冊の詩集も前二冊の詩集と違わず〈生〉と〈死〉を凝視した〈祈る人〉の誠実な言葉が綴られる。大瀬孝和にとって〈沖縄体験〉は大きな衝撃であったのだろう。これらの詩集を並べ読むと〈祈る人〉の精神の軌跡も浮かび上がってくる。

前二冊の詩集には「沖縄体験」の衝撃が綴られるが、九〇年代になってもこの衝撃は続く。『赤い花の咲く島』は、それこそ沖縄島のことを比喩しており、沖縄戦を中心とした悲劇の島を凝視し、この体験を胸に刻む言葉が網羅される。『暗い庭と青い空と』では、沖縄で〈生きること〉の意味が繰り返し問われ、『暗い夜の縞馬』では〈死〉が対象になる。〈縞馬〉を〈死まうま〉と表記している箇所もある。「死」の無償性と戦争によって強いられる死の考察は痛ましい。そし

て『空中楼閣　―神様の研究』ではサブタイトルに付されたように〈神〉の存在や〈祈り〉の意味が問われ続ける。自らが内包する〈生〉と〈死〉、〈罪〉と〈祈り〉、〈永遠〉と〈未来〉が、共同体や普遍的な人間の課題として重ねられて、時間や空間をボーダレスにした真摯な思考が繰り返される。詩集の魅力は、この詩人の選び出したことばで構築した詩世界にあるのは確かだ。

だがもう一つ、その方法にもある。例えば「ひらがな書き」だ。多くの詩集のことばが漢語を解体し、音だけのひらがな書きで書かれる。このことによって言葉は開かれ、祈る行為と詩人の生死への認識を新鮮なものにしている。二つ目の特質は詩行の終わりを「の」や「な」などで中止して余韻をもたらしていることだ。そして三つ目は一字空きを利用した戦略的な詩法である。これらの方法によって、読者は詩人の提出した世界に引き摺り込まれ、詩人と共に読後の不条理な世界へ投げ込まれ同じ視線で思考してしまうのだ。

さらに大きな魅力の一つになっているのが「多眼」ともいうべき詩人の多様な視点だ。この視点は、人間を捉え、世界を認識するときにも作者の誠実さと補完し合って作品世界を作る武器になっている。例えば沖縄戦を悲劇的な視点で見るだけでなく隠蔽された加害者としての行為も戦場ではあり得たであろうと告発する視点である。もちろんこの告発は自分に向けられ、同時に人間の弱さとも言うべき罪業を負った〈存在〉に向けられる。

大瀬孝和の詩集は、沖縄に住んで沖縄を抱え込んだ〈祈る人〉の誠実な詩心が、詩表現として結実した成果と考えることができる。同時に私たちにも〈生〉や〈死〉や、〈現在〉や〈未来〉に向かう姿勢を問いただす不思議な力を有している。

次の詩は「夕焼け」と題された詩で『暗い夜の縞馬』に収載されている。大瀬の詩の特徴の一端に触れることができるはずだ。

ゆうやけが　みずのおとを　おりたたんでいます。
いっぽんの　しらかばが　なみだつうみを　まあたらしい
　ほうたいのように　まきつけています。
そんな　どこからかを　まったく　ぬけだしてきてしまったような＜とき＞のいただきで　わたしは　くるしい　こきゅうを　うらがえしつづけています。
＜死＞ぬことが　さけられない　ということを　みとめることによって　ひとは＜生＞きるのです。
＜生＞とは　そんな　ちからつきている　いまの　ひとあし　ひとあしを　もえあがるように　＜とき＞を　ひと

つに　かさなりあっていくことです。
＜生＞きていることができるのは　＜死＞ぬものだけです。
そうして　＜生＞きるということの　あれくるっている
いちひきの　びょうきの　しまうまの。
ほんのすこしを　もりあがって　このさきの　くらいもりにむかって　したくさが　ふみあらされています。
とおざかってゆくことは　ちかくなることです。
わきばらに　ふかいきずをおって　わたしは　ひかりのあめに　うたれています。
たたみわすれた　ことばの　ゆうやけが　しずかに　ぎゅうぎゅうと　おしこまれて　わたしは　わたしのなかにやわらかに　みちあふれる　ひらがなの　ちをながしています。

花田英三（一九二九年～二〇一四年）は、一九八九年六十歳で沖縄に移住してきた。大手の広告代理店電通にコピーライターとして入社し、すでに三冊の詩集の出版がある著名な詩人だった。沖縄では詩誌『ＥＫＥ』に参加した。

沖縄に移住してからも九〇年代に四冊の詩集が出版された。『ピエロタの手紙』（一九九一年）、『日本現代詩文庫55花田英三詩集』（一九九一年）、『風葬墓からの眺め』（一九九四年）、『島』（一九九八年）だ。これらの詩集のどれにも精神の自由を謳歌し、洒脱にうたう漂泊の詩人の面目が躍動している。花田英三のことばのマジックで、力を抜いても（抜きすぎて）フニャフニャとした言葉になっても詩になっている。シヤンとしても詩になっている。死を引き寄せて痛快に笑っても、死と戯れても、「詩」と戯れているように思われる。そんな軽妙洒脱な言葉を集めて出版されたのがこの四冊の詩集だ。たぶんこのような特徴をもった詩は、当時沖縄の詩人たちには見られなかったものだ。例えば『風葬墓からの眺め』に収載された詩「あたし、夢って……」と「与那国島」の二編の詩は次のような詩だ。

「あたし、夢ってみたことないのよ」
「嘘つけ」
「あたし、人の夢の中に入ることができるの」

※

「あたし、ひとを傷つけたことないのよ」
「嘘つけ」
「そういうとき、あたし、殺してしまうの」

（以下略）

（「あたし、夢って……」）

与那国の馬は
舗装された道路に出てきて
うんこをする
海を見ながら

（「与那国島」）

これが詩だと言われても、これが詩なのかと戸惑ってしまうのだが、花田ワールドでは、確かに詩なのだ。それも味わい深い余韻を持った詩になっている。思わず花田英三の詩の虜になってしまうのだ。

詩のもう一つの特徴は、言葉の軽妙さが話体で紡がれた言葉のリズムと重なっていることだろう。これも沖縄の詩人たちの有していなかった作品世界だ。そして、死を夢見て、生を手なずけ、極楽と地獄の世界を手繰り寄せて接吻する。時には神妙に、時にはユーモアたっぷりに開示してみせる。これが花田英三の詩世界だ。そして、そこには、たまらないほどの大人のエロスの香辛料をたっぷりと染み込ませている。くすぐったくなる。愉快になる。さらに視覚的な効果を試みて文字を配列した実験的な試みもある。

花田英三は、九〇年代のこの時期に、詩集のみならず個人詩誌『嘘八百』を主宰して、かつての東京での詩人仲間の詩をも積極的に紹介した。花田英三の活躍や、大瀬孝和の詩世界は、沖縄の詩人たちの詩世界を豊饒なものにするために、多くの示唆を与えてくれたはずである。

6 『新屋敷幸繁全詩集』と宮城隆尋《みやぎたかひろ》の登場

一九九〇年代で特に嬉しかったできごとが二つある。一つは『新屋敷幸繁全詩集』（一九九四年）の刊行だ。他の一つは若い高校生詩人宮城隆尋の登場である。新旧二人の詩人の詩を読むことができたのは僥倖であった。

新屋敷幸繁（一八九九～一九八五年）は与那城村で生まれる。沖縄師範を卒業後、主に鹿児島において教師生活を続けながら、詩誌『南方楽園』や『南方詩人』などを主宰し、鹿児島の文芸活動に大いに貢献する。当時出版した詩集には『生活の挽歌』（一九二六年）、『野心ある花』（一九三八年）がある。戦後は沖縄に帰郷し新設された中央高等学校の校長職に就く。その後、国際大学副学長、沖縄大学学長などの要職に就きながら、詩のみならず幅広い文筆活動を続ける。いわゆる沖縄近代詩のスタート時から戦争を挟んで現代詩へ続く過渡期の詩活動を担った中心的な人物の一人である。

その新屋敷幸繁の全詩集が、遺族や教え子たち、そして沖縄の現代詩を担う詩人たちの手によって甦ったのである。読むことが困難になっていた既存詩集や詩誌等に発表した詩、さらにノートなどに記されていた詩などを丁寧に拾い集めて完成出版された労作である。

編集人の一人である野ざらし延男は巻末の解説で、新屋敷幸繁を次のように紹介している。

一人七役。詩人・国文学者・史家・民話作家・教育者・思想家・行動する文化人としての多彩な顔が輝いている。譬えるなら、ひとつひとつの峻厳な峰である。しかもこの秀峰は幸繁連峰を形成している。（中略）。幸繁連峰のなかでもひときわ高い峰が詩峰である。

さらに詩の特質につては次のように述べる。

新屋敷幸繁詩の魅力は口語による柔軟な発想と産毛のような初々しい言葉の輝きにある。固定観念や言葉の硬直化を排除し、若草のような柔らかさと匂いたつ言葉で、紡がれている。表現は、平明で、風刺とペーソスとユーモアを漂わせ、しかも、不純物を取り去ったあとの上澄みの清涼感をたたえている。

作品は、現実の生活に依拠しつつ、天然の恵沢と共鳴弦を鳴らし、決して、日常の弛緩した時間や世俗に流されず、自らの生の根拠をしっかりと見据え、健康的で前進的で、ひまわりのような向日性の詩である。他者に生きる勇気を与える強靭性をもった弾力ある詩である。

恩師を礼賛する野ざらし延男の言辞は止まらないのだが、確かにその特質を言い得ているように思う。最も早い時期の沖縄における口語詩の開拓者であろう。その詩や業績を具体的に開示してくれたのが『新屋敷幸繁全詩集』である。収載された詩の中から一編だけ例示しておこう。「境界線」という詩だ。成立年は付記されていないが、昭和の初期のころの作品だと思われる。現代までも射程を伸ばした詩人の決意を示しているように思われる。

淋しい限度／これを越えると陶器のようにこわれてしまう／その境で境界をしるす花のように咲いているわたしたちの生身を／むざんにふみにじる暴力が心臓をこわしてしまう／この境界線を展望台にして／境界を拡大するのは詩法によるより外に道がない／これだけは守られるが／これだけはこわされやすい／このもろき生命のために／わたしたちは勇士であり得る／詩をもって。

宮城隆尋（一九八〇年〜）が詩集『盲目』を出版したのは一九九八年で首里高校二年生の時である。この詩集が高く評価され、第22回山之口貘賞を受賞した。貘賞の歴史上、かつてない若さの受賞でいまだこの記録は破られていない。受賞前年には『自画像』という私家版の詩集もある。以来二〇一八年の今日までに四冊の詩集の上梓がある。前二冊は高校時代の詩集だから、それ以降の二十年で二冊の詩集の出版はどちらかというと少なく寡作な詩人と言えるだろう。

四冊の詩集を並べ読むと、若い詩人の怒りと叫び、憂鬱と嘆き、戸惑いと拒絶が溢れている。だれにでもある青春の軌跡を甦らせる詩集として普遍化されていて、読者は自らの青春時代を思い出して懐かしさを覚えるはずだ。

第一詩集『自画像』は、それこそ自らの「自画像」を追い求める若者の絶望と希望を詩の言葉に昇華した。第二詩集『盲目』は、タイトルのとおり、見えないものを必死で見ようとしてもがいている自分を「盲目」だとして苛立つ苦悩を描いたものである。この二つの詩集には「絶望」「遺書」「死」を含んだフレーズが頻繁に登場する。共通しているのは死の影だ。極端な言い方をすれば消滅願望である。自明なものを破壊する衝動、二項対立的思考を拒否する青春期の思索の独尊性、このことが詩の定型をも破壊し、実験的な言葉を紡ぐ方法にも表れている。第一詩集冒頭には、次の二編の詩が置かれている

今日も／冷たくなったお前と一緒に永い夢を見る／夕暮れに長くのびた影を見ながら／二人歩いた夢／あの頃と少しも変わらないお前は／俺の手の中で永遠に変わらない姿になった／遠く永く　甘い鮮明な記憶を抱きしめながら／あの夢へ今日も落ちてゆく

（「夢」）

いくら詩を唄っても／いくら言葉を発しても／僕の心は見えてこない／人の中身も見えてこない／ねじ曲げられた僕の思いは／裏側から出ていこうとする／美しく歪んだ僕の中身と／醜く整った僕の殻と／その歪みを埋めようとする赤い血は／僕の中で混ざり合って再び無に還る

（「歪な詩人」）

これが高校生の詩かと思われるほどに、絶望の極みで発せられた若者の言葉は詩の言葉として見事に定着している。

さて、必死に「自画像」を求め「遺書」という詩を書き、「盲目」であることを拒絶して出発した宮城隆尋は、その後どのような軌跡を描いたのか。第三詩集『idol』（二〇〇二年）と、第四詩集『ゆいまーるツアー』（二〇〇九年）を興味深く読んでみた。結論から言えば、脱出の経路は未だ見えないようだ。むしろ年齢を重ねるごとに社会的な関心は広がり、沖縄を取り巻く状況を深く理解し得た分、さらに絶望は重く彩られ、もがいているように思われる。

そう思う根拠はいくつかある。その一つは様々な詩作の実験だ。ひらがな表記だけの詩も出現する。逆に漢字表記だけを並べた詩もある。言葉や詩行を執拗に繰り返した詩、十数行も空白にして改行した詩、文字を下揃えにして視覚的効果を狙った詩等々の実験作がある。これらの試行は、いつまでも獲得できない日常の中での平常心や、沖縄の現在や自分の未来を確固として描けない詩人の苛立ちを示しているように思われるのだ。

もう一つの根拠は、現実から飛翔する架空の物語を構築した詩が増えていることだ。「クローン人間」の物語があり、「白い生物」の物語があり、「おもしろ実」の物語などが点在する。これらの物語は、一見、現実を揶揄しているようにも思われるが、逆に現実から逃避しているようにも思われる。

宮城隆尋の初期詩編の特質は、現実を直視しそこで絶望や怒りの言葉を必死で紡いだところにあったはずだ。現実と対峙し、現実から拾い上げた等身大の言葉で詩集『自画像』が編まれ、『盲目』が編まれていたはずだ。詩形に囚われたり、物語を構築することで苛立ちを解消する方法にするのではなく、現実で踏ん張り、私たちに勇気を与える言葉を探して欲しいと思う。

一九九〇年代の末尾に突如現れた若い詩人の登場は、その後に続く若者たちの表現活動を鼓舞するものであった。豊かな詩心を持った詩人の現在は、多様な詩の方法を証明しているが、同時に詩を書くことの困難さを示しているようにも思う。未来を展望する詩は未だ紡がれてはいない。

三　時代を継承する様々な試行
――二〇〇〇年～二〇〇九年

1　二十一世紀の始まり

二〇〇〇年は二十一世紀の始まりである。新世紀への変転であることからパソコンの誤作動などがあると噂された。しかし、懸念された大きな不具合もなく文明の利器は利用され続けた。同時に科学文明に踊らされている時代の現状を思い知らされた。

翻って今考えてみると、このことは人類の未来を象徴するような不安な時代の予兆であったかもしれない。進化した科学文明とどう対峙し共存するかは文学にとっても大きなテーマであるはずだ。

沖縄を取り巻くこの時代の顕著なできごとを幾つか挙げると、一つは世紀初めの二〇〇〇年七月に開催された「沖縄サミット」がある。名護市に在る「万国津梁館」を舞台に先進国の首脳会議が開催されたのだ。米国大統領クリントンをはじめ、ロシアからはプーチン大統領、フランスからはシラク大統領、英国からはブレア首相らが来沖した。各大統領や同行した大統領夫人は積極的に沖縄の人々との交流を深めたので、沖縄の人々にとって世界を身近に感じる大きな出来事であったはずだ。

この年には、「新平和祈念資料館」が開館し一般公開が始まる。さらに「琉球王国のグスク及び関連遺産群」が、日本で十一番目の世界遺産として登録される。翌二〇〇一年には第三回「世界のウチナーンチュ大会」が開催される。年末には、普天間飛行場代替施設を、辺野古キャンプシュワブ上に建設することが、多くの県民の反対を押し切って合意される。この合意は今日まで続く大きな課題として継続される。

二〇〇三年には沖縄都市モノレールが開通し、二〇〇四年には「国立劇場沖縄」が開場する。同年八月には沖縄国際大学本館に米海兵隊大型輸送ヘリコプターＣＨ５３Ｄが墜落炎上する。世紀の幕開けは、沖縄においては不安の胎動と悲喜こもごもの事件や事故を刻印しながら慌ただしく展開されるのである。

そんな中で最も大きく人々を驚かせたのは、二〇〇一年九月十一日、「米中枢同時テロ」が発生したことだ。ニューヨークのツインタワーが攻撃され破壊されたのである。アルカイダによってハイジャックされた飛行機による自爆テロであった。私たちは飛行機がビルに激突し、ビルが崩壊し、人々が逃げ惑う映像を瞬時に目撃したのだ。死亡者の数は三〇二五人、負傷者は六二九一人以上。新しい時代の新しい恐怖を、世紀の初めにまざまざと見せつけられたのである。

それは沖縄の人々にとっても無縁ではなかった。沖縄の米軍基地は厳戒態勢を取り、以後、沖縄への修学旅行は数か月間もキャンセルされ経済的にも大きな打撃を与える。同時に県民は改めて米軍基地の置かれた沖縄の状況を憂慮する。表現者たちも世界へ視線を伸ばし、過去と未来を透視しようと有効な表現方法を模索し、記憶を継承する様々な開拓が試行されるのだ。時代は辺境をつくらず、世界は一気に沖縄の地とも繋がるのだ。これらの現実と認識は、世紀の初めから大きなテーマになって表現者たちにも担われていくのである。

2　仲嶺眞武の四行詩

さて、世紀初めの十年間で、最も多く詩集を出版したのは、仲嶺眞武、八重洋一郎、網谷厚子、山入端利子である。仲嶺眞武は六冊、八重洋一郎は四冊、網谷厚子と山入端利子は三冊である。四人は、それぞれの事情も詩作品の内容も際だった違いを見せている。

仲嶺眞武（一九二〇年〜二〇一三年）は与那原で出生する。若いころに本土に渡り、長く千葉県に在住したようだ。一九九〇年代以降に出版された詩集の奥付はすべて千葉県となっている。二〇一三年に九十三歳で逝去する。履歴によると「若い頃小説を書いたが、中断。還暦を過ぎた頃から再び筆を執り、詩作に専念する」とある。小説作品でも高い評価を得ていたようで、「第二回文學界新人賞」（一九五六年）と、「第四回文學界新人賞」（一九五七年）では、二度とも最終候補作まで残っている。ちなみに第一回目の受賞は石原慎太郎の「太陽の季節」だ。どのような経緯で小説を書くことを断念したかは不明だが、その文才は詩のジャンルでも遺憾なく発揮されている。

ここで考察の対象にする詩集は一九九五年以降に出版された十冊の詩集だ。それ以前の一九八五年にも第一詩集『潮騒』の出版があるから、生前の詩集は十一冊になる。次のとおりである。

第一詩集『潮騒』一九八五年　成瀬書房
第二詩集『再会』一九九五年八月、沖積舎（山之口貘賞）
第三詩集・四行詩『風景』二〇〇〇年一月、沖積舎
第四詩集・四行詩『屋根の上のシーサー』二〇〇二年十一月、沖積舎
第五詩集・四行詩『ネヴァモア』二〇〇四年八月、沖積舎
第六詩集・四行詩『樹下石上』二〇〇六年十月、沖積舎
第七詩集・四行詩『時間が牛になって草を食べている』二〇〇八年一月、沖積舎
第八詩集・四行詩『首の上の牛』二〇〇九年六月、沖積舎
第九詩集・四行詩『どのような劇になるのだろうか』二〇一〇年一月、沖積舎

第十詩集　新選・沖縄現代詩文庫⑥『仲嶺眞武詩集』二〇一〇年五月、脈発行所
第十一詩集・四行詩『九十歳の産声』二〇一一年十月、沖積舎

齢七十五歳の年に出版した詩集『再会』が山之口貘賞を受賞する。二〇〇〇年の八十歳の時からは、四行詩を書き始め『風景』以降の詩集はすべて四行詩である。老境に入った詩人が、かくも盛んな詩作を続け、詩集を発表したのは何故だろう。四行詩というスタイルを持続し、九十歳までも「産声」と題して詩作を続ける理由はどこにあるのだろう。私たちはとてつもない先輩詩人を有しているのだが、収斂される疑問はここに尽きる。

しかし、答えは明快である。それは、自由な詩心で疑問を持続し、衒うことなく簡明な言葉で答えを紡いでいるからだ。このことを支えているのは豊かな感性と尽きることのない好奇心であり、疑問である。同時に四行詩というスタイルが、詩人の言葉を紡ぐ呼吸と見事に重なったと言っていい。そしてもう一つ、故郷を離れているがゆえに望郷の思いと幼いころの記憶をたぐり寄せて詩の言葉にする僥倖を得たことだ。詩篇や詩集の「あとがき」の言葉を拾い、繋ぎ合わせるところのことが明確になる。

詩とは魂の飢えであり、飢えを感じない魂から詩が生まれることはないのである。
（『時間が牛になって草を食べている』あとがき）

人間にとって、生きるとは考えることであろう。
（『九十歳の産声』あとがき）

日々、死を間近にして生きている九十歳の私が、死んで、死後の世界で目を覚ましたとき、死後の世界での産声とも言うべき第一声で何というんだろうか？
（『九十歳の産声』あとがき）

私も既に九十歳、今回の詩集が最後の刊行になるのではないか？　との思いもあり、遺書の積もりで詩稿を清書した（中略）。己が造った神の下で人間至上主義の世界を築き上げている精神構造は、このままでよいのか？　今在る神に代わる新しい発想は、いつ生まれるのか？
（『どのような劇になるだろうか』あとがき）

これらのことを拠点にして紡がれる詩の言葉は、時には辛辣な文明批評になり、時にはユーモラスな自撫的な表現になる。ここに読者の共感も驚愕も発見もある。無邪気に、自由に飛翔する詩人の疑問と答えは、私たちを見知らぬ安らぎの

郷へ連れて行ってくれる。

ナナナナナナナナナナカカカカカカカカ
カカミミミミミミミミミミミミネネネネネネ
ネネネネネネネシシシシシシシシンンンン
ンンンンンンンブブブブブブブブブブブブ

（「自分の名前に囲まれて八十六歳」）

この詩は自らの名前を片仮名に解体し、音を繫ぎ合わせたものだが、この詩の発想は、紛れもなく豊かな詩心と尽きることのない好奇心が生みだしたものだろう。仲嶺眞武にしか生みだし得ない詩のように思われる。

仲嶺眞武の最後の詩集になった『九十歳の産声』には、詩人が到達した独特の人生観、死生観が溢れている。それを仲嶺眞武特有の「宇宙観」と名付けていいだろう。昨今、高齢者の紡ぎ出す文学作品を「玄冬文学」と呼んでいるが、そう名付けることを許さない凛とした潔さがある。回想、反逆、遊戯、悔恨、怒り、死を迎える心境、これらの様々な感慨が詩を紡ぐ言葉の対象になる。仲嶺眞武が作り上げた四行詩の詩世界は、私たちに詩との新たな「再会」をも示してくれるように思われる。

宇宙は神だ！／この一語が、私の遺言である／今在る神の思想とは別の、宇宙誕生を告げる言葉であり／この発想は、私の死後、地球上に根を張ることであろう

（「私の遺言」）

私は死んで埋葬され、地球と一体になったのだ！　と私は言った／死後の世界で目を覚ましたときの、私の第一声であり、産声である／私は天国や極楽といった星が宇宙に浮いているとは考えない／木や石のように、人間もまた地球の一部である、と考えての生や死である

（「九十歳の産声」）

3　自明なものを異化する方法、或いは否定から普遍へ　――八重洋一郎

二十一世紀の冒頭を飾った八重洋一郎詩集『夕方村』（二〇〇一年）は、小野十三郎賞を受賞した。八重は、受賞後に開催された北川透らとの座談会において、詩作への思いを謙虚に語っている。[注5]

「わたしは、絶望から詩を書いているんです。小野さんの場合は激しく外側を批判なさったけれど、それは批評すれば外側が変わるのではないかという希望があったから、そ

うなさったのだと思うんです。わたしの場合は全然そうではなくて、あれを言っても駄目、これを書いてもまったく通じない、しょうがないから自分が生きているという事実を突き詰めていってことばにすればいいんじゃないか、というふうな気持ちで詩を書いていたわけです」

「わたしは外側への希望を捨てて、自分の中でことばを探りたいということで、ことばに対する意識がシビアになった」

「ぼくの詩の中には、外側への発言というのは全然ないんです。生活の中から、沈黙を掘り出したい、闇を掘り出したいと、それだけで書かれているものなんです」

八重洋一郎詩集『夕方村』は、この方法に依拠しながら自明なものを異化する方法、否定から普遍へ至る苦難の言葉が紡がれている。この感慨は八重の全詩集の読後にも一貫して沸き起こってくる感慨である。詩集『夕方村』は、次のような魅力的な詩篇で始まる。

狙いを定めて撃ったのに落ちてきたのは／子供だった　今も
日毎の／酒杯《さかずき》に／血のようにうかぶゆうやけ　（「カラス」）

「夕方」に見えてくるのは闇だ。その闇の中で、私たちのことばは的を射ず、ズレている。ことばだけではない、私たちの認識も、ことごとくズレており、カラスを撃ったつもりが子供が落ちてくるのだ。この絶望的な状況の中で言葉を紡ぐ詩人の困難な営為を示す詩句のように思われる。詩集は、前半はきりきりと痛みを覚える深い緊張感で記憶が紡がれるが、後半は饒舌に語り出される「どくろ」（たぶん「死霊」）たちの決意と来歴が集められる。

八重洋一郎（一九四二年〜）は石垣島の出身だ。一九七二年の第一詩集『素描』で登場し、一九八五年に出版した第二詩集『孛彗（ハイスイ）』で第9回山之口貘賞を受賞した。二つの詩集は言葉の解体を果敢に試みた意欲的な詩集だった。以来、九冊の詩集が出版される。

これらの詩集の特徴を概略的に述べれば、第三詩集『夕方村』を経て到達した第四詩集『青雲母』（一九九〇年）は、「日本の／蝶が／ことばをぬけだし／みずからのリズムを／とりもどそうとする」（「ひらら」）過渡期の詩集だ。第五詩集『しらはえ』（二〇〇五年）は、沖縄戦の死霊たちのうごめく彼岸世界と此岸を往還し、自明なものを否定する旺盛な意思が感じられる。第六詩集『トポロジー』（二〇〇七年）は、「激しい矛盾命題を証明する／受苦のトポロジー」（「1001」）であり、第七詩集『八重洋一郎詩集』は既刊の詩集から詩篇を自選したアンソロジー、第八詩集『白い声』（二〇一〇年）は、神の声、命の声、宇宙の声、土地の声を「白い声」と比喩して必死に聞き取ろうとする営為が生みだした詩集だ。「あとがき」には次のように記されている。

「死ぬときにはすべてをわかって死にたい。いのちの意味を、時間の意味を、宇宙の意味を、存在そのものの意味を、あるいはそれぞれの無意味を！　これが私の笑うべき願いであるが、このような意志をもつこと、これがその人間の人間であったことの最低限の事実であろう」と。

第九詩集『沖縄料理考』（二〇一二年）では、詩人の自在な想像力が生みだしたユーモラスな諧謔世界が展開される。「耳ガー」「チラガー」「山羊汁」など馴染み深い沖縄料理が喚起するイメージは時間や空間を突き抜けている。第十詩集『木漏陽日蝕』（二〇一四年）は、「永遠」との対話を試みた詩集だ。永遠から現実を批判する言葉へ、現実を批判する言葉から永遠へ往還する詩の世界は魅力的である。そして第十一詩集『日毒』（二〇一七年）の出版に至るのだ。もちろん既刊の詩集の概略を示した言葉は、主観的なメモに過ぎない。

ところで、最新詩集『日毒』は、これまでの詩集とはやや趣きを異にしている。言葉は直情的である。戦前への回帰かと思われる今日の日本の状況に対して、感情を剝き出しにした言葉で詩は紡がれる。詩人は苛立ちや怒りを隠さない。抑え抑えてきた積年の恨みをまるで晴らすかのごとき様相を呈している。その思いを収斂したのが詩集のタイトル「日毒」になっている。

それにしても「日毒」とはおぞましい言葉だ。当初「日々毒される日常」をイメージして読んでいたのだが、その意味とは異なっていた。もちろん、そのように読むことも可能であろう。しかし八重は「日本に毒される沖縄」という意味で使っている。理想とほど遠い政治の潮流に浸食される沖縄の現状を表す言葉として使っている。詩集を読むと「日毒」の「日」が日本政府を名指していることがすぐに理解できる。八重の怒りは「日」を「日常」と読み違えることを許さないほどに大きい。そしてその怒りや怨念は高祖父の代まで遡るのだ。

「日毒」は八重の高祖父が首里王府に宛てた書簡で使った言葉だという。高祖父は「琉球処分」が為される王府滅亡の時代の高級官僚であった。その高祖父が日本政府に侵略される当時の琉球の状況を「日毒」として首里王府に述懐し、そのような困難な状況の中でも王に対して忠誠を誓う書簡の中の言葉である。八重の詩の言葉を借りれば高祖父は次のような書簡を首里王府に送ったという。

　我が国は慶長以来　薩摩徳川に監視され苛斂誅求され　塗炭の苦しみを舐めさせられてきたがその「日毒」が今やまた新たな姿となって我々に侵み込んでくる惧れがある　返す返すもこの国は民百姓一人一人に至るまで気を張り詰めねばならぬ　私共は斯様に覚悟しております故、王に於かれては御心安らかに消光くだされたく……　（17頁）

しかし、この「日毒」という言葉が八重家の家系へ災いをもたらす。八重は隠された曾祖父の手文庫からこの言葉を見つけ、背負った悲劇を語るのだ。曾祖父はこのためにゴーモンを受ける。このことを八重は「手文庫」というタイトルの詩で次のように書く。

そのときすでに遅かったのだ／祖母の父は毎日毎日ゴーモンを受けていた／にわか造りの穴のある家／この島では見たこともないガッシリ組まれた／格子の中に入れられ／毎朝ひきずり出されては／何かを言えと／迫られていた　そしてそれは／みせしめにかり集められた島人たちに無理矢理／公開されていた荒ムシロの上で／ハカマはただれた血に乾き着衣はズタズタ／その日のゴーモンが過ぎると　わずかな水と／食が許され　その／弁当を当時七才の祖母が持って通っていたのだ／（中略）
祖母の父は長い厳しい拘禁の末　釈放されたが／その後一生一語として発声することなく／静かな静かな白い狂人として世を了えたという（以下略／25頁）

八重の詩集『日毒』は、この先祖の歴史を背景にして読み取られるべきだろう。それゆえに、再度の「琉球処分」と見まがう今日の状況へ警鐘を鳴らし「日毒」という言葉を蘇えらせたのだと思われる。

私たちは八重の家系にまつわる悲劇を詩の世界のこととして傍観することはとてもできない。八重が語っている直情的な言葉は、今日の状況へ対する危機感のみならず、この家系の惨劇に理由の一つがあるのだ。

本詩集の中に繰り返されるフレーズで「アメリカという騎士に乗られてよく走る馬／鞭打たれれば打たれるほど勢いづいてよく走る馬」と「日本」を喩える言葉も印象深い。そして八重は、日本国家を鋭く告発する。権力者たちは、沖縄を「日本でない場所」として「こんなところは戦争以外に使う価値はない」「住民たちが死のうが生きようがそんなことは知ったことか」と横暴な態度をとり続けていると書くのである。

だが、私たちは解説を書いてくれた鈴木比佐雄のような人物が本土の同胞としていることも忘れてはならない。このことも八重は重々承知しているはずだ。鈴木比佐雄は巻末解説で次のように書いている。

「（八重さんの詩を）読む度に、八重さんの肉体を切り裂いた鮮血のような衝撃が、目の前に広がってきた。真実を語らなければ済まない衝動が、見てはならないものを現出させてしまうのだ。その切実さは痛みと言うよりも高祖父から続く沖縄の民衆の激痛に近いものだろう。」

八重が、怒りの言葉を内包しながらも、俯瞰した文学の言葉を取り戻し、文学の世界をどう広げ深めていくか。八重の今後の詩人としての足跡は、私たちへの大きな示唆になるように思われる。

4　消えゆく言葉たちへの愛情
――山入端利子、真久田正、高良勉

この時期に活躍した詩人の一人に山入端利子（一九三九年〜）がいる。第一詩集『握りしめた手の中の私』（一九九七年）は九〇年代に既に出版しているが、二〇〇〇年代になり、第二詩集『消えゆく言葉たち』（二〇〇一年）を出版、さらに第三詩集『ゆるんねんいくさば』（二〇〇五年）、第四詩集『藍染め』（二〇〇七年）と相次いで三冊の詩集を出版する。さらに詩作意欲は衰えることなく、第五詩集『新選・沖縄現代詩文庫　山入端利子詩集』（二〇一〇年）を編纂し、第六詩集『ゑのち』（二〇一三年）を出版する。今日まで合計六冊の詩集がある。これらの詩集を併せ読むと山入端利子の特質がよく分かる。

山入端利子は言葉を拾う詩人だ。特に「いにしえ」の言葉には愛着を持っていて、慈しみ育てる詩人のように思われる。それは第一詩集『握りしめた手の中の私』や第二詩集『消えゆく言葉たち』にも明確であるが、この思いが一気に結実したのが第三詩集『ゆるんねんいくさば』だ。

この詩集は全編、いにしえの言葉としてのシマクトゥバで書かれた詩で構成されている。共通語の対訳を記しているが、収載した詩は、さらに自らが朗読してCDを添付するという音声言語としての詩表現へも挑戦した画期的な詩集である。

収載された詩は「若水」「サバニ」「ハジチ」「やぐい」「クンジャンナラビチ」「サーバシ」などと題された詩篇で、山入端の生誕地、大宜味村塩屋の言葉を集めている。そして、「戦争で一家全員が亡くなって血統が絶えてしまった家の物語を『ゆーじり（代切り）』」と題して語った詩は圧巻だ。

山入端利子は戦争当時六歳。この出来事が、まさにシマクトゥバで綴られ、「ゆるんねんいくさば（夜のない戦場）」として展開される。著者の獲得した生活言語としてのシマクトゥバは、詩集の中で詩の言葉として取り込められるが、これらの言葉は当初から抑揚や韻律を持った詩の言葉として屹立しているようにさえ思われるのだ。今日までの著者の詩人としての営為は、この方法や問題提起を持続する軌跡であるように思われるのだ。

さらに、消えゆく言葉への愛惜はシマクトゥバに止まらず、「おもろさうし」の言葉へも飛翔する。既刊六冊の詩集の「あとがき」には、いずれも言葉への関心や愛情が惜しみなく述べられている。例えば、次のようにだ。

幻の言葉、クンジャンナラビチを探し求めて二年あまり、

多くの方々に出会えたのは、神様が与えて下さった幸運だと感謝いたしております。ふるさと訛りがこれほど新鮮に聞こえたことはありませんでした。

（第二詩集『消えゆく言葉たち』あとがき）

言葉をいとおしむがゆえに苦しみ、「取ってぃ、投ぎらってぃ」、つまづきながらも書きつけた作品たちを『藍染め』としてまとめることができた。（中略）言葉を持つ人の世の素晴らしさに生きていることをつくづくと思う。

（第四詩集『藍染め』あとがき）

言葉は遙か遠い昔から現在、そして未来へと、長い長い時間をつなげていく人間の営み、証のようなもの、その中で新しく生まれる言葉、消えて行く言葉があり、そのことこそが「言葉」の持つ避けられない運命であり役目なのだと思ったりする。そうした消え行く言葉たちを書きとめていると、思い立ったがゑか（吉日）とばかりに言葉が紡ぎ出されてくるのだ。

（第五詩集『新選・沖縄現代詩文庫　山入端利子詩集』あとがき）

私の癒やしになるのは『おもろさうし』を詠むことである。それも声にして詠むこと。そうするとおおらかな古人（いにしえびと）の息遣いが聞こえてくるようで、肩の重荷が取り除かれ、禊ぎの時間が訪れる。「おもろびと」の言葉は、私の心のオアシスになっているように思う。

（同右、あとがき）

このように、山入端利子は愛する言葉たちと共に生き、消えゆく言葉たちを慈しみながら、詩の言葉を紡ぎ出しているのである。

これ以上の多言は要らないだろう。具体的な詩を第三詩集『ゆるんねんいくさば』に収載された詩で紹介しよう。

くらやー　つくたんどー
清らな家を建てたよー

やーぬ　しーすび　なりば
家が完成すると

ふみ　あわまじてぃ　うけーめー
　つくてぃ
米と粟まぜて粥をつくって

とうりょうぬ　うけーめー　くち
　にふくでぃ
棟梁がこのお粥を口に含んで

ふきはらい　さびん
吹き祓いをする

ゆーちぬ　しんぱい
四つの芯柱

やーちぬ　からふぁい
八つの羅針盤

ういて　とどみてぃ
植えて　止めて

にしぬ　うみぬクジラー
西の海の　クジラ

すーる　ふちゅる
潮を吹いている

あーる　ふちゅる
泡を吹いている

はらいきゆみてぃ　あとぅやむ
　るしー
祓い　清めた後は皆で

うぬ　うけーめーかり
このお粥を食べて

さんしんし　かりーちきてぃ　　三線で果報をつけて
やーぬしーすび　うゆえー　さびん　　家の完成祝いをします
むらや　じこう　はねーち　　村はたいへん賑やかで
うみちど　うっさたん　　とっても楽しかった
（「ねーんなて行ちゅる言葉たぁ（消えていく言葉たち）」全詩文）

ところで、山入端利子のこの試みは、他の詩人たちにも広がっている。もう少し正確に言えば、この試みは近代以降、沖縄文学の成立と軌を一にして重要なテーマの一つになって持続されてきた。多くの詩人たちが山入端利子の登場の前後に多様な展開を見せていたのである。

　例えば真久田正は、『真帆船のうむい』（二〇〇四年）で、おもろの言葉や韻律を現代詩に取り込もうと果敢な挑戦を始めていた。また高良勉は詩集『越える』（一九九四年）で、自らの詩をウチナーグチへ訳したり、英訳で表記したりと、ローカルな視点とグローバルな視点を有して意図的な挑戦を行っていたのである。山入端利子の詩は、このような時代の要請と、伝統的な課題に答える一つの試みであったと言えるだろう。

5　山之口貘賞詩人たち　——山口恒治、宮城英定、山川文太、勝連繁雄、佐藤洋子、松永朋哉、仲程悦子、水島英己、大城貞俊、久貝清次、岡本定勝、仲村渠芳江、大石直樹、上江洲安克、トーマ・ヒロコ

この時期の山之口貘賞受賞詩人たちは、豊かな個性を有した詩人が多い。実際、彼らの詩集を読むのは楽しい。未知の世界の開示に刮目させられ、新鮮な比喩や発想は刺激的である。二〇〇〇年代の十年間の受賞詩集と詩人名を一覧で示せば次頁の表3のようになる。

　二〇〇〇年代の嚆矢となった貘賞受賞詩集は、宮城英定の『実存の苦き泉』（二〇〇〇年）と山口恒治の『真珠出海』（二〇〇〇年）である。二人の同時受賞は嬉しい知らせであった。

　二人の詩歴は長く、共に六〇年代から活躍してきた詩人である。宮城英定は同人詩誌『ベロニカ』（一九六四年創刊）や個人詩誌『眼欲』（一九七〇年創刊）などに拠って地道に詩の言葉と格闘してきた。山口恒治は、同人詩誌『地軸』（一九六六年創刊）や『芃乱』（一九七二年創刊）、『ションガネー』（一九七七年創刊）などで作品を発表してきた。また山口恒治には、すでに第一詩集『夏の敗歴』（一九七五年）と第二詩集『かげろうの疎邦から』（一九八二年）の既刊詩集があった。二人の詩人の受賞は、その努力が報われたもの

で後ろ姿を見て学んできた私たちの世代にとっても、勇気づけられる出来事であった。

宮城英定（一九三八～）は、六〇年代、七〇年代の個人詩誌、同人詩誌の時代を支えてきた詩人である。同人詩誌『ベロニカ』から、個人詩誌『眼欲』に作品発表の場を移していくが、『眼欲』のあとがきには、次のように記した。

【表3　二〇〇〇年代の山之口貘賞受賞詩集と詩人】

回	受賞年	受賞詩集	受賞者
23	二〇〇〇	真珠出海 実存の苦き泉	山口恒治 宮城英定
24	二〇〇一	げれんサチコー	山川文太
25	二〇〇二	火祭り （海）子、ニライカナイのうたを織った	勝連繁雄 佐藤洋子
26	二〇〇三	月夜の子守歌	松永朋哉
27	二〇〇四	蜘蛛と夢子 今帰仁で泣く	仲程悦子 水島英己
28	二〇〇五	或いは取るに足りない小さな物語 おかあさん	大城貞俊 久貝清次
29	二〇〇六	記憶の種子	岡本定勝
30	二〇〇七	バンドルの卵	仲村渠芳江
31	二〇〇八	八重山讃歌	大石直樹
32	二〇〇九	うりずん戦記 ひとりカレンダー	上江洲安克 トーマ・ヒロコ

> 同人ということで群れていた時、他人はいつもぼく自身の隠れ蓑となり、安全な地帯へ無傷のまま横ずさることができた。（中略）群れて戦うぼくらの階級が擬制を支えてあるのはなぜか。（中略）「ぼくらにとって歴史とは何か」「ぼくらにとって生とは何か」「ぼくにとってきみとは何か」という明確な主語（主体）の設定のもとに語られない限り、現実は実質的な重さを持ち得ないし、従って無関係の関係のうちに、ぼくらは死んだまま生きつづけるだろう。

宮城英定は、この自覚と拠点から詩の言葉を紡ぎ続けたのである。このことに自覚的であればあるほどに身を削る艱難辛苦があったはずだ。この営為が貘賞詩人としての素地を育んだのだろう。

山口恒治（一九四〇～二〇〇〇年）は、六〇年代、七〇年代の青春期に政治の季節を通過してきた残滓を振り切ることなく手で掬い、丁寧に咀嚼してきた詩人だ。そして、生きるのに虚無的な姿勢が詩の言葉の端々に散りばめられている。その一つの原因に戦争疎開地での奇妙な体験がある。それは従兄に「水神の化」が憑依し、その憑依から祓いの儀式までの目撃と体験である。不思議な霊域との交流は人為では踏み込めない不可視の闇の世界があることを強く印象づけたはずである。

さらにもう一つの体験は「南洋戦線で行方不明になった」「宙ぶらりんの父の戦死」がある。「遺族年金ももらえず」「再婚も出来なかった母の人生」がある。この家族の歴史が、「宇宙は／個体を慈しみはしない」という思想を作り上げ、現実の逼塞した状況の中で、権力を含めた他者への不信、翻って己の人生への不信にも繋がり、表現の拠点にもなったように思われる。

山之口貘賞受賞詩集『真珠出海』には「幻褥」という次のような詩がある。虚無と博学と、諦念と禅的思想が混交した不思議な詩世界である。

夏ふかくセンダンの榕樹の樹陰の／病棟のベッドに／蟬殻
のごとく　繫囚の如くに横たわる／昏く　睡い日々／ラン
ゲルハンス島も廃墟と化し／ボンヤリと白い点滴を　見
つめている／半眼の窓の彼方――／礁湖と隔つ海を／ハ・
シ・ル幻のソリトンよ／／（中略）
海中波のソリトンが／ボクの血流のソリトンが呼応する刻
／チュイ　チュイ　ヒチュイと／千鳥がラグーンを遠境る
／空蟬のユメ／忌みならずや／目覚めれば　朝未来《あさまだき》――／
空穂舟　カラカラと空に泛び／般若舟　キラキラと波頭に
消える／ああ　あけもどろの光の津波よ／クルクルクルと
海の信書の燕飛び／クーラーの音も既に秋／快気蘇生の
日は来るか。

二〇〇一年、第24回山之口貘賞を受賞したのは山川文太（一九四一年〜）の詩集『げれんサチコーから遠く』（二〇〇一年）である。この詩集は特有の苦みを持った詩集だ。嚙めば嚙むほど、この苦みは口中一杯に広がる。独特なユーモアと風刺が溢れている。

山川は詩誌『ＥＫＥ』同人として活躍する長い詩歴もある。本詩集は錬磨された知性や感性で時代への不安を表出しているように思う。苛まれた沖縄の歴史を長い尺度を有した柔らかな眼力で捉えている。しかし、それだけに見据えられた闇は深く不安は収まらない。「の」の字に座って困難な時代と対峙しようと思っても「すべって」しまって座り心地は悪い。しかし、希望は捨てたくない。どのような状況の中でも精神の自由を堅持しようとしてもがく知識人の声として、本詩集を読むことも可能なように思われる。

詩集冒頭の詩「のの字に乗ってすべり降りる」は、極めて象徴的な詩編である。詩人の到達した境地と時代の認識を表明しているように思われて苦みが一層口中に広がる。

のの字が丸く座って在るので／しがみつくように這い上が
る／上を見る目でゆっくり像をなぞって／激しく／すべり
降りる／落ちる？／ゆらめく時／たゆたう空間／かすかな
息づかいにかぶせて／木の香が漂う／のの字のへりをしっ

かり足で支え／のの字の上に上体をからませたまま／あやふやな形で／跳躍

二〇〇二年、第25回山之口貘賞は勝連繁雄の『火祭り』（二〇〇二年）と佐藤洋子の『(海) 子、ニライカナイのうたを織った』（二〇〇二年）の二冊で同時受賞であった。

勝連繁雄（一九四〇年〜）は、多彩な顔を持つ詩人だ。受賞詩集以前にも、詩集『破船のあかり』（一九七〇年）、『風の韻律』（一九九三年）、『灯影』（一九九六年）、『風の神話』（一九九七年）などの詩集発行があり、詩人としての地位は既に確立されていた。実弟の勝連敏男は第三回山之口貘賞受賞詩人である。また小説家、評論家としての活躍もあり、小説集『記憶の巡歴』（一九八二年）や評論集『風の暗律』（一九八一年）の出版もある。文学ジャンルを横断しての活躍は周知されていた。さらにもう一つの顔は、琉球古典音楽を担う三線奏者であると同時に、琉球芸能面での著者も多数ある。『南島の魂』（二〇〇〇年）、『歌三線の世界』（二〇〇〇年）、『琉球舞踏の世界』（二〇〇一年）、『組踊の世界』（二〇〇三年）、『琉球古典音楽の思想』（二〇〇七年）など、この分野でも活躍が著しく、現在も重責を担って活躍している。

勝連繁雄の多彩の活躍を見ると、私には日本の中世期に活躍した吉田兼好の姿と重なる。いわゆる「見えすぎる目」を持ち、時代の先端で思考した知識人としての存在である。小説などを読むとさらにこの印象は強い。方法といい、内容といい、その印象を強く持つのだが、表現者の先達として活躍してきた勝連繁雄の詩の分野での受賞は嬉しいことであった。

受賞詩集『火祭り』は、多くの物語が織りなされた詩集である。特に少年期の物語は、温かく優しい。記憶の断片は豊かな火を灯し、懐かしくきらめいている。

だれにでも／まぼろしの／懐かしい火祭りがある／とでもいうかのように／遠くで火が燃えていた／／人影は見えないのに／火を囲んでいる者達の／魂はよく視えた

（「火祭り……あるいは少年の神話」）

語られる物語の優しさは、詩人の優しさと繋がるものだろう。もちろん、詩人の豊かな詩心は優しさや郷愁だけを紡ぎ出すのではない。「おまえは何によって／お前であろうとしたのか」（「独白」）という厳しい問いかけが持続されていることは言うまでもない。

佐藤洋子（一九五一年〜）は、奄美大島に故郷をもち仙台市在住の詩人である。母親が北谷町の出身で沖縄にゆかりのある詩人だが、その詩集や活躍は山之口貘賞受賞時まで、沖縄の地ではほとんど知られていなかった。受賞詩集『(海) 子、ニライカナイのうたを織った』（二〇〇二年）に次いで二〇〇八年には『呼ぶことという鳥がいて』を出版する。築かれた詩世界は言葉を既成の文脈から外し、ピュアな言葉で母郷と闇を浮かび上がらせているように思われる。前衛的な方法で詩作を続けている詩人の一人である。「（海）子」とは詩人自らのことをさすのかもしれない。そして琉球弧への関心を寄せながら、見えないものを見ようとする姿勢が、理想郷としての「ニライカナイ」を引き寄せ、少女のままで夢見ているようにも思われる。

第26回山之口貘賞は松永朋哉（一九八二年～）の『月夜の子守歌』（二〇〇二年）であった。沖縄国際大学文芸部に所属している二十歳の詩人で、文芸部発行の私家版詩集である。詩編も少なく二十編四十三頁の詩集だが、この詩集にスポットを当てた選考委員の慧眼にも注目された。

詩集は今読んでも初々しい。問いかけが多くやや感傷的な詩編が並ぶが、「生きとし生ける者」の命を肯定し、優しく見つめる視線は向日的で好ましい。詩集と同名の詩は、次のような詩だ。

夜中の通り雨／月の出す虹色の輪／電線にきらめく水滴／
静かに眠る街／／かえる／鈴虫／こおろぎ／人間／／生き
とし生ける者たちが／静寂の中／今日も歌う／月夜の子守
歌
（「月夜の子守歌」）

松永朋哉は詩集「あとがき」に次のように記している。

「幼い頃より創作と読書が好きで、本を読みながらいたるところに文章を書き、落書きをしていた」と。二〇一八年の現在、第一詩集から十五年余が経過した。詩の発表や詩集の発刊を楽しみに待ちたい。

第27回山之口貘賞は、水島英己の『今帰仁で泣く』（二〇〇三年）、仲程悦子の『蜘蛛と夢子』（二〇〇四年）の同時受賞である。

水島英己（一九四八年～）は奄美徳之島の生まれである。二〇〇八年には詩集『楽府』の出版がある。

仲程悦子（一九四九年～）は、詩集のみでの活躍だけでなく、小説「Cランチ」で二〇〇五年第43回琉球新報短編小説賞佳作を受賞した。絵画にも独特な表現方法で異彩な作品を発表しており個展の開催もある。

受賞詩集『蜘蛛と夢子』は思わず快哉を叫びたくなる詩集だ。読んでいて楽しいし痛快である。詩はユーモアに満ちており、毒気にも満ちている。詩人の発想は豊かでおおらかである。「蜘蛛」は辛辣な批評眼を有し、「夢子」は無垢な少女と毒婦の視点を有している。これらの視点が交差する場所に生まれる詩編は魅力的で、二転三転する詩世界に思わず引き込まれる。詩を読むことの楽しさを発見すること間違いなしの詩集だ。冒頭に収載された二つの詩を紹介しよう。

赤くて　小さくて　一途で／短い命なのに／フフフフ　か

わいいわ／どんなにわたしがつれなくしても／命がけでついてくるのよ／こんなこと／二十年も連れ添った古亭主には／マネの出来る芸当じゃないわね／わたしの名前はオオジョロウグモ／亭主を十人かかえているのよ

（「女郎の貫禄」）

聞くのか／俺の話／／三億年も生き抜いてきたんだ／ひたすら　生き抜いた／もくもくと／／空中／地上／地中／水中／／全てがクモのすみか／／環境の変化？／状況の異変？／／へん！　そんなもの　なんだってんだ／／生き抜くには／ただ　ひとつ／／言い訳せぬこと

（「自信過剰自負」）

第28回山之口貘賞は、大城貞俊詩集『或いは取るに足りない小さな物語』（二〇〇四年）と、久貝清次詩集『おかあさん』（二〇〇五年）の二冊が同時受賞した。

大城貞俊詩集『或いは取るに足りない小さな物語』は見えない闇にうごめく言葉を集めたものだ。届く言葉、届かない言葉に苛まれ、激しく襲ってくる断念の誘惑を振り払いながら時代に対峙する言葉の有効性を、「現実」「詩という夢」「寓話」の三つのタイトルを付けて一気に書きあげた。冒頭の詩は次のように始まる。

声がする／見えない声が／発せられているのだろうか／深い井戸の中の残響／たとえば緑のささやき／たとえば鈍色の悲鳴／どこかで出会った声／もしもし　もしもし／もしもし／もしも／し……

（「現実の１」）

久貝清次（一九三六年～）は宮古島市の生まれ。受賞詩集『おかあさん』はタイトルに「受詩受画」と付している。収載された全詩とも「ひらがな書き（一部カタカナ書き含む）」で漢字は一字もない。日常生活で使用する易しい言葉で綴られた詩編で、親しみやすく、読む者にぬくもりを感じさせる。

久貝清次は「時間」や「時の流れ」に関心を強く有している詩人のように思われる。時の流れの中で変わらないもの、変わるものを探す旅の発見を綴っている。あるいは時間を遡って始源の世界から未来永遠の世界までを鳥瞰する長い尺度を持って目前の事象を見つめている。それゆえに易しい言葉で綴られた詩編であるが、その世界は深く広い。

久貝清次の詩の射程は、人間の生死のみならず宇宙の果てまでも包含される。そして詩人の願望する境地は行雲流水を是とする禅的世界である。時が人間を蝕んでも、人間は時を蝕まない。人間も自然もみんな繋がり悠久な時間に育まれる世界、久貝清次の詩の言葉は、そんな優しい詩人の胸臆に降りてきた言葉を紡いだもののように思われる。

次の二編の詩は、久貝清次の詩の世界の特質をよく示している。

いつのまにか／うまれ／しわくちゃ／あかちゃん／いつのまにか／ねがえり／いつのまにか／はらばい／いつのまにか／たちあがり／いつのまにか／あるき／いつのまにか／がっこうへ／いつのまにか／おとな／いつのまにか／けっこん／いつのまにか／おとうさん／おかあさん／いつのまにか／おじいちゃん／おばあちゃん／いつのまにか／しわくちゃ／あかちゃんの／ようになる／わたしたち

（「いつのまにか」）

しんじることもなく／うたがうこともなく／／ははのしきゅうの／うみのなかでおよぎ／ははとつながる／たいじのように／ゆったりいきていけたら／／しんじることもなく／うたがうこともなく／／おやのてにすがり／おやのゆくところ／どこへでもついてゆく／おさなごのように／ゆったりいきてゆけたら／／しんじることもなく／うたがうこともなく／／しぜんのなすがままに／どこへでも／ほうこうをかえてながれる／かわのみずのように／いきてゆけたら

（「みちびくままに」）

第29回山之口貘賞は岡本定勝（一九三七年〜）の詩集『記憶の種子』（二〇〇六年）が選ばれた。岡本定勝は二十代のころに私家版の詩集『彩られた声』（一九六九年）の出版がある。受賞詩集は約三十七年ぶりの発行だった。

詩集表題が示す岡本定勝の「記憶」はどのようなものか。詩集読後に推察されることは、父親の生業に従事する記憶であり、村の共同体や家族の記憶であり、青春期の苦い記憶である。これらの中の一つである青春期の記憶は、現在の岡本定勝の日々に次のように甦る。

記憶の街の通りに入って行くと／薄れかかった悔恨と悲哀と／淡い親和の世界が／鼻腔の奥に流れ込んできて／ぼくを捉える／（中略）／扁平な街の物語が／遠くからめくれてくる／あの日々はなんだったか／／（中略）／いつもうつむきかげんに／笑顔をみせる人々の暮らす／狭い路地のがたぴしする階段が続いていたが／ぼくは「革命」という言葉に体をこわばらせ／なぜか暗い心で／ビラを投げ入れて走った（中略）／寒々と背中をちぢめていた孤影よ／巨きな幻もわが身もごちゃになって／痩せてくすんだ幻影を湧きたたせ／赤くほてった希望をせきたてて／身を細らせた季節／その時世界はどんな色の空に／おおわれていたのだったか／白昼夢を駆けぬけて消えたはずだが／今もときどき／故郷に呼びもどされる浮浪者のように／独り言に誘いだされて／灰になった一枚の写真を探して歩いている

（以下略）　（「流離の街」）

岡本定勝にとって青春期の記憶は、鬱々として悲哀と含羞に満ちたものであるようだ。しかし、これらの記憶は同時に自らの存在の現在を測る尺度になる記憶である。そして記憶はどれもこれも美しくはない。そして「いつかわからない時から／いつかわからない時まで／ぼくらは旅している」(「記憶の種子」)と記する不明な旅なのだ。譬えて言えば見えない到着点と喪失した出発点を探す旅でもあるかのようだ。

しかし、全く光明がないわけではない。岡本に寄り添ってきた家族の存在は、岡本の現在を慰撫してもいる。記憶の種子から現在の憂愁へ至る旅路の途次で、あるいは現在の憂愁から遡行する記憶を紡ぐ旅の途次で、「妻や息子」はかけがえのない存在として認識されている。詩集の「あとがき」には次のように記している。

(前略)自由な時間が多くなって、ひとりきりの部屋に入り込むことができるようになると、固い種子のような記憶と彷徨の時代の残照と現在が、強く自分を挟撃していることに気づかされた。その強度は予期せぬほどだった。

〈私〉を覆いつくすこの長い時間は、共同の幻想が希望を与える灯のようであった時代から、激しい社会の変化が個を襲って喪失感を蔓延させている現在までの過程と重なっているはずだが、いずれにしても言葉は生活の現場とその周辺からしか産まれてこないからこれが自分だと認めざるをえない。

だからという訳ではないが、この間ぼくの最も近くを生きてきた妻と息子にこの作品集を贈ることにしたいと思う。

(以下略)

詩集『記憶の種子』は、第一詩集から三十七年間の軌跡を、慈しむ視線を導入して自らを叱咤しながら紡いだものである。種子が弾けて歳月を重ねた一つ一つの木々を眺めて呟くかのような作者の言葉は印象的である。

第30回山之口貘賞は、仲村渠芳江(一九五三年〜)の『バンドルの卵』(二〇〇七年)が受賞した。私には解読することが難解な詩集だった。解読という視線は、奢りの視線かもしれない。言葉を替えて言えば作者の比喩するものがうまく捉えられなかったと言っていいだろう。ひとえに私の貧困な体験や語彙不足に拠るのだろうが、例えば「コウガイヒルがマイマイを喰うように／静かに欲情した」(「カルラ一丁目」)と言われてもよく分からない。詩のタイトルの「カルラ一丁目」もよく分からない。分からないままの印象批評になるのだが、仲村渠芳江は「鼓動を捉える詩人」のように思われる。

「鼓動」とは見えない鼓動である。生と死の鼓動であり、精子と卵子の鼓動だ。彼岸と此岸の鼓動であり、現世と来世の鼓動でもある。また、朽ちて行く音、命を孕む「バンドルの卵」の鼓動だ。これらの鼓動に耳をそばだて眼を見開いてこの世界を詩の言葉に懸命に定着させようとする困難な営為に立ち向かっているのが仲村渠芳江のように思われる。あるいはこの鼓動を、女性と母性を梃子にしながら現世に架橋する試みを行っているようにも思われる。

第31回山之口貘賞は、大石直樹（一九六〇年〜）の『八重山讃歌』（二〇〇七年）である。タイトルの示すとおり故郷八重山を讃える温かい詩集である。巻末に記された著者略歴には、「一九六〇年小浜島で生まれ、七歳の頃石垣島に移り住む」とある。さらに「あとがき」には次のように記されている。「望郷、追憶、過ぎ去った時間への愛おしみ、その時にいた人々、野鳥、やどかり、優しい海風、キビ刈りの季に吹く冷たい北風、雨、静かな水牛、すべてが生き生きとした輝きの中にある」と。

この古里の記憶を、向日的な姿勢でユーモアを交えながら書き上げたのが受賞詩集である。譬えて言えば記憶と交歓する人々の声、自然と交歓する島人の対話を、詩の言葉にしたと言ってもいい。自然の摂理に素直に身を任せる島人の暮らしが浮かび上がってくる。蟹と戯れ、魚たちと対話する。古里に伝わる伝承などを取り入れながら自然を擬人化した発想で紡いだ詩の言葉は温かい。収載された詩の一つ「無音」は次のような三行詩だ。「風になる／／魚になる／／海になる」。こんな姿勢で紡がれたのがこの詩集だ。

二〇〇〇年代の末尾を飾る第32回山之口貘賞は、上江洲安克の『うりずん戦記』（二〇〇八年）と、トーマ・ヒロコの『ひとりカレンダー』（二〇〇九）が受賞した。

上江洲安克（一九五八年〜）は戦後世代だが、想像力を援用しながら沖縄の人々が体験した戦争を丁寧に掬いあげた。共感する詩編が多くある。

上江洲安克の試作の方法にはいくつかの特徴がある。一つ目は豊かな想像力を駆使して戦争の時代を生きた語り部を創造するところにある。この語り部を戦争の時代に対峙させ、冷静で透徹した視線から体験を語る言葉が詩の言葉になる。二つ目は、戦争の後遺症の残る沖縄の風景を、五七調や八五調で語る現代の語り部を登場させたことだ。戦後の風景は、遡って戦争の悲劇まで貫き照射する力を持っている。三つ目はそれぞれの詩編の最終行に、詩を凝縮した俳句を配置したことが挙げられる。このことによって作品世界に広がりと深さをもたらしているように思われる。

これらの方法によって、沖縄戦を多様な視点から浮かび上がらせることができたように思う。沖縄の戦後詩人たちは沖縄戦の継承を表現のテーマの一つにしてきた。上江洲安克の詩世界は、今この地点まで到達したことを示しているとも言えよう。『うりずん戦記』は、まさに沖縄戦を真っ正面から歌った詩集だ。

二〇一二年には同じテーマで詩集『黙行秘抄』が上梓され

る。沖縄の人々が体験した戦争は東南アジアまで拡大され詩の言葉の題材となっている。ここでは『うりずん戦記』に収載された詩から「老いの目先」という詩を紹介しよう。戦後の風景を語り、沖縄戦の悲惨さを投影している。

老いの坂下りし老婆／昼餉を食して昼餉をもとめ／夕餉を食して夕餉をもとめる／／昔より語りし話／近ごろ忘れ口にせず／その話の大部分に出でし夫の名を／庭先の日向を見つめつつ／たまに呼ぶのみ
老いの日に　防人のたつ　日向かな

トーマ・ヒロコ（一九八二年〜）の詩集『ひとりカレンダー』（二〇〇九年）は上江洲安克の詩と対照的だ。そこには戦争はない。連綿と続く日常の風景があるだけだ。

風景とは、当然のことながら「目に映る広い範囲のながめ。景色」などのことである。辞書を引くと使用例として「ほほえましい親子の風景」などがあるので、樹木や建物のみならず人間をも含めたながめであることは容易に理解できる。また、私たちはその使用例に違和感を覚えることはない。

ところで、目前の風景に違和感を覚え馴染めないとしたらどうしたらいいのだろうか。トーマ・ヒロコの詩集『ひとりカレンダー』はその解決方法を模索し、新しい風景を発見する旅の途次にある戸惑いを詩の言葉にした詩集であるように思われる。その原因は、詩人の持つ豊かな感性と、大学卒業後に東京へ出て故郷と違う風景に出会ったことなどを原因とするものだろう。

トーマ・ヒロコは受賞詩集の前に、既に第一詩集『ラジオをつけない日』（二〇〇五年）を上梓していた。学生のころに編まれた私家版の詩集だが随所に日常の風景に対する違和感が述べられている。出生の地沖縄にいて感ずる違和感はそれこそ詩人の鋭敏な嗅覚によるものだが、当初から希有の能力と感性を有していたように思われる。例えば次の詩はその一つの例だ。

たまにはそば屋ののれんをくぐらずに／赤れんがの建物へ／／注文を取りに来た女の子は／金城とか比嘉という名前なのに／訛りの欠片もない日本語を話す／／運ばれてきた親子丼を見て私たちは言う／「量が少ないね」／「仕方ないよ、全国チェーンだのに」／（以下略）

このような違和感は、東京での生活の中でさらに増幅される。東京での体験から感得された違和感は、例えば次のような詩に結晶して受賞詩集に収載される。

ヘリの飛ばない静かな街から手紙を送ろう／生まれ育った島を出てもう四ヶ月／この街からふるさとを見てみたいと

思ったのだ／しかしこの街からふるさとは遠くてあまり見えない／島からこの街を見ていた時は／そう遠く思えなかったのに／／まわりの人々は／私に島の食べ物について聞いてくる／特別な店に行かなくても／島の食べ物が私たちを迎えてくれる／ゴーヤー、黒糖、ちんすこう、スッパイマン／島の食べ物はみんなに愛されている／／しかしこの街で知られているのは／島の食べ物のことだけではないかと思うのだ／この街の人々にも知っていてほしいこと／この街の人々と一緒に考えたいこと／島の空や海や花や食べ物のように／明るい色をしていないことが／この街にうまく届いていないように思えるのだ／／祖父は三線が得意だったと聞く／私は三線の音の入った騒々しい歌を聴きながら電車に揺られ／毎日家と会社を行き来している（以下略）

トーマ・ヒロコは、沖縄で感じた身辺にある風景への違和感を抱いて東京の街で就職する。しかし、東京の風景も彼女にとって馴染めるものではなかったのだ。

それではどのようにして居心地のよい風景を獲得するか。彼女は再び故郷沖縄へ戻ってくる。そして、詩編には沖縄の歴史や社会の矛盾を有した風景を歌い始めている。彼女は、もう気づいているのだろう。好ましい風景を発見するには、場所を変えるだけでなく、自分こそが変わらなければならないのだと。

詩集『ひとりカレンダー』は一人の視線から他者の視線を獲得し、さらに社会へと広がっていく過程で生まれた風景の発見を詩の言葉にした詩篇を収めたものだ。日常の言葉で日常を歌い、それが詩の言葉になるには多くの努力が必要だろう。だが、彼女はこの課題を乗り越えるであろう予感がする。彼女の詩には伸びやかさと誠実さがあるからだ。

彼女の心身に芽生えた変身願望や自らの成長への期待は、風景を媒介にして他者と繫がることによって成し遂げられるのだろう。新しい風景を発見する詩人としての闘いはこれからが本番だ。

四　状況と対峙する言葉を求めて

――二〇一〇年～二〇一七年

1　ことばを再生する豊かな叙情
――下地ヒロユキ・かわかみまさと・波平幸有

二〇一八年の今日、まだ一〇年代が終わったわけではないが、活躍が顕著な詩人として、下地ヒロユキ・かわかみまさと・波平幸有の三人の名前を挙げることができる。顕著とする理由は、一〇年代の八年間で三冊以上の詩集を発行したのはこの三人であるということ、そして三人ともこの時代に山之口貘賞を受賞したからだ。

下地ヒロユキは、詩集『それについて』（二〇一〇年）で第34回山之口貘賞を受賞する。他に『とくとさんちまで』（二〇一一年）、『読みづらい文字』（二〇一六年）の詩集出版がある。

かわかみまさとは、『与那覇湾――ふたたびの海よ』（二〇一四年）で第37回山之口貘賞を受賞した。詩集は他に『夕焼け雲の神話』（二〇一一年）、『水のチャンプルー』（二〇一二年）、『新選・沖縄現代詩文庫⑩かわかみまさと詩集』（二〇一五年）がある。

波平幸有は詩集『小の情景』（二〇一五年）で第38回山之口貘賞を受賞した。その前年には『多門墓』（二〇一四年）、その翌年には『思いみぐい』（二〇一六年）、『棒ぬ先から火』（二〇一七年）と四年連続で四冊の詩集を発行している。これら三人の詩人たちには、ことばを再生する豊かな叙情がある。

下地ヒロユキ（一九五一年～）は宮古島市で生まれる。奥付の経歴を見ると、琉球大学教育学部美術工芸科を卒業後、さらに奥羽大学歯学部に入学、現在は宮古島市で歯科医師として働いているようだ。

詩集は二〇一〇年に第一詩集『それについて』を出版、山之口貘賞を受賞する。その翌年第二詩集『とくとさんちまで』を出版、そして二〇一六年には第三詩集『読みづらい文字』を出版した。この時代に活躍が顕著な詩人の一人と言っていいだろう。

しかし、三冊の詩集に収載された詩の世界を読み解くのは容易ではない。詩は、時にはシュール化された手法で書かれ、時には闇の中から不在の人格が現れて散文化した詩のスタイルで語りだす。近作の詩編になればなるほどこの傾向は強まっているように思われる。特に第三詩集『読みづらい文字』に収載された詩編は分かりづらい。もちろん詩の多様性は認められるべきだが私には謎のままに留め置くことしかできない詩編が多かった。

ところで、三冊の詩集からは一人の詩人の共通する姿勢やテーマが垣間見えてくる。表層的な印象批評に陥ることを極力避けたいのだが、いずれの詩集に収められた詩編にも「緊張を強いられる実在論的な詩」が数多くあるということだ。補足的に言えば、日常から導き出される普遍的な生のあり方への模索、あるいは解決不可能なシジフォス的神話と見まごう人生の難解な問いに対峙する誠実な姿勢、ここに下地ヒロユキの特質があるように思う。それを引き受ける詩人としての覚悟がある。閉塞的な状況でも詩語を紡ぐ凛とした潔さがある。下地ヒロユキのこの世界は、沖縄の詩人の中では希有なものだ。第一詩集の「あとがき」には次のように記している。

五十の坂を越え、やっと第一詩集に辿り着いた。二十代の頃、僕は絵画、詩、瞑想と二兎どころか三兎も追いかけていた。ある日、若気の至りというか、身の程しらずというか、瞑想ひとつに絞り、絵画も詩もやめた。つまり、悟る気でいたのだ。愚かと言えば愚かだが本気だった。しかし、日常とは、恐ろしく非情だった。のたうち、ころげまわるしかなかった。

禅において、座禅中に現れる、雑念や妄想は「魔境」と呼ばれ、例えばそれが神仏であろうとも、「切り捨てよ」と教える。しかし、何処まで行っても、魔境の森は尽きない。僕はこの「魔境」の中で吹き飛ばされ、あても無くさまよう木の葉にすぎない。四十を過ぎた頃、開き直った。ならば「魔境」そのものを、木の葉の存在を書きとめて行こうと。つまり詩に帰還した。

さらに、第二詩集の「あとがき」では、詩を書く覚悟は次のように述懐される。

あるひとつのまなざしでありたいと願う。地霊、亡霊、気配、また稲妻や星々、風や粒子……。それらとの無言の会話。それらとの繋がりなくして僕の生に1ミリの深さも奥行きも生まれない。僕の死ですら、それらを失った社会で方向を失いそうだ。近代が捨て去った「霊性」。むしろ数千年前の「軸の時代」から警告され続けた霊性の危機。その危機の極限化した現在。その帰結の「フクシマ」。

大宇宙という無限の折り紙。その折り紙をそっと拡げ同次元に並べて見る。そんな不可能を可能とするまなざしそのものに成りたい。ただその可能性のために詩を書く。それを可能にするのは心であり、それを不可能にするのも心だ。だから僕は、もはや心を超えた純粋なまなざしそのものでありたいと願う。

さらに、第三詩集の「あとがき」では次のように書く。

ただひたすら〈私で在るため〉に思考を巡らし続ける営為は、既に死語として時代錯誤的であり独善であり無益なのだろうか。（中略）その思考と営為の突き刺さるすべての現在と状況は〈私で在るため〉の否定と破壊へ、敗北と消滅へと、つまりは不可能性へと突き進むように見えるが、しかし、私たちはあまりに〈誰かであるため〉にエネルギーを傾注しすぎるのではないか。あるいは、そう仕向けられているのではないか……。

そしてそれら堅固のシステムの渦中で、私であろうとすればするほど私は〈異貌〉であることを露呈し、〈時空〉のどこにも非在となり、書き留めようとすればするほど文字は読みづらくなり、黄泉図と錯綜し、逸脱する記述は〈死臭〉を放ち……しかし、それでも〈私〉は臭覚を研ぎ澄まさねばならず、死臭は分解し蒸発し、やがて粒子となり光にもどる……その地点だけが、いわゆる〈詩集〉と呼ばれる〈存在の書〉と接触する幽かな地点ではないのか……。

これらのあとがきには表現者下地ヒロユキの確固たる意志がある。そして揺らぐことはない。この地点から解き放たれる詩の言葉は、実存的な色彩を帯びてくるのは当然のことなのだ。そして忘れていけないのは、このような哲学的思考を巡らす詩人であるにも関わらず嫋やかな感性がある。故郷を愛し父母を愛する一貫した抒情がある。見えないものを見ようとする豊かで繊細な抒情だ。それらによって詩は彩られるから、私たちにとっても魅力的な詩編となるのだろう。

具体的な詩の例として貘賞受賞詩集に収載されている冒頭の詩を紹介しよう。緊張感を醸し出す詩は、自らの生と真剣に向きあっているから生まれるのだろう。「一本の樹（亡き父へ）」と題された詩で、父親への愛情に満ち溢れた象徴的な詩だ。

〈あれはモクマオウ〉／幼い私に／父が指さした　その先に／一本の樹／校庭の奥の方／幼い眼には天にも届く／一直線に毅然として立つ／その梢は／天空のプラーナを／何ものよりも深々と呼吸する／その姿は／その日以来／いつでも見るたびに／その形その色　その幹　その根／その枝その葉　その樹皮／その木陰　その記憶／それらすべてが／父として／父そのものとして立ち現れる／シベリア――／荒涼とした凍土の大地／強制労働　飢え　恐怖　孤独　絶望／人の生と尊厳を踏みにじる収容所から／そのすさまじい冷気の底から／それでもなお／生きて生きのびて／渡り鳥の待つ／正確無比な帰巣本能のように／暖かい宮古島まで／帰って来た／父よ／しかし日常は／あまりに非情な／生の年月……／神以外のあらゆるものを失い／…………／今ようやく／生命という火の最も深い場所へ／

火の源へ／還って行った／私に発火した日のように／またいつか／新しい火として／その源から／立ち現れる／（あれはモクマオウ）／幼い私が／父から教わり／初めて憶えた／一本の樹の名前

かわかみまさと（一九五二年〜）も下地ヒロユキと同じく宮古島市の生まれである。金沢大学医学部を卒業し現在富士山の裾野にある「医療法人社団喜生会新富士病院院長」の職にあるようだ。一九九三年に第一詩集『ところてんの季節』を上梓している。山之口貘賞を受賞した『与那覇湾―ふたたびの海よ』は第五詩集で、六十二歳で上梓した詩集である。

かわかみまさとの詩の魅力の一つは、ことばに躍動感がありリズム感があることだろう。詩集には随所に故郷宮古島市のシマクトゥバが織り込まれる。この試みが、郷愁と優しいリズムを生み出し、詩集全体のバランスを取る効果を生みだしている。故郷の生の鼓動を見つめ、言葉を紡ぐ詩人の目は温かく故郷への愛情に満ちている。

貘賞受賞詩集から二編の詩の一部を紹介しよう。

はじまりの波はない／終わりの波はない／同じ波はない／嗚呼！我が故郷の波は／次々に押し寄せる波の／無限の繰り返しの／どのあたりに再生するのか（以下略）

（「なみのなみだ」）

ようよう　むよう／しらしら　しら／しらぬ　や〜や　んざぁがぁ／くぅとぅばぁぬ　や〜やんざぁがぁ／／人生の節目から／風と波の睦言のような／黒潮のリズムが生まれる／此処《くぅま》や彼処《かま》から／彼処《かま》や此処《くぅま》から／産《ス》で水は／波のうねりに／時の流れを重ね／昨日は裏返り／明日は走り去る／／（中略）

洋々　無用／命《し》ら命ら命ら／命《し》らぬ　家や　んざぁがぁ／言葉　ぬ　家や　んざぁがぁ／／たかだか　六十年／虚仮《こけ》の言葉は／手土産一つぶら下げて／生まれいずる海へ還る／道楽は／夕焼け空のドレミソラ／風が止むまで／共に歌いつ／活きて逝かばや／／人生は洋々たる無用なり／生死一〇〇パーセントの旗を立て／架空の昴《スバル》へひた走る／サバニの櫂の如し／漕げども漕げども／たどり着けない／命《し》らぬ　家《や》

（「還暦」）

かわかみまさとは、故郷を離れて金沢大学在学中から詩表現に関心を持っていたようだ。『かわかみまさと詩集』（二〇一五年）には学生時代に創作したという詩が「初期・習作詩編」として収載されている。また一九九一年には童謡詩集『みはてぬ夢』を上梓している。さらに『宇宙語んんん』（二〇〇六年）には第三章を「たまゆらのうた」として、自らが作詞作曲した詩編を楽譜付きで収載している。多彩な才能は、医学、文学、音楽と、多方面へ遺憾なく発揮されている。

医学以外の芸術の分野では、自由な詩心が躍動しているように思われる。学生時代の閉塞された状況と格闘する難解で観念的な記憶から自らを解放し言葉をも解放する。童心に還って故郷の海で自由に泳いでいる。平仮名書きのみの詩もあれば、言葉遊びやリズム体操のごとき詩もある。また旺盛な批判精神を駆使して飛翔させた怒りの詩編も散見する。

しかし、いずれの詩にも共通しているのは、故郷に生きる人々へ寄り添い、存在の悲しみを掬いあげる優しさと共感の意志だ。詩集『宇宙語んんん』に収載された次の詩「綱なふ手」には、かわかみまさとの立つ位置を如実に示している。

おばあは／くる夜も／くる夜も／綱をなふ／いく度も／いく度も／肩を落としながら／はてしなく／綱をなふ／眼は／沈みかけた夕日の如くに／とろとろ充血し／手先は見えない／／

おばあは／わが子の／酒乱も／色事も／気に止めない／人生の意味など考えない／あの世へ／この世へ／ゆれながら／一人遊ぶ子どもに還る／おばあは／おばあ／影武者の如く／無音のいのちを／よじり／こする／綱なふ手の／さびしさよ

かわかみまさとは、自選詩集『かわかみまさと詩集』のあとがきで、詩を書く行為について次のように述べている。

私は詩を書くことで無意識の奥深くに蠢く混沌を解放し、魂の古傷を癒やし自分の生き様を相対化できたと捉えています。

言葉とはなにか？　意識とはなにか？　自分とはなにか？　悟りとはなにか？　社会生活とはなにか？　生存の本質に真っ正面からぶつかることでかけがえのない詩の言葉に出会えたと振り返っています。

波平幸有（一九三八年〜）は那覇市で生まれる。詩集奥付には琉球新報社を退職後上京、現在東京都に住んでいると記している。第一詩集『多門墓』（二〇一四年）は、七十六歳の時に出版された詩集なので遅咲きの詩人と言えるだろう。以後、毎年一冊の詩集が発刊され二〇一八年現在、『僕とわん』（二〇一八年）を加えると五冊の既刊詩集がある。第二詩集『小の情景』（二〇一五年）で山之口貘賞を受賞した。

五冊の詩集を読了すると、それぞれの特質を有してはいるものの、全詩集を貫く大きなテーマがある。総括的に述べれば「戦争体験の作品化」と「故郷への愛情」である。

戦争体験を紡ぐ詩語は、過去の記憶のみに向かうだけでなく沖縄の現状にも言及し平和な未来をも祈願する詩語として多彩に紡がれる。辺野古新基地建設に対するメッセージは明確に反対する意志が刻まれる。

また、故郷への愛情は、幼少期の記憶を愛惜するだけでなく、自然への讃歌、両親、兄弟、そして「ふるさとことば」への限りない共感と慈愛の念が導入される。そしてこれらの詩語は、熱い思いで紡がれるだけでなく、作者の人柄を彷彿させるユーモアにも包まれている。さらに詩語は生活語に基盤を置いているがゆえに、具体的な情景が浮かび上がってくる。例えば『小の情景』に収載された次の詩「町小《まちぐゎあ》」にもその特徴は顕著である。

町小《まちぐゎあ》に出かけて行ったさぁと言い言い、お茶を勧められた。ひょっとしたら栄町まで足を延ばしているのかも知れない。ついでに姫百合通りを回って帰るつもりなんだ。どれ、お茶でも飲みながら待つことにしようか。

町小に出かけると言って、失踪した人はいない。町ぐゎは循環している。ひと、ものすべてが　ぐゎあの中で成り立っている町。

ぐゎあから「あ」が抜けたら一大事だ。ぐゎあから「ゎ」が抜けたらどうしよう。ぐゎ、ぐあ、余裕もなく叫んでばかりいたら、人はたちどころに殴り合い、ぐゎぐゎ、絞め殺された鶏のように、声にならない声を発してこの世を終わるだろう。

やまとの人は、ぐゎあの発音に辛苦する。ぐゎあがぐわに聞こえるから、矢張り日本人《やまとんちゅ》だねと笑い合った。矢張り沖縄人だと差別された。いま一度ためしてみるといい。例えば豚小《うわあぐゎあ》。

蛇足になるが、町ぐゎあに行ったひとはどうなったのだろう。女《いなぐ》ぐゎにでも出会って、どこか行っちまったか。そうこうするうちに（ほれ飴ぐゎわを買うてきてやったぞ）とか言いながら、お茶を濁すつもりなんだ。

なんともユーモラスな詩だ。でもあたたかい。故郷への愛情に満ち溢れている。

波平幸有はたぶん「生活詩人」なんだろう。大上段にイデオロギーを構えることなく、市井の生活の言葉を離さない。彼の詩の言葉によって、私たちの前にも懐かしい故郷の風景が立ち上がってくる。もちろん、これらの言葉は、作者の冷厳で冷静な目によって掬い上げられる。同時に孤独な影が常につきまとっている。父の死や二人の兄の死は、詩人の存在に拭い得ぬ寂寥感を与えている。

波平幸有は生活詩人であると共に、戦争の「語り部詩人」でもある。戦争は、不条理な死を与えるものとして感得されている。それゆえに沖縄の同胞へ寄せる思いは強い。第一詩集『多門墓』に収載された詩編から、戦争を詠んだ次の二編を紹介しよう。

信管を引き抜いた瞬間／爆発音がこだました／引き抜いたのは安里君で／気を失ったのは僕だった／／飛び散った破片は／二年ものあいだ／僕の体内に棲み続けた／これしきのことを／いくさの痛みなどとは言わない／取り除くことの出来ないかけらが／数十年／島のいたるところに／突き刺さったままなのだ

（「かけら」）

この国に望みのないぼくは／ぼくの国に帰らなければ／／さてかく言うぼくの国とは／とっくの昔処分されたあの国／歴史読本で読みつがれている割に／認識外の国なのだ／この国のいくさで兄が死んだ／この国のホームレスになり果て／もう一人の兄も死んだ／／いいことひとつないこの国から／必死に逃亡を　試みるぼくは／白旗かかげた少女の脇の／あの少年か／／もはや定かでなくなったこの時でさえ／いくさが続いているらしい／ぼくの国とは

（「ぼくの国」）

そして、最新の第五詩集『僕とわん』では「いくさ」は次のように語られる。

心の中にいくさ舞い降りて／ゆたゆた笑っていますが／涙のしずくこぼれ／時にぼくは地球を叩きます／見渡せば地上の至るところ／心細くも砲火鳴り止まず／いたみどころか／もうもう／とても生きた心地しない／どうしてくれる

　どうしてくれる／人の顔色まじまじ／世界の目ひとつ／じっと見つめているではありませんか／／さてもさても／人は何処《いすこ》へ行けばいいかと／人に問う／いくつも答えがあるでなし／限りある地球の道／ああ人は人を頼りに何処へ行く

（「地球の道」）

老詩人波平幸有は、大好きな山之口貘の詩心を忘れずに、若々しく瑞々しく詩を紡いでいる。詩人は齢を重ね、いよいよ「味クーター（味わい深く）」な詩を書き続けているようだ。

2　方言詩の射程と効用
——中里友豪・高良勉・米須盛裕・松原敏夫

ウチナーグチ、或いはシマクゥトゥバと称せられる方言詩の試みは、近代以降沖縄の詩人たちの大きなテーマの一つである。すでに上原紀善や山入端利子の試みについて紹介したが、他にも多くの詩人たちがこの課題に挑戦してきた。それぞれの詩人たちのそれぞれの意図で詩の言葉として紡がれてきた。

例えば中里友豪（一九三六年～）は、日本語の表現体系の中で自明とされる言葉を揺らし、表現言語を豊かにする効用の一例としてシマクトゥバを使用している。このことを中里友豪は「言葉の異化作用」と名付け、明確な意志を有して使用している。かつて山之口貘が沖縄を表象するものとしてウチナーグチを使用し、郷愁の対象として詩の中に取り込んでいった方法とは決定的な違いがある。中里友豪にとって、言葉の異化作用とは言葉を突き抜けて日常の世界へ間隙を開け、精神世界をも揺らす行為として認識されている。

高良勉（一九四九年～）には、ウチナーグチは方言ではないという自覚がある。かつて存在した琉球王国のシンボルであり一国家の国語であるという認識だ。極言すれば、一八七九年琉球処分と称され琉球王国が解体されて明治政府の傘下に組み込まれて沖縄県が誕生する。それ以来、沖縄県においては言葉狩りがなされ、時には差別や偏見の対象とされるほどに政治の嵐に翻弄されてきた。先の大戦では本土の防波堤として多くの犠牲者を出し、戦後は日本国家から切り離され、二十七年もの間、米国軍政府統治下に置かれ、今なお他国の基地が存在し基地被害に悩まされている。

高良勉にとってウチナーグチは、この琉球沖縄の歴史を丸ごと抱えた象徴としての言語である。ウチナーグチは抵抗のシンボルであり、魂の拠り所であるようだ。

沖縄の詩人たちの中で、積極的にウチナーグチと向き合い、ウチナーグチを詩の言葉にしてきた詩人たちは数多くいる。その中で二〇一〇年代にとりわけ注目されるウチナーグチを使用した詩集の出版は三冊ある。一つは中里友豪詩集『キッチャキ』（二〇一三年）で、二つ目は米須盛祐詩集『ウナザーレーィ』（二〇一四年）、三つ目は松原敏夫詩集『ゆがいなブザのパリヤー』（二〇一四年）である。『ウナザーレーィ』は第37回山之口貘賞を受賞した。他の二人は既に山之口貘賞を受賞した詩人で、それだけに注目される詩集となった。

中里友豪詩集『キッチャキ』は、沖縄の今を考えるヒントが充満している。沖縄とヤマトを考える構図、過去と未来を対置する構図、歴史と風土を考える構図、等々、視点や発想が多様で新鮮である。詩人の風刺精神とユーモアが随所に発揮され、思わず怒りと笑いが感染し、涙ぐんだり怒ったりと様々な感情を味わうことができる詩集だ。

キッチャキとは、「つまづく」などの意で用いられるウチナーグチだが、詩集の出版について「あとがき」では次のように記している。

久し振りの詩集である。そのときどきのコトやコトバにキッチャキしてついこぼしてしまったことばを集めたものと言ったほうがいいかもしれない。（中略）

明治以来日本政府は、同化政策として皇民化教育を推し進めてきた。徹底した日本語教育が行われる過程でウチナーグチは汚いことばだと貶められ、方言撲滅運動まで起こった。その結果どうなったか。多くを語る必要はないだろう。ウチナーグチは踏みにじられ傷ついた。それでも豊かな生命力で、生活の深い地層を清冽な水脈になって流れている。その水を汲み上げたい。年々その思いが強くなってきたのである。

このような思いで掬われたウチナーグチは、例えば次のような詩で躍動するのだ。

ヤマトゥの日本人よ／きみたちは知っているか／君たちの政治家の使う抑止を／沖縄ではユクシと読むということを／ユクシはウソ／ヨクシ＝ユクシは／単なる語呂合わせではない／差別され騙され犠牲にされた者／が見抜く／まぎれもない真実なのだ　（以下略／「詩41」）

米須盛祐（一九三七年〜）は伊是名に生まれる。山之口貘賞を受賞した処女詩集『ウナザーレーィ』（二〇一四年）は七十七歳での受賞である。詩人としてのデビューは遅いと言っていいだろう。奥付によると一九六二年に琉球大学を卒業後、県内の中学校で教鞭を執りながら短歌や俳句に親しんできたようだ。著書に『句集　沖縄百景』（二〇〇八年）がある。

詩集読後の印象は、「生命の讃歌」と喩えられる世界を描いたように思われた。漁師であった父への感謝の思いに貫かれた生命の讃歌、生まれ故郷伊是名島への愛の讃歌、周りの自然、小動物、すべての生命あるものを肯定し、受け入れて感謝する。ここにこの詩集の特徴がある。

収載された詩のタイトルからも、その特徴がすぐに読み取れる。冒頭からタイトルを並べると「こぶ頭」「サンサナー」「チンチン」「若夏」「ちんすこう」「風よ吹け」「ヤンバル」「サトウキビの決意」……等となる。「こぶ頭」とは魚のブダイのこと、「サンサナー」とは蟬のこと、「チンチン」は野鳥の俗名だ。周りの自然や風景へ優しいまなざしを向けて、島の言葉を衒うことなく詩の言葉として使用する。もちろん風景には、過去や未来を透視する詩人の感慨も歌いこまれている。それが本詩集の魅力になっている。

詩集の題名「ウナザーレーィ」の意味は、「伊是名島の豊作と健康を祈る伝統行事のシヌグで唱えられる呪文」と注記されている。題名と同じ詩「ウナザーレーィ」は、この呪文を唱えながら神の子として村々を練り歩く少年たちの姿が鮮やかに描かれている。ウチナーグチは伝統行事と繋がり、詩の言葉と繋がった例が見事な世界を開示してくれる。

村々から選ばれた少年達が／世話役の家に参集した少年達

が／岩山の伊是名城に登れば／白装束の神の子となる旱天の日／／（中略）ウナザーレーィ　コーコーフィーヌーイ／ティントクトゥーイトゥイ／／神が通るので道を空けてくださいい／／南風も止む　無音の村で／神の子の額からは汗が滴り落ち／ただひたすらに糧が得られるように／ただひたすらに飢えぬように／たった一つの願いを込めて／／声低き言葉は祈りをのせて／声高き祈りは霊力となって／碧空に吸い込まれ／青天に昇る／ウナザーレーィの日／祈りの日

松原敏夫（一九四八年〜）の詩集『ゆがいなブザのパリヤー』（二〇一四年）は、著者の第三詩集で二十七年ぶりの発刊になる。第一詩集は『那覇午前零時』（一九七七年）、第二詩集は『アンナ幻想』（一九八六年）で、第二詩集で第９回山之口貘賞を受賞した。

かつて私は松原の二作の詩集を中心に小論を書いた。タイトルを「自己発見の旅」とした。あくなき自己改革を模索する詩人としての印象が強かった。そこで次のように書いた。

第一詩集『那覇午前零時』が、戸惑い傷つきながらもなお「己の位置」を獲得できずにいる存在の不安の相貌を鋭く呈した詩集であるとすれば、第二詩集『アンナ幻想』は、「己の位置」を獲得してもなお払拭できずにいる存在の不安を穏やかに表出したものと言える。（拙著『沖縄戦後詩人論』収載）

さて今回の詩集の表題になっている「ゆがいなブザのパリヤー」とは宮古方言で、「ゆかいなおじさんの畑小屋」という意味のようだ。ちなみに「島のブザ（おじさん）」という詩の中でこの言葉が使われている。次のような詩だ。

ゆがいなブザのパリヤーは（ゆかいなおじさんの畑小屋は）／誰も知らない夢の国／おお　ぷぷぷぷ／ぷぷのパナリ島（離れ島）／誰もいけないアリスの国のよう／わいていいー（しっかり）／わいていいー（しっかり）／自分だけの世界を造り上げ／ウヤ（父親）に叱られても／アザ（兄貴）に叱られても／誰も受け入れようとしない／がんくブザ（頑固なおじさん）／やまぐブザ（けちなおじさん）／がいにんブザ（聞き分けのないおじさん）／すっかたブザ（汚れたおじさん）／ぼーちりブザ（粗野なおじさん）／なんと言われようと／おおぷりむぬブザガマは（調子狂ったおじさんは）／夢の国にむかって／何度も姿をくらますのだ／そこに何があるのか／誰が待っているのか／誰も知らない／誰も知らない国へ／ぶからすブザは旅をする（うれしいおじさんは旅をする）／（以下略）

「ぶからすブザ」が作者であるかどうかは問わないが、愉快な詩だ。言葉がはじけているし、躍動している。いくつもの言葉の表情を楽しめる詩だ。

松原は、本詩集のあとがきに次のように書いている。

言葉を書く、言葉で書く。こんな非筋肉的な労働。無意味で悪趣味な言葉の世界！　にもかかわらず取り憑かれて来た。問いをまじえながら書いた。いいのか、いいのか。こんなので、いいのか、思考しながら来た。方法的にも定まらぬ自分への嫌気と悦楽を往来しながら書いてきた。感情と生活と存在と世界と表現を絡ませ、ねじってほどいて、また絡ませ織り込んできた。

「ねじってほどいて」「絡ませて」書いてきた詩編を収めたのが本詩集だ。前二作の詩集に比べると、言葉は解体され記号化されている。しかし詩人の比喩表現と新鮮な認識は、やはり味わい深い。例えば次のようなフレーズに託された比喩だ。「流行らない比喩が漂う海の中で／失ったその一行！が／やってくるのを待っている」（詩集50頁）。「さざなみのごとく生きる」（52頁）。「いつの間にか行書体の歳になってしまった」（64頁）。「アンガ（姉さん）が言った／朝が来るということは／夜が来るということが約束されているからだ／夜好きのアンガが言った／夜は大好き／朝は幻滅だわ／見なくてもいいものが見えるから」（48頁）。

松原敏夫の「自己発見の旅」はまだまだ続いている。そして言葉の海は広く、故郷宮古島の言葉を援用しながら、さらに深さを増しているように思われる。

3　持続される詩心　――鈴木次郎、うえじょう晶、中村田恵子、うらいちら、山川宗司

二〇一〇年代の特質の一つに、長い詩歴を重ねてきた詩人たちの詩集出版が相次いだことも上げられる。彼らの地道な営為が詩集という形で世に示されることは、とりわけ嬉しい出来事だった。これらの詩人の中から、鈴木次郎、うえじょう晶、中村田恵子、うらいちら、山川宗司らを取り上げる。

鈴木次郎（一九六二年～）は金武町に生まれる。この出自の経緯が、彼の詩世界に大きく影響を与えている。鈴木次郎はペンネームだが、この名前をペンネームにした経緯が第一詩集『井之川岳遠望』（二〇〇九年）の巻末エッセーで語られる。鈴木次郎の本名は大澤広一、奄美徳之島生まれの父と、金武町生まれの母を持つ。「一歳か二歳のころに、父の故郷、徳之島に帰り、復帰一年前の小学校四年生の時、家族はまた金武町へ移った」と記している。表現者として二十歳代に高江洲公平というペンネームでスタートするが、鈴木次郎に至

るまでの経緯を、次のように述べている。

ここ（引用者注：徳之島から金武町）に移ったとたん、私は異質の存在になった。仲間や与那城や新里たちの中で、たった一人しかいない大澤は、当然のように大和人（ヤマトンチュ）でしかなかった。このときはじめて、私は世界に対する違和を抱え持ち、自己というものの存在について思い悩んだものと思われる。

（中略）それから二十年近く経って、詩によって自己意識に目覚めた私は、再び高江洲へ回帰した。つまり、高江洲をペンネームにした。（引用者注：高江洲は母の旧姓。徳之島へ帰る前、金武町に住んでいたころ、幾つかの事情から母の旧姓を名乗っていたようだ）。私は本名の大澤という不安定な位置にいる自分を、沖縄へ強引に同化させたかったのだと思う。ここに当時の自分の存在への違和感がよく出ている気がする。つまり、自己のアイデンティティの不明確さゆえに、存在の不安に駆られるというそれなりの理由があったようなのだ。

（中略）私が、自分の最初のペンネームを高江洲とつけたのは、「沖縄人になろうとしてなれない奄美（人）の心」とでも言えるものなのか？　母の国への哀愁であろうか？強い同化志向であろうか？　部分的にはそうであろうが、本質的にはそう断言できない気もする。そこには喪失感しかなかった記憶しかない。

（中略）アイデンティティと言うとき、そこには自分の存在の根拠を言い当てるようなニュアンスがあるが、私は最近ここに民族性を含ませるべきではない、と考えている。むしろこれは、自己の人間としての社会的活動の成果に関して言い当てられるべきもので、民族的なものは、言語の問題として扱うときだけ、取り出しうると考えている。

（中略）私が高江洲公平から鈴木次郎へ変わるためには、先のような様々な生活上の体験の相対化が必要だった。要するに、自分の中で何かを「超えた」のである。だからと言って、私は日本に帰属したいがために、この名前にしたのではない。私にとって鈴木次郎は、日本においてどこにでもあるありふれた普通のところだけが重要なのであって、しかもそれが沖縄では異質な響きを持つことが、自分の「沖縄的実存」にフィットするのである。だから、もし私が東京に住んでいたら、たぶん私は鈴木次郎ではなく、高江洲公平と名乗っていたと思われる。私はどこまでも「うしろむきのおっとせい」（金子光晴）でいたいのだ。悪ッサミ。

長々と引用したが、ここには、律儀な詩人の誠実な表現者としての吐露がある。また、ここが詩を生み出す拠点でもあるからだ。そして、さらに次のようにも書いている。

ある地域で一般的なものが、別の地域では特殊なものに転換されることを、つまり自分の信じている価値観が絶対的なものではなく相対的なものに過ぎないことを、一地域でしか流用しない事実を多くの人が全体にまで通用すると錯覚していることを、その根拠を名前を例にとって述べてみただけなのだ。

鈴木次郎の、このような姿勢によって相対化された二つの故郷、徳之島と沖縄が、詩の言葉の対象として浮かび上がってくる。父の故郷徳之島の美しい景色の記憶を蘇らせ、母の故郷沖縄の矛盾が冷徹な目で透視される。この営為が第一詩集『井之川岳遠望』として結実し、第二詩集『琉球海溝』(二〇一二年)にも連綿として続いていく詩のテーマのように思われる。

詩人の目は二つの故郷どちらに向かうときも厳しいが、同時に優しい柔和な心をも有している。父の有した特別な感情を理解し、母の日々を愛情を持って描いている。両詩集には島の個的な物語が愛情豊かに紡がれ、そして普遍化されているのである。もちろん「うしろむきのおっとせい」と自らを例える批判精神も忘れてはいない。

両詩集に収載された詩編は九〇年代から二〇〇〇年代の詩が多いのだが、最も古い詩は「猫――あるいは神之嶺伝説」で一九八六年に書かれたとある。三十年余も前の作品だ。詩人は長い歳月を詩心を忘れることなく、多くの個人詩誌などの発行で持続してきたのだ。鈴木次郎の個人誌には『鬼灯』、『南島航路』『自由時間』『裁詩』などがある。この持続されてきた営為にも驚かされる。

ここでは、「猫――あるいは神之嶺伝説」の冒頭部と、詩集『琉球海溝』に収載された詩「琉球松」の二つの詩を紹介しておく。

人を襲う猫の話をしてくれよ／村人を執念深くつけまわす猫の話をしてくれよ／小学生のぼくは／父に　何度もねだった／すると父は　神々の住む村　神之嶺の／赤い舌が焼けただれた猫の話をしてくれた／島の鎖のような／蔦が白い老木に絡まり／空への志向を断念させようとするかに見える／亜熱帯の森の連なり／井之川岳山頂を目指す／そのみどりの樹海を目で追いながら／滝壺へ飛び込んだ女のことを思い浮かべる余裕すらある少年に／父は二十五人の伝説を／くりかえし聞かせてくれた（以下略）

（「猫――あるいは神之嶺伝説」）

県民の森にそびえる熱田岳に登って知ったこと。／琉球松の幹は　黒い鱗で覆われた象亀の脚みたいに／山の斜面に

根づきながら　ずっと何かを語ろうとしている／それは地の霊の思いを吸い上げ／空へ送り届けようとする　何ものかの衝動。／何ものかは　ただひたすら　光を求め／山嵐のような細い針の葉で　空の青を刺してる。根っこの辺りには　枯れた松の葉が落ちて／錦絵のような赤い綾を成してはいるが／踏みしめると／ミッシミッシと　ムンクの悲鳴のように／森が叫ぶ

（「琉球松」）

うえじょう晶（一九五一年〜）は那覇市の生まれだ。詩集『我が青春のドン・キホーテ様』（二〇一四年）は著者三冊目の詩集である。二〇〇一年には第一詩集『カモメの飛び交う街で』、二〇〇四年には第二詩集『日常』が出版されている。第二詩集から第三詩集までの出版にはおよそ十年の歳月が経過している。前二冊の詩集については、「母の死に絶えきれずにほとばしり出た言葉たちでした」と、第三詩集「あとがき」に記している。

　そして今回の第三詩集については次のように書く。「詩集前半のスペインを旅して綴った詩篇は、プラド美術館でのゴヤの黒い絵やソフィア王妃芸術センターでのゲルニカなど、予め関心のあった作品を前にして、オキナワの血の歴史が、次々にオーバラップして生まれてきました」と。そして、「この十年間での一番大きな出来事は父の死でした」と記し、「せめて臨終に間に合わなかった感謝の言葉を父母に捧げたい」として、愛情溢れる言葉が連ねられている。換言すれば、スペインやエジプトなどを旅した広い地球空間の見聞と体験が、父母への感謝や愛惜を再び蘇生させ、沖縄の現在をも長い歴史の尺度で透視される魅力的な詩編を生みだしたと言っていいだろう。

　この方法によって照射される具体的な対象は、時には沖縄の孕んだ矛盾であり、時には生きることの不条理である。そして、これらの詩はどれも若々しい。詩の言葉にはリズム感があり、私には同時代の風景を見ている共感があった。様々な軌跡を経て、衒いのない等身大の言葉で父母への愛情を語る地平の詩句も本詩集の魅力である。

　表題と同名の詩「我が青春のドン・キホーテ様」に散りばめられたキーワードは、想像力を喚起する言葉として大きな力を持っているように思われた。詩人の周到な作為とも思われるがこの詩を紹介しておこう。

風車に向かって槍をつきつけ　巨人と戦い／崇高なる魂で恥辱をうち払い／忠実なるサンチョ・パンサと／奸悪を矯め姫君を庇護する／世にも希なる遍歴の騎士／ドン・キホーテ／ドルネシア姫に／見果てぬ夢を追い求める／／（中略）それは／ある時はガンジーであり／ある時はマザー・テレサであり／カメジローであり／いまも人知れず微笑む

／樺美智子である／／それは／天皇陛下にキャラメルの箱を差し出した／自然保護の魁・南方熊楠であり／夢の中にサグラダファミリアを／未だ描き続けているガウディであり／／それは／ウッドストックに流れる／ジョーン・バエズの歌であり／ボブ・ディランであり／イージー・ライダーであり／アメリカンヒストリーXである／／（中略）荒唐無稽と言われようと／脈々と彼らの系譜の中にいて／青春の山河をかけめぐる／ドン・キホーテたちよ／愚直なまでに頑固な冒険家よ／／夢はまだ終わってない／夢が真実と呼ばれるまで／共に夢に寄り添おう／美しいことの正しさを／愚直に言い続けよう

中村田恵子（一九三六年〜）の第三詩集『うりずんの風』（二〇一二年）は、詩集タイトルが示すようにピュアで清々しい。詩集全体に「うりずんの風」が吹き渡っている。限りある人の命に感謝し謳歌しようとする詩心が潔い。

たぶんこの境地に至るまでには様々な苦しみや体験があったのだろう。第一詩集『珊瑚の島に』を出版したのは一九八七年である。この詩集を出版したのは「初めての手術と二ヶ月あまりの入院の頃であった」と述べている（『中村田恵子詩集』あとがき）。そして第二詩集『ポエム＆エッセイ　あけもどろの花』（二〇〇三年）を経て第三詩集『うりずんの風』に至る。詩集の「あとがき」では、「心臓バイパスの手術を受け『体力も気力も失せる』という二度目の大病からようやく回復した後であった」と述べている。

たぶん生死の境を彷徨ったであろうこれらの体験が、中村田恵子に命あるもの全てを愛おしみ感謝の気持ちを育て慈しむ「うりずんの風」を吹き起こしたものと思われる。作者のこの詩心には、季節の移ろいを告げる花々や、蟬の鳴き声など、もの皆美しい生の讃歌として映っているようだ。さらに記憶までもが作者を勇気づけてくれる命の輝きとなって蘇っている。

風が　さわやかに頰を撫で／ボートは　心地よい空気に包まれ走る／二十年ほど前の夏／初めて見たマングローブの林／雌雄のヒルギ／海水と淡水のあわいで生育している／あの根の張り具合は／生命力の象徴だ／専門家によれば「海水淡水化装置」だそうだ／マングローブは「土地をつくる木」とも呼ばれているという／黄色い木の葉が　根元や水中に落ちている／多くの小動物たちの生命の泉の……群落／／若葉の香りに誘われ／梅雨の中休みに　山原へ遠出をした／大浦湾河口のマングローブ林／ヒルギの樹上に一羽の白鷺が止まっている／川の瀬にも一羽／番いであろうか／「慶佐次湾のヒルギ林」には駐車場や展望台、木造の遊歩道もあった／昭和五十年文部省や県指定とある／／間近に朱色の新芽を見　樹下には／実生のヒルギの幼木／

小動物の生命のさやぎが聞こえてくる／見ている私の心身にも生気が湧いてくるようだ（以下略）

（「群落」）

第三詩集『うりずんの風』に続いて、同じ年に『新選・沖縄現代詩文庫⑨中村田恵子詩集』（二〇一二年）が出版される。既刊の三冊の詩集を収載したものだが、この詩集によって二十五年余の詩歴が明らかになる。

中村の詩の言葉は、第三詩集においてはいくらか変質し穏やかな表現を作っている。苦難な歳月がそのような表現に至らしめたと思われるが、生命を愛おしみ、人類全体の平和や幸せを希求する姿勢は一貫している。もちろんどちらも中村田恵子の詩で味わい深い言葉になっている。

うらいちら（一九四九年〜）は天草の生まれである。沖縄国際大学で教鞭を執っていたが、現在は久留米大学へ赴任している。詩集『日々割れ』（二〇一七年）は、著者の第二詩集だ。第一詩集『いろはうた』（一九八八年）から、約二十九年ぶりの詩集出版だ。この間、詩は県外の同人誌や季刊詩誌『あすら』などに発表されてきた。著者は沖縄文学研究の第一人者でもある。詩への関心は持続されていたものと思われる。

「日々割れ」とは「罅割れ」をもじった造語だと思われるが、違和感がないから不思議だ。詩集に収載された詩の多くが、作者の対峙する日常への不安や危機感をテーマにしているからだろうか。まさにフィットする造語である。うらいちらは第一詩集の「あとがき」で次のように書いていた。

詩は「表現」ではなく、「生活」だと思っている。できるだけ分かり易く、また読んだ人の心に明るさが灯る詩を、現在の目標としている。（傍点原著）

詩人のこの思いは今日も変わっていないように思う。うらいちらの詩は、紛れもなく生活に基盤をおいて紡がれている。それゆえに危機感も決して机上のものではなく、多くの人々の現実生活に迫るものとして意識されている。換言すれば、現実生活の中で「罅割れ」を「日々割れ」と実感する作者が、日常に迫る危機感に対して繊細な理知を駆使して「生の実感」を探ろうとした営為が、この詩集を生んだように思われる。このことを肯わせるのが次のような詩だ。

外出する／歩道に／枯れ葉が溜まっている／後ろの人影が気になる／もう　なのか／いや／まだ　だろう／／遠くの方から／足音が聞こえる／知らないうちにやってくる／少しずつ／ひたひた／やってくる／猫のように／忍んで来る／それは／まだ　だろう／いや／果たしてそうか（以下略）

（「まだ」）

不安　心配／ネパール大地震の映像が／桜島爆発の予言が／日本首相の発言が／不安　心配／そのように／わき起こってくる／欲望や感情や／向かってくる情報や電磁波や／放射線やを／どこに埋めるか　納めるのか／永久貯蔵施設などできそうにもない／だから／かき分けかき分け／今日の一歩を　生きている

（「今日の一歩」）

詩集『日々割れ』の「あとがき」には、「日々を生き、日々を歩いている中で、思いつくことば、口を突いて出ることばをひとつひとつの形にまとめて詩にしてきた」と明確に記している。

うらいちらは、第一詩集で視覚的な実験など文字の配列に工夫を凝らした試行もあったが、第二詩集にはこのような実験はない。歳月を経て、さらに視野が広がり、根源的なものに迫ろうとする作者の目前での「日々割れ」は、詩人にとって益々大きく危機的な状況として自覚されているのかもしれない。

山川宗司（一九五二年〜）は沖縄市の出身である。山川宗司にも長い詩歴がある。第一詩集『ヘッドライトがまぶしいんだよ痛快になんか酔えそうもない』は一九八三年の出版だ。第二詩集『少年の日といくつかの夕日』は二〇一六年の出版だから、およそ三十三年ぶりの詩集である。この第二詩集が第39回山之口貘賞を受賞した。A５版で二十三編の詩が収載されている。百頁にも満たない小詩集であるが味わい深い詩編が数多くある。詩を読む楽しさも発見することができる。

詩集の語り手は少年ころの「ぼく」だ。もしくは少年のころに戻った現在の「ぼく」の視点だ。ここにこの詩集の魅力と成功の秘訣があったように思う。

少年のころの「ぼく」は実にピュアな精神を有している。そのピュアな精神のままで、少年のころの「ぼく」の行動や心の動きを記している。美しい発見、新鮮な驚き、人々の優しさ、堪えた悲しみ、それらが宝玉のように輝いている。この詩集を読むことで、私たちは忘れていた少年のころの純朴な心を発見し、少年のまなざしの尊さを痛感するはずだ。

昨今の沖縄文学では、「シマクトゥバ」の表現が重宝されている。しかし、この詩集は「シマクトゥバ」にいっさい媚びることなく、少年のころの記憶を鮮やかに紡いでいる。だれにでもある懐かしい風景だ。温かい心でもある。

山川宗司は、幼少のころの自らの感性やことばを離さない。このことの試練に耐えていると言ってもいいだろう。一編の詩が少年のころの物語になっている。この物語が読者の心に届くのだ。私たちの心を温かくしてくれるのだ。

詩集冒頭には「冬休みの宿題」と題した次の詩が収められ

ている。だれもが少年の日の記憶を取り戻す一瞬だ。このマジックが詩集には随所にある。

朝から寒かった日の外は／冬の風が吹いていて／表に出たぼくの口からも／白い息が出た／はぁはぁ外に息を吹きかけながら／近所をひとまわりしたが／誰もいないので家に戻った／蛍光灯の下で／父ちゃんは熱いお茶を飲みながら／新聞を読んでいた／母ちゃんは外の勝手口のほうで／たらいに手を突っ込んで洗濯をしていた／姉は友達と出かけていて／妹たちは人形で遊んでいた／その日はだんだん昼になり／寒いまま夕方になった／台所からは夕餉の匂いがした／テレビのスイッチはまだ入っていなかった／そのときだった／母ちゃんの大きな声が／聞こえてきたのは／あられがふってきたよ／妹たちはわぁーと声を出して／勝手口のほうへ走っていった／ぼくも部屋から飛び出して／走っていった／裏庭の軒下で／洗濯物を抱きかかえた母ちゃんが／空を見て立っていた／ぼくも妹たちも／空を見上げた／ゆっくり／父ちゃんがやってきた／やっぱり空を見上げた／空からは白い／豆粒のようなものが降っていて／足もとのアルミのたらいは／パチパチと音を立てていた／やがてぼくは冬休みの宿題の／詩を書き上げた

4　他ジャンルから詩表現への参入
――おおしろ建、玉木一兵、小橋啓生

おおしろ建、玉木一兵、小橋啓生の三人はすでに独自の文学世界を有している。それぞれのジャンルで評価の高い表現者である。

おおしろ建、小橋啓生は、俳人としての活躍があり句集の出版もある。玉木一兵は、小説家として県内の文学三賞（琉球新報短編小説賞、新沖縄文学賞、九州芸術祭文学賞）を受賞している。三者とも長い表現歴があり、力のある作家である。この三者が詩集を出版した。いずれも初の詩集である。興味をそそられた。

おおしろ建（一九五四年〜）は宮古伊良部島で出生した。詩集は二〇一二年出版の『卵舟』。詩集「あとがき」には「詩らしきものを初めて書いたのは高校生のころ」と記している。さらに東京での大学生活中には謄写版を手に入れて「ガリ刷りの詩集を二、三回出した」と記している。詩表現への関心は強かったのだろう。大学を卒業して教員になり、最初の赴任校、母校の宮古高校で俳人の野ざらし延男に出会い、「野ざらし延男の門を叩いた。以来、俳句を作り続けている」と記している。文学への関心をさらに高める出会いになったのだろう。

おおしろ健は、俳句と詩表現について、詩集「あとがき」

で次のように記している。

私にとって詩と俳句はまったく別なものではないという感覚がある。どちらも詩語を大事にしている点には変わりない。ただ、俳句は短いだけに「そぎ落とす」という作業が入るが、詩はその饒舌が楽しめるという面があるような気がする。

なるほどと肯われる。詩集を読むと、俳句という凝縮された表現から解き放たれて饒舌になり、ストーリーテーラーとしての詩才を十分に駆使しながら物語を紡いでいるように思われる。それもオリジナルな比喩を有して時間と空間を駆け巡る重層な物語だ。時間は父祖の時代に遡り、空間は中国トルファンの地をも彷徨する。「ヒト科は／物語ることにより／存在が立ち上がる」（詩「バオバオの木」）と述べているように、物語ることによって、個々の物語は自明な物語の殻を脱ぎ捨てていくかのようだ。

詩集表題と同名の詩「卵舟」は、蚊の産みつけた卵舟のイメージと、父祖が船団を組んで北上する一族のイメージを重ねて見事な物語世界を構築している。

春の黒潮に命を流し／船団を組んで北上するボクの祖先／追い詰められ／最後の賭けに出るしかなかった／小舟を幾つも並べ／角材で碁盤上に組み板を敷き詰める／見張り台を組み上げ海の砦を造る／水　種籾　豚　鶏を積み／鉄の鍬と鎌を忍ばせて夜の海へ滑り出す／（中略）／／ゆらゆらゆ　たゆたゆゆ／浮き雲を仰ぎ／虹橋をくぐり命はゆれ流れる／空と海のあわいに／卵舟も船団もボクも生きる

「ゆらゆらゆ　たゆたゆゆ」という声喩も効果的である。まさに俳人の魂を持ち、詩人の目をもった物語詩人が誕生したと言っても過言ではないだろう。

おおしろ建の比喩表現の新鮮さは際立っている。俳句でもそうであったが、詩でも豊かな感性は遺憾なく発揮される。おおしろ建の詩世界は、興味深い物語と新鮮な比喩の二つを、私たちの思いもよらぬ着想で届けてくれる。次の詩「ランゲルハンス島」もその一例である。

俺の皮膚にはカメレオンが棲んでいて／今の時代は共生の時代だと嘯く／何をバカな都合良くいくかと思ったのだが／思っただけでカメレオンは過剰に反応／みるみる表皮は真っ青な色に染まる／秋空がするっと俺の皮膚に引っ越して来た／涼しい風が身体中を駆け巡りそのまま／一本の青い風になった　（以下略）

玉木一兵（一九四四年〜）の詩集『三十路遠望』（二〇一七

年）は、「眼」がキーワードになって編纂された詩集のように思われる。「眼」とは生活者のみならず、表現者の持つ「異眼」だ。ここでは玉木一兵が長年勤めてきた精神病棟の住人たちの「眼」であり、精神の内奥を透視する洞察力や想像力を有した作者の眼である。玉木の詩語を借りれば、次のような眼だ。

> 今心の底にもう一つの眼を感じる／生活の周辺を見回す眼とは違う／利害や欲望や生に執着する眼ではない／もう一つの眼／自分の中にあって／内から外に向かって拡がっていく力を／心の底で支えている眼／本当の自分とは／その眼がとらえた自分の心の中にある気がしている
>
> （「もう一つの眼」）

詩集には、「眼」や「目」の語句を含んだ詩編が数多くある。この眼を持って詩の言葉は紡がれている。「目」や「眼」は詩中で次のような役割を担って使用される。

> 夕暮れると／何故か心が解ける／夕暮れが闇を連れてくるからか／／（中略）人は目を閉じて物を思う／物の形が消えていくとき／人は闇の中で／心の目を立たせるのかもしれない
>
> （「夕暮れると」）

> 目が見える人は／目の中に自分を感じる／だが目を閉じると耳の中に自分がいる／耳の聞こえない人は／どこに自分を見つけるのだろうか／（中略）／心して物を見よう／人の瞳はガラス玉に非ず
>
> （「ガラス玉に非ず」）

玉木一兵の小説作品も、この眼が捉えた人間世界を考察し、温かく見守った作品であったはずだ。

詩集を編纂した経緯については「あとがき」に記されている。退職後の身辺整理のための断捨離の中でこの詩稿を発見したからだと。

> 自宅のマンションで狭い書斎に乱雑に積まれた書物の山を整理していると、書架の片隅から分厚い草稿の綴りが出てきた。わたしが業務のかたわら趣味で主宰していた文芸教室で、入院中の患者らと一緒に書いた三十路からの詩らしき作品群であった。（中略）
>
> 私は三十路、四十路の多感な時期を、多様な病態を持つ心の病の人々と、精神病院という不思議な時空（砦）ですごした。仕事柄彼らとの関係は、治療的援助者として「関与しながらの観察者」の立場に終始せざるを得なかったのであったが、街向きの資本主義競争原理と合理的精神から

弾かれ発症（病）し、自己コントロールを失った一群の人々との伴走の春秋であった。（中略）詩編は総じて身辺雑記的、思弁的、散文的冗長さ故の詩的表現の熟度に欠ける嫌いがあると思う反面、人はいかに生きるべきかの、年代を越えた人生問答の要諦をのぞきみることが出来そうな気がしたので、この沖縄の地で老い起つ我が心の糧にすべく、引退記念のつもりで編んだ次第です。

ここには玉木一兵が「観察者の眼」を培っていく背景も垣間見ることができる。

記憶に残る詩群の中から詩集冒頭の一編「猿の森で」の詩を紹介しておく。

そこには木に登らなくなった猿／木から落ちた猿／仲間はずれにされた猿たちが棲んでいる／おーいと呼ぶと／おーいと答える猿もいるが／うんともすんとも応えず／眠り呆けている猿もいる／猿の森はとても奥が深いので／一度迷い込んだら／いつその森から出られるか分からない／／そういうぼくは　十年前から森の入り口で／門番をしているのだが／気づいたらいつの間にやら／自分が森の中の一匹の猿になってしまっていた／／十年ひと昔というが　今お陰さまで／猿の森の文芸教室は繁盛している

小橋啓生（一九四九年～）には四冊の句集の発行がある。また小説「蛍」が一九八九年第8回新沖縄文学賞の佳作を受賞した経歴もある。詩集『無限光年の海』（二〇〇八年）は、このような経歴を彷彿させる詩集である。つまり表現者が憑かれたように詩の言葉を紡いだ詩集のように思われる。詩集の特質はこの拠点から幾つも拾い上げることができる。

例えば夥しい比喩の海がこの詩集の特徴だ。時にはシュール的な表現も随所に見られる。時には難解な観念の海に呼び込まれる。作者のもがく非在の海での存在証明を求める嘆息が、読者をもその海に引きずり込むのだ。人間の哀しみの根源を探ろうとするアポリアな問いかけは難解であるが魅力的である。この営為が問答の多い詩群を生みだし、嘆息や繰り返しの多い詩群を生みだしているのだろう。

だが、長所ともなっているこの特徴の中に言葉の限界性や課題も感じる。詩の言葉はだれに向かって放たれているのだろうか。己か？　死んだ母か？　無限光年の海に漂う幻の女か？　難解な比喩は市井の人々には届かないのではなかろうか。届ける対象が漠然としていて、こんな疑問も禁じ得ないのである。

ここには表現者としてだれもが有する普遍的な課題も浮かび上がってくる。詩語に埋没する作者の言葉に、ついもっと生活の言葉が欲しいと叫びたくなるのだ。届かなくてもいいと自慰的な言葉に収束するか。さらに内部へくぐもることで弾かれる言葉を、届く言葉へ転換できると信じるか。このことも表現者たちの苦悩の一つだろう。

その黒く澱んだ螺旋の非望に鞭打ち／世界中の夜の透きとおる幻想のように／目に見えぬ冬銀河へ／目いっぱい骨の髄よりの光の矢を放つ／死者たちの白い血を射落とし／この世の闇に起死回生させるのだ／様々な夢を抱く墓場の眠る冬銀河／そこから滴りおちる白い死の光る涙を／豊饒の海に変えるのだ／光の河となって海に流れ落ちるまで／夜毎精いっぱい光の矢の已を放つ　（以下略／詩「冬銀」）

「詩の魂に取り憑かれたように書いた」（「あとがき」）と記した作者の言葉は、私たちに大きな感動を与える。同時に、時には私たちの理解を拒み自閉の海に変貌する闇の言葉として紡がれている。ここに表現者の試練の一つはある。本詩集は私たちにこのことをも問いかけてくれている。

5　豊饒な女性詩人たちの成熟と決意
――市原千佳子、網谷厚子、沖野裕美、佐々木薫

二〇一〇年代の際立つ特徴の一つとして、市原千佳子、網谷厚子、沖野裕美、佐々木薫ら、持続的に詩集発行を続けてきた四人の女性詩人の活躍を挙げてもよいだろう。四人共に長い詩歴があり、沖縄の詩人たちを先導してきた。現在にも衰えることのない詩心はまさに今、豊饒で成熟の季節を迎えているように思われる。彼女らの初期詩集に大きな衝撃を受け、言葉の力に覚醒させられた記憶が蘇る。

二〇一八年の今日、彼女らは今どの地点に立ち、どのような決意を示しているのか。このことの関心を解き明かすことも沖縄の現代詩の現在を俯瞰する一つの方法になるだろ。極私的な見解になることを恐れずに詩集を読んでみた。

市原千佳子（一九五一年～）は宮古池間島の出身である。詩は出生の地、池間島に纏わる記憶を紡いだ詩が多い。特に自らの「身体性」に拠点を置いて、少女、女性、母性と格闘する性の闇と孤独を紡いでいるように思われる。それゆえに言葉は生活の拠点を離れない。池間島で過ごし「海にはトンネルがある」と発見した少女期から、東京で女性として成長した身体を自覚し、結婚して子を産み母性を自覚する経緯を含め、変化を刻む生理的な女性としての身体を透視する。さらに祖母と過ごした故郷の海や都会での生活を想起する中で自らの孤独と対峙する。この時間を極限まで追い詰めて詩の言葉を汲み上げている。この営為が市原の詩人としての過去であり現在でもあるように思われる。

最新詩集『♂♀誕生死亡そして∞』（二〇一四年）に収載された詩「ヘソの原理」は池間島にUターンした後に書かれ

た詩だと思われるが、身体は次のように自覚される。

体にヘソがあるので／私は子である／人は／この原理を衣服で隠して／歩いている　けれども／足取りからこぼれるものがあって／ここ界隈では／先住民のような顔が近づいてきては／問うのだ／誰の子か。／親を問われているのだが／答え方が分からない／（中略）
問いはくるぶしに留まり私を棒立ちさせる／子はこの世では樹木になるしかない／言ってもいいだろうか／私の枝と根は／寂寥と哀愁のアンテナであると。／それは体の真ん中の凹みに集まると。／凹みで息継ぎをするので／ヒトはヒト臭くなっていく（以下略）

市原にとって「ヒト臭く」なった身体で思考される森羅万象は、思考すればするほど孤独な位相を増していく。女性としての罪と罰を貫き、母性としての哀しみに至るのだ。詩集『月しるべ』（二〇一一年）に収載された詩「謝罪」では次のように語られる。

男と睦みあう／その形の／重量の下で／涙が止まらなくなることがある／そこは子を産む所。／それは子を産む形。／時々は手術台の上の産まない形。／いのちのせとぎわの／弔ってやらねばならない場所で／愛を遂げることは／正しくない／私は正しくない／だから涙が止まらなくなる／正しくない形を闇で包みかくすとき／ひとりの男の重量は／裁きである／裁きをうけていると／いよいよ罪が闇にかがやくけれど／弔いのことばが／女の背の下でつぶされていることに／男はきづかない

（「謝罪」、詩集『月しるべ』収載）

なんともはや、市原は深い闇で悲しむしかないのか。女の性の息苦しさをどのように払拭するか。あるいはそれゆえにこそ、詩表現が必要なのだろうか。詩語を生み出すことは一種のカタルシスになっているのかもしれない。あるいは自らを告発する凶器になっているようにも思われる。

網谷厚子（一九五四年～）は富山県の生まれだ。二〇一七年十二月現在十冊の詩集出版がある。他に研究書、解説書、評論集、エッセイの出版もある。沖縄に移り住んだのは二〇〇八年、それ以降現在までの十年間で出版された詩集は四冊だ。沖縄へ移り住んで出版した第八詩集『瑠璃行』（二〇一一年）が第34回山之口貘賞を受賞した。さらに第九詩集『魂魄風』（二〇一五年）は第49回小熊秀雄賞を受賞する。

網谷の数多くの詩集の中で、私が最も共感を覚える詩集は第12回日本詩人クラブ新人賞を受賞した第五詩集『万里』だ。

きりきりと引き絞った弓から放たれる矢のような言葉で紡がれた散文詩は緊張感があり、極上の物語を紡ぎ出している。収載された冒頭の詩「風祭り」は次のように書き出される。

あなたはどこから来たか　無数の後ろ指が川辺の脚のようにゆらゆらする　小さな身体を後ろに捻って　あちら　と言おうとすると　黄色い砂塵がゆっくりと幾重にも渦を巻き　空高く舞い上がる（以下略）

網谷厚子は、おそらく「あちら」と言おうとしても定まらぬ答えを探し求めて多くの言葉を費やして悪戦苦闘をしてきた詩人だろう。詩集『万里』の世界もそうだが、他の多くの詩集も含めて、詩篇には旅人のイメージが色濃く漂っている。場所を変え、時を変えながら人間の生きる根源的で自然な姿を探し求めているように思われる。

沖縄に移り住んでから上梓された二〇一〇年代の二つの詩集『瑠璃行』と『魂魄風』にもその傾向は色濃く流れている。散文詩という詩のフォームを持続しながらも、作者の沖縄体験が反映されていることが分かる。沖縄の風土は作者をさらに彷徨う旅人に拘束する。生きることを続ける人間の根源的な寂しさは深まり、見える状況はさらに作者の心身へ多くの矢を突き刺す。その寂しさを背負い、矢を抜きながら生きていく。あるいは生きている人々の物語を編んでいく。手を伸ばし、触れる現実、その感覚と感慨に詩人の言葉は寄り添って紡がれる。

沖野裕美（一九四六年〜）には、仲地裕子という詩人名で二冊の既刊詩集がある。『ソールランドを素足の女が』（一九七二年）と、『カルサイトの筏の上に』（一九七八年）だ。二冊とも七〇年代に出版した詩集で、米軍基地に隣接するAサインバーの女たちの悲しい性と生を題材にした詩集であった。

ところが、仲地裕子はこの二冊の詩集発行後、長い間沈黙を貫いたのだ。そして第二詩集発行から二十二年後の二〇〇〇年に長い沈黙を破り、沖野裕美の名で第三詩集『無蔵よ』が発刊される。その後、第四詩集『魔術師』（二〇〇六年）、第五詩集『犠牲博物館』（二〇〇九年）、第六詩集『長詩集　地霊』（二〇一二年）と、詩集は次々と出版されるのだ。

第五詩集のタイトルになった「犠牲博物館」とは、たぶん「沖縄」の比喩だろう。「陵辱」されるのは、Aサンバーの女たちだけでなく、沖縄で生きる人々全てへ普遍化されている。長い歴史の尺度と広い空間で沖縄が新たに捉えられ、豊かな想像力が饒舌な言葉を紡ぎ出している。

最新の第六詩集『地霊』においては、想像力はさらに研ぎ澄まされている。この詩集の特徴の一つは「沖野裕美長詩集」と「長」を付したことにも表れている。そのどれもが長詩である。ちなみに「地霊巻一」に収載された九帖の詩行の平均は一一〇行。最も長い詩は一四一行、最も短い詩でも八十行だ。恐るべき想像力の連鎖である。

饒舌な詩篇に込められた詩語の内容は、「土地の記憶への愛情」だろう。Aサインバーの女から、対象は確実に移り変わり、沖縄という土地に刷り込まれた記憶、習慣、風俗、歴史への深い愛惜が遺憾なく発揮されている。

詩集『地霊』巻末の「おぼえがき」に沖野裕美は次のように書いている。「おのおのの長詩には、置き去りにしては通り過ぎることができなかった血族たち、ゑなぐたち、ゑきがたち、生者たちそして死者たちの霊魂がざわめいている」と。

佐々木薫（一九三六年〜）の第一詩集『潮風の吹く街で』（一九九八年）の衝撃は大きかった。詩の言葉に力があった。喪失と彷徨を語る言葉であるにも関わらず、寂しさや悲しさではなく、怨念とも怒りとも見紛うほどの激しい言葉があった。

わたしは流れていく／転向の思想のなかを／汚辱と頽廃の
予感にのたうちながら／加速度をましてながれていく／／
流転のとき／いまは救いも慰めもいらない／ただながされ
つくすまで／わたしに苛酷な運命と／非情な略奪があれば
いい／／男たちよ／わたしの下着をひきちぎり／恥部をさ
らけだし／蹂躙し輪姦し／わたしにひとかけらの節操をも
残すな／／酒をあび泪も枯れ／唇にうかぶひとつのことば
もなく／胃痛をかかえて地を這いずるとき／呻きは獣の遠
吠えとなり／眼球は闇を探ろうとして疼く（以下略）

（詩「流れる」。詩集『潮風の吹く街で』収載）

この詩語は緊張感みなぎる言葉で自らと対峙する真剣勝負の言葉だ。読者は一瞬たじろぐほどである。しかし、それは当然のことながら私たちに向けられたものではない。自らを殴打し、時代や日常の中で屹立する自己を求めて、変身と再生の願望を有した言葉であることがすぐに分かる。

佐々木が激しいまでに自らを罵倒した心身を抱え、東京を脱出し、喪失の痛みに傷つきながら沖縄を彷徨の地に選び、自らの人生を問い、新しく生活の拠点とした沖縄の現状は、第一詩集だけでなく次々と出版される詩集にも色濃く反映される。

第二詩集『闇の相聞歌』（一九九〇年）は、第一詩集を継いだ憤怒と共に、新たに再生への意志が幽かに現れる詩集となっている。それは「沖縄に自分の運命とのあまりの相似をみた」ことも理由の一つに上げられるだろう。佐々木の怒りや孤独は沖縄の怒りや孤独と重なってさらに内部を攪拌する。

第三詩集『沖縄現代詩文庫⑩佐々木薫詩集』（一九九四年）と第四詩集『現代詩人精選文庫　第58巻　佐々木薫詩集』（一九九五年）は、既刊の詩集から自選の詩を編んだものだが、第五詩集『汽水域』（一九九六年）、第六詩集『蝶なて戻ら』（二〇〇七年）、第七詩集『那覇・浮き島』（二〇一〇年）には、移り住んだ沖縄への愛着が色濃く投影された詩群が並ぶ。もちろん再生の旅は続けられるし不安も大きい。その中で生きる手触りを求め、寂しさの極限で発せられる詩語が紡がれるのだ。

佐々木は戸惑いながらも、あるいは新しい傷をも背負いながらも自分とは何か、「生キルトハ何カ」を求めて歩むのである。

これらの詩集には、沖縄の歴史や那覇の街に同化しようとする佐々木の意志が感じられる。それは兄の死を歌った詩にも垣間見られるし、那覇市を浮島と譬える詩にも見られる兆候だ。このことをさらに明確に示したのが第八詩集『ディープ・サマー』（二〇一二年）や最新の第九詩集『島―パイパテローマ』（二〇一七年）である。絶望に打ちひしがれながら、自らに憎悪の言葉を投げつけて沖縄の地に移住した佐々木の軌跡は、沖縄を血肉化し、体現化する過程でもあったのだ。

第八詩集『ディープ・サマー』はコザの女に化身した詩人のソール・ポエムである。沖縄という土地を矛盾の縮図として浮かび上がらせる街・コザでの女たちの闘いは、詩人自身の闘う世界でもあった。それは多くは単独行を強いられる孤独な闘いである。だがここにこそ、再生の拠点がある。だから詩人は最新詩集『島―パイパテローマ』でも次のように書くことができるのだ。

海上にくっきり浮かび上がる島。／仮の名をパイパテローマ／それは南の島の、そのまた果てに在るという桃源郷／―ここではない　どこか／それは千年を彷徨うノアの方舟／波間を漂いつづける琉求島と名告って／島は　流れる島は走る　島はひた走る／漕いで漕いで漕ぎつづけ　ひたすら溺れつづけること何百年／帆は破れ櫂は折れ　座礁と沈没をくり返す島・琉求島／／島とは、わたしの悲しみの器／たったひとつの灯／島としか言いようのない仮構の在り処なのだ。／わたしを抱きしめているもの／わたしが抱きしめているもの／―島。わたしのジャングリラ

（「島Ｖ　パイパテローマ（1）」）

佐々木薫は、すでに沖縄島と化している。島は彼女自身だ。だれもがそう思っていい。詩の神様は、苦闘の末に到達した詩人の現在に賞賛と敬意を表しているはずだ。

6　若い詩人たちの活躍と特徴

――瑤いろは、西原裕美、鈴木小すみれ、宮城信太朗、千葉達人、高江洲満

平成期に処女詩集を出版した詩人たちは数多くいるが、若い詩人たちの登場は多くはない。ちなみに一九九〇年代（平成二年）以降に出生した詩人では西原裕美、ただ一人のみだ。また八〇年代に出生した詩人は、宮城隆尋、松永朋哉、トーマ・ヒロコ、宮城信太朗の四人である。遡って七〇年代になると五人になる。彼らは二〇一八年現在では四十代に手が届くから、若いというには微妙な年齢だが、それでも多くはいない。佐藤モニカ、高江洲満、千葉達人、瑤いろは、鈴木小すみれの五人だ。

彼ら若い詩人たちの詩を読むと、それぞれの個性が際立っている。詩は個の世界に寄り添って表現されるが、世代間で共通するテーマがあるようにも思われる。沖縄文学の特質の一つに、沖縄戦の記憶の継承や、基地被害等、自らの生きる時代へ対峙して言葉を発する倫理的な姿勢がある。しかし、彼らには、その特質は当てはまらない。多くは沖縄という場所は背後に押しやられ自らの内的言語を詩の言葉として紡いでいるように思われる。彼ら若い詩人たちの詩世界を何人かを例に挙げながら探索してみたい。

瑤いろは（一九七八年〜）の処女詩集『マリアマリン』（二〇〇九年）は、第33回山之口貘賞を受賞する。沖縄の戦後詩史の流れに置いても極めて特異な詩集であることが分かる。彼女の詩集には沖縄が見えないのだ。従来の詩集は、どちらかと言えば沖縄戦や基地被害など、沖縄の特異な歴史や文化と対峙し、自らの生き方を模索する詩編が多かったが、これらの世界とは断絶している。沖縄文学における現代詩の新しい書き手の登場だと言っていいだろう。それは第二詩集『うたう夢うたう』（二〇一六年）にも継承される特質だ。受賞詩集『マリアマリン』に収載された詩は次のような詩だ。

あふれましょう　来て／両手をとっているよ　もう／胸に手を添えたよ　いま／羽根に触れたいから抱きしめたのそう／あのときの光はぼくだよ／／ハッとするくらいの勢いで／今すぐにきみの胸をいっぱいにしたい／／一緒につくりつづけるために／仲間はもっとたくさんいてほしい／／どれくらい天国になるのか見てみたい／／ねえ　あふれるきもち／きみにもあげていいかな／／いろんな方法でおくるから／かくれんぼしているみたいなぼくを／ちゃんと見つけてね

（「かみさま」）

平仮名を多用した話体で紡がれる詩の言葉は心地よい。爽やかな風吹く草原で、軽やかなワルツを踊っているような幸せ感に満ち溢れた詩編が続く。あまりの純粋さにやや赤面するが、作者はセラピストとして従事した職歴もあるようだから、詩の生まれる素地としてそのような履歴が影響しているのかもしれない。彼女自身にも変身願望や美しいものへの憧れがあるようにも思われる。
しかし、このように、あなたとわたしの世界を優しく直情的に歌った詩は、沖縄の詩世界では珍しい。それゆえに新しい風を吹き込む詩人の登場と言えるだろう。第二詩集『うたう星うたう』の「あとがき」には次のように書いている。瑤いろはこの拠点に佇み、人間讃歌の喜びの歌を歌っているのだ。

沖縄県生まれということで暗に反戦歌を求められることがあり、戦争を知らない私はどうやって書けばいいのかわからず、首を絞められているようで呼吸が乱れてしまいます。どんなに目をつぶり耳をふさぎ口をとざそうとしても、どこにも逃れられません。おそるおそる不安なまま、喉元に手を当てています。
美しいものを美しいままに美しくはなてるとき、おぞましい戦争を生きた方々のいのちのきもちが、この血流にあることを心に置いておかなければ。
どんな人にも、その人にうたわれるべきうたがあり、それを見つけて日々の暮らしそのものがうたになっているのでしょう。うたがわからなくなり、うたに翻弄されて声さえ失ってしまうこともあるでしょう。それもまた既にうたになっていることをこの惑星はわかってくれると思います。

今日も明日も明後日も健気にうたう人間を見つめるあたたかい眼差しを感じられれば、なんとかやっていけそうな気がします。

西原裕美（一九九三年〜）も個の拠点に佇み詩の言葉を紡いでいる詩人だ。処女詩集『私でないもの』（二〇一二年）で第36回山之口貘賞を受賞する。
ところで、瑤いろはとの違いは鮮明だ。彼女のように向日的な喜びの歌でなく、むしろ「私でないもの」を探す困惑と絶望的な状況の中でもがいている足取りの重い詩が刻印される。詩には、「死」「殺す」などの隠滅的な言葉が散見する。この中で必死に自らの存在の意味を問い続ける。「ここはいったいどこ」「わたしはいったいだれ」「わたしはどこへ行けばいい」と真摯に自らに問いかける謎の多い詩が刻まれる。彼女の真摯さは好ましい。詩人としての足跡は始まったばかりだが、次のような問いを抱え呻吟している限り、彼女を照らす表現者としての光明はきっと訪れ続けるはずだ。

私はさまざまな音を探す／胸は痛みを伴いながら／爆発してしまうタイムリミットが／近づいているのだけど／それでもそんなリスクを冒しても／私は言葉を征服したいのであって／それはとても傲慢な事であって／それはずっと望んでいるようであって／でも本当に望んでいることは……

／／私は何がしたいのか分からなくなる／ごめんください
／／扉を開けて言うものが／必ず使っているのだけど／ご
と　めと　んと　くと　だと　さと　い／が／どっから生
まれたのか／泥の中でどろどろになって／ぺちゃぺちゃな
不快感を味わいながら／探し回っているのだけど／どうし
ても見つからないので／ごめん　だけでも／見つけようと
／頑張って右腕を／たくしあげたのだけど／ごめん　って
いう言葉の意味が／急に分からなくなって（以下略）
（「言葉の征服者」）

鈴木小すみれ（一九七九年～）の詩は微笑ましい。詩集『恋はクスリ』（二〇一六年）には、作者自身も詩を書くことを楽しんでいるのではないかと思われる素直な詩が多い。作者の表情が見える詩だ。それゆえに読者もまた読むことが楽しい。瑞々しい恋のトキメキから視野は広がり命の感謝へ、そして東日本大震災へと、福島へルーツをもつ彼女の故郷へ寄せる詩が展開される。優しい感性が織りなした詩集だ。生きることへの戸惑いもまた本詩集の持つ特質の一つだろう。

宮城信太朗（一九八五年～）の詩集『NEW』（二〇一六年）もまた微笑ましい。横書きで表記した特異な詩集だが、わずかに36頁で詩編が少ないのが惜しまれた。話体で語りかけるスタイルを有して言葉が紡がれている。あなたが私に語りかけ、私があなたに語りかける。語りかける私は時には少年に戻る。方言の使用も含めいくつかの実験的試みもある。若々しい息吹に満ちた向日的な青春賛歌の詩である。

千葉達人（一九七四年～）には、相次いで発行した詩集『便利な全事象の形式と公式と儀式』（二〇一二年）と『全万象の爆進濃縮詩集』（二〇一二年）がある。仰々しいタイトルに圧倒されるが収載されている詩は人間の存在を探ろうとする真摯な詩が並ぶ。「拡散と集中と濃縮」を繰り返し、世界を解体し、事象を眺める。すると単純なことが複雑になり、複雑なことが単純になる。この行為の中から永遠の真実を見つけようとする。漢語を多用した詩編は、漢語の意味を解体し「新陳代謝」をもたらし、イデオロギーの域まで高める。実存的な思索の遍歴を開示した詩集と言えようか。

高江洲満（一九七二～二〇一五年）には二冊の詩集がある。『降り注ぐ太陽の光　降り注ぐ夜の荘厳』（二〇〇六年）と『パンダが桜を見た』（二〇一六年）の二冊だ。

高江洲満は県内の大学を中退して県内企業に勤めた後、大阪の会社に就職するが病を得て四十三歳で逝去する。第二詩集は死後の出版だから、友人知人が出版に尽力したのだろう。遺稿詩集の趣を呈している。

第一詩集『降り注ぐ太陽の光　降り注ぐ夜の荘厳』には一七〇篇の詩が収載され、四百頁を超える自費出版の詩集のようだが、残念ながら読むことが叶わなかった。

第二詩集『パンダが桜を見た』を読んだ印象に過ぎないが、

詩は感情を抑制した筆致で風景画のように浮かび上がってくる。洗練された言葉で多くの物語が詰まっていて、たくさんの人々の人生に出会うことができる。そんな詩集だ。次の詩は収載された詩の一つである。共感の大きい詩で、詩人の早世が惜しまれる。

人が死んでしまうと／魂が抜けた分だけ軽くなるって／知ってた?／／君は唐突にそう言っては／川辺の風に髪の毛を靡かせている／／魚は死んでも重さは同じだぜ／そう言うと君は僕の目をじっと見て／あなたは魂の重量というものがわからないのよ／と無表情で言う／その瞳には奇妙な説得力があった

（「重量」）

7 平成期の出版詩集

平成期に詩集を出版した詩人は、これまでに紹介した以外にも数多くいる。五十音順に記すと、安里正俊、赤嶺盛勝、石川為丸、池原正一、泉見亨、上地香代、上山青二、大城弘、神谷毅、桐野繁、金城けい、國吉乾太、幸喜孤洋、呉屋比呂志、東風平恵典、砂川哲雄、島袋あさこ、下門次男、平良ゆき、高良松一、玉城喜美子、玉代勢章、知念和江、知念清栄、テリー・テルヤ、仲松庸全、中正勇、中里房江、仲宗根清、仲宗根正満、仲本瑩、永浜沖太郎、西銘郁和、鳩間森、原國政信、平川良栄、平田嗣吉、平田大一、平野長伴、ましきみちこ、宮城松隆、諸星詩織、山田有勝、喜村朝貞、などである。（詳細は巻末付録「沖縄平成期の詩集出版状況」をご参照ください）

紙幅の都合上、多くの詩人たちを紹介できないのは残念だが、この中から複数冊の詩集を出版している詩人や既刊の拙著で取り上げなかった詩人たちの幾人かを紹介したい。[注6]

安里正俊（一九四二年〜）は、詩集『マッチ箱の中のマッチ棒』（一九九四年）で第18回山之口貘賞を受賞した。詩集奥付を読むと、首里生まれで検察官という職業に従事していたようだ。職業が影響したか定かではないが、詩集は誠実な姿勢で生と死との対話を試みた実在論的な詩編に満ちている。百頁にも満たない小詩集だが、詩世界はとてつもなく広くそして深い。寂しさと向き合い死と向きあっている詩人の言葉には重量感がある。「詩を書くということは、私たちが世界へとより深くあゆみいることでなければならない。私たちの生を、私たちの死を、私たちのものであったはずのすべてのものを私たちの世界へとより深くつれこむことでなければならない」（75頁／「存在忘却」）と記している。安里正俊の詩の理解には、この言葉も手がかりになるように思う。

石川為丸（一九五〇〜二〇一四年）には、ペンネームを違えて合計七冊の詩集の発行がある。新潟県の生まれで横浜で大学生活を送り、沖縄へ移住してきたようだ。

　詩集を読んで推察すると、沖縄への移住は一九七一年ごろだと思われる。手元には石川為丸として出版した第六詩集『海風　その先へ』（一九九九年）と、死後に出版された遺稿詩集『島惑い　私の』（二〇一五年）の二冊がある。『海風　その先へ』は彼から送られてきたもので懐かしい。生前には通信紙『パーマネントプレス』も発行の度に送ってくれた。紙面で躍動する権力に抗う反体制的な時評は鋭く、世代としての共感も大きく随分と刺激を受けた。

　沖縄に移り住んでから発行された二冊の詩集も、そのような色彩に満ちている。たぶん反権力を標榜して闘ったであろう学生時代の運動の中で、挫折した敗亡の日々を反芻し再生の物語を紡ごうとして詩の言葉が生まれたのだろう。

　しかし、絶望は深く最後まで平穏は訪れなかったようだ。沖縄の地は癒やしの島ではなかったのだ。むしろ沖縄を知れば知るほどに、戸惑いや絶望はさらに深くなり、優しい詩人を苦しめたものと思われる。行方は知れずとも、「海風　その先へ」と自らを鼓舞し、沖縄の風を全身に浴びながら一歩を踏み出す勇気を身につけようと呻吟した日々であったように思われる。

　次の詩は「新北風」と題され、第六詩集『海風　その先へ』に収載された詩である。[注7]

どこかの国の、いつかの時代の映像がとぎれてからという
もの、その春は大陸の黄砂が島にとどいたりもしたが　行
ったものはそのまま帰らなかった。ふたたびの、四月狂《エイプリルフール》い。
それから、復帰する場所を持たないおぼろげな清明の墓前
で揺れていたわたしに　もう何年も前に死んだ人の声で問
いかけてくるのだ。
きみも行けなかった道を求めて、魂を育てているか。
畑の砂糖黍がザワザワと揺れ騒いでいる南部。故旧は訪れ
ると、いつでも　陽に焼けた笑顔を見せてくれているが、
冷たくなってきた石垣に　てのひらを当て、今は語る者も
いない　死語を反芻している　わたしの剝落は、遠い夏の
記憶の傷。迷走。そして、頭蓋骨陥没骨折。笑えない　愚
か者らの青年同盟。
きみの胸にも転がっているだろうか、往時の壊れやすい貝
殻に共鳴したなら、闘いも敗亡も　今は子細は告げずに、
はらはらと　零れたものごとを　ひろいあつめるだけ。
きみの心にも古い城壁が続いていて　その石垣の隙間から
新北風が吹き抜けているのだろう。わたしの心の仏桑花の
赤も　揺れているのだ。消え残る初意も。はらはらと　零
れたものごとを　ひろい、あつめ　わたしだけの死語にも、
息をふきかけて　新北風に、襟を正し。次へ。

砂川哲雄（一九四六年〜）には、第一詩集『遠い朝』（二〇〇一年）と『新選・沖縄現代詩文庫④砂川哲雄詩集』（二〇〇八年）の二冊の詩集がある。詩篇に散在する時代認識は厳しい。「躓き続ける時代」とか「漂流する時代」とかの詩句が現れる。そんな時代の中で自らを、ときには「破船」と名付けながら漂着する場所を探している詩句が紡がれる。

詩のスタイルの多くは作品中に「少女」や「老女」を登場させ、彼女らに語りかける手法を取っている。あるいは登場人物が「ぼく」に語りかける。しかし、「言葉」は詩人にとって困難なコミュニケーションツールだ。迷路に擬された時代の中で、言葉と格闘しながら、自らを鼓舞する詩群を表出する。この営為が二つの詩集の特質のように思われる。

詩集『遠い朝』の「あとがき」には次のように書いている。「わたしはなぜ詩を書き続けているのか？　私自身を救済するためである。わたしはだれのために詩を書いているのか？　わたし自身のためである。わたしはだれに向かって詩を書いているのか？　私自身に向かってである。（中略）自己救済を重層的に、普遍的に表現しようとすることが、わたしが無意識のうちに求めた詩の書き方かもしれない」と。この拠点から、例えば次のような詩が書かれる。

傷つけば捨て去り／消耗品のようにまた造りだす／イミテイションのことば／ことばの肉体はもう／みんなやせ衰え／衣装だけが着ぶくれする／そしてことばは／いつもわたしたちを裏切り続けた／それともわたしたちなのか／ことばを裏切り／こまぎれに風景を刻み捨てたのは／どうすればわたしはわたしの／ことばと風景を蘇らせるか（以下略）

（「闇のハイビスカス」）

砂川哲雄は信じるに足る「ことば」を探す困難な旅を、同人誌『非世界』などに拠りながら、現在もなお続けているのである。

西銘郁和（一九五二年〜）には三冊の詩集がある。第一詩集『星盗り』（一九七八年）、第二詩集『沖縄現代詩文庫⑨西銘郁和詩集』（一九九二年）、そして第三詩集『時の岸辺に』（二〇〇八年）だ。四十年余の長い詩歴で三冊の詩集出版は。むしろ少なく寡作な詩人と言っていいだろう。

西銘郁和の詩表現の特質の一つに、日常を非日常にする言葉、あるいは非日常を日常にする言葉の力があるように思う。そのためには、日常も非日常も凝視する堅固なまなざしが必要であろう。記憶や夢を「時の岸辺」から引き寄せるのだが、詩人の膂力に強引さはなく限りなく優しいのだ。この拠点から多くの物語が誕生する。この手法で生き続ける意味や真実を探す。あるいは纏いつく生の寂しさを振り払っているかのようにも思われるのだ。

次の詩は「跨越《またぎこ》す少年」と題された第三詩集『時の岸辺

に』に収載された詩である。

夢は　遠くにあった／どんなにはやく走っても／すぐには実現しない／／遠すぎて　あまりの遠さに／夢の方から見捨てられそうになる／はるかなる　時の岸辺に／／仰ぐ天の川の弧線となって移り／思い重ねかさなっては／俯く少年の／閉じこもりの夏／／（中略）炎天下に／立ち枯れに抗う／草木のこころで慈雨を待ち／ひたすら遠くを見やっていた／少年／／遠いとおい未来であり／しかし　過ぎてしまった遠い過去であり／そんな／天の川の弧線の一点／／少年は遠く／少年の日も　遠くなり／いつしか　少年と私は／はるかなる「遠い夢」を／跨越《またぎこ》していたのだ／／幾千の日と日／苦行のような空―　（以下略）

宮城松隆（一九四三～二〇一二年）の活躍も際立っていた。二〇一二年に逝去するが、家族、詩友から惜しまれての死であった。沖縄の現代詩の課題を背負いながら疾風のように駆け抜けていった詩人であったと言っていいだろう。

第一詩集『島幻想』が上梓されたのは一九九〇年、四十七歳の時である。決して若くはない。それ以降、自選詩集となる二冊のアンソロジー詩集を含めて十六年で七冊の詩集の発行がある。他に、エッセイ集『時間の密度』や詩人論『日常と幻視―村田正夫の世界』の発行もある。さらに通信紙「キジムナー通信」の発行、また同人として「コスモス文学」「潮流詩派」「脈」「非世界」にも参加する。二十年足らずの活動期間であったにも関わらず多彩な活躍を見せていた。このことは驚異的である。

宮城松隆の詩を通読しての第一印象は、難解で観念的な詩が多いということだ。読者が共感することをさえ拒むかのような孤絶と独我の世界がある。この傾向は、初期の詩集ほど強い。そして、詩句に漂っているのは、明らかに死の影、生の不安などである。

宮城松隆は、表現者として出立したこの二十年間、自己の内面を省察する誠実さを放さない。右顧左眄することもない。ひたすら一本の錐のように我が道を歩む。この誠実さが全ての詩集を彩っている。なかでも最後の詩集『しずく』（二〇〇六年）への共感は大きい。言葉が素直である。余分なものが削ぎ落とされて清澄になっている。それなのに言葉に深さがある。比喩の射程も長い。どの詩篇も心の奥底までストンと落ちるから不思議である。

生きることの悲しみに／生きることの牢獄がある／生きるとは燃焼し灰になることである／生きている時間の永遠である／生きることの悲しみに／なぜにの反問がしのびよる／何を生きるのか／何のために生きるのか／／我が我として生きる／その悲しみに命を預けている／この世との確執

は退けられない／しかしながら孤松を愛でる世界／生きてきた悲しみと共に／この世の実相を思う／反世界への真実すらなく／反人間が繰り返されている／生きることの悲しみに／命の尊厳さえ損なわれ／延命装置が準備される／人は人としての死でありたい／死の尊厳とは／人が生きる過程にある／水脈／その中で人は永遠の眠りにつく／生きてきた悲しみと共に

（「生きる」）

宮城松隆は、さぞかし無念であっただろう。このような詩を読むと、言葉は柔らかくなり現実は詩人の前にその実態を現しつつあったようにも思われる。答えは手の届く距離まで近寄っていたようにも思われるのだ。

五　おわりに――詩人の企《たくら》み

1　十年ごとの鳥瞰は効果的であったか

　詩についての興味関心は詩作を辞めた今日でも尽きることはない。それが高じて今回の論考になったのだが、沖縄の戦後詩については過去に三冊の詩論を出版した。『沖縄戦後詩史』（一九八九年）と『沖縄戦後詩人論』（一九八九年）、そして『憂鬱なる系譜―沖縄戦後詩史　増補』（一九九四年）である。

　いずれも資料の乏しい中、古本屋を巡り、図書館のフィルムデータなど捲りながら戦後の詩集や同人誌などの出版状況を検索した。手元にない詩集については著者の元を訪ね貸与を依頼した。だれもが歓迎し贈呈さえしてくれた。

　今回も何名かの著者には意図を告げ、遠隔の地に住んでいる詩人からは詩集を送って貰った。有り難いことであった。当然のことながら、今回も読んだ詩集のみについて言及することを戒律のように己に課していたからだ。またインタビューも試みなかった。人柄についても、あくまでも詩集をとおして推察する詩人像に留めた。

　前回の三冊の詩論集と今回の論考との違いは、大きく二つある。一つは時期区分である。前回が沖縄の戦後詩を論ずるに当たって一九四五年から一九八九年までの区切りにした。これが奇しくも昭和の末年になった。今回も不思議な巡り合わせだが、平成期の詩を論ずることになった。これも奇妙なことで何かの因縁を感じる。

　二つめの違いは、論の対象に今回は詩集のみに限定したことだ。前回は同人誌や個人誌や文芸誌なども対象にしたが、今回はこれをしなかった。理由は単純だ。同人誌などの出版の有無を確認する労苦を避けたからだ。また時間的な余裕もなかった。同人誌や個人誌の出版と廃刊については容易に把握しがたいことは前回の作業で経験していた。曖昧なままの記載は避けたほうがよいという判断も理由の一つである。個人誌や同人誌の初刊と終刊を確認してすべてを読むことは私の能力に余るように思われた。

　この二つのことを自戒とし、平成元年（一九八九年）から、平成二十九年（二〇一七年）の間に出版された詩集のデータを作成した。幸いにも多くの詩友から寄贈された詩集なども手元にあったので、この作業は捗った。手元にない詩集は古本屋やインターネットの販売で取り寄せた。それでも手に入らない詩集は、見知らぬ著者に手紙を書いて依頼した。

　作成したデータを頼りに、詩集を読み始めたのはもう半年余も前の事だ。十年ごとに区切って詩表現の趨勢を探ろうと思った。前著『沖縄戦後詩史』ではそれがうまくいったからだ。戦後の時代は明確に詩の特質をも示していた。終戦直後の四〇年代は戦争体験の作品化が大きなテーマだった。五〇年代は『琉大文學』に代表されるように政治と文学が大きな課題になった。六〇年代は清田政信や勝連敏男らに代表されるように個人の内面に言葉のベクトルが向けられた。七〇年代は復帰反復帰の思想が渦巻く中で個人誌や同人誌の隆盛期を迎える。などなどと時代のパラダイムは明確で、詩集のテーマも時代ごとに共通するものが多かった。このことから思潮の結論も導き出せた。沖縄の詩人たちの詩表現は時代に対峙し、倫理的に詩の言葉を紡ぐことを特徴にする。いわゆる時代と対峙する「倫理的な文学」、換言すれば「抗う文学」としての姿勢をその特質の一つとして有していると論じたのだ。

今回、平成の二十九年を十年ごとに刻んで考察したが、詩表現の特質は大きく変わることはなかった。このことは平成の二十九年間、沖縄を取り巻く状況は大きく変わらなかったと言っていいかもしれない。それゆえに十年ごとの詩世界の特質やテーマを抜き出そうという目的は空振りに終わった。

このことの原因の一つは、あるいは同人誌や個人詩を対象にしなかったことにあるかもしれない。時代の息吹や特質が見えるのは、あるいは時代と並走して編集出版される同人誌や個人誌に拠るのがいいのかもしれない。詩集は当然のことながら、収載される詩が成立した十年後や十数年後の歳月を経た後に出版されることも多いからだ。

十年ごとに詩表現を鳥瞰したいという意図は効果的ではなかったが、しかし、見えてきたこともいくつかあった。その一つは、時代でなく、世代間でのテーマや方法に大きな隔りがあるということだ。その一つが題材である。若い世代には戦争体験や基地被害を対象とする詩よりも、圧倒的に関心のあるテーマはプライベートな身辺を取り巻く空間であった。例えば本稿でも示した若い詩人たち、瑤いろは、西原裕美、鈴木小すみれ、宮城信太朗、千葉達人、高江洲満らの詩には、この土地の持つ戦争体験の継承や基地被害等を告発するような詩はなかった（二二五頁）。さらに貘賞詩人、松永朋哉やトーマ・ヒロコの詩世界もそうである。若い詩人たちの関心は、よく使われている比喩を適用すれば、国家や政治やイデオロギーを含む「大きな物語」への関心から、確実に日常の世界へシフトした「小さな物語」に移っているように思われた。

二つめに分かったことは、詩人たちの個性の違いで詩の言葉は紡がれるということだ。このことも当然のことだが、少し大きな尺度で区分けすると、沖縄という土地に寄り添った詩表現とあくまでも自分の感性や生き方に寄り添って詩の言葉を紡いでいる詩人たちとの存在に区分されるということだ。それは世代をボーダレスにする区分でもある。もちろん、どちらの区分も詩人たちにとって大きな関心事にはならないかもしれない。だが団塊の時代の私などにとっては、この二つの際だった違いは寂しい現状である。

2　沖縄平成詩の可能性

今年の夏、アイルランドを旅する機会を得た。アイルランドは、詩人のW・B・イエーツやシェイマス・ヒーニー、そしてジェイムズ・ジョイスやサミュエル・ベケット、ジョージ・バーナード・ショーら五人のノーベル賞作家を生んだ土地である。アイルランドは、隣国イギリスからの独立を勝ち取った国家であるが、その歴史やイギリスとの関係性は、沖縄と日本本国との関係を考える上で有効な示唆を与える国として、私たちの世代には興味深く、いつか訪れてみたい国の一つであった。

八月十四日から二十一日までの一週間ほどの旅であったが、イエーツの生誕地ダブリンや墓地のあるスライゴーを訪ねる機会を得た。その間、常に土地の力という不思議な感慨を覚え続けていた。優れた文学を生み出す土地の記憶である。至る所に聖堂があり、宗教や独立のために戦った遺跡があり、広大な荒れ地があった。

飛行機の中やバスの中で『イエーツ詩集』(一九九七年、鹿島祥造訳選、思潮社)を再読した。詩集には、次の詩が収載されている。

ああ、お願いする——どうか／ひとが頭だけで書くような詩に／私がおちこまないように／守って欲しい／流行を越えて残ってゆく詩とは／骨の髄で考えたもの——／／自分が賢い老人にならないように／誰も誉めそやす老人にならぬように／どうか守ってほしい／ああ、一つの唄のために／阿呆みたいになれない自分などなんの値打ちがあろう／／お願いだ——いまさら流行の言葉もなくて／ただ率直に祈りをくりかえすが——／どうかこの私を／おいぼれて死ぬかもしれんその時も／阿呆で熱狂的な者でいさせてくれ

(「老いた時への祈り」)

本詩集の巻末解説を書いた鹿島祥造は、イエーツの言葉を援用しながらイエーツの文学について次のように述べている。

「人生の熱烈な瞬間に人が実感した思い」。我々は自分自身の「思い」をはっきり書かねばならない。それも自分の思ったままの言い方、いわば親しい友達へ手紙する時のような書き方ですべきだ。

「この実際に感じた思い」を隠してはならない。なぜならわれわれのこの熱烈な感じ方が言葉に力を与えるのだからで、それはドラマの人物たちの生き方が言葉に力を与える

のと同じだ。個人の率直な声、それは英国文学ではほとんど消え失せてしまっているが、これこそ飾った言い方や抽象的表現から脱出する道なのだ。

さて、本論の冒頭に書いたが、かって吉本隆明は詩とは何かと問い、「現実の社会で口に出せば全世界を凍らせるかもしれないほんとうのことを、かくという行為で口に出すことである」と述べた。私たちの世代は、この答えに震撼した。そして共感もした。この言葉から今日の詩人たちはどれほど遠く離れた場所にいるのだろうか。あるいはこの問いは既に有効性を失っているのだろうか。

一九五一年京都で生まれた在日朝鮮人の評論家徐京植（ソ・キョンシク）は自らの著書『詩の力』（二〇一四年）で、「詩とは何か」と吉本と同じ問いを立て、次のように述べている。

> それはつまり、勝算がなければ闘わない、という態度ではない。効率とか有効性とかということとも無縁である。こういう道を行くと早く目的地に着くからこの道を行く、という話でもない。つまりこれは、勝算の有無とか、有効性、効率性、というような原理とは全く別の原理で語られている言葉だということである。それが詩人の言葉なのだ、それが叙情詩だ、私はいまそう理解している。

沖縄は、かって「琉球」と呼ばれた王国があった。明治時代の初め一八七九年に琉球王国は解体され、「沖縄県」と呼称され日本国の一県となる。去る大戦では悲惨な戦場になり県民のほぼ4分の1が犠牲になったと言われる。戦後は27年もの間、日本国から切り離され米軍政府統治下に置かれる。そして現在もなお、沖縄県には日本国全体の70％の基地が集中する。基地あるがゆえの被害は環境破壊や環境汚染だけに留まらず米国兵士による婦女子への暴行事件なども繰り返されている。

沖縄の詩人たちの作品は、このような時代や歴史と無関係ではない。表現者たちは常に文学の力、言葉の力、文学の可能性について自問してきたのだ。日本本土と違う歴史や文化の中で、時代が透視され、文化の特性や届く言葉のありかを探してきたのだ。

しかし、この特質も的を射たものではなくなっているというのが平成詩の現状かもしれない。少なくとも台頭してきた若い詩人たちのテーマはこの言葉では括れない。

アメリカ文学研究者である山里勝己は、沖縄文学の可能性についてかつて次のように述べていた。共感するところ多く、長い引用になるが例示しておこう。[注8]

> 沖縄文化がその「エスニック」な側面だけが誇張され、消

費の対象となっているのではないかという批判も聞こえてくる。しかし、文化の異質性、あるいはそこから生じる違和感は容易には消滅しないだろう。また、そのような異質性と違和感は、揺れ続けてやまない沖縄のアイデンティティを見つめる中から生まれてきた、と言った方が真実に近いのかも知れない。そして、じつは、このような「ゆれ」こそが、沖縄の文学が単一のまなざしに固定されず、多様な文化の豊かさに向けられた他者のまなざしを獲得するのを可能にしたのではなかったか。そのような開放（＝解放）感と、多様性の豊饒さを示唆するものとして、沖縄の文学が南からのシグナルを送り続けることを期待したいのである。

さて沖縄の現代詩の現在を問うとして平成期の詩を俯瞰してきたが、沖縄の現代詩は何処へ向かい何処へ行くのだろうか。個々の詩人たちにとって、沖縄の歴史や詩史の特異性は自覚されているのだろうか。もちろん、私にその答えを述べる用意はない。しかし、関心はある。同時に表現の多様性を認める用意もある。個々の生き方を含め、多様性を認めることこそが沖縄社会のアイデンティティでもあったはずだ。

この設問は、あくまで個人的な関心に依拠するものだが、沖縄現代詩の行方を探る方策として今年の収穫の一つとされる第40回山之口貘賞受賞詩集が手掛かりになるように思う。

受賞詩集は佐藤モニカ詩集『サントス港』と、あさとえいこ詩集『神々のエクスタシー』だ。二つの詩集は、出自やテーマや方法も、実に鮮やかな対照をなしている。

佐藤モニカ（一九七四年～）は千葉の出身で、ブラジル三世の母を持つ。沖縄出身のご主人と出会い結婚して二〇一三年より沖縄県名護市に移り住んでいる。作品世界はそれゆえに親族の住むブラジルへの思いや、沖縄に住んでからの習慣の違いや戸惑いなどがテーマになっている。本詩集「あとがき」でも、「私の文学的テーマである移民と、それから昨年、出産を経たことではからずも子どもがメインの詩集になりました」と記している。佐藤モニカは二〇一四年には小説で九州芸術祭文学賞を受賞している。また表現者としてのスタートは短歌であるというから、その多彩な才能には驚かされる。本詩集は処女詩集で随所に感性の豊かさと視線の新鮮さが目につく。ピュアな詩心は爽やかで、迷いのない直情的な詩の言葉は闇をも明るく照らしてくれる。国際的な視点をも導入し、沖縄の詩世界を間違いなく広げてくれる詩集だと言えるだろう。

あさとえいこ（一九四八年～）は首里に生まれた。安里英子で活躍する市民運動家でもある。環境問題や基地問題などに対する鋭い発言で知られている。詩集『神々のエクスタシー』は、沖縄で生きることの重いテーマを時間と空間を自由に往還する手法で鮮やかに剔抉した詩集と言えるだろう。

時間の往還とは、沖縄の太古の神々の世界へも射程を伸ばしていることだ。久高島のイザイホーを思わせる始原の世界を詩のテーマの一つとしている。また対象となる現在の時間は戦争で傷ついた一族の現在だ。祖父は戦死し、父は首里士族の血筋を忌み精神を病む。兄も気が狂う。戦死した祖父の一字を貰って「私」は「英子」と名付けられる。空間の飛躍は、日本軍が蛮行の限りを尽くしたとされる韓国済州島や、アメリカ、そしてベルリンを訪れた体験が詩語に結晶する。見えないものを見ようとする言葉の力は重い。

さて、このように二つの詩集と二人の詩人の問題意識を推察すると鮮やかな対照をなしていることがよく分かる。佐藤モニカは爽やかな言葉で沖縄の詩世界を広げてくれたが、あさとえいこは重い言葉で、いまだ解決不可能なテーマをさらに沈殿させて読み取ろうとしているのだ。

しかし、二人には類似点もある。詩の世界を広げ国際性を取り込んだことだ。小説では移民や外国を舞台にした作品は大城立裕の「ノロエステ鉄道」を始め数多くある。しかし、詩ではあまり多くはないはずだ。この世界を詩表現の言葉として取り込んでいる。二人の有する対象の振幅の広さと、出自の島の歴史を探る視線の深さこそが沖縄現代詩の現在かもしれない。そして、沖縄現代詩の行方と可能性は、この振幅の広さと深さの行方にあるように思うのだ。

【注記】

1 『アウシュヴィッツ以後、詩を書くことだけが野蛮なのか――アドルノと〈文化と野蛮の弁証法〉』（藤野寛、二〇〇三年三月、平凡社）

2 『詩とは何か――世界を凍らせる言葉』（吉本隆明、二〇〇六年三月、思潮社）

3 『沖縄戦後詩人論』（大城貞俊、一九八九年十一月、編集工房・貘）

4 『水納あきら全詩集』（一九九一年七月、海風社）

5 『八重洋一郎詩集』（二〇一八年七月、砂子屋書房）

6 既刊の拙著、評論集『沖縄戦後詩史』（一九八九年）、『沖縄戦後詩人論』（一九八九年）、『憂鬱なる系譜―沖縄戦後詩史 増補』（一九九四年）

7 本詩「新北風」の改行は引用者が紙幅の都合上、数箇所先送りした。原文の意を損なわないようにしたが、出典は第六詩集『海風 その先へ』である。

8 論文「南のざわめき・他者のまなざし――沖縄文学の可能性」。出典『沖縄を読む』（一九九九年、状況出版社）

Ⅲ章　詩人論

一　市原千佳子論
——少女、女性、母性、そして海

市原千佳子の近作詩集『♂♀誕生死亡そして∞』（二〇一四年）は、極めてユニークな詩集名だ。このことについて、詩集巻末の「覚え書き」で、市原千佳子は次のように述べている。

奇妙な表題ですが、目と耳の記憶が、半世紀に近い時を経て、甦りました。（中略）
当時中学生だったか。「ベン・ケーシー」というTV番組がありました。お医者さんの物語でした。その番組の冒頭に流されていた吹き替えの音声と文字が記憶の出所です。これを私物化してよいものかどうか逡巡しましたが、考えるほどに、この表題に舞い戻っていて、詩集名ではもうこれ以外にはあり得なくなってしまいました。

「男、女、誕生死亡、そして無限」という意のようだが、市原は続いて「表題の宇宙には循環性が根底に息づいている」と述べている。また、「∞」の発想にはさらに伯母の死に想を得たと思われる。詩集に収載された「言谺」という詩の中で、次のようなフレーズがある。

あなたに最後のさよならを言いたくて
不謹慎にも両目をこじあけた
横に並んだ二つの眼は
深い静寂の藍色をして
まあ　∞　の記号と相似形を成して
なんというしるし！
なんという宇宙性の装飾！

∞！　死者が知らせる人の体の壮大なる実話　（以下略）

長々と詩集名に纏わる市原のコメントの幾つかを紹介したが、詩集名は、この詩集の内容を表しているだけでなく、市原の詩表現者としての全体の営為を表すに相応しい言葉であるようにも思われるからだ。市原は誕生死亡を対象とするだけでなく、少女、女性、母性と自らの「身体性」に拠点を置いて詩の言葉を紡いできた詩人であるように思われるのだ。実際に第五詩集『月しるべ』（二〇一一年）巻末の「覚書」には次のように書いている。

「何の祟りか。前詩集の頃より、ひとの身体性や物の回転性に詩がとりつかれています」と。

それゆえにか、詩の言葉は生活の拠点を離れない。故郷池間島で過ごし、「海にはトンネルがある」と発見した少女期から、東京で女性として成長した身体を自覚し、結婚して子を生み母性を自覚する経緯を含め、変化を刻む生理的な身体を透視して詩は紡がれる。身体に刻まれた祖母と過ごした故郷の海や、都会で過ごした日々の生活を想起する中で、自らの孤独と対峙し、極限まで追いつめて詩の言葉として掬い上げる。この営為が市原の詩人としての過去であり現在でもあるように思われる。

詩集『♂♀誕生死亡そして∞』に収載された詩「ヘソの原理」は、東京から池間島にＵターンした後に書かれた詩だと思われるが、身体と、身体が漂う時空間は次のように自覚される。

体にヘソがあるので
私は子である
人は
この原理を衣服で隠して
歩いている　けれども
足取りからこぼれるものがあって
ここ界隈では
先住民のような顔が近づいてきては
問うのだ
誰の子か。
親を問われているのだが
答え方が分からない
私にはヘソがあり……
その誰かにとてヘソがあり……
子が子を産んでも子なのであり……
ヒトはみな子なのであり……
思念がごもごもするばかりで答えは満ちてこない
（中略）
問いはくるぶしに溜まり私を棒立ちさせる
子はこの世では樹木になるしかない
言ってもいいだろうか
私の枝と根は
寂寥と哀愁のアンテナであると。
それは体の真ん中の凹みに集まると。
凹みで息継ぎをするので
ヒトはヒト臭くなっていく　（以下略）

市原にとって「ヒト臭く」なった身体で思考される森羅万象は、思考すればするほど孤独な位相を増していく。女性としての罪と罰を自覚し、母性としての原罪とも言うべき哀しみに至るのだ。詩集『月しるべ』（二〇一一年）に収載された詩「謝罪」ではこのことの苦しみを次のように語る。

男と睦みあう

その形の
重量の下で
涙が止まらなくなることがある
そこは子を産む所。
それは子を産む形。
ときどきは手術台の上の産まない形。
いのちのせとぎわの
弔ってやらねばならない場所で
愛を遂げることは
正しくない
私は正しくない
だから涙が止まらなくなる
正しくない形を闇で包みかくすとき
ひとりの男の重量は
裁きである
裁きをうけていると
いよいよ罪が闇にかがやくけれど
弔いのことばが
女の背の下でつぶされていることに
男はきづかない

（「謝罪」『月しるべ』収載）

なんともはや、女性や母性としての市原は深い闇で悲しむしかないのか。女の性の不可視の闇に困惑と息苦しさを覚えてしまう。しかし、それだからこそ市原にとっては、詩表現が必要なのだろう。一種のカタルシスになっているのかもしれない。逆に自らを告発する凶器になっているのかもしれない。このアンビバレンツな場所でアポリアな問いを市原は離さない。

ほんとうの自分に至るには
たった独りで歩まねばなりませぬ
星に似るまで

（「風の家」．詩集『月しるべ』）

市原はこのように自覚し、困難な道を歩み続けるのである。それは詩集『月しるべ』に見られる様々な表記の実験にも現れているように思われる。

それにしても第二詩集『海のトンネル』（一九八五年）で表出された感性の瑞々しさや、第三詩集『太陽の卵』（一九九二年）の深い孤独には強い衝撃を受ける。『海のトンネル』には水平線の彼方に「海のトンネル」を発見する少女のロマンと、岬の燈台を「大蛇」と譬える残酷性と、自らの思念と身体を垂直にして立つことへの憧憬が潔い。

また『太陽の卵』では、原罪とも名付けられるべき女性の「いのち」のきしみが歌われている。同時に繋ぎ続けられてきた「いのち」を慈しんでいる。この二面性は市原の天性の感性に支えられて詩の言葉として誕生する。
ここでは、二つの詩集からそれぞれ一編ずつ詩を紹介しよう。『海のトンネル』からは「燈台は大蛇」、『太陽の卵』からは散文詩の形式を取った「卵と暮らし」と題された詩だ。

龍にあこがれるあまり
からだがねじくれた大蛇が
岬の灯台の
螺旋階段をかっこうな住み家にして
三千年ひかりを研いでいる
というが

発光するまでの
熱い螺旋の迷路をおのれの極みにまで
吊り上げ　苦渋で保ち
その湾曲にあこがれを沿わせ
ひかりの美を蘇生する
燈台が見せかける直立不動の虚構は
あまりに純白おだやか
宿業を
子宮がまだ知らないみたいに
無垢な性器を天のスカートでくるんで立つ

けれども燈台は大蛇
大蛇がわたる血の運河の切り立ち

夜　家々は
宇宙から降りてくる闇夜の光沢を
屋根でさえぎる
暗がりで
人も虚構を脱ぐと
ぶざまなけものの曲線して
黒いばかり

（「燈台は大蛇」）

一人で暮らしたことがない。気がつくと、卵との暮らしがあった。その始まりの日の、少女の胎内の、卵と女。正体の分からない、意志のかよわない原料を与えられ、いきなり新しい能力を要求された。いわば、入門期の乱暴のおかげで、創造への努力を、私の暮らしは持ち始めたのかもしれない。
その入門期は、五月だった。朝、やわらかいみどりの裏に水の卵をうむ五月だった。朝露。これを月の雫と名付けたのは誰だったか。月からおりて月へのぼる大地の卵。あの五月から、卵と女とに委ねられた、ある宇宙の生成を胎内に宿して、私の大地が自転し始めたのである。（中略）

卵！　かぎりない始まりの胎動。いのちがリフレインされるためにあることば。世界の凪に投げられた小石。ひとに内旋しているゆめの、新しい中心をなすことば。卵！

けれども、卵がその正しい姿に向かって完成されていく暮らしには、誰にも言えない恐怖がある。いのちのリフレインにおいて、あるものが生きあるものが死ぬバランスのなかで、私の体温が確実に低下しているのだ。卵には、その正しい姿の完成のための正しい温度が必要であり、私からそれが奪われているということらしい。卵のエゴイズムが、一人の女の存在を決めている。つむった眼球の奥にある、黒紫色の底にしずむ死が、私に始まっている。

家族が寝静まった夜半、私は死の色を落としに行く。性器をあたために行く。一日の終わりの場所が、私の暮らしのいちばんいやしい場所だ。一日の終わりの私が、いちばんいやしい私だ。（以下略）

（「卵と暮らし」）

市原千佳子の孤独は、このようにかくも深いのだ。だからといって、この身体から逃れることはできない。さすれば、どのように自らの生を生き継ぐか。それは、やはり詩に始まり、詩の言葉を紡ぐ以外にはないように思われる。このことを市原自身も自覚しているように思われる。

市原千佳子は池間島で生まれ、東京で育ち、また池間島に戻ってきた「詩の人」なのだ。直立を祈願した思念や身体が揺れることも潔しとする詩人なのだ。詩集『太陽の卵』に挟まれた栞のなかで、市原は詩を書くことについて次のように記している。

個人のなかには、思い出せないほどのたくさんのものが詰まっている。個人のなかの源のようなものを、言葉が個人から奪いとる。そして、それらは、その個人から自由になる。その個人のものでなくなる。そうして個人がどんどんからっぽになる。かるくなる。なりたい。おそらく詩を書き続けることの意味はそういうことなのかもしれない。

【参考文献】
第一詩集『鬼さんこちら』１９７５年３月23日、青磁舎（吉浜千佳子詩集）
第二詩集『海のトンネル』１９８５年３月23日、修美社（山之口貘賞）
第三詩集『太陽の卵』１９９２年10月10日、思潮社
第四詩集『新選・沖縄現代詩文庫①市原千佳子詩集』２００６年10月６日、脈発行所
エッセイ集『詩と酒に交われば』２００７年３月31日、あすら舎
第五詩集『月しるべ』２０１１年４月21日、砂子屋書房
第六詩集『♂♀誕生死亡そして∞』２０１４年11月23日、土曜美術社

二　佐々木薫論
――喪失と彷徨、今、渾身の跳躍

佐々木薫の第一詩集『潮風の吹く街で』（一九九八年）の衝撃は凄まじかった。詩の言葉に力があった。喪失と彷徨を語る言葉であるにも関わらず、寂しさや悲しさではなく、怨念とも怒りとも見紛うほどの激しい言葉であった。

わたしは流れていく
転向の思想のなかを
汚辱と頽廃の予感にのたうちながら
加速度をましてながれていく

流転のとき
いまは救いも慰めもいらない
ただながされつくすまで
わたしに苛酷な運命と
非情な略奪があればいい
男たちよ
わたしの下着をひきちぎり
恥部をさらけだし
蹂躪し輪姦し
わたしにひとかけらの節操をも残すな

酒をあび泪も枯れ
唇にうかぶひとつのことばもなく
胃痛をかかえて地を這いずるとき
呻きは獣の遠吠えとなり
眼球は闇を探ろうとして疼く（以下略）

（「流れる」、詩集『潮風の吹く街で』収載）

この詩語は、自らと対峙する緊張感がみなぎる真剣勝負の言葉だ。読者は一瞬たじろぐほどである。しかし、それは当然のことながら私たちに向けられたものではない。自らを殴打し、時代や日常の中で屹立する自己を求めて、転身と再生の願望を有した言葉であることがすぐに分かる。このことは沖縄へ流着した佐々木薫の軌跡が示唆してくれる。

佐々木薫は一九三六年東京で生まれる。秋田県立由利高等学校を卒業後、東京大学医学部附属看護学校を卒業し、一九六四年、復帰前の沖縄県に移住する。第一詩集『潮風の吹く街で』は移住後三十四年の歳月を経て沖縄で出版された詩集だ。本詩集で第11回山之口貘賞を受賞する。以後二〇一八年までの二十年間の沖縄在住で九冊の詩集出版がある。沖縄に移り住んだ時間が移り住む前の歳月よりも長くなった。現在は自らの詩集出版だけでなく、県内外の詩人たちのネットワークを構築し、さらに詩人たちの詩集出版を支援し、同人誌『あすら』を主宰するなど、だれもが認める沖縄の詩人界でのリーダー的役割を担っている。

その佐々木薫が沖縄に移り住んだのは二十代だ。東京での生活に何があったのか。詩の言葉を断片的に繋ぎ合わせて推測することしかできないのだが、異郷の地の沖縄に移り住むには大きな契機があったのだろう。

例えばその一つに当時の学生たちの大きな関心事であった安保闘争の体験があったかもしれない。樺美智子が死んだ学生闘争だ。あるいは恋人との別れ、家族との死去など痛烈な体験があったのだろう。私はここで、これらの絶望的な体験を「喪失」と呼び、「彷徨」への契機となった体験と見なしている。そして、この「喪失」と「彷徨」を経て、佐々木の傷ついた心はどのように回復し再生の途上にあるのか。一人の詩人の精神の軌跡を学ぶ関心は大きく膨らんでいる。

佐々木薫は、激しいまでに罵倒した自らの体験を抱え、東京を脱出し、喪失の痛みを抱えながら彷徨の到着点に沖縄を選択する。この地で体験の意味を熟考し自らの人生を問い、新しく生活の拠点とした沖縄を問う。この問いは第一詩集だけでなく、第二詩集『闇の相聞歌』（一九九〇年）にも色濃く反映され、間断なく発せられる。

ここでは、もう少し、第一詩集の慟哭を見ておこう。ここに収載された詩群には、詩集出版までに至る二十年間の心の遍歴があるからだ。

どうしてこのちっぽけな貧しい島にいるの
排他意識のつよい口さがない人々
身寄りもない島に女ひとり生きるより
「おまえ大和に帰れ！」という

でもこの島には
六年間の私の生血がしみこんでいる
この傷口なまなましいまま
わたしはどこへ行けるだろうか
罵詈雑言に追われるごとくこの島を去るなんて
それは敗北でしかないからだ
「では闘うためにいるのか」と人は憐れんでいう
そうだ　わたしは闘うために存在する
献身のときも忍耐のときも
わたしの内に燃える青白い焔を
人はみなかっただろうか
そして家にさからい結婚生活を否定し
この不毛に過ぎた島を追われることに抵抗する（以下略）

（「青白い焔」）

死ぬべきときがあるなら
それは憎しみの頂点においてだ
規律も良識もなにもかも棄て
いまならばただ自分の
とめどない嘔き気のために死ねる（以下略）

（「コザ暴動」）

どこか千駄ヶ谷を思い出させる
赤い小窓の喫茶店にすわり
昼休み　ロシア民謡をきいている
道の向こう側には
外苑広場がひろがっているような錯覚をふと覚え
メーデーか青年の祭典かのたぐいの
かつてのざわめきがわたしの心によみがえる

——だがここは沖縄で
わたしはひとり物思いにしずむ者だ
十年の歳月の重みは日本を祖国と呼べなくしている
かつての青春の豊かさから遠くはなれ
わたしがとまどい苦しみ飢えているこの沖縄に
自分の運命とのあまりの相似をみている
おのれが関与できないものに
運をゆだねなければならない者の悲しみが
わたしの心を暗くいきどおらせる
帰属を失いときのめぐりのなかで
ひとりあがくのはわたしであり
そのわたしに沖縄の歴史はまざまざと
その苛酷な運命を重ねあわすのである（以下略）

（「ロシア民謡」）

飢えている
どうしようもなく飢えている
喉を切り裂いて大気を吸い
絶対飢餓の限界ぎりぎりを
おのれの知るものを求め
おのれを充たすものを探す（以下略）

（「いぬわし」）

このように、第一詩集『潮風の吹く街で』は、慟哭と憤怒がいたるところに散在している。

第二詩集『闇の相聞歌』は、第一詩集を引き継いだ憤怒と共に、新たな再生への意志が幽かに現れる詩集となっている。それは「沖縄に自分の運命とのあまりの相似をみている」ことも理由の一つに上げられるだろう。佐々木の怒りや孤独は、より苛酷な沖縄の怒りや孤独と相殺されるように、内部を攪拌したのだ。堪えていた痛みや寂しさが沖縄での日々を体現するうちに素直に吐露され、カタルシスを経て沈潜されるかのようである。
　第二詩集に収載されている詩は、次のような詩だ。

泣きたくなるのです　あなたを思うと
やけになつかしい風景のなか　佇んでいる
こどもひとり　みんみん蝉の鳴きやまない
匂いむせる森に迷いこみ　溜まり水のほとり
春に脱皮する蛇となって　蘇生したい衝動
抑えきれず　やみくもにのたうちまわり
うろこを剝ぎ　銀貨のように投げ捨てて
空洞の幹にからだもたれ　蒼く底なしの
空を見上げれば　鳥のこぼれ落ちる
不思議な光景を　じっと瞳の奥襞に
たたみこみ　こらえきれず泣いている（以下略）

（「心象」）

見よ　鱗が木の葉のように降りそそぐ
こなごなの窓
ガタピシと警鐘が叩かれる部屋で
皮膚をめくり
必死の丸裸となってレイプされる私に
エクスタシーはくるか（以下略）

（「強風圏」）

影のないむくろを引きずり
死んだわたしをどうか殺して
殺すことで生きられる（以下略）

（「砂時計」）

　これらの詩編には、蘇生への痛苦を担おうとする意志が感じられる。生存の闇の中で必死に「相聞歌」を歌っている作者の戸惑いにも似た心象が読み取れる。多くのものを棄て、大切なものを棄てた断捨離、これらの日々を経ながら、佐々木は再生への道を探り出発を告げる「ピストルの音」を聞くのだ。

秋の午後
公園のベンチで本をひらいていたとき
芝生まばらな赤土の上に線をひき
ふいに走りだした男をみた

木漏れ日が背にながれ
男は迷彩色の戦車か砲丸のように
眩しい風のなかを一瞬に過ぎていった

――頁をくると
男はいつのまにか戻っていて
何度も同じ動作をくりかえした
（中略）
ただ走り去るためだけに走っていた
その人の営為――

行くために
過ぎるために
走る
見えないスタートラインに線をひき
空にピストルを向け
ひたすらくりかえす
秋の日のかぎりない練習
（中略）
茜したたり
空砲がそらをぬく
わたしは本をとじる
と
いっせいに乱射されるピストルの音

その音が
あちらからもこちらからも聞こえてくる

まるですっ裸の公園で
撃たれないために走らなければ
撃たれるために走らなければ――

（「秋のピストル」）

「茜したたり」という表現は美しい。繊細な感性を有した詩人の言葉だと思われるのだが、私はこの詩を佐々木の大きな転回点を示す詩の一つのように思っている。「ピストルの音」は、ただひたすら走る男の行為を肯定し、自分の悩み多い日々をもそれでいいのだと肯定する。一斉に乱射する「相聞歌」であるように思われるのだ。また「本をとじる」行為は観念の世界で悩むのではなく、ただひたすら自分の日常の感情や行為に忠実であればよいとする決意のようにも思われるのだ。「撃たれないために走る」「撃たれるために走る」。どちらも自分を肯定する詩だ。そしてその行為は自らの殻を突き破るかのように、次の平仮名書きの詩に繋がっていく。

みつめてよ
あえぎのこえ
（中略）
しゅっさんのまぎわ
ふりしぼる
ちのみなぎり

なまぐさいかぜをたて
とおざかるいしきを
ひきよせる
けいれんのいたみ
じばくをつげる
てんめつはあかく
ふうけいをかくはんし
きょうをこみあげる
ざわめくしぜんは
ないぶではじけ
きせつをいろどる
あせとにおいに
しゅくふくされ
さわさわとゆれている
ふあんなないぶを
みつめてよ

（「みつめてよ」）

アンビバレンツな日常に引き裂かれながら逡巡する自分をも肯定し、とにもかくにも佐々木の第一ステージは幕を下ろされるのだ。

第三詩集『沖縄現代詩文庫⑩佐々木薫詩集』（一九九四年）と第四詩集『現代詩人精選文庫　第58巻　佐々木薫詩集』（一九九五年）は、既刊の詩集から自選の詩を中心に編んだものだが、第五詩集『汽水域』（一九九六年）、第六詩集『蝶なて戻ら』（二〇〇七年）、そして第七詩集『那覇・浮き島』（二〇一〇年）には、移り住んだ沖縄への愛着が色濃く投影された詩群が並ぶ。

もちろん自分探しの旅は続けられるし、苛酷な現実と対峙する不安も大きい。その中で、生きる手触りを求め、寂しさの極限で発せられる詩語が紡がれる。

この営為を佐々木薫の第二ステージと呼ぼう。第一ステージとの違いは、怒りや憎悪の言葉ではなく、自らの現在を素直に生活の言葉で語っていることにある。換言すれば、これらの詩群は、まさに「汽水域」での思考であり、蘇生のための試練である。過去へ向いていたベクトルは現在へ向かい、現在で生きる再生と生誕のための祈りになる。

自分のかたちが川面に映ってゆれている。
ふいに風が吹いて、波紋が広がり
波と波がぶつかって
大きく輪郭がくずれてゆれている。
からだのなかを波紋がつぎつぎに通り抜け、
魚すくいの網のようにわたしの顔をすくっていった。
顔のない自分のかたちを見下ろしながら、
ああ、あれはわたしだ、と思った

（「転写」、詩集『汽水域』収載）

トラックが通るたびに大きく揺れる橋――
その下で魚が一匹、白い腹をみせてひっくりかえった。
汽水にまぎれこんだ海の魚は死ぬこともある。
汽水でしか生きられない生き物もいる。

もとは細長い浮島であったという那覇市、
その半分は干潟の泥地に広がる汽水域だったのだ。
夜、わたしの枕元で泡のはじける音がする。
寝静まった街をとりまく帯状の川は
海からきて海へ流れる塩水の運河なのだ。
舟が通るのを見たことはないが
月が陰ると、舟はあっさり転覆したりする。
夢の中で、
白い腹をだしてひっくりかえった魚のように、
ひっくひっくと痙攣しているわたしをみるのだが……。

（「汽水域1」、詩集『汽水域』収載）

昭和という年号は重たくて苦しすぎる。
飢エテ、サビシクテ、恐ロシクテ
母の手につかまり、焔のなかを逃げまどい
ふいに、死に神に襟首をつかまれた。

「タスケテェー、オニイチャン！」
かつて熱烈な軍国少年であったわたしの兄
学徒動員に行けず大泣きに泣いていた兄が
初めて摩文仁の丘に立ったとき
「義烈空挺隊慰霊碑」の前に身を投げ出し
手放しでおんおん泣いた。
芝生に滴り落ちたあの涙は、
学徒のされこうべまで滲みたのだろうか
（中略）
沖縄から帰って一週間後、
「アニ　キトク　スグカエレ」の電報。
すでに、あのときの涙のわけを訊くことも叶わずに……。
死後に現像された写真に写るのは
真っ青な海。ただいちめん真っ青な……

今年、三十三回忌、仏壇の上に置かれた一冊のアルバム。
どのページをひらいても紺碧の海ばかり。
レンズを覗き、シャッターを切るたびに　魂は抜き取られ
ぬけがらの身になって帰って行ったとでもいうように。
（以下略）

（「無題」、詩集『那覇・浮き島』収載）

わたしはさまざまな過ちを犯しながら

それでも街を歩いている
歩かなければ今日を生きることができないのだから
大小の罪はポケットの中で小銭のようなやましい音をたて
突然の季節風に煽られては
ほころび傷んだ肉体を破船のように膨らます

川べりを揺れる破船
生キルトハ何カ
（「水に映るすべてが立ち騒ぐ」、詩集『那覇・浮き島』収載）

佐々木は戸惑いながらも、あるいは新しい傷を背負いながらも、自分とは何か、「生キルトハ何カ」を求めて歩むのである。しかし、ここには、沖縄の歴史や那覇の街に同化しようとする佐々木の分身が垣間見える。それは兄の死を歌った詩にも垣間見られるし、那覇市を浮島と譬える詩にも垣間見られる兆候だ。

このことが、さらに明確に示されるのが第八詩集『ディープ・サマー』（二〇一二年）や最新の第九詩集『島——パイパテローマ』（二〇一七年）である。絶望に打ちひしがれて喪失と彷徨の旅に出た佐々木薫。憎悪の言葉を投げつけながら沖縄の地に生活の拠点を移した佐々木薫の軌跡は、やがて沖縄を血肉化し、体言化する意志へと変貌する。このような心情を綴った詩群を第三ステージと名付けてもよいだろう。

第八詩集『ディープ・サマー』は、基地の町・コザが佐々木の身体に取り込まれる。コザで生きる女たちへの共感と哀感が全編を貫き、佐々木の心身に重ねられる。詩作の時期は、沖縄に移り住んでから早い時期だと思われるが、一冊の詩集にまとめる作業の中で、コザが再び佐々木の目前に浮かび上がってきたのだ。コザが軍事基地の街として生まれ、混沌の街へと変えていくもの（例えば国家権力）へ、怒りの矛先が向けられる。それは第一詩集『潮風の吹く街で』と同じく、自らの混沌と孤独を体現した詩の言葉と同じトーンに彩られている。

その街を、黙って通り過ぎることができない。
青春の足跡が尖ったガラス片のように散らばっている。
思わず路上に座り込み、ガラスの面に映し出される、
もう一人の自分の顔をのぞく。
砕けたガラスに映っているのは遠い昔の空か、
今日の空か。見分けもつかないものを掘り出してみれば、
指を突き刺す鋭い痛み。
鮮血が滲む。真っ赤な滴がこぼれ落ちる。（以下略）
（「ストレンジ・フルーツ」）

混沌の坩堝・コザ。
この街はすでに発情したカオスである。

制圧と屈辱、恩恵と略奪、快楽と退廃、自負と卑下、ありとあらゆるエモーションがとぐろを巻き、未知の養分となって地下深く澱む。悪臭とも紛う芳香を発して、時代の谷間に花ひらく大輪の肉厚ラフレシア。ひと際あでやかにひらく刹那の花を時代の徒花と呼んだのは……、いったい何処の誰？

（「肉厚ラフレシア」）

時間は止まったまま動かない。
今日の空はあの日と同じ底なしの色。
あっ　道の向こうから、こっちをじっと見ている人、
あれは誰？
あれは……、あれは……あの日と同じ青い服を着た私ではないか。
いまもあの路上に立ち尽くしているとは……。

（「フィナーレ」）

第八詩集『ディープ・サマー』はコザの女に化身した詩人のソールポエムである。現在の心情と過去の出来事が「額縁構造」をなして語られるコザの物語は、作者自身の物語でもある。沖縄という土地の矛盾の縮図として浮かび上がってくる街・コザでの女たちの闘いは、詩人自身の闘う世界でもあった。それは多くは単独行を強いられる孤独な闘いでもある。

だが、ここにこそ再生の拠点があるのだ。だからこそ詩人は最新詩集『島――パイパテローマ』で次のように書くことができるのだ。

海上にくっきり浮かび上がる島
仮の名をパイパテローマ
それは南の島の、そのまた果てに在るという桃源郷
――ここではない　どこか
それは千年を彷徨うノアの方舟
波間を漂いつづける琉求島と名告って
島は流れる　島は走る　島はひた走る
漕いで漕いで漕ぎつづけひたすら溺れつづけること何百年
帆は破れ櫂は折れ　座礁と沈没をくり返す島・琉求島

島とは、わたしの悲しみの器
たったひとつの灯
島としか言いようのない仮構の在り処なのだ。
わたしを抱きしめているもの
わたしが抱きしめているもの
――島。わたしのジャングリラ

（「島V　パイパテローマ（1）」）

佐々木薫は、すでに島と化している。今では、島は彼女自

身だ。喪失と彷徨から出発して、今、渾身の跳躍を試みて島と化した詩人。詩の神様は、苦闘の末に到達した詩人の現在に賞賛と敬意を表しているはずだ。『島――パイパテローマ』の「あとがき」に、佐々木は次のように記している。

「島」とは具体的に言えば、さまざまな外圧に苦しむ沖縄であるが、私の情動を促したのは、そうした外的な状況をも含めた内的な島の存在である。

誰もが自分の内部にひとつの島を抱えている。決して他に浸食されない一個のコア、感情も思考もひっくるめて自分の最後の砦でありたいもの。その「砦」を維持するために「否」の言葉を発しつづけること、これが今、書き手に求められることなのではないだろうか。しかし、言葉の礫をいくら投げたとて一つとして的に当たらず、ブーメランのように自分にはね返ってくるだけだ。よしや「発泡スチロール」の如き言葉であろうと、投げ続けることに何らかの意味を見出すこととして……。

ただひたすら一つの「島」であるために。

詩人、佐々木薫に安寧の日々は訪れるだろうか。それはだれにも分からない。なぜなら、沖縄島、そのものに安寧の日々が訪れることが分からないのだから……。

【参考文献】
第一詩集『潮風の吹く街で』１９８８年４月18日、海風社
第二詩集『闇の相聞歌』１９９０年12月20日、土曜美術社
第三詩集『沖縄現代詩文庫⑩佐々木薫詩集』１９９４年２月28日、脈発行所
第四詩集『現代詩人精選文庫　第58巻　佐々木薫詩集』１９９５年12月20日、表現社
第五詩集『汽水域』１９９６年11月19日、脈発行所
第六詩集『蝶なて戻ら』２００７年７月25日、あすら舎
第七詩集『那覇・浮島』２０１０年11月28日、あすら舎
第八詩集『ディープ・サマー』２０１２年５月15日、あすら舎
第九詩集『島――パイパテローマ』２０１７年12月７日、あすら舎

三　網谷厚子論

——極上の物語を紡ぐ旅人の散文詩

網谷厚子には二〇一八年年八月現在10冊の詩集出版がある。他に研究書、解説書、評論集、エッセイの出版もある。網谷は富山県の生まれで沖縄に移り住んだのは二〇〇八年、それ以降現在までの十年間で出版された詩集は4冊だ。沖縄に移り住んだ後に出版した第八詩集『瑠璃行』（二〇一一年）は第34回山之口貘賞を受賞し、第九詩集『魂魄風』（二〇一五年）は第49回小熊秀雄賞を受賞した。

　私が最も共感を覚える詩集は第12回日本詩人クラブ新人賞を受賞した第五詩集『万里』（二〇〇一年）だ。きりきりと引き絞った弓から放たれる峻厳な矢のような言葉で弾かれた散文詩は緊張感があり極上の物語を紡ぎ出している。収載された冒頭の詩「風祭り」は次のように書き出される。

あなたはどこから来たか　無数の後ろ指が川辺の脚のようにゆらゆらする　小さな身体を後ろに捻って　あちら　と言おうとすると　黄色い砂塵がゆっくりと幾重にも渦を巻き　空高く舞い上がる（以下略）

（「風祭り」）

　作者網谷厚子は、おそらく「あちら」と言おうとしても定まらぬ答えを探し求めて多くの言葉を費やして悪戦苦闘をしている詩人だろう。詩集『万里』の世界もそうだが、他の多くの詩集も含めて、詩編には「行く」「歩く」という言葉などに投影された旅人のイメージが色濃く漂っている。場所を変え、時を変えながら人間の生きる根源的な姿を探し求めている。『万里』に収載された同名の詩は甲冑に身を包んだ旅人のイメージが表出される。

長い旅でした　ゆめのように長い旅でした　へたりこんだあなたの膝元に　砂がさらさら流れ込んだ　ミクロの砂粒が青白くきらきらした　振り仰いで　月を見るあなたの額には　歳月と呼ぶには生々しい傷跡がくっきりと刻まれ細い腕に絡まった着物が　肩から今にもずり落ちそうだった　遙か昔　あなたは戦うために生まれてきた　武器甲冑を身につけ　何物かを捉えようと　身の丈よりも長い槍を相手構わず振り回した（中略）自分が何物で何のために生きてきたのか　全くわからなくなり　力が抜けた　砂山をあてもなく歩き始めた　日が東から西へ何度も昇っては落ちて行った　夢のように長い旅でした　あなたは躓いてから　ばったり倒れ伏した　無数の矢が刺さったままですでに骸骨となって　人の国には遠い万里で

（「万里」）

ここには、紀元前三百年ほど前、東方へ東方へと夢を追いかけて（あるいは侵略者とも称される）アレクサンダー大王の姿さえ彷彿させる。実際には「無数の矢が刺さったまま」「骸骨」となっても手を伸ばし、生きる意味を問いかけているのは作者であろう。

この第五詩集『万里』には、散文詩で作り上げられた様々な人々の様々な物語が展開される。句読点を振らない散文詩の表現が網谷の詩の特質の一つでもあるが、生きることの意義を探す難題を背負って歩む人々の多くの物語が詰まっている。そして、物語をスタートさせる各詩編の冒頭の一行は、どの詩行も研ぎ澄まされた言葉で記される。実に魅力的だ。この一行に導かれて、私たちは作者が奏でる協奏曲に耳を澄まし、時にはシンフォニーの鳴り響く物語世界へ導かれるのだ。読後には、格調高い珠玉の短編小説を読んだような錯覚に陥る。

この第五詩集『万里』は作者にとっても大きな転機をもたらした詩集であるように思う。この詩集以降、作者の詩の形態は散文詩としてほぼ固定化される。そして物語に仮託された「きみ」や「あなた」、そして「わたしたち」の物語が様々に織りなされるのである。

ところで、沖縄に移り住んでから上梓された二〇一〇年代の二つの詩集『瑠璃行』（二〇一一年）と『魂魄風』（二〇一五年）を読むと、散文詩という詩のフォームと物語に託された様々な人々の生きる姿を投影する方法は継承されているが、同時に作者の沖縄体験が色濃く反映されていることが分かる。沖縄の風土はさらに彷徨う旅人の衣装を作者に纏《まと》わせることになる。生きることを問い続ける人間の根源的な寂しさは倍加し、見え始めた沖縄の状況はさらに作者の心身へ多くの矢を突き刺す。この二つの詩集にも、『万里』と同じ旅人のイメージが色濃く漂っているが、背負われた荷は一層重く全身に食い込んでいる。『瑠璃行』に収載された同名の詩は次のような詩だ。

夜を行く　星の瞬きがとがった無数の針となって　空に開く夜　いくども傷ついた人々の深い眠り　透明な涙が溶ける（中略）遙か彼方の島では　今でも遺骨を探す金槌の音が響いている一万数千の魂が　帰る日を待っている　目を凝らしても　明日は見えない　いつも世の中は不安でいっぱいだ　闇の中をかき分けて　両手両足にたくさんの傷を作りながら　人は歩いて行く　いやされることのない肉体が　生きながら蝕まれていく　何十年経っても　終わらない戦い　誤解と中傷と憎悪と失意の渦に　否応なく誰だって　いつだって巻き込まれる　狭い地球の中で　人々は犇めき合い　大地や海底に旗を立て　資源の領有を主張す

る　戦いは　永遠に続いていく　勝った負けた　負けた勝ったを繰り返しながら　痩せていく地球　激しくなっていく戦い　増え続ける帰れない魂　浮かぶ身体が　青く輝きながら　珊瑚礁の上を漂い　瑠璃色の水から飛び上がり瑠璃色の天空へと　駆け上って行く（以下略）

詩人は、沖縄に移住して、さらに厳しい現実に直面し寂しさの極地に追いやられる。その寂しさを背負い、悲しみを拭いながら生きていく。あるいはこの地で生きている人々の物語をどの地でも生きている人々の物語へと止揚し普遍化して編んでいく。手を伸ばし、触れる現実、その感覚と感触に詩人の言葉は寄り添っている。この深みにこそ真実があるかのように言葉が紡がれる。

もちろん手を伸ばしても触れ得ない現実もある。見ようとしても遮蔽される真実もある。それでもなお、「人はどこからきて、どこへ行こうとしているのか」と、己に課した根源的な問い掛けを放そうとはしない。傷つき倒れても毅然として前を向き歩く旅人を想定しながら、詩人は彷徨う人間の様々な物語を編みだしていく。人間が生きて笑い悲しみ悩み絶望しながらも希望を失わずに存在する意義を見いだそうと苦闘する。網谷の詩の営為の一つは、この普遍的な問い掛けに答えを得ようとする営為にある。この至難な営為が『万里』を生み『瑠璃行』や『魂魄風』を生み出したのだ。

南島には　静かな悲しみが眠る　太陽が燃えながら沈んでいく　海原　青い滑らかな絹を　幾重にも重ね　下に下にと　ひらひら舞い降りていく　深い青がさらに濃くなっていく　その遙か彼方に　何千年もの時を経て　堅固に残っている石組み　その石段をかつて一人の男が登っていた突き上げてくる人々のざわめき　両耳の奥で響かせて　太陽の光の降り注ぐ場所　太陽しか見ることのできない場所へ　したたり落ちる汗が　一粒　一粒　乾いた石段を濡らす　石段の先には　赤い楼閣が　天に向かって伸びている　飛び立つ日を待っている龍のように　赤い屋根を燃え上がらせている　（以下略）

（詩「竜宮」、詩集『瑠璃行』収載）

網谷の想像力は止むことがない。この詩は与那国島沖の海底遺跡を見て触発されて書いた詩だと述べている。ここには琉球王国の誕生をも彷彿とさせる逞しい想像力が一編の物語を成立させている。そして架空の物語は作者の手の内で研磨されながら現実の世界をも射貫くのだ。

ところで、網谷は、書くこと、沖縄で表現することの意義について、そして自らの詩のテーマについて、近作のエッセイ集『陽を浴びて歩く』（二〇一八年）で次のように述べている。

人はいつも震えるような〈感動〉を求めているのではないだろうか。その〈出会い〉を待ち望んでいるのではないかと思う。私は、その〈出会い〉を様々なジャンルにとらわれずに追い求めている。

〈言葉〉は、時間的・地理的にどんなに遠く離れた人同士でも繋げていく。優れた機能がある。人はたった一人で、直面した〈にっちもさっちもいかない〉現実に、立ち向かうしかない。そんなとき、小さなポケットに忍ばせていた〈言葉〉を、飛び道具のように使って鮮やかに飛翔したいものである。

それは〈記憶〉に刻まれた、奪われない〈財産〉である。そんな素敵な〈言葉〉を〈発信〉できたらと思う。

（二十三頁）

〈沖縄〉で詩を書くことは、沖縄の〈過去・現在〉と向きあうことであり、〈未来〉への希望を繋ぐものでなければならないと思う。決して目をそむけず、果敢に挑んでいきたいと思う。（二一五頁）

私の詩のテーマはというと、

ア　過去・現在・未来の人々の思い・苦しみ
イ　現代にある矛盾
ウ　現代に生きる人々の慟哭
エ　日本語が紡ぎ出す世界・リズムの追究
オ　日本という国の伝統・文化への憧憬
カ　科学・技術の未来への不安と恐怖
キ　国際情勢の不安
ク　地球の存在・自然災害への不安と宇宙への憧れ

などであろうか。詩人が百人いたら、もっと多様な内容となるに違いない。〈伝えるべきもの〉という信念のもと、紡ぎ出していく言葉でならなければならないと考える。そして、何より〈遠く〉まで言葉を飛ばすためには、スケールの大きなものでなくてはならないと考える。（二一七頁）

なるほど、網谷の詩編はこの拠点から発せられているのだ。このことは充分に肯われる。ウチナーグチへの関心や日本政府対沖縄県の対峙の構造、あるいは沖縄戦や基地被害という沖縄の現実もこのいずれかに含まれているのだろう。そのように考えたいという思いは、第九詩集『魂魄風』を読むと十分に納得できる。

第九詩集『魂魄風』に収載された同名の詩「魂魄風」には「まぶいかじ」とルビが振られている、厳しい政治的状況に晒される沖縄の物語が随所に作り上げられている。収載された詩編の多くから、沖縄をまるごと抱えた詩人の溜息や怒りの心情を読み取ることができる。詩集冒頭の「魂魄風」は次のような詩だ。

幾百もの獣の遠吠えのような　幾筋もの雨が叩きつけるような　激しく押し寄せるものがある（中略）まだ　戦艦の中で戦い続けているものたちの　血走った眼が　そこここで　青く輝く　ブンブンと唸りながら　空を切ってまっさかさまに落ちていった　異国の黒い機体　珊瑚が生い茂り
　赤や黄色　真っ青な魚たちが群がる　町ごと大きな波にさらわれ　深い海底へと引きずり込まれた　人々の　上げたかった叫び　流したかった涙が　とめどなく吹き寄せる時間は　見えるところだけを　鮮やかに塗り替えていく時間がどれだけ経とうと　消え去ることはない　変わることはない　無数のものたちの思いが縒り合わせられて新たな生き物になる無残に散っていったこと　負けたこと
　異国の脅威に　晒され続ける人々　癒やされることのない魂魄が　まだ生きている　ここにいる　と　海原から陸へと渡り　日本列島を　桜前線のように　駆け上っていく

　網谷の比喩は特異だ。詩人の言葉は、やがて沖縄の土地に眠る死者の言葉とも重なっていく。詩「魂魄風」のみならず、頁を捲るごとに次々と現れる物語「ただ紺碧」「白い　翼」「風が吹き抜けるところ」「洞（がま）」「海　輝く」「神の気配」「コロニアルな」……などなど、沖縄に寄ってこそ生まれる詩群が羅列する。

　そして物語の構築は、さらに円熟味を増している。その一つの例に長い時間の経緯や広い空間の世界までが取り込まれていることが上げられる。

　さらに一編の散文詩に多くの連動するイメージの語句が重なり、これらの語句の衝突と融合により、やがて大きな詩世界のイメージが作り上げられる。例えば詩「風が吹き抜けるところ」は確かに沖縄を歌った詩だが、この詩には沖縄を表象するキーワードが十数個も散りばめられている。「フクギ並木」「御嶽」「ヒヨドリ」「赤瓦」「シーサー」「デイゴ」「ハイビスカス」「バナナ」「ガジュマル」「三線」「童神」「キジムナー」「ウミガメ」「ニライカナイ」などだ。これらの語句が凝縮されたイメージの詩句となって響き合い力強い大きな詩世界へと拡散し飛翔するのだ。この詩法は網谷が身につけた特異な詩法であろう。

　しかし、だからといって、網谷は当初の問いを手放すことはない。「人はどこから来て、どこへ行くのか」「人はなぜ生きるのか」。この問いに対する答えは沖縄の地でも完結していない。むしろ混迷は深まるばかりである。この普遍的な問いを考え続ける行為、これが網谷の詩の言葉だろう。

　詩集『魂魄風』に収載された「生まれる」という詩を全文紹介しよう。網谷は弱い孤独な人間に敬意を表しエールを送り続けているのだ。

百年を過ぎた樹木が　今年も蕾をつけた　初々しく　人が生き　そして去り　主を失ったことを　知らないように接ぎ木され　新しい命をもらった　低い木々が　一つ二つ小さな花を咲かす　どこでもいつでも生きようとする意志

　そのものとなって　百歳の人が　歌を詠む　船出して漁をする　病んだ人の最期を看取っている　金細工を施している　映画のメガホンを取っている　ピアノを人に聴かせている　終わりは　誰が決めるのだろう　豪雪の季節を抜け　寒さと温かさを繰り返し　温かい日射しに包まれ　待ち望んだ　春　がやって来る　喜びと悲しみを繰り返し老いていく人の　春はいつやってくるのだろう　なぜ人は生きるのか　答えが見つからなくて　道に迷った少年がいた　答えは　すぐそこに　朝の太陽を仰いだとき　一日を無事に過ごし　その日を思い起こすとき　人の情けに触れたとき　家族の温かさを感じたとき　美しいものに出会ったとき　明日のことをわくわくして待ち望むとき　今がどんなに辛くても　夢が見られたとき　答えは完結していない　激しい不安と恐怖にさらされ続け　今日を涙が枯れ果てるほど泣き暮らし　世界にたった一人の味方もいないような絶望に苦しめられ　食べる物もなく　食べる気力もなく　ただ死人のように　冷たい寝床に横たわる　そんな日々を　数えられないくらい過ごし　老いを迎えていくことから逃げ出したくなったとしても　答えはまだまだ見つからない　先に捉えようともがいても捉えられない　百年を過ぎた樹木の　蕾がほころぶ　やがてその年初めての花を咲かすだろう　咲いた花は　風に吹かれ散っていく　そしてまた　次々と生まれる明日がある限り　頭を垂れてわたしたちは生きる　春を待ち望みながら

【参考文献】

第五詩集『万里』２００１年5月1日、思潮社（第12回日本詩人クラブ新人賞）

第六詩集『天河譚――サンクチュアリ・アイランド』２００５年7月31日、思潮社

第七詩集『新・日本現代詩文庫　網谷厚子詩集』２００８年11月30日、土曜美術社

第八詩集『瑠璃行』２０１１年11月1日、思潮社（第34回山之口貘賞）

第九詩集『魂魄風』２０１５年11月1日、思潮社（第49回小熊秀雄賞）

エッセイ集『陽を浴びて歩く』２０１８年3月31日、待望社

第十詩集『水都』２０１８年8月18日、思潮社

四　沖野裕美論
――長詩に込められた土地の記憶への愛着

沖野裕美には、仲地裕子という詩人名で二冊の既刊詩集がある。『ソールランドを素足の女が』（一九七二年）と、『カルサイトの筏の上に』（一九七八年）だ。二冊とも七〇年代に出版した詩集である。米軍基地に隣接するAサインバーの女たちの悲しい性と生を題材にした詩集で読後の衝撃は大きかった。その衝撃を「鋭敏な言葉の建築―仲地裕子論」と題して拙著『沖縄戦後詩人論』（一九八九年）に収載した。

仲地裕子は、基地に隣接するAサインバーで働く女たちのエレジーを、優しさの備わった繊細な想像力で描いた、と論じたのだ。例えば詩集『カルサイトの筏の上に』収載された詩「イルミネ書簡」は次のような詩だ。

森はあらされた
ただ一切のほろびの道行きを甘受し
蟹足が棲息する波状段丘に
傷の頭皮を酢酸にひたす
（中略）
「あたしたちは基地の軍属にくもの巣をまぶした夢をささげる前衛なのよ」
（中略）
ヘイ・カムオン
やさしく娘を誘惑する
これは売淫の第一呪文だ
（中略）
右沿いの最初の路地道に
セブンティーンの女体が立っている
ピーターパンの髪を燃えるほど巻き
細い指には日輪の指輪
くらしあぐねる日々の生存は
ちっぽけなチケットであがなうから
軍属に飲ませてもらうことと
チケットの枚数は確実に比例しあうの
チケットのあてない日には
ろっどの巻き毛をぐしゃと押しつぶし
金属のオートバイの鉗子に跨って
海のホテルへ一足跳びよ（以下略）

そして拙論には、この詩を紹介しながら次のように書いた。「仲地裕子は繊細な感受性で捉えた現実を、細部まで行き渡る豊饒な想像力を駆使して詩の言葉に縫織する詩人である。対象を鋭く自己の内部に引き寄せ、練り上げて言葉を放

つその特性は、特に『基地の街・コザの女たち』を凝視した時、遺憾なく発揮される」（『沖縄戦後詩人論』一四七頁）

ところが、仲地裕子はこの二冊の詩集発行後、長い沈黙を貫いたのだ。そして第二詩集発行から二十二年後の二〇〇〇年十一月に第三詩集『無蔵よ』が発行されるのだ。それ以降、第四詩集『魔術師』（二〇〇六年）、第五詩集『犠牲博物館』（二〇〇九年）、第六詩集（長詩集）『地霊』（二〇一二年）と、詩集は次々に発行される。それも仲地裕子の名前を捨てて沖野裕美で再登場するのだ。この間に何があったのか。なぜ改名したのか。また詩はどのような変貌を遂げているのか、当然興味は尽きることがない。

第三詩集『無蔵よ』は、詩語の紡がれる対象が明らかに第一、第二詩集とは異なっている。前詩集がAサインバーを中核とした基地の街の女たちが対象であったのに比して、視野は沖縄の土地や歴史にまで拡大される。流転する沖縄の歴史、沖縄の悲惨な記憶の滲んだ土地や習俗を対象にして、限りある人の世と対照的に語られるように思われるのだ。悠久な土地や自然は時には性の幻想を託して語られることもある。しかし、誰に向かって語られているのか。なぜ沖野裕美なのか。詩集からその謎は解き明かせない。

第四詩集『魔術師』は、幼少のころ、久米島で育った著者の記憶を紡いだ詩である。巻末の「おぼえがき」に著者は次のように書いている。

> 詩群の大半は、親の仕事の都合であちらこちらに転校生活を余儀なくされた子供が久米島の風土の中で、その時々出会ったその地域の子供たちと夢中になって遊びながら、いろいろなことを体験してたくましく成長する領分を、言葉で押し出した記憶の所産から成り立っている。

しかし、それゆえにか、詩の多くは記憶を回収する詩に留まり、豊かな想像力を駆使して詩の言葉を紡ぐ仲地裕子は、これらの詩群にはいないように思われる。ここには沖野裕美が存在するだけで、興味深い体験の言葉を紡いでいる感がするのだ。

この印象が一変するのは、第五詩集『犠牲博物館』（二〇〇九年）と第六詩集（長詩集）『地霊』（二〇一二年）を読んだときだ。沖野裕美の想像力は縦横に飛翔し、独創的なイメージは新鮮な比喩の実験と相俟って、かつての仲地裕子の姿を彷彿させる。

例えば第五詩集のタイトルになった「犠牲博物館」とは、たぶん「沖縄」の比喩だろう。「陵辱」されるのは、Aサインバーの女たちだけでなく、沖縄で生きる人々全てへ普遍化されている。長い歴史の尺度と広い空間で沖縄が新たに捉えられ、豊かな想像力が饒舌の言葉を紡ぎ出しているのだ。詩集タイトルと同名の詩「犠牲博物館」は次のように始められる。

実験用のモルモットが麻薬を打たれ
生まれる前のそのまた以前から
他者に首根を押さえられ蹂躙され
それが自然の状態であるかのように
生き長らえるほどけつまずき
傷だらけの歴史を描く裸のからだに
原子核と劣化ウランからしたたる微量物質をいやおうなく
　堆積させる
わたしたちの生存は無造作に扱われ
原因から結果を派生する数百年が経つまで
機密文書からは読みとれないほど
表面は巧妙に隠蔽されている　（以下略）

詩人にとって、沖縄の現状は「実験用のモルモット」などに譬えられ、かくもおぞましいものとして自覚されているのだ。そしてさらに具体的な基地被害の一つとして「レイプされる女」たちは次のように書き留められる。

生まれてきたんだから
思いきり好きなように
少女たちは　少女の霊魂を育まねばならない
だけどここは生存に安全な場所ではない
眼を瞠るばかり　蝦蟇づらの米軍基地が
見えない放射能物質を散らす
F15戦闘機を捌き
軍事演習のミノタウロスを踊らせる
直立猿人の脚絆を巻き　大脳まで押さえられ
ロボット化した無表情な兵士たちは
戦闘機の轟音を昼夜見境いなく落としまくり
なた豆が弾ける　欲望のペニス袋を膨らます
わざわいを　基地の外へ撒き散らしたくて
外出日には基地の金網を一目散に跨ぐ
長くて硬い白い蹄をもたげ
長くて硬い黒い蹄をもたげ
基地外徘徊を黙認するのは
巨大軍隊の常套手段だ
放たれたらなんでも殺戮する訓練にあけくれた
そいつはほどなく
一人歩きの青い少女を見つけた
獲物だ　逞しい腕で手招きむんずと捉える
おとなの霊魂をこれから育てる
夢過程のからだを
わしづかみにドライブに押し込み
暴力で転がす
肉食動物も真似しない　恥知らずな鬼ごっこ

まだ恥毛も生えない唇を　太い指で押しひろげ
ばりばり破り　充血し開いた機関銃の亀頭を
大地に突っこみ　すさましい汚泥をいっきに吐く
少女の唇は傷だらけ
だらりとめどなく血だらけ
助けてと叫ぶほかない嗚咽
チッ生かすとやばいぜ
肉食動物も真似できない
悪徳を細い首にかける
これで仕上げのペニスをためば証拠隠滅だ
車を駆使して上機嫌な鼻歌をくちずさみ
大手を振って犯罪は逃げた
治外法権のトランプを翳す沃地に
すみれ色の霊魂は　褪せて壊れ
よもやここに留まれない
おとなになれなかった
すみれ色の霊魂が
またん
ぺてんこっかの犠牲になって毟られた

（「すみれ色の霊魂」）

怒りや感慨は、彼女特有の比喩を絡ませながら生々しく表現され直情的ですらある。歳月を身に纏って見えてきたものは、このような沖縄の現実であったのだ。沖野裕美は再度仲地裕子で蘇った感がする。あるいは逆説的に言えば、沖縄の広い視野を獲得して新たなエレジーを紡ぐべく沖野裕美として再登場してきたような感がする。

詩集巻末に、八重洋一郎が「沖野裕美とは誰か」と題して解説を書いている。読者へ随分と詩集の理解を助けてくれる。

八重は言う。この詩集を支える中核点は「島身御供」「りょうじゅく」「死卵という生き物」だと。「りょうじゅく」は「陵辱」の誤植とも思われるが、他に詩集に散りばめられたキーワードは詩集タイトルの「犠牲博物館」「人身御供」「花魁島民」「植民地言語」「基地腫瘍」など、想像力を喚起する言葉が新たな文脈の中で新たな衣装をまとって蘇ってくる。

第六詩集『地霊』（二〇一二年）においては、想像力はさらに研ぎ澄まされる。この詩集の特徴の一つは「沖野裕美長詩集」と「長」を付したことにも表れている。「地霊巻一」「地霊巻二」で構成し、詩編を一帖から十八帖に分けて詩のタイトルを付けて配列する。「帖」と述べるようにどれもが長詩である。ちなみに「地霊巻一」に収載された九帖の詩行の平均は一一〇行。最も長い詩は一四一行、最も短い詩は八〇行だ。恐るべき想像力の連鎖である。

饒舌な詩編に込められた詩語の内容は、第五詩集から引き継がれた「土地の記憶への愛着」だろう。Aサインバーの女から、対象は確実に移り変わり、沖縄という土地に刷り込まれた記憶、習慣、風俗、歴史への深い愛着と、大国の利害の間で強いられる理不尽な現状への強い怒りが織りなされている。表現の手法も長詩のみでなく、平仮名書きのみの詩にしたり、散文詩の手法を取り込んだり、シマクトゥバを取り込んだりと、果敢な挑戦を続けている。それは詩人の苛立ちをも象徴するかのようだ。

「地霊巻二」に収載された十七帖「花《はな》ゐきが」（注：「ゐきが」は「をとこ」とルビが振られている）は、二一五行にも及ぶ長詩だが、次のように書き始められる。

死の方角から考えたとき
ゐきがは私をみつめてはいない
眼を拡げたり
ふりむいたり
自由自在に移動するゐきがをたえず
見つめ続けることは不可能だ
なにげなく焦点をあわせる
ほっかり温かい羽毛の腕をひろげ
見つめられたゐきがは
輝く不死の若さで彼岸の上に立つ
初めて出会う岸辺で
ざらつく岩のりを踏みしめ
黒い葡萄のように
見つめるだけ見つめ
海鳴りと渦潮の真ん中に立ち
出会いを通してしか生きられない
切なさをにじみ出し
軽やかな微笑みを浮かべ
漂いつつ何度も会った
成長する過程で必要な道しるべだった（以下略）

このように語り出されるゐきがとゐなぐ（をんな）の人生が、絵巻物を紐解くように展開されるのだ。この詩を含めて詩人の目は遥か彼方を見据え、全体としても一つのテーマに収束される連禱詩のような趣を持って開示されていくのである。

本詩集巻末の「おぼえがき」に沖野裕美は次のように書いている。

「地霊」を表紙のタイトルに掲げたそれぞれの長詩は、血族たち、これまでに関わりあったゐなぐたち、ゐきがたち、生者たちそして死者たちが風波をたてて動きまわる。
　おのおのの長詩には、置き去りにしては通り過ぎることができなかった血族たち、ゐなぐたち、ゐきがたち、生者たちそして死者たちの霊魂がざわめいている。

沖野裕美には、仲地裕子が復活しつつある。果たしてそうなのか。沖野裕美の内部には沖縄という土地の地霊や精霊が棲みついて沖野裕美を巫女にしているのではなかろうか。詩を媒介としてのみ詩を語ってきたが、沖野裕美の詩への関心は尽きることがない。

【参考文献】
第三詩集『無蔵よ』２００年11月1日、沖積舎
第四詩集『魔術師』２００６年7月1日、久米島出版社
第五詩集『犠牲博物館』２００９年11月1日。こぎと堂
第六詩集（長詩集）『地霊』２０１２年8月30日、こぎと堂

五　宮城松隆論

――宿命を生きる詩人の彷徨と希望の旅

宮城松隆（一九四三～二〇一二年）は、家族、知人、詩友から惜しまれて逝去した。享年六十八。沖縄の現代詩の課題を背負いながら疾風のように駆け抜けていった詩人であったと言ってもいいだろう。活字となって出版された彼の遺作は次のとおりである。

第一詩集『島幻想』（一九九〇年）、第二詩集『宛先不明』（一九九三年）、エッセイ集『時間の密度』（一九九四年）、第三詩集『現代詩人精選文庫※第61巻　宮城松隆詩集』（一九九五年）、詩人論『日常と幻視――村田正夫の世界』（一九九八年）、第四詩集『闇の人影』（一九九九年）、第五詩集『逢魔が時』（二〇〇一年）、第六詩集『新選・沖縄現代詩文庫⑤宮城松隆詩集』（二〇〇九年）、第七詩集『しずく』（二〇〇六年）である。

第一詩集『島幻想』が上梓されたのは一九九〇年、四十七歳の時であるから決して若くはない。それ以降、自選詩集となる二冊のアンソロジーを含めて十六年で七冊の詩集の発行である。他にエッセイ集『時間の密度』や詩人論『日常と幻視―村田正夫の世界』の発行もある。さらに通信紙「キジムナー通信」の発行、また同人誌「コスモス文学」「潮流詩派」や「脈」「非世界」に参加する。二十年足らずの活動期間であったにも関わらず多彩な活躍を見せている。このことは驚異的な営為だ。疾風のように駆け抜けていったとする理由はここにある。

死の翌年には知人や詩友らによっていち早く『宮城松隆追悼集　薄明の中で』（二〇一三年）が編集出版される。宮城松隆が多くの人々から敬愛されていたことを立証するものだ。実際追悼集を読むとこのことがよく分かる。四人の追悼詩が掲載され、エッセイ、及び評論には二十七人の詩友たちが玉稿を寄せている。執筆者は石川為丸、上原紀善、佐々木薫、芝憲子、新城兵一、砂川哲雄、トーマ・ヒロコ、仲本瑩、西銘郁和、比嘉加津夫、平敷武蕉、松原敏夫、八重洋一郎、山入端利子、瑤いろはらで交友の広さが窺われる。詩友たちが寄せた玉稿は、宮城松隆という詩人の具体像を理解するには大いに参考になる。

宮城松隆の詩と死について記した詩友たちの印象深い評語のいくつかを紹介すると次のようなものがある。

まず新城兵一は、特に第一詩集に触れて「『地味』で温和な語り口の中に、味わい深い〈意味〉が隠されていて、読めば読むほど新しい〈発見〉がある」と評した。西銘郁和は、「宮城松隆は、外界〈状況〉の危うさ、存在の暗部、死と闇への畏怖感、或いは『自身』の肉体の痛覚等を終生に耐えて

『刻印し続けること』ができた希有な詩人の一人であった」とした。また平敷武蕉は「『地球星の呻く声』を聞き、『怒る民』と『帰らぬ兵士』を身ごもった彼の魂は、決して眠ってなどいない」と記している。

また『新選・沖縄現代詩文庫⑤宮城松隆詩集』の巻末には、本土の側から四人の詩人（日谷英《くさや》、山崎夏代、中田紀子、吉沢孝史）の「宮城松隆論」が収載されている。その一人、日谷英は具体的な作品を取り上げながら論じ「人間の生命の価値を厳しく問い直す詩人の精神のたたずまいは注目に値する」と賛辞を送っている。疾風のように駆け抜けた宮城松隆には、多くの力強い理解者がいたのだ。

今回、宮城松隆の既刊詩集と遺稿集を通読して、私にも共感することが多かった。印象評に留まることを承知しつつ、いくつかの感慨を述べてみたい。宮城松隆の詩の魅力をさらに広げられれば幸甚である。

まず通読しての第一印象は、難解で観念的な詩句が多用されているということだ。ややもすると読者が共感することを拒むかのような孤絶と独我の世界がある。元々読者など宮城松隆の眼中にはないのではないかとさえ思われる。この傾向は初期の詩集ほど強い。そして、闇のような詩句に漂っているのは明らかに死の影、生の不安などである。この特質は多くの詩編に見ることができる。その一つを第一詩集『島幻想』に収載された詩「内観」で見てみよう。

内部がシルエットで映し出される
胸骨が透いて見える
心菌が不安を掘っている
萎びた肺胞に花弁が膨らんでいる
肺路には白液が流れている
影の点在するおぞましい内部（中略）

廃卵を身ごもったぼくが
一条の光束に生を決意して
夢卵を噴出させる
影たちの幻惑を拒絶する
影たちは意味ありげに
皺々を収束させる
心菌が暗愚な虚妄に排卵を重ね
ぼくの風景が色めくのを呪っている

風景が汗ばんでいる
影たちの変容した空洞がある
夢商人が
僕の胸腔を透かして見る日に
涙ぐましい欠損を生きる

ここには、「涙ぐましい欠損を生きる」という魅力的なフレーズがあって詩人の痛苦な日々が繰り返されていることが理解できる。理解できるが容易に具体的イメージは喚起されない、と言っていいだろう。

二つめの特質は、この日々を詩人に強いた宿命とも言うべき二つの体験が多くの詩の言葉になって紡がれているということだ。この体験を透かしてみると、詩は驚くほどの実像を有して立ち上がってくる。その一つは戦争体験であり、他の一つは肺結核病者として隔離された体験だ。いずれも死と対面する大きな出来事として詩人の内面に刻印される。

病者としての体験は、中学三年生のときに患った肺結核によって自宅療養を余儀なくされ、さらに金武療養所へ入院させられた体験のことだ。先に引用した詩「内観」も、病者としての体験を透かして見ると、具体的なイメージが立ち上がってくるようにも思われる。

戦争体験は満二歳の時の体験だ。この戦争体験には幼少ころの戦時の体験と、父の死によって寡婦として生きる母親の姿を刻む戦後の体験が含まれる。父松顕は戦時中、沖縄刑務所の看守であった。父と離れて母親と二人での逃避行については、遺稿集の略年譜で次のように記されている。

母・マツは松隆を背に北を目指すこと三昼夜。松顕の指示で親類の暮らす今帰仁村古宇利へ向かう。途上、避難壕の中で松隆が泣きわめく。壕の中から「あの子を殺せ、全滅になるぞ」との声により、母子は壕を追放され、アダン林の中に隠れていたところを発見されて米軍の捕虜となる。田井等の捕虜収容所からマツは逃げ出し、松隆を頭に乗せて古宇利島まで海を渡る。松顕は同僚や受刑者らと戦火の中を避難中、具志頭村大屯で一命を落とす。

この戦争体験と病気の体験は、繰り返し繰り返し詩編の中に登場する。生死の意味と体験の意味が問われ続けている。例えば次の詩は「沖縄戦と看守S」と題されて第二詩集『宛先不明』の中に収載されている。

遠い記憶の闇の中で
戦争はあったようななかったような
真実が隠蔽されようとしている今
累々と洞窟から掘り出される白骨
悪霊が飛び交い
虐殺されていった人々
自害を迫られた人々
従軍慰安婦
真相があばかれ像を結ぶとき
飛べない民衆の慟哭が聞こえてくる
幻聴でもなく

悪夢を見ている訳でもない
血のしたたり
涙のしたたり
語りたくもないと
開いたままの傷口と生きる未亡人

看守Sよ
囚人との長い日々の
逃避行には
どんな意味が隠されていたのか
砲弾の中をくぐり
壕を掘り
そしてまた次の壕へと去る
次から次へと壕を掘り
壕を去り
南へ南へと追い詰められた
そのあげく
具志頭村大屯の地で果てた

看守Sよ
アラヒト神はあばかれた
殉職の意味は何だったのだろう
あまりにも悲しすぎる死ではなかったか

（「沖縄戦と看守S」）

もちろん「看守S」とは父親のことであり、「傷口を生きる未亡人」とは母マツのことだろう。

宮城松隆の詩は、戦争体験と病者体験という二つの宿命を引き受けて生きる詩人の彷徨、換言すれば普遍的な生と自他に届く希望を探して言葉を紡いだ詩人の軌跡を示しているように思われるのだ。少なくともこの二つのキーワードを携えて詩を読むと、私たちにとって難解で観念的な詩の世界がとても身近に感じられる。

三つめのキーワードは、第一詩集から一貫して保持される「詩のスタイル」である。戦争と病者としての体験は死と向きあう強烈な体験になったものと思われるが、この体験を核に据えながら、日々を生きる意味が問われ、観念的で抽象的な言葉が紡がれるのだ。思考はスパイラルに展開される。戦争で強いられる無残な死と、病気に襲われる理不尽な死。この二つの死のどこに違いがあるのだろう。だれもが死から逃れられないのに、なぜ人は必死に生き続けようとするのだろう。考えれば考えるほどに答えの得られない問いは、それこそ多義性を有した観念的な言葉でのみ語られる形而上学的な問いなのだ。

宮城松隆はこの問いを最初から有していた。それゆえに言葉は形而上的にならざるを得ないのかもしれない。それゆえに観念的で熟達した言葉の使い手として、最初の詩集から登場したのだと思われるのだ。
　ところで、この問いを手放さない詩人はそれこそ痛苦の世界に身を置かざるを得ないだろう。宮城松隆は紛れもなくその一人であった。第五詩集『逢魔が時』に収載された詩「夢の姿」で、彼の日常は次のように語られる。

何処からやってくるのだろう
眠りの底のざわめき
霊安室の一本のローソク
不鮮明な深夜の焼き場
遠い記憶のように
寝返りをうつと消えて行く

何処からやってくるのだろう
馬のいななく声
闇を駆ける馬車の音
意識の奥深く
闇のざわめく音がする
夢は現実の似姿であり
現実は夢の似姿なのであろうか
ひどく呆としていて
眠りを揺する
輪郭をつくり得ぬままに
遅い目覚めの朝
夢の解析が謎に包まれる

（「夢の姿」全文）

　生も死も、夢も現実も「呆として」輪郭がない。「輪郭をつくり得ぬ」日常を詩人は生きるのだ。これほど残酷なことはないはずだ。
　このような日常から詩人はどのように脱出するか。このことも私たちの関心事の一つである。もちろん詩を書く以外にないのだが、詩を書く行為はどのように自覚されているのか。次の三つの詩集、『宛先不明』『闇の人影』『逢魔が時』の巻末に付された「あとがき」にはその理由が次のように記されている。

自分の心の内奥に関わる本当のことは口にしたくないのが通常である。表現は畏怖であることを身にしみて思う。自己と他との関係性の中で見えてくるもの、存在を見据える時に自己の内部にはね返ってくるものを詩に形づくってみた。静かに深く人の魂を揺することばが欲しい。

（詩集『宛先不明』あとがき）

時間の割れ目から死者が現れてきます。私の思案にのってやってくるのです。死者の眼が私の痛覚を覚ますのです。それはちょうど、熛火が威風に揺られながら烈火へと燃え上がるようにです。命の続く限り詩を通して生の探求は続くのです。

（詩集『闇の人影』あとがき）

さて私の詩の根ざしている所はどこか。私の詩の核は何か。私の詩の枠は何か。自問を繰り返し熟成を待ち、明日へとつなげていきたいのである。

（詩集『逢魔が時』あとがき）

これらのあとがきから、詩を書くことは生の探求であることが分かる。また明日へと生を繋げていくための営為であることが分かる。詩人はあくまでも謙虚に言葉に向きあっているのだ。

もちろん謙虚さが詩人を救ってくれる訳ではない。詩人の目前の現実は八方塞がりの出口なし、なのだ。この現状をどのように打開するか。詩の言葉はこの憂いを打開できるのか。宮城松隆の詩編には、漠然とした光明も散りばめられている。

濁りのない瞳の裏に
不純な動機を秘めて

お前は
世に発とうとした
十六年もの航跡が純粋愚に思え
これからの行く手が
くねって見えた
くねりをぬって
生きて行くことが
益々愚に見えて
お前は
十六歳の心の中で
死んでいくものを見た
お前を襲ったのは
何者であったのか
他者に射すくめられて
何者かでありたいばっかりに
お前の心は凍てついた
濁りない瞳の裏で
自らの他者を敵にまわし
首を吊ったのは
何者であったのか
まるごと生きるには
まるごと生きるには
幻想が必要だった

（「十六歳の鎮魂歌」詩集『宛先不明』収載）

「まるごと生きるには幻想が必要だった」とは、なんともはやおぞましい現実である。しかし、ここには悲鳴にも似た詩人の偽りのない叫びがある。この叫びや幻想こそが観念的な詩行を生む原因の一つであったような気がするのだ。

宮城松隆は自己の内面を省察する誠実さをいつでも放さない。右顧左眄することもない。ただひたすら一本の錐のように我が道を歩んでいる。この誠実さが、まっとうに表出され収斂された詩編を収めたのが最後の詩集『しずく』である。『しずく』は、私にとってとりわけ好感が持てる詩集だ。言葉が素直である。余分なものが削ぎ落とされて清澄になっている。それなのに言葉に深さがある。比喩の射程も長い。どの詩編も心の奥底までストンと落ちる。収載された詩は例えば次のような詩だ。

生きることの悲しみに
生きることの牢獄がある
生きるとは燃焼し灰になることである
生きている時間の永遠である
生きることの悲しみに
なぜにの反問がしのびよる
何を生きるのか
何のために生きるのか
我が我として生きる
その悲しみに命を預けている
この世との確執は退けられない
しかしながら孤松を愛でる世界
生きてきた悲しみと共に
この世の実相を思う
反世界への真実すらなく
反人間が繰り返されている
生きることの悲しみに
命の尊厳さえ損なわれ
延命装置が準備される
人は人としての死でありたい
死の尊厳とは
人が生きる過程にある
水脈
その中で人は永遠の眠りにつく
生きてきた悲しみと共に

（「生きる」全文）

宮城松隆は、さぞかし無念であったことだろう。しかし、このような詩を読むと、不明の現実は詩人の前にその実相を現しつつあったようにも思う。その実相を私たちの前にもしっかりと示して貰いたかった。しかし宮城松隆はもういない。私たちも無念である。宿命を生きる詩人の彷徨と希望の旅はいまだ途次であったはずだから。（合掌）

【参考文献】

第一詩集『島幻想』１９９０年10月10日、私家版
第二詩集『宛先不明』１９９３年４月10日、潮流出版社
エッセイ集『時間の密度』１９９４年、脈発行所
第三詩集『現代詩人精選文庫※第61巻　宮城松隆詩集』１９９５年９月25日、表現社
詩人論『日常と幻視――村田正夫の世界』１９９８年10月21日、潮流出版社
第四詩集『闇の人影』１９９９年10月20日、濾林書房
第五詩集『逢魔が時』２００１年11月22日、編集工房アオキ
第六詩集『新選・沖縄現代詩文庫⑤宮城松隆詩集』２００９年５月21日、脈発行所
第七詩集『しずく』２００６年８月15日、編集工房アオキ
『宮城松隆追悼集　薄明の中で』２０１３年１月31日、宮城松隆追悼集発行委員会

六　中里友豪論

――今、詩が書かれることの可能性

1

中里友豪は、言葉を植える詩人だ。繊細で生命力旺盛な言葉を数十年も植え続けてきた。時には文学不毛の地だと言われた沖縄の地から、決して逃げることなくその土壌を耕し沃野に変えてきた。

もちろん、言葉を植えるとは比喩的な表現だ。もっと正確に喩えるのならば、記憶を植えると言った方がいいかもしれない。それも己の記憶だけではなく、無念の死を強いられた沖縄戦の死者たちの記憶をも蘇らせて植えるのである。容易なことではない。単純なことではない。荘厳な想像力が試される言葉の戦いだ。

中里友豪の戦いの場は、詩の言葉を紡ぎだす場所だけではない。演出家であり、同時に役者であり、また劇作家でもあり、評論家でもあるからだ。しかし、ここでは、詩の言葉だけを捉えるスタンスを持して、植えられる記憶や言葉を明らかにしてみたい。もちろん、このこともまた、詩人の多重的な営為の一つを垣間見るに過ぎない。

中里友豪が、詩と出会った場所と時間は、やはり出生の地、沖縄の歴史と時間を遠く離れてはいない。表現者として出発することを促す衝動は、個人的な理由だけではなかったように思われる。沖縄の歴史と困難な現在が、外圧的な揚力となって一人の倫理的な詩人を作り上げていったようにも思われるのだ。

中里友豪は一九三六年に生誕する。幼少時に沖縄戦を体験し、青年期に、『琉大文學』に対する弾圧や、米軍政府の沖縄住民に対する理不尽な行為を目撃する。いわゆる一九五〇～六〇年代の政治の季節に多感な青春時代を生き、自らもまた身を挺して戦った詩人である。この二つの体験が、詩人としての核を作り上げていったのだ。感受性豊かな一人の人間の精神の沃野に、記憶の種子が撒かれ、戦後六十年余の様々な不条理な出来事の中で、弾け、成長していったのだ。

中里友豪の倫理的な視線は、この不条理な出来事と対峙し、時代の証言者として、鋭利な言葉で不可視の闇をも照射してきた。ここに多くの共感者をも得てきたのだが、同時に死者たちの言葉や権力に弾圧される弱者の言葉をも紡いできた。言葉を持たない死者たちに代わって、彼らの言葉を語るところにも、その詩の特質の一つがあると言ってもいい。たぶんこのことは、中里友豪が、慶良間の集団自決の時間の身近に生き、そして辛うじて運命の時間とズレて生き延びたということとも無縁ではないように思われる。

中里友豪は、戦時の惨劇の谷間を不思議な運命の糸に導かれるように生き延びるが、この体験は、『中里友豪詩集』（二〇〇八年）に収載された詩「海の話」でも垣間見ることが出来る。例えば、次のように語られる。

昭和十九年三月
ぼくたちは島を去った
そのとき　背中にすれすれに
運命の斧がストンと落ちた
翌年の三月
島々では惨劇が起きたのだ
夢に見る海は　ときに
血の色に染まることがある（略）

自らの記憶を、死者たちの記憶に重ね、死者たちの無念のつぶやきを聞き取り、死者たちに代わって詩の言葉として育て植える。このことが自らの宿命でもあるかのように、言葉を発するのである。それだから言葉は蘇るのだ。

もちろん、このような視線は、同時代に無念の死を強いられた者たちの言葉をも掬い上げることに繋がっていく。例えば、詩「ボク零歳・黒焦げんぼ」は、一九六二年嘉手納で大型爆撃機が墜落し、生後二カ月で焼け死んだ赤ちゃんの声なき声を拾っている。

このように、中里友豪の詩の言葉は、戦争で死んだ者たちの言葉だけでなく、同時代を生きる人々の言葉、そして自らの存在を賭けた不退転の言葉をトライアングルに重奏させながら響き合っているのである。

ところで、このような言葉を植えるには何が必要なのだろうか。たぶん、怒りだけではスローガン詩に陥ってしまい、共感も偏ってしまうに違いない。普遍的な言葉として死者たちの言葉を植えるには、第一に死者たちの視線で物事を見る想像力が必要になるだろう。そのためには、死者たちを取り巻く状況をも客観視する冷徹な眼が必要になるはずだ。あるいは多面的な知識が必要になり、長い歴史の尺度が必要になり、ときには、自明なこととされている言葉の意味をも削ぎ落とす比喩力が必要になるかもしれない。

中里友豪に「遠い風」という優れた詩がある。第21回山之口貘賞を受賞した詩集のタイトルにもなっている印象深い詩だ。この詩は、屋敷の隅で背を丸めてウガンをする母親の姿を描いたものであるが、母親はまた、紛れもなく中里友豪自身を投影した姿でもあるように思われる。

もちろんここで用いられている「風」とは、言葉であり、記憶であるはずだ。この詩は、中里友豪が記憶を植える詩人であることを紛れもなく証明しているように思われるのだ。

2

詩人が自ら出版した過去の詩集のアンソロジーを編むという行為からは、何が見えてくるのだろうか。多分そこには、作者自身が自らの詩を選別するという行為が働いているのだから、作品に対する好みや、甲乙の判断、あるいは現在最も関心のあるテーマなどが、選別する判断の基準の一つになっているかもしれない。原本の詩集と比較しながら、詩人の思惑を想像する行為は興味をそそられる。しかし、ここではこのような関心を封印して、中里友豪の詩の営為と対峙したい。

本詩集（注記：『新選・沖縄現代詩文庫②中里友豪詩集』）は、過去の詩集を時間軸に沿って編んだものである。ここにも詩人の思惑の一つがあるのだろうが、第一詩集『コザ・吃音の夜のバラード』（一九八四年）が、「訣別」という詩から出発されていることは興味深いことだ。

『コザ・吃音の夜のバラード』は、「吃音」というタイトルに象徴されるように、沖縄を取り巻く絶望的な状況が緊張感をもって訥々と語られている。否定の場所から、パルチザンにも譬えられる反骨の詩魂を有して、一つの言葉を探す営為の出発が暗示されている。それはまた、自らを「シニゾコナイ」と規定する痛ましい出発でもある。

しかし、絶望的で閉塞的な状況にあらがう詩魂は、その後一貫して持続される。詩集『任意の夜』（一九八六年）においては、言葉の緊張感は第一詩集にも増して濃密であり、ウチナーグチの詩も試みられる。詩集『ラグーン』（一九八九年）では、詩人を打ち続ける記憶の意味と現在が探索される。また詩集『遠い風』（一九九八年・第21回山之口貘賞受賞）では、沖縄の古層と現代が切り結ばれ、見る力、考える力の重要さが浮かび上がってくる。詩画集『トスカーナへの旅』（二〇〇二年）からは、浪漫的な寂寥や時間の物語が、豊かな抒情を有して語られる。そして「未刊詩編」からは、一つの言葉を探す旅が、いまだ継続中であることが語られるのだ。

この軌跡と問題意識は、第一詩集『コザ・吃音の夜のバラード』では、「ひとつのことばでいい／身を引き裂く熱風はないか」（「訣別」）と悲壮な決意で語られ、そして時を経て採録された未刊詩集の中では、「まあ、急ぐことはないさ／一つのフレーズでいい／比類のない比喩を見つけることだ」（「橋の声」）と結ばれる。そして、この戦いは、「自分にルビを振ってどうする」と続けて記載される自戒の言葉に裏打ちされて持続されるのだ。

ぼくらが中里友豪の詩に共感することの一つは、このような視点が揺らぐことなく持続されているところにある。絶望からの出発を凝視していく詩心。沖縄の現状に鋭敏に反応する言葉。外部を引用しながら内部で言葉を植えていく姿勢。観察する目の鋭敏さゆえに反復される危機感。いつまでも忘却されない死者の痛み。これらはどの詩集からも感じ取れる詩人の一貫したパッションである。

そして、もう一つの共感は、作品の中で臆することなく屹立する主体にある。自ら植えた言葉には自らが責任を負うといった詩人の倫理的な生き方と換言してもいい。戦争を生き延びた自分の軌跡への責任と言い換えてもいい。過酷な記憶から逃げださずに対峙する。その姿勢がリアルな言葉を生みだしていくのだ。ややもすると評論家然として言葉を投げ放つだけの詩人、あるいは自己の世界の中で閉じてしまう詩人が多い昨今の状況の中で、中里友豪のこの姿勢は際だっていると言っていい。

3

今、詩を書くことの必然性や詩が書かれることの可能性を検討することは重要で意義のあることのように思われる。中里友豪にとってもぼくらにとっても、おそらく最も関心のある言葉は、自分の今を書く言葉であろう。

どのようにして射程の長い言葉を作り出し、あるいは枯渇した土壌にも苗を植え付け、育てることが出来るのか。たぶん即効的な方法は望めないだろうが、詩と対峙する中里友豪の姿勢や方法を探っていくと、幾つかの示唆が与えられるような気がする。そしてこの示唆は極めてラジカルなものだ。

一つは、逆説的な言い方になるが、方法を拒絶する方法といってもいい。詩の言葉の植え方に大胆な方法はないということだ。換言すれば、中里友豪の詩世界には奇を衒う方法や前衛的な手法は見あたらない。しかし、しっかりと対象を見ること、対象と同化するまでに視線を柔軟にすること。同時に自己をも客体視する冷徹で峻厳な目があるということだ。

このような方法で、多くの詩は書かれている。過去も未来も現在も、記憶されるべき言葉として蘇らせている。とりわけ、詩「K伯父」には、この視線が顕著である。戦争を生き延びたK伯父の死を看取る詩人の目は、距離も深さも、ずば抜けて重層である。一人の人間の生と死を見つめ、時代を語るリアルで荘厳な言葉は感動的である。

二つ目は、言葉が外部を解体する力として模索されているということだ。言葉を自明の言葉とはせず、身にまとった日本語もウチナーグチも、一度は脱ぎ捨てられる。そして、このようにして得られる言葉は、自らを打破するよりも、状況へ異眼の視点を送ることが多い。ここには、戦争体験と五〇年代の政治の季節を体験してきた過去が色濃く影響しているように思われる。言葉だけでなく、思考の方法も二元論的な範疇を越え、横断的な思考が模索されて言葉が汲み上げられている。

三つ目は、方言詩の試みである。ウチナーグチの詩は、詩人が抱えている状況の生理的な表現の追求として到達した一つの方法であろう。決して戯詩的な試みではない。笑いと悲しみの極端を往還する言葉の振幅は、沖縄の人々の歴史の振幅でもあり、詩人の思考の振幅をも示していると言えよう。

中里友豪に自覚されている課題や詩の特質は、ここに取り上げた以外にも、たぶん少なからずあるだろう。しかし、総括的な言い方をすれば、第一詩集から一貫している課題は、詩的言語の可能性の模索である。記憶や状況へあらがう言葉の力の有効性とその行方である。

中里友豪にとって、詩の言葉の訴求力の可能性は、具体的には、記憶を越えて記憶へ渡っていくもの、私を越えて私自身を観察する言葉、詩を越えて詩として定着させる批評の言葉と思われる。

このアンソロジーからも、これらの課題と戦っている詩人の姿が、明瞭に浮かび上がってくる。このことは、今、詩が書かれることの可能性を根源的に問い直す営為のように思われるのだ。多くの示唆を開示してくれる詩人の言葉は、あらがう魂の行方と共に、ぼくたちの関心をいつまでも引きつけてやむことがない。

七　牧港篤三論

——希望と絶望の隘路

1

牧港篤三さんからの年賀状が途絶えたのは、確か今年（と昨年）の春だった。牧港さんは無精をしている私をなじるのでもなく、無視するのでもなく、私が知り合うことの出来た僥倖を得てから十数年来、毎年新しい年を迎えると「賀春」と書き、温かなコメントを付した手書きの年賀状を送ってくれた。

二〇〇一（平成13）年一月の年賀状には、次のようなコメントが付されている。「何やら保守的な空気が渦巻いています。私、八十九歳になりました。長堂英吉が南濤文学に詩を書いています。貴方の健康と繁栄を祈ります」と……。

牧港さんが体調を崩していることは知っていた。数年前、再び牧港さんの詩を取り上げ、高校生を対象とした授業をしたいと思い、いくつかのご教示を願いたいと連絡をした。そのとき、体調が優れないと、丁重なお断りの言葉を頂いた。

牧港さんに関する思い出は、他にもいくつかある。特に印象に残っているのは、私が最初の詩集を上梓したとき、小さな出版会へ最初に激励に駆けつけてくれたのが牧港さんだった。私はその日が初対面であったが、時間が過ぎても参加者の少ない出版会に気を揉んでくださり、優しい言葉を掛けてくださった笑顔が目に浮かぶ。

牧港さんは、いつでも、どこでも、誠実な人であった。詩人としても、また一人の人間としても、自分の生き方に厳しい倫理観を課して生きていたように思われる。私は牧港さんの作品だけでなく、人柄に触れるたびに、その印象を強く持った。

そんな牧港さんが、今年四月十四日、肺炎のため那覇市内の病院で逝去した。享年九十一。告別式は十六日、那覇市内の護国寺で執り行われた……。

牧港さんの訃報に接した時、私の心中で、じわりじわりと膨らんでいった無念さは、戦争を体験した詩人の律儀で倫理的な生き方を喪失したことだった。晩年になっても、「何やら保守的な空気が渦巻いています」と賀状に書き、懸念する時代精神が、音立てて倒れていく寂しい現実だった。それは、沖縄戦後詩の時代精神の終焉を告げるものでもあるように思われた。

2

沖縄における戦後詩の出発は、戦争体験者によって担われていったと言っていい。戦争を、どこで、どのように体験したか。また、その体験をどのように表現したか、などで大別すると、いくつかの際だった特徴が浮かび上がってくる。

一つ目は、牧港さんや船越義彰さんのように文字通り沖縄において戦争を体験した者の詩である。牧港さんはジャーナリストとして沖縄戦を体験するが、船越さんは二十一歳の若い防衛隊員として沖縄戦を体験する。戦後、船越さんは戦争からの解放感の中で一人の女性と出会う。しかし、女性は戦争による過労を背負いきれずに逝去する。この体験を核にして生まれたのが『船越義彰詩集』である。詩集は清冽な叙情に貫かれた追悼詩の趣を呈している。ここには生命を有するものへの限りない優しさが鎮魂の表現まで昇華されている。この優しさもまた、戦争体験者の特異な感性である。[注1]

二つ目は、外国の地における戦争体験者の詩表現である。沖縄の人々の戦争体験は、自明なことだが何も沖縄の地だけに限定されたわけではなかった。南洋諸島で六年間余もの歳月を一兵士として過ごした克山滋さん、また過酷なシベリア戦線から帰還した宮里静湖さんのような体験者も数多くいたのだ。

克山さんは一九四八年、シュールレアリズムの手法で表現した詩集『白い手袋』を出版するが、その年交通事故で逝去する。

克山さんは日大芸術科在学中に徴兵され、南洋戦線へ配属される。たぶん、シュールレアリズムの手法は在学中に学んだものであろうが、「戦線にいても思いは地中海やギリシャにあった」と、詩集の序に記すほど特異な詩人であった。

また宮里静湖さんは、戦前に「桑の実」という叙情豊かな童謡の作詞者としても知られていた。文学で大成する夢を抱いて上京するが、徴兵されてシベリア戦線に配属される。その地での抑留体験等を詩集『港の歴史』に綴っている。「極限の悲しみの前では感情は死滅する」と記す作者の感慨は、戦争を考えるもう一つの視点を確実に私たちに与えてくれている。

三つ目のパターンは、矢野克子さんに代表されるもので、直接的な戦場体験はないが、傷ついた郷里の人々を励ます詩表現である。矢野さんは名護市の出身で、日本共産党の創始者の一人である徳田球一の妹である。戦前に矢野酉雄氏と結婚して郷里を離れ東京へ行く。夫の矢野酉雄氏は国会議員として活躍するが、夫妻で提唱した「共悦運動」の機関誌『共悦』を発行、ここを表現の拠点にして日常の言葉で素直な感慨を綴った詩を発表する。戦争で打ちのめされた郷里の人々への励ましのエールは、やがて十二冊余もの詩集として上梓されるのである。

3

牧港さんの戦後詩人としての出発はどのようになされたのであろうか。牧港さんは、戦後、最も早い出発をした詩人の一人に挙げられるが、それは牧港さんの誠実な人柄が大きく影響していた。牧港さんの訃報を報じた地元の新聞には、その略歴について次のように記していた。

牧港氏は一九一二年、那覇市生まれ。四〇年に沖縄朝日新聞入社、一県一紙の国策により、統合された沖縄新報で沖縄戦を取材。米軍が首里に迫ってきた四五年五月ごろまで、壕の中で新聞を発行し続けた。戦後の四八年、軍部に加担した戦争報道の反省を出発点に、故高嶺朝光、故豊平良顕氏らとともに沖縄タイムスを創刊。五〇年に太田良博記者と共著で『鉄の暴風』を発行、現在まで十版を重ね、沖縄を代表するロングセラーになっている[注2]

牧港さんの戦後詩人としての出発は、ここにも紹介されているように、「戦争報道の反省を出発点に」なされたものであることに間違いはない。自らの「戦争責任」を厳しく問いつめるその倫理的な姿勢が、牧港さんを詩人にしたのである。

牧港さんは戦前にもいくつかの詩を発表していたが、戦後の詩人としての出発については、次のように記している。

「米軍の俘虜収容所で、俘虜の一人として（中には家族連れの一家もあった、不思議な集団生活）毎日を無為に送る中に、アメリカ軍の支給するライスの袋を剝がして、たんねんに重ねて、手製の手帳を作った私は、どこからか探し当てた鉛筆をなめなめ書いた（略）」[注3]

そして、このようにして書かれた詩は、『心象風景』と題して私家版の詩集にまとめられるが、詩の言葉としては次のように刻まれる。[注4]

わたしは　たしかに生存していた
いまそのことを
あなたに書いてあげる
ことのできるよろこび
にわたしはうちふるえている
（中略）
わたしたちは　残る生涯
を通して　語りおわせない
かず多くの物語を
たった百日足らずの　戦乱に身一杯
背負い込んだ
（中略）
いつかまた相逢う日など
わたしたちは考えてはならない
全く　想像をこえた　新しい物語
のみちあふれた　暮らしを立てなければならない

（「手紙」）

牧港さんは、沖縄戦で、「語りおわせない　かず多くの物語」を目撃したのである。死の恐怖に戦慄しつつ戦場を彷徨《さまよ》い続ける人間、あるいは生を求めながら、ついに死を避けることのできなかった人間の数々の「物語」を、平和を願い「後世に伝えて、再びあの愚行を繰り返さぬよう」にと、語る決意をしたのである。

この決意が、『鉄の暴風』執筆に向かわせ、詩作へ向かわせ、「沖縄タイムス」創刊へと向かわせたものだと思われる。

牧港さんにとって、そうすることが、戦争を体験した者の使命として、また表現する者の決意として、担われ続けたものだと思われるのだ。

4

牧港さんの詩の世界は、悲惨な物語に満ちあふれている。「戦乱で身一杯に背負いこんだ」物語を伝えるというのであれば、それは至極当然のことではある。しかし、その当然の世界が、私たちの内部にまで大きな衝撃として届くには、やはり詩人としての表現の技術や言葉の選択が優れているからであろう。また戦争によって極限まで追いつめられた人間に対する理解が、私たちの共感を生むのだろう。あるいは社会や国家に対する認識が真摯になされなければならないはずである。そのいずれについても、牧港さんは誠実に向き合っている。

たとえば、戦争の実相については、石の生命をも破壊するものとして生々しく表現される。

石に砲弾があたる　石の生理も組織もこわされた
（中略）
そのとき　石は激しい匂いを発した
叫び声のかわりに　身をふるわせて匂いを発した
砕かれた瞬間の石の泣き声（後略）

（「死の石」）

石の泣き声を聞き、石の生命をも感じ取る牧港さんの感性には驚かされる。しかし、そのような感性であればなおさら、戦争によって破壊される人間の生命の無惨さは、かつて体験したことのない未曾有の物語として実感されたはずである。

雨が降っている。田舎の畦道、地上に剝き出した珊瑚礁の岩、そこに人間の形をした物体が永遠の休息のように岩に寄りかかっていた。私たちの重い靴がピシャピシャと草の水を無遠慮にハネながら通りかかった時、黒い物体の表皮が飛び散り、人間の形象が現れた。若い女であった。その時、ブーンというハエの大群の羽音を聞いた。振り返ってみた時、再び黒い物体は仮面をつけたまま岩に寄りかかっていた。そこは石垣をめぐらした、芭蕉の繁った平和なるべき農家の前庭であった。

（「私の出会った戦争詩」）

いつの間にか　敵の攻撃が激しくなるにつれて
板囲いの便所は糞尿が満ちあふれ
ところかまわず　どこでもやるようになってしまった
一個の管になってしまった人間
チロチロと泡立ち流れる水流に感情はない

（「排泄のバネ」）


人間を「排泄のバネ」にするものが戦争であり、「ハエの大群がたかる黒い物体」にするのが戦争なのだ。

牧港さんが執筆を担当した共著『鉄の暴風』の前書きには、次のような記述がある。

「幸か不幸か、当時一県一紙の新聞紙としてあらゆる戦争の困苦と戦いながら、壕中で新聞発行の使命に生きた旧沖縄新報社全社員は、戦場にあって、つぶさに目撃体験した過酷な戦争の実相を、世の人々に報告すべき責務を痛感し……（略）上梓の運びとなった」と。

牧港さんにとって、日常を非日常に転化する戦場での光景は、強く瞼に刻印されたはずである。そして、戦争報道員としての自己の存在をも脅かし続けたはずである。腐臭を放ち「黒い物体」と化した人間の死体を目前にして、理不尽な戦争とそれを止めることのできなかった無力感、それ以上にジャーナリストとして、国家の政策に加担していった罪悪感……。牧港さんの疲労は、肉体の疲労だけに留まらなかったはずである。

また、牧港さんの詩世界の一つとして、表現の方法に際だった特徴があることが挙げられる。それは徹底したリアリズムの手法とも呼ぶべきもので一貫して流れている方法意識である。反戦平和の思想を語るのであれば、この種の詩表現は、ややもすると政治的なプロパガンダ詩に陥ることが多い。しかし、牧港さんの詩は、拳を振り上げ、感情的にシュプレヒコールを叫ぶものではない。むしろそのような言葉から遠い距離に自分を置いて、淡々と戦争を語っているのである。

このことは、戦争を体験した牧港さんが築きあげた倫理観と言ってもよい。イデオロギーや国家の思想に裏切られた体験を持つがゆえに、自らの思想やイデオロギーを語るにも懐疑的にならざるを得ない。たとえ反戦の思想であっても、それは時代と迎合した思想ではないかという懸念。牧港さんの控えめな言動を考えると、その懸念は終生払拭できずに牧港さんを脅かし続けたのではないか。いやむしろ、そのことを己を律する枷として抱き続けたのではないだろうか。

もちろん、それを脱するには、思想を語るのではなく、真実を語る以外にはない。まさにリアリズムの手法こそが、牧港さんにとって戦争を語るにふさわしい詩表現の方法であったのだろう。その希有なスタンスを、牧港さんは獲得していたのだ。

自らの思想を語ることを厳しく律しながら、目前に繰り広げられた惨劇を感情語を廃して淡々と語る。この手法は、事実のみを報道する誠実なジャーナリストの目といってもよいだろう。逆にそのことで、戦争の実相は浮かび上がり、牧港さんの詩世界は優れた透明さで悲しみの極地に到達しているように思われるのだ。

5

牧港さんの詩作品を大別すると、二つの系列に分けられる。一つは俘虜収容所の体験をも含めた戦場体験を記した詩、もう一つは戦後の状況に対する時事的な問題に関して自己の感慨を記した詩である。しかし、いずれの作品も戦争が主題になっている。実際、多くの作品の中から、戦争以外のテーマで記された作品を見つけることは困難である。牧港さんにとって戦争の亡霊は過去からだけでなく、現在や未来からも現れるのである。そういう意味で言うならば、牧港さんは紛れもなく「戦争詩人」である。

また、このようなスタンスは、詩作品だけでなくエッセイの中にも色濃く反映されている。例えば一九八六年に出版されたエッセイ集『幻想の街・那覇』では、あとがきに次のように記している。「現在の那覇を語るには、どうしても『沖縄戦』という人為の嵐がこの島の頭上を蔽うたことを抜きにすることはできない」と。

このように戦争への「こだわり」を執拗に持続することは容易なことではない。だが、牧港さんには、このような「こだわり」を持続させる体験の深さがあったのだろう。牧港さんは、この「こだわり」について、「沖縄戦をくぐった詩活動」と題した川満信一さんとの対談で実に素直に語っている。[注5]

川満　（前略）新聞報道という職業の部分では、否応なく軍の統制に従って、戦争賛美的な仕事もやらなくちゃいけない……

牧港　ええ、もうそれは。だから、僕は今でも自分が戦犯だという気持ちが強い。あの当時、僕がなぜあんなことを書いたのか。書いたことは間違いないんで、そうすればもう自分は、戦争犯罪人じゃないかという気持ちは濃厚にあります。その後はその気持ちが全然払拭できないで、今でもいろいろとやっているんですがね。（後略）

牧港さんは、真摯に自らの過去を振り返っている。そして、

「いろいろやっている現在」をも語っている。この拠点から、表現者としてだけでなく、「沖縄戦記録フィルム1フィート運動の会」代表をも務めたのだろう。

牧港さんは晩年、枕辺で日本の現状への憂いを静かに語っていたという。いろいろやった自分の人生を、どのように総括して、あの世に旅立ったのだろうか。牧港さんは『無償の時代』に収載されたエッセイ「私の出会った戦争詩」の中で次のように語っている。

「戦後詩というものと、戦争詩というムリなジャンル設定を許されるとすれば、この二つの関係はどう結びつき、また結びつかないのか。私にいわしむれば、沖縄にはただ、戦争の持続と予測のたたぬ未来があるだけで、ある意味では、戦前詩も戦後詩もないように思われる」と……。

このように語る牧港さんの戦後はとてつもなく暗い。あるいは、沖縄には戦後がなく、絶え間ない戦前だけが持続しているとでも言いたげである。

牧港さんにとっては、戦後も絶望的な気分を払拭出来ない日々が続いたのかもしれない。沖縄の米軍統治下における二十有余年の歴史は、このことを容易に理解させる。あるいは牧港さんの射程には、今日の日本や世界の状況も想定されていたかもしれない。

牧港さんは、そんな中で詩の表現にどのような希望を託していたのだろう。絶望の中でも決して表現することを止めなかった詩人の生き方、或いは「文学の力」というものについて、やはり尋ねてみたかったという思いは拭えない。或いは、その課題を私たちに置き土産にして、牧港さんは旅立ったのかもしれない。（合掌）。

【注記】

1 『船越義彰詩集』の成立とその背景などについては、拙著『沖縄戦後詩史』『沖縄戦後詩人論』（一九八九年）などがある。

2 『沖縄タイムス』二〇〇四年四月十五日朝刊。

3 『無償の時代』ノート。

4 『心象風景』（一九四七年）の詩作品は後に『牧港篤三全詩集』（一九七一年）に収載される。

5 『新沖縄文学72号』一九八七年春季号。

八　知念榮喜の詩世界

——寂寥を溶解する夢の言葉

1

知念榮喜の詩を読みながら最初に感じることは、表現の不透明性である。その違和感は、ときにはワープロの変換ミスかと思われるほどに大きい。旧字体が羅列し、漢語的表現が多用される。古語やオモロ語までが登場し、縦横無尽に紙面を駆け巡る。さらに平仮名だけの詩があり、漢字とカタカナの混交した詩がある。

表現の工夫は、このような表記だけの問題にとどまらない。句読点を削除し、改行なしの散文詩的スタイルを有した詩もあれば、一字ごとに改行する破天荒な詩もある。また句読点の変わりに斜線を使用したり、あるいは十六字下げてスタートする詩もある。換言すれば、知念榮喜の詩世界には、あらゆる表現の試みがあり、あらゆる表記の実験がある。これらの試行は修辞の暴走と言ってもいいほどに、ぼくらを困惑させるのだ。

しかし、ここに知念榮喜の詩の特徴があり、詩の世界を理解する手掛かりの一つがある。なぜなら、この方法は既刊の三冊の詩集——『みやらび』（一九六九年）、『加那よ』（一九八一年）、『滂沱《ぼうだ》』（一九九〇年）——のいずれにも一貫して見られる手法であり、決して一過性のものではないからだ。むしろ確実に意図的意識的な試みがなされていると言っていい。

たとえば、知念榮喜の代表的な詩の一つに数えられる第一詩集『みやらび』の冒頭の詩「優しいたましいは埋葬できない」は、次のように歌われる。

　　　　　　　　みやらびよ　相思樹のいし
だたみに未來をきざむな　濱木綿の七つの香りをはこび　夜明
けの泉にはぢらひの緑の髪をかざすな　星のかがやかない盲ひ
たははには死線がみえる　みやらびよ　終りの月を炎の歌でつ
つみ　木麻黄の盾にきよらかないけにへの裸型を示すな　棘の
指がまさぐる夢の塔はとどろく海のなみだにひたされる　みや
らびよ　漂ふ羊の空にひとりめざめ　乾いた骨の岩棚をさすら
ひ　奪はれたかぎろひの日々を喚びもどすな　阿檀の森の雨に
濡れ　海鳥の岬によろばひおどろのははは　優しいたましいを
埋葬できない　みやらびよ

この詩には、知念榮喜の詩の特質が多く見られる。たとえば、表記に関しては、「未来」の「来」が、あえて旧漢字の「來」になっていること、その他「はぢらひ」「はは」「いけ

に へ」「漂ふ」「かぎろひ」「喚び」「よろばひ」「おどろ」など、さらに十六字下げの詩行のスタートなどである。これらの表記が意図的でない筈がない。

問題は、なぜ知念榮喜が、このような表現を意図的に選び取ったのだろうか、というところにある。結論から先に言えば、知念榮喜は、このような数々の表現の工夫に自らの詩の独自性を際だたせ、その自立と自負のために様々な趣向を凝らしたのだ。

このように思う根拠は二つある。一つは知念榮喜の「言葉観」を手掛かりにしたもので、もう一つは、私たち読者の側の感受性に根拠を置くものだ。

もちろん、知念榮喜が言葉についてどのように考えていたかを知ることは難しい。このような詩表現を選択したところに知念榮喜の言葉観はあるのだと逆説的に言うことはできる。しかし、それではあまりにも無責任すぎる。数少ない手掛かりを詩の断片から拾い上げてみると、たとえば次のような詩行に遭遇する。

蕪村よ、あなたは夢弦の琴をいだいて桃李の道をさぐるといふ。
あなたはことばを攻めない。ことばに誘われる。ことばは色彩と形態だ。

（「峨嵋露頂図」）

「破壊せよ」
火を焚く父は言語を嗜虐する
なべての言語は夢をみる
長い悲哀の髭を垂らし
石の都市を奔り
雨に搏たれる
あまねく垂直と螺旋の省察
三匹のかたつむりを飼育して
象形文字について学ぶのだ

（「フンデルト・ワッサ氏の『緑の絵』の記憶」）

ここから推察される知念榮喜の言葉観は、言葉を文法的に捉えるのでなく、言葉をダイナミックに捉えていることだ。「ことばに誘われる」「ことばは色彩と形態だ」「言葉は夢をみる」「象形文字について学ぶのだ」など、言葉に対する無限の可能性を信じている。言葉を能動的に捉えることができれば、既成の言葉の規範や概念を壊すことも困難なことではない。むしろこのことによって、言葉は躍動感を持って紡がれ、新しい意味をも付与されるのだ。知念榮喜はこのような意図を明確に有していたと思われるのだ。

二つ目の根拠は、一見乱暴な言い方のように思われるが決してそうではない。読者の感受性とは、理屈ではなく本能的なものであるからだ。たとえば平仮名表記からは柔らかなイメージを、カタカナ表記からは硬いイメージを、あるいは旧漢字や漢語の多用は言葉の始源の世界へ遡っていく営為をイメージさせる。また感嘆符の使用や視覚的なイメージから受ける固有な印象は、習得して確立出来るものではない。

知念榮喜は、このような見解と考察を拠点において、言葉の世界を十分に渉猟したのである。かつて山之口貘が日常語を核にして、ペーソスとユーモア溢れる表現世界を構築したように、知念榮喜もまたオリジナルな世界を築きたかったのだ。もちろん、この世界は、表現者であればだれでもが目指す到達点なのだ。

知念榮喜は山之口貘とも親しい交流があったというが、二人の詩人の行き着いた表現世界は異なった。しかし、詩人としての存在を主張する目的意識や方法意識は同質なものであったように思われる。すなわち、知念榮喜の表現方法やスタイルへのこだわりは、山之口貘と同じように、詩人としての自らのアイデンティティを表出する一つの方法であったのだ。

2

知念榮喜の感性はダイナミックに躍動する言葉を持つことによって、さらに新鮮で特異なものになる。それは、宇宙的感性とも呼ぶべきもので、私たちにとって知念榮喜の詩を魅力的なものにしている要因の一つでもある。

恋愛は真空の花序形態である。（中略）
ヒメハブの鳴きごえがききだせない白日は緑の波が燃えていた。
（「深大寺の門」）

北の岬が雨に濡れている。加那よ。私は島の形に雨に濡れている
（「砂の雨」）

海の底から貝を吹き寄せる風がある。汀に雪が零れた。
さびしい姉が春の糸を手繰るのだ
春の砂が囁いている。膚と膚を縒っている。
（生起するのだ）。ひそかな呪言よ
ひと魂の月が出た。
宇宙の影が射している
（「岸へ」）

これらの言葉から生起されるイメージは、どれも一筋縄ではいかない。あるいは、自由に乱舞するイメージと言ってもいいし、引き裂かれるイメージと言ってもいい。意味を結ぼうとする私たちの行為を拒絶し、私たちの内部を攪拌するの

だ。

　しかし、意味に戸惑いながらも、安らぐ境地があることも確かだ。安らぐリズムの世界と言ってもいいし、夢幻の境地と言ってもいい。このアンビバレンツな振幅を有してぼくらを虜にするのが知念榮喜の詩世界だ。

　知念榮喜の詩を読むと、自明としてある詩の概念が絶えず揺さぶられる感がする。詩とは何だろう。詩はだれに向かって書かれるのだろう。表現するとは一体どういうことなのか。このような本質的な疑問を突きつけられるのだ。そういう意味ではポストモダン的な詩だといってもいい。言葉を武器にして、混沌の世界を映し出した鏡を見せてくれるのだ。

　もちろん、意味が皆無という訳ではない。どちらかと言えば、意味は自らに向かって開閉されるのだと言った方がより正確だろう。しかし、詩がだれのためでもなく、己に向かって書かれるとすれば、凄まじいまでの孤独な営為ということになる。

　確かに、知念榮喜の詩には「淋しい人間」とか「優しい人々」などという言葉が頻出する。時には「ああ　世界は淋しい」(「それから一月の唄は……」)などと歌われる。知念榮喜の詩の世界に底流する大きな主題は、間違いなく強烈な寂寥だ。その寂寥を解体する行為の一つとして、知念榮喜は詩という武器を手にいれたのだ。

予感
あるひは
反証
内部の時をめぐって
強烈な寂寥があるから
貪婪な未来のうたがうたわれるのだ
(「海の鏡」)

人々ハ
燃エル自然ノ鏡ヲ透シテ
土ト人間ヲウタッタガ
私ハ悲シミノ根ヲサグリ
ヒソカナ怒リヲウタフコトガデキル
(「首里へ」)

　知念榮喜に認識される世界は、寂しさと悲しさの入り交じった世界である。それは、故郷に向かうときも人間に向かうときも、優しい命令形で自らを鼓舞するように歌われる。感嘆符や、断定的に言い切られる多くの詩編は、そのようなことに通底しているかもしれない。

　知念榮喜は、長く故郷沖縄の地を離れて、東京(近郊)の地に住んだ。だが、山之口貘のようにノスタルジックに故郷を歌うことは出来なかったのだ。知念榮喜が歌ったものは、異郷の地に住んで、故郷を反芻する「寂しい人間のときめき」であった。換言すれば、寂寥を溶解する夢の言葉を紡いだのだ。

3

詩が生命を持つためには、やはり状況に対する厳しい緊張関係が必要のように思う。もちろん、知念榮喜の詩にも、緊張感は溢れている。しかし、沖縄の地にあって詩表現を続けている詩人たちとの違いは、政治的な緊張感の希薄さにある。

沖縄の戦後詩の今日までの特徴を概略的に述べれば、「状況に対峙する倫理的な詩」を一方に有し、他方に「レトリックを駆使した個人的な詩」を有して歴史を刻んできたように思う。しかし、知念榮喜はこの対立項のどこにも位置せず、むしろこの対立項を壊し横断する位置にあると言ってもいい。そういう意味でも、知念榮喜はポストモダン的詩人である。

夢が固定観念を溶解する。島は幻の王国である。人魂をつかんで鬻ぐ女がいる。昼顔の浜辺をつないで麻衣の邑をすぎる。木霊に占はなければならない。瞼よ。私はひそやかな青い湾を形象する。

（「さざなみの草の葉の唄」）

えけ
滴る太陽神《てぃだ》！
えけ
滴る太陽神！
珊瑚の樹林は燃える
苛烈な夢よ

（「海神譜」）

私が、知念榮喜の訃報を聞いたのは、今年八月、奇しくも知念の出自の地である国頭村安田村に滞在しているときだった。不思議な感慨に捕らわれたが、この十月には、あしみねえいいちの訃報にも接した。二人とも沖縄の現代詩を牽引してくれた重鎮である。たぶん、二人の業績については、これから多くのことが問われ、検証されるのだろうが、知念榮喜の詩世界の特異性は、あるいはこれからが有効性を増していくのかもしれない。（合掌）

九　船越義彰論
――船越義彰の小説と戦争

1

　船越義彰が逝去したのは、今年の春、三月のことであった。享年八十一。沖縄戦を二十歳で迎え、二十一歳から戦後の時代を数え始めたという。現在の日本の指導者たちは、敗戦からの出発にあたって大きく掲げてきた憲法や教育の理念等の見直しを提言している。この時代の予兆を、船越義彰はどのような感慨で見据えていたのだろうか。もちろん、私たちもまた、同じ課題を担ってはいるが、戦争を題材にし戦争の悲惨さを訴え続けてきた船越義彰の作品群が、今日、どのような射程距離を有しているか。このことを検証することは、私たちにとっても意義のあることだろう。

　私が船越義彰の作品に最初に出会ったのは『船越義彰詩集』によってである。詩集は、一九五九年に出版されていたが、私は大学卒業から数年が経過した一九八〇年代の初めに読んだ。その時の感慨は、今ではやや曖昧になったが、新鮮な感動を喚起されたことを覚えている。詩集には、戦争体験を核にしながら、詩人としての確かな抒情精神が息づいていた。特に死の床に伏した女性に対する深い愛情が散りばめられた詩編は、命あるものに対する優しさが豊かに表現されていて感動的であった。

　船越義彰に対する私の関心は、やがて優しさの極致とも言える地平を歩く詩人の原点を見極めたいということに移っていった。なぜ、それほどまでに優しい愛情を有して他者に接することができるのか。全共闘世代の私たちは、国家の体制を憎み、社会の秩序を憎み、他者を憎み、己自身の存在さえ否定したくなる衝動に何度も襲われていた。私自身もこの地平で呻吟し、脱出を模索していたがゆえの関心であったかもしれない。

　そして、私なりに推察した結論をも手に入れていた。船越義彰の優しさは、戦争体験と無縁ではない。むしろその体験を核にして作り上げられたものだ。一瞬にして消えゆく命のはかなさ、偶然に生きながらえた命の尊さ。戦争体験が、共に生きながらえた他者への優しさを作っている。この世に生を受け、生き続けているもの、すべてが、いとおしいのだ、と。

　船越義彰は、前記の詩集以外にも、自らの戦争体験を核にした作品を数多く書いている。エッセイや体験記、小説、詩、戯曲など、多くのジャンルに渡るが、そのいずれもが真摯に戦争体験を問い続け、平和の尊さを訴えたものだ。私たちの世代が、七〇年代を政治の季節として体験してきたように、船越の世代は、それよりもなお残酷な戦争を、青春時代に体験してきたのである。そして、私たちが青春の体験を見極めようと努力したように、船越の世代もまた、表現を手段として、体験を咀嚼してきたのだろう。

船越義彰の世代は、沖縄の戦後文学の歴史で言えば、戦争体験を経て最初に登場してきた新しい表現者として注目された第一の世代である。そういう意味では、船越義彰の死は、戦後第一世代の活躍と終焉を象徴するものでもあるはずだ。

2

本稿での私の関心は、特に小説の分野で、船越義彰は戦争体験をどのように表現してきたかということにある。沖縄の地に生まれ、表現活動に関わる者にとって、沖縄戦は大きなテーマである。そして、戦後六十年余、戦争体験者が高齢化し、次々と逝去していく中で、戦後世代の私たちは、どのように戦争の残酷さや真実を継承していくか。どのような表現方法が許され、最も有効であるのか。このことは、私たちの世代が担う大きな課題の一つでもある。

船越義彰の小説作品は、「みどりの紋章」(一九五五年・琉球新報連載小説)、「慰安所の少女」(一九七六年『新沖縄文学』第31号)、「カボチャと山鳩」(一九七八年『新沖縄文学』第39号)、「戦争・辻・若者たち」(二〇〇三年・単行本)などがある。なかなか手に入りにくい作品もあって、ここでは諸般の事情から、後者二編の作品を中心に考察して私見を述べるにとどめたい。

船越義彰の小説の特徴としては、まず第一に、記録性を重んじる傾向を有していることが上げられる。船越の小説は、他のジャンルの作品と同じように、そのいずれもが、戦争体験を題材にしたものである。それゆえにか、作品は小説というスタイルを有しているとはいえ、沖縄戦の実相や証言性に重きが置かれ、一種のドキュメンタリー的な手法で描かれている。極端な言い方をすれば、フィクションよりもノンフィクション的で、体験記や自分史として読み替えることができる作品だ。

読者にとって、小説を読む楽しみは様々にあっていいと思うが、その一つに、ストーリーの面白さとか、新鮮な比喩表現だとか、魅力的な登場人物に出会うことがある。これらのことを契機にしながら、作品世界に感情移入し、心を動かされ、新しい発見に精神的な成長をも促されるのだ。

しかし、船越の小説にはこのような期待は抱かない方がいい。フィクションとしての仕掛けや、実験的な手法はまるで取り入れられていない。ひたすら歴史的な時間軸に沿って、説明的に事実が記され、小説世界が作り上げられているのである。

例えば、小説「戦争・辻・若者たち」と、体験記「狂った季節」を読み比べてみると、ここには大きなジャンルの違いを感じない。登場人物の名前を架空にし、イニシャルを付ければ、どちらが体験記であってもいいし、小説であっても構わないように思われる。いずれも沖縄戦の体験が、歴史的な事実としての結末に向かって、予定調和的な体裁を有して描かれているのである。

また、「戦争・辻・若者たち」においては、みずから小説の構造や手法的な欠陥を作り上げていると言ってもいい。作品は、戦前、戦中、戦後と三部仕立てになっているのだが、戦後への展開では、戦中の物語が中断され、次のような要約文が挿入される。

「(前略)沖縄の人々は、それぞれの立場で沖縄戦に巻き込まれ、それぞれの体験をしたが、残酷なイクサのあとはすべての人々が同じ条件で戦後の荒廃の中に投げ出されたのである」と。

小説の視点は、登場人物の視点や第三者の視点で内面の葛藤や心理状態が語られるところに人間存在のドラマが展開される。しかし、このようにもろに作者の顔が出てきて、要約文が提示されると首を傾けざるを得ない。読者の意識は、いきなり中断され、作品世界から現実に戻される。思考は停止され、戸惑いシラケてしまう。小説の方法としては、やはり疑問を持たざるを得ない。換言すれば、フィクションという小説のもつ手法を、船越義彰は十分生かし切っていないように思われるのだ。

3

船越義彰の小説が、なぜ小説の特徴であるフィクションとしての手法を駆使出来ずに体験記的な範疇に留まったのか。その原因や理由は、作品が戦争を題材にしているのであれば、やはり手がかりは、船越の戦争体験の実相に求められていいだろう。

船越の戦争体験は凄惨である。もちろん船越一人が特異な沖縄戦を体験したわけではないが、船越自身の証言によれば、船越は、病気のため、防衛隊への入隊を拒否される。那覇市生まれの船越は、激しくなる戦火の下を、母親や祖母と連れだって南部へ移動する。南部でも激しい地上戦が展開され、戦場を彷徨。途中、祖母とはぐれ、さらに自らも被弾して重傷を負い、気を失ったところを米軍の捕虜になる。まさに九死に一生を得て、死者の傍らから生還するのである。

船越義彰は、戦時中、このような体験を十分に理解できる二十歳という年齢に達していた。それゆえにか、戦場で「はぐれた祖母」を、「置き去りにした」のではないかという罪意識にも苛まれる。手榴弾を持っていた母親と己の感情が、少しでも揺れ動いただけで死者と化していたであろうという意識の闇をも理解出来る。偶然という運命が、自らの命を長らえさせたのだという認識をも会得するのである。

船越の表現者としての拠点は、戦場におけるこのような体験がモザイク的に積み重ねられたところにあると言っていい。そして、このような拠点から表出されたいずれの作品もが、戦争に真摯に向き合い倫理的に言葉が紡ぎ出されているのである。このことは、当然と言えば当然の帰結なのだろう。作品世界は、日常生活における船越の穏やかな人柄や、いつでも笑みを浮かべていた明るさとは違って、全くユーモアや遊びがない。その徹底した抑制は、戦争を描く際に自らに課した「枷《かせ》」とさえ思われるのだ。

船越義彰は、一九五二年には詩の同人「珊瑚礁」に参加、戦後、最も早い時期から文学的表現に関心を有して活躍してきた。一九五五年には新聞の連載小説を書き、さらに周りには、多くの優れた文学者たちとの交流があった。大城立裕や嘉陽安男なども、その一人であるが、このような船越義彰が、小説の方法について無頓着であったということは想像しにくいことだ。

船越義彰は、意識的に頑なに写実的方法にこだわって小説を書いたのではなかろうか。このように思わざるをえない。また、このように思う根拠は、実は船越自身の作品中に数多くある。

例えば、体験記『狂った季節』の中には、次のような記述がある。

> 糸満ではふたつのことを経験した。初めて人間の生々しい死体を見た。特攻機が撃墜されるのを見た。このふたつのことが私の戦場意識を決定的なものにするが、それとともに実に落差の激しい戦場心理を経験することになる。つまり、戦場の現実……死の恐怖を覚えると瞬間にしてこれを非現実的な安堵感へつなぐことだ。（29頁／傍線引用者）

このような記述を読むと、船越が小説の方法に無頓着であったとは、やはり思われない。船越にとって沖縄戦の体験は表現者船越義彰を生んだ拠点であったが、同時に対象化出来ない体験であり、想像力を拒む特異な体験であったのだ。シュール的な思考を有して戦争を超えることは出来たが、シュール的な手法で体験を語ることは出来なかった。戦場を舞台に虚構の物語を生み出すことに拒否反応があったのだ。

体験記『狂った季節』は、「戦場彷徨十九日」「戦火を逃れて」「終戦直後の生活」と三部構成になっている。「あとがき」によれば、「戦場彷徨十九日」と「戦火を逃れて」は沖縄タイムスに連載されたものを収載したとされているが、連載が「戦火を逃れて」から始まったことに関して、次のように記している。

> 「戦火を逃れて」を書いた一九九五年の段階では、戦場の

情景が中心になる「戦場彷徨十九日」が書ける状態ではなかった。沖縄戦から完全に脱出していなかったのだ。百分の一秒や千分の一秒を「瞬間」とする時間認識からすれば、私の沖縄戦の瞬間は五十年間続いたことになる。そしてこの「瞬間」から我に返ったとき、沖縄戦の客観的な眼が開け、それが書けたことになる。極めて長い一つの瞬間であったのだ。（「あとがき」／傍線引用者）

船越義彰にとって、戦争を書くことは、心を虚にして淡々と事実を語らねば、書き切ることの出来ない悲惨な体験であったのだ。このように考えれば、小説「戦争・辻・若者たち」の中で、戦場体験が要約されて、戦後の展開に飛躍する構成も、容易に理解出来る。そして、今さらのように、一人の人間に色濃く影響を与える戦争体験の大きさに驚愕してしまうのだ。

4

船越義彰は、戦後いち早く表現者として活躍していたにも関わらず、その作品や業績について語られることは多くはなかった。しかし、そんな中でも、傑出していたのが、一九五四年『琉大文學』第6号で発表された新井晄（新川明）の「船越義彰試論」である。サブタイトルには「その私小説的態度と性格について」と付されている。

新井は、一九五〇年代という時代の風潮の中で、船越義彰の詩人としての創作態度や方法について、「『日本的な』抒情詩人の延長線上で発展もなく、追想という過去のノスタルジーの中で、結局詩を弄んでいるにすぎないのではなかろうか」と批判した。

船越義彰が、過去に体験した戦争の重さを払拭出来ずに、一方で抒情的な筆致で、死んでいった恋人を哀悼する詩世界を展開したことは間違いない。ただこのことが、詩作品そのものの優劣に決定的な影響を与えるものではないと思う。詩世界を味わい評価する尺度は無数にあってもいいはずだ。

新井もまたこのことを熟知していたようにも思われる。一九五〇年代は、米軍政府が露骨に沖縄の人々の基本的な人権を抑圧し、土地を奪い、軍事基地を拡張していく時代だ。人々の住んでいる土地を、ブルドーザーと銃剣で強権的に取り上げていった時代である。このような状況への、新井自身の怒りや苛立ちをぶつけるように、論は展開されている。

ところで、船越義彰が一九八三年に発表した『きじむなあ物語』は、船越が十分に想像力旺盛な作家であることを証明している。そして繊細な詩魂と類い希な詩情を有した詩人であることをも証明しているように思う。

「きじむなあ物語」は、伝説上の存在である「きじむなあ」を主人公にして、思い切り想像力を駆使して物語を構成した船越の傑作である。やはり戦争を題材にしているが、ここには「哀れな人間ども」が始めた戦争によって、「きじむなあの世界」が壊されていく様子が、詩情豊かに描かれる。

　このように虚構の物語を作り上げていくことにも力量のある船越が、どうして戦争を題材にした小説を書くと、想像力は弛緩し、説明的な筆致になり、十分にその才能を発揮出来なかったのか。例えばシュール的な手法を取り入れた小説を書くことは出来なかったのか。やはり不思議なことではある。

　結論を、再度補足的に言えば、船越は、戦後六十年を経過した現在もなお、戦争の体験に脅かされていたからだ。自らの過酷な体験を十分に消化出来ず、今なお苛まれていたからだ。それゆえに、奇を衒った小説の方法は敬遠されるのだ。虚構の物語は、死者たちに対する不遜な行為に映ったのかもしれない。人間の匂いと肉体を払拭した「きじむなあ」の世界では、物語の展開は可能であっても、生身の人間を主人公にすると、筆は萎えてしまったのだろう。

　さらに言及すれば、韻文の世界で体験を咀嚼し言葉を浮かび上がらせることができても、物語を作る散文の世界では、体験が亡霊のように甦り、作者としての冒険を阻止したのではなかろうか。換言すれば、船越義彰は戦争体験により、優れた詩人にはなれたが、戦争体験により優れた小説家にはなれなかったのだ。船越義彰の多方面のジャンルへの開拓は、或いは自らの苛立ちを内包し、表現者としての方法を模索し続けた結果であったのかもしれない。

　それでもなおと言うべきか。それだからなおと言うべきか、船越義彰は沖縄の戦後文学史の中で、際だった特質を有してその生涯を閉じたと言っていい。今後とも、検証されるべきことは多いが、その純粋なまでの詩魂と優しさと表裏になった表現者としての倫理観は、私たちの課題となり、遺産として継承されていいはずだ。

十　清田政信論
——喩法の反乱

1　はじめに

清田政信の第一詩集『遠い朝・眼の歩み』が出版されたのは、一九六三年十一月であった。そのころの私は十代の半ばにも手が届かない少年で、ひたすら心地よい汗をかいていた。もちろん、大人たちの詩集の出版に関心があるわけでもなかった。

私が清田政信の詩集を読んだのは、それから七年後に出版された第二詩集『光と風の対話』が最初である。暗い情念の世界で格闘している詩人の世界に戦慄した。その後、この二つの初期詩集と「眠りの刑苦」を加えて一九七五年に出版された『清田政信詩集』を読むに至り、私は清田政信という詩人に決定的な衝撃を覚えた。それは一人私だけのものではなかった。私の周りにいた友人の一人は、清田の登場を「事件」と呼んだ。それほどに衝撃的であったのだ。

清田政信が活躍した一九七〇年代前後の沖縄は、一九七二年の施政権返還を頂点とした政治の時代であった。去る大戦によって県民のおよそ三分の一が犠牲になり、焦土と化した沖縄の戦後は、特異な軌跡を歩んできた。一九四五年、終戦と同時に米軍の占領下に置かれた沖縄は、米軍基地あるがゆえに戦後と戦前の二重の様相を同時に呈した「戦後」の時代が進行するのである。敗戦国であるがゆえに占領下の悲劇を味わい、また日米両政府間で締結した安全保障条約を遂行するために重要な政治的使命を担わされた島として、急速な軍事基地化が進んでいく。一九六四年に米軍が介入したベトナム戦争では、まさに前線基地の役割を果たした。基地あるがゆえに、荒んだ兵士の暴力を受ける受難の島とも化すのである。

清田政信はそんな時代に登場したのだった。四面楚歌の閉塞した状況の中で、私たちが清田の詩から受けた衝撃はどこに依拠していたのか。また、清田の詩はどのような特徴をもっていたのか。今一度、検証してみるのがこの論のねらいである。

2　喩法の衝撃

沖縄戦後詩の歴史の中で、清田の詩の世界とそれ以前とでは截然と分かれている。たぶんそれは複数の尺度をもってしても、いずれも際立つ相違を示すはずだ。

清田の登場までは、沖縄の戦後詩の表現のスタイルは、概略的な言い方をすれば悲惨な戦争体験となお続く厳しい政治的状況の中で、その状況を告発し戦争体験を伝達することに大きな意義を見いだしていた。それが沖縄戦後詩を彩る特徴の一つでもあった。

たとえば、戦争を体験した詩人牧港篤三は、二度と戦争をしてはならないという反省と、平和を希求する願いを俘虜収容所の中で固め表現者として再出発していく。戦争の悲惨さを後世に伝え、再び過ちを犯さぬようにとの強い願望が、戦争体験者としての強い倫理観を有して語られるのである。詩のスタイルが伝達性を帯びることは容易に想像できる。戦争で体験した悲惨な「未曾有の物語」の数々を、「米軍の俘虜収容所で俘虜の一人として生活を送る中に、アメリカ軍の支給するライスの袋をはがして、たんねんに重ねて、手製の手帳をつくった私はどこからか探し当てた鉛筆をなめなめ書いた」のである。

牧港以外の多くの詩人たちも、強烈な戦争体験と荒廃した郷土を目前にした茫然自失の時間を経過して、徐々に復興していく郷土の姿と同じように自らの辛い体験を表現し始める。あるいは、その悲惨な戦争体験が新しい詩人たちを生み出していったと言っていい。彼らは、牧港のように必ずしもオーソドックスなリアリズムの手法に拠ったわけではなかったが、彼らをも含めた戦後の沖縄の詩人たちにとって、重要なキーワードの一つは「伝達」であったことに間違いはない。

一九五〇年代に登場してくる牧港らの次の世代の詩人たち、とりわけ『琉大文學』に拠った詩人たちにとっても、それは大きく違うものではなかった。彼らの多くは、社会主義リアリズムの手法を駆使しながら、現実と対峙する文学を標榜する。当時の現実は、あまりにも悲惨であった。自由と民主主義の国からやってきた米軍は、県民に必ずしも自由と民主主義をもたらしたわけではなかった。むしろ多くの県民は、米軍基地建設のために住んでいる土地さえも銃剣とブルドーザーによって強制的に剝奪されていた。生命が脅かされ、人間の基本的な権利が破壊されていく極めて悲惨な状況にあった。それが沖縄の現実であった。彼らの詩は、そのような状況を目前にして、さらに伝達から告発へとメッセージ性が強化されたと言ってもいい。文学の力は政治にどのように対抗し得るのか。そのことが試された時代であった。

清田政信の登場は、図式的に語れば、その次の第三世代として登場したということができる。厳しい現実の中で、政治的メッセージ性を有し、ややもすればシュプレヒコール的に外部に放たれていた前世代の詩の在り方対して、清田は、政治と文学の密着した関係を批判し、個の内部へ視線を向けて文学の可能性を模索したのである。もちろん、それだからといって政治状況を排除したわけではない。現実を取り込みながら、一人の表現者の全存在をかけた新しい喩法を構築する闘いであった。この喩法の新鮮さが、私たちが受けた衝撃の一つであり、清田の詩の特質の一つでもあった。端的な言い方をすれば、「伝達を拒否する喩法」への衝撃である。たとえば、清田は次のように書く。

ぼくは伝達するために書かない。というのが美しすぎるひびきをもつなら、こう言い換えよう。ぼくは書くとき他者への伝達が、そのまま表現の緊急時となり得ない。ぼくは自分の破滅にたえながら書く。あるいは破滅する自分の不在の貌を喚びもとめ、その実質を根拠づけるもののない、無意味の深みに狂おしい眼醒めを書く。

（「流離と不可能性の定着」）

ここには、自己の内部にこそ向かう清田の決意が素直に語られている。このような視点を有して発せられた言葉が、私たちを襲ったのである。伝達を拒否し、従来の方法や言葉に異議を唱え、自己の内部へ向かう視点が作り出した詩の言葉が、私たちを鋭く打ちのめしたのである。それは現代思想風的に言えば、思念と言葉の「脱構築」であった。

また、言葉の力は、精神の内奥に達すれば達するほどに、跳ね返す力も大きく有することができる。清田の詩は、到達する思念の垂鉛の深さゆえに反発力がとてつもなく大きかったと言っていい。換言すれば、言葉がややもするとコミュニケーションの道具としての枠内に押し込められていた機能を解き放ち、本来有している個の情念を抉り、思考を形づくる機能をも担っていた根源的な働きを知らせてくれたのである。内部でじっくりと醸成された内なる言葉が、私たちを揺さぶったのだ。清田の喩法は、ここから生まれたのである。沖縄戦後詩の歴史に截然と楔を打ち込んだこの特異性が、言葉を解体し異化して蘇生させる力を生み、私たちに新しい衝撃を与えたのである。

3　喩法の世界

清田の喩法は、私たちの想像力を刺激し固定した秩序をも破壊した。清田の存在そのものが、私たちの前で一個の喩法として直立したのである。既成の観念に囚われない瑞々しい感性と鋭い洞察力を有した血の流れる生身の存在として、異様な光を放ちながら歩き出したのである。

もちろん新鮮な衝迫力を有した言葉は簡単に創出できるものではない。何よりもまず、己に向けられる厳しい自らの視線に耐えねばならない。そこにこそラジカルな言葉と思想が生み出されるのだ。発語と失語の深い闇を凝視する強靱な精神力が必要なのである。清田はそこに位置し、たじろがずに言葉を紡ぎ出したのである。

あたかも空の果てになげだされて吊されているように
ぼくらの中に吊されている言葉を言いだすまでには

途方もない夜の領域を歩かねばならぬ
（「成熟」）

言葉なんて　病をラジカルにする
きつい毒ではないか
（「快感」）

ここには、清田が、言葉に対して有していた厳しい認識が垣間見られる。この自覚を歩む者が、優れた詩人にもなり得るのだろう。

ところで、清田はそのような強靱な視点で何を見たのだろうか。私たちが共感する二つ目の根拠はここにある。もちろん、それは清田が獲得した喩法と矛盾するものではない。むしろ補完しあうものだ。結論から言えば、清田は清田自身を見たのである。自己に投影された全ての状況を鋭く抉り、その思念に詩の言葉を賦与して闘ったのである。清田のまわりには沖縄があり、沖縄の政治的状況があり、社会的状況があり、歴史的状況があり、風土があり、沖縄を統治する米軍があり、日本国家があった。それらを自らの内部に取り込み闘ったのである。

今、それらの状況を水平的状況とたとえれば、もう一つ、垂直的状況と呼べる清田自身の係累や血の流れがあった。それは、村であり、少年期の体験であり、営々と受け継がれてきた自らの資質や性情である。それらとの凝縮された宿命的な表現世界が、清田の喩法の世界であった。あるいは、その世界は詩人の誰もが表出し得る世界かもしれない。しかし、その振幅の広さと深さにおいて、また誰もが到達し得ない世界でもあった。

清田の代表作の一つと言われる「ザリ蟹といわれる男の詩篇」は、十五連二百余行からなる。この詩は水平的状況と垂直的状況に対峙する認識が惨劇のように語られている。逼塞的な状況に「泡を噴きあげ爪をひつらす」ザリ蟹の男、「生まれ落ちて以来自らの釈放をこばんできた」ザリ蟹の男の認識は凄惨だ。しかし、そのような認識が、時代の逼塞的な状況で言葉を得ることができずに呻吟している多くの人々の共感を呼んだのだ。たとえば第四連は次のように語られる。

血は育つか　ぼくらの内部に
長い暗闇のはてから
空がけものらの目にいこいにやってくるなら
そのとき　きみの言葉は惨劇の中でひからびる
俺は　生きながら死をみごもる

ナイトクラブで甲羅を据え
酒をあおるのが滑稽であるよりも
革命の遂行された街を横ずさる

きみのトルソを想うのは滑稽だ
革命前夜の街を横ずさる
きみの甲羅が踏みくだかれる時
あらたな皮膚は　誕生の痛みにうずく
傷つかず　生きのび　東京を　場末を
横ずさる　黒いザリ蟹のトルソはわびしい
〈愛を信じない
〈憎しみの中で　たえがたい不眠の頭蓋に燠を探る
と　きみは言う　だからきみの愛は横ずさる
ザリ蟹の習性に似ている

横ざまに組織される革命軍のためでなく
横ざまに抱き合うわびしい愛撫のためでなく
まあるい地球を這い歩くきみは
地核をえぐる垂直な思念を受感するために
這い回るのだが　きみがみたのはこわれた竪琴
木枯らしの通り過ぎた街に
洪水の素早さでやってきた暁のごとき
逆流を収斂出来ぬきみは　流離の岸辺をめぐらねばならぬ

清田の飢餓は、あるいはぼくらの想像力を拒むほどに厳しく深い。革命とは何か。辺民とは何か。詩とは何か。生きるとはどういうことなのか。激しく苦悩し、苛立つ火のごとき喩法である。清田は逃げ出すことなくその惨劇を背負ったのである。

また、清田はザリ蟹の男として現実を生きながら、絶えず自らの原郷を問い続けた。清田ほどに、自己の出自の村を凝視し、時には激しく憎み、また時には息の詰まる程に愛して、出郷と回帰の夢を切り刻んだ詩人も少ないのではなかろうか。表現者の現在とは、どの時代でも、やはり自己の存在の拠って立つその足下を深く掘り下げることから始まるのかもしれない。そのことによって、表現者としての出発もなされるのだ。もちろん、問い続けることが憤怒と悲哀を生み、激しい言葉を雪崩のように吐き出すザリ蟹の男を生む機縁にもなる筈だ。

清田の少年期の記憶と体験の多くは、詩集『疼きの橋』（一九七八年）巻末の「微私的な前史」に記されている。出生の村での少年期の体験は、詩を書く行為の意味を考え、また詩を書く行為へ向かわせる要因でもあったようだが、それは次のように記されている。

たとえば、男の教師が生徒を、子犬をぶちのめすように地面にたたきつけて気を失わせた。それが何の異常でも無く、何の抗議も受けずに日課として課せられる。（中略）だが軍事教練の教官が尊敬する女教師を現地妻にしたり、苛酷な体制のために下痢をしていることを受容することはできない。少年は、自閉という病によってかろうじて個の倒立した像をただ夢遊の内に解き放つ。（中略）夢の中で始めて少年は存在の畏怖に慄え、いわばほんとうに自己の内部に向かって歩く言葉を生きたのだと思われる。（中略）少年の戦後はその熱い共生域からさめていく過程に創られる以外にないわけだ。主体を放棄して共生へ没入していく村の生から、身をそぐようにして、ただ一人の情念の最も基底を意識化することによって自己を最初の他者として定立することからはじまる。自己を最初の他者として定立し得るとき、人は初めて一人の民への発語を準備できるのだ。

（略）

ここには、清田が、「自己の内部へ向かって歩く言葉」をのみ信ずるに足るとする表現者としての出立と、その核としての体験にもなったと思われる村の掟から遊離し自閉していく少年期の様子が誠実に語られている。このようであればこそ、続いて「共生を説くすべての思想を相対化せよ。一言で尽くすとすぐれて個を造形し得る思想のみが他者の心を動かす言葉を持ち得る」（「微史的な前史」）のだと、語り得るのだろう。ここでも、自らの言葉の伝達性が拒否されるのだ。

だが、このように「自己の内部へ向かって歩く言葉」を生きる姿勢として習慣化した少年にとって、生き続けることは、苛酷で孤独な歩みにならざるを得ないであろうことは想像に難くない。当然に試まれるであろう行為の一つが、「村」への憎悪であり「出郷」の願望であり、家族や血縁者からの逃亡であったはずだ。

家系からの逃亡をくわだて　それを果たさず
以来　季節は　熟れないまま
ぼくは　うずくまり
ひとけのない書斎で　母の輝く手の波を思う
言葉の野菜にまたがるように
重い包丁をかざし　透きとおる憎しみに燃えていたか？

（「溺死」）

清田にとって、「村」と「家系」への愛憎は、積み重ねられていく時間とさらなる愛憎の体験の中で、いよいよ鋭く重く重ねられていく。その行為は、やがて「村」や「家系」であるからこそなお激しいアンビバレンツな牽引力や排斥力となって自覚されるのである。

だが、選び得るはずの「出郷」の道は、容易な一本の道ではない。「村」は因習や掟を有しているだけではなく、四囲の前面に立ち塞がる海の隔壁をもった南の「辺境」の地でもあるのだ。少年は逃げ場のないその地で、身に余る多くの「闇」を背負って生きねばならないのだ。清田の喩法の一つは、確かにこの世界を描くことにあったように思う。

ところで、このように村や係累に対する離反と愛憎、出郷と回帰を繰り返した清田は、やがて街に住み着いて次のように語り始めるのだ。

わが命題は
若年の蝕まれた記憶の槍を
喪失の空の背に突き刺すことだ
それからすがすがしい虚しさの中で
歳月に復讐されるきみの
崩壊する記憶と刺しちがえるのだ
さらば若年の憂悶よ
きみが軽い足取りで
日常のこちら側で
水車の幻聴に耳をふさいで
ざわめく街を一気に駆け抜ける

（「潰滅期」）

清田の世界は、出自の村を語り、革命未だならざる街で必死に生きる己を誠実に語った世界である。だが、清田にとって、一気に駆け抜ける程に己の背負った命題と闇は軽くはなかったのである。

4　喩法の反乱

清田にとって、伝達を拒絶した詩の言葉は、どのような意味があったのか。詩は、なにゆえに書き続けられたのか。その答えは明快である。自らを変革するためだ。ありていに言えば、自らを変革することによって苦悩から脱却するためである。決して他人を変革することではなく、街を変革することでもなかったのである。言葉を研ぎ澄ますことは、自らの思念を研ぎ澄ますことであり、自らの思念に形を与えることであった。極端な言い方をすれば、言葉は考える方法であり、詩は独白であったはずだ。少なくとも詩人としての出発の拠点はそこにあった。

ところが、清田にとって言葉の世界は思念の世界よりもはるかに小さかったのである。それは、年齢を重ねるごとにますます自覚されるものであっただろう。思念は言葉を与えられずに迷走し、ついには自らと自らの言葉を突き破って狂気の世界へ向かい始めるのだ。私たちでさえ、どうしても表現できない思念や情念の世界があることは体験的に知っている。言葉という形で現れない苛立ちは、表現のレベルや語彙力の問題ではなく、言葉と思念の関係が有している本質的な問題なのだ。言葉は私たちにとって圧倒的に欠乏しており、私たちはこの言葉のシステムの中に取り込まれているに過ぎない。

しかし、表現者であるということは、この言葉のシステムの中で闘い、このシステムの中で言葉を探し続けることなのだ。システムの外に出ることは表現者としての自立を放棄することになる。清田はこのシステムの内側に居続けることを選んだのである。このシステムの内側で自ら作り上げた喩法の反乱に遭遇したと言ってもよい。清田の表現者としてのベクトルは、常に自らに向けられていたがゆえの喩法の反乱であった。

あるいは、清田は、自らが紡ぎ出した詩の言葉が意に反してメッセージ性を有して一人歩きして語られ始められていることにも気づき始めていたに違いない。書物という装置は、否応なく他者との間で言葉を介在させる働きを持つ。それは当初から懸念されていたことであるが、伝達を拒否した言葉が伝達されるその矛盾もまた苦悩を倍加させたに違いない。

命をとげさせてくれ
もう世界がみえなくなった
（「相聞」）

もうどこへもいけないから
この内域へ降りる　死のように
（「斫断」）

人がなつかしいのではない
人が刺しこんでくるのだ
（「転位」）

清田は、言葉を内へ内へと旋回させながら、自らの現在を凝視する喩法を確立した。しかし、その喩法は、このように際どい生と死の極限を歩くことでもあったのだ。他人の見えないものを見、感じないものを感じる。その痛々しくも優しい感性と不可視の闇をも引き寄せる論理の強靱さは清田の優れた特性であった。その特性が、反動的に清田を苛んだのである。いつまでも変革できない自己、あるいは意識と現実の乖離は、清田を必敗の喩法として追い詰めたのである。

5　喩法の自立

生きるということは、その現場から逃れることではない。歯を喰いしばり耐えることなのだ。表現することもまた、表現する現場を背負うことである。清田は、表現者としてその現場に居続けたのである。ここにぼくらの共感の一つもある。表現するということは、いつの時代でも、表現することと存在することとの関係の矛盾を生き続けることなのだろう。必敗のアポリアを背負いながら、いかに喩法を自立させるか。これこそが清田のみならず私たちにとっても共通の課題なのである。明晰であったがゆえに、存在の深奥を覗き、喩法に反乱された清田もまたその方途を渇望したに違いない。

死ななくたって
地獄はみえるのだ
生きるすべを学び
ついに身を破るしか方途のなかった三十年

（「渇望の構図」）

私たちは、容易に自己の位置を変換することはできない。しかし、言葉も存在もまた自己の位置を変換することによって意味さえもが変換するのだ。絶対的なものはあり得ない。沖縄戦後詩の歴史の中で、清田が前世代と截然と袂を分かったように、私たちもまた新しい喩法を定立させるために、清田の喩法を対象とすることができるのだ。清田の陥穽を克服する方法を模索することで、詩の世界もまた豊饒になるに違いない。

たとえば、言葉のシステムの中で、言葉を虚構と化すことは試みられてもよいことだ。言葉に対して真摯なふりをすればいい。言葉に裏切られる前に言葉を裏切るのだ。端的に言えば、虚構の喩法を確立することである。本当と言えば本当になり、嘘と言えば嘘になる。それほどに言葉は、本当であり、嘘であるのだ。自分の吐いた言葉のしがらみに囚われず、自分の位置を容易に変換することのできる喩法を成立させることである。

二つ目は、言葉を受容する読者の態度もまた読者の数だけ多様であるということを出発の起点に据える視点が必要であろう。言葉のやり取りとは、一つの賭けに過ぎない。あなたと私の存在は重ならないし、あなたの言葉と私の言葉も重ならない。詩の言葉は、その重ならない言葉を積み重ねる行為だということを自覚しつつ、双方が了解する磁場に成立するものなのだ。そのことによって言葉から自由になるのだ。この容易な場所は表現者の頑固な場所でもあるのだ。もちろん、これらの方法と表現の稚拙さとは別な問題である。共感や衝撃の度合いもまた別な問題である。

清田政信の軌跡は、自己に誠実であろうとすればするほどに惨劇を背負った表現者の、尊い喩法の軌跡であった。いずれはその喩法が陥った桎梏も克服されるに違いない。しかし、どのように克服されようと、表現された世界は截然として存在する。そして、それでもなお清田の喩法にこそ共感を抱くことも、私たちの自由であるはずだ。

付録

資料1　沖縄平成期の詩集出版状況（1989〜2017年）

※詩集は沖縄県出身者か、もしくは沖縄県に在住している著者の作品を対象にした。それゆえに奄美・徳之島などは省いているが、山之口貘賞受賞詩集は記載した。
※一九八九年は平成元年であるが、発行年はすべて西暦で表記した。
※網掛けは山之口貘賞受賞詩集である。また□は出生年など不明。

年	月	詩集名	著者	発行所	著者出生年・生地
89	02	ム所の天皇	芝憲子	青磁社	1946・東京都
	04	ラグーン	中里友豪	EKE企画	1936・那覇市
	04	夢・夢夢街道	大城貞俊	編集工房・貘	1949・大宜味村
	04	沖縄現代詩文庫①勝連敏男詩集	勝連敏男	脈発行所	1943・北谷町
	05	沖縄現代詩文庫②鳩間森詩集	鳩間森	脈発行所	1949・大島郡
	06	サファイヤブルーの海	矢野克子	講談社	1905・名護市
	07	夫婦像・抄	大瀬孝和	薬玉社	1943・静岡県
	08	東京の憂鬱	伊良波盛男	沖積舎	1942・池間島
	10	誘発の時代	星雅彦	石文館	1932・那覇市
	11	花染よー	高良勉	葦書房	1949・玉城村
	11	沖縄現代詩文庫③与那覇幹夫詩集	与那覇幹夫	脈発行所	1939・宮古島
	12	開閉	上原紀善	でいご印刷	1943・糸満市

年	月	書名	著者	出版社	生年・出身
90	04	流動するもの	新城兵一	脈発行所	1943・城辺町
	04	優しいサイボーグ	永浜沖太郎	沖縄情報ビジネス企画社	1945・与那城村
	04	未還の海	再木耿	林檎社	1949・竹富町
	04	闇の腸わた	高良松一	石文館	□
	04	やどかりの子守歌	神谷毅	ベルデ出版社	1939・読谷村
	06	青雲母	八重洋一郎	七月堂	1942・石垣市
	06	沖縄現代詩文庫⑥幸喜孤洋詩集	幸喜孤洋	脈発行所	1950・具志川市
	06	解放地に	知念和江	手帖舎	1947・平良市
	07	お出かけ上手に	仲本瑩	紫陽社	1949・玉城村
	07	沖縄現代詩文庫⑤あしみねえいいち詩集	あしみねえいいち	脈発行所	1924・那覇市
	09	滂沱	知念榮喜	まろうど社	1920・国頭村
	10	夢占い博士	網谷厚子	思潮社	1954・富山県
	11	イチカラン・イチチ	岸本マチ子	歌神社	1934・群馬県
	12	曙光の囁き	池原正一	夢・冒険工房	1945・具志川市
	12	詩曲集　島の夕ぐれ	大城弘	旅行社トップ沖縄	□
	12	闇の相聞歌	佐々木薫	土曜美術社	1936・東京都
	12	ゴヤ交叉点	呉屋比呂志	青磁社	1946・福岡県
91	03	水辺	伊良波盛男	幻海庵	1942・池間島
	04	赤い土煙が巻きあがった	玉代勢章	印刷・大晃印刷	1947・那覇市
	04	ピエロタの手紙	花田英三	矢立出版	1929・東京都
	07	水納あきら全詩集	水納あきら	海風社	1942・平良市
	07	赤い花の咲く島	大瀬孝和	薬玉社	1943・静岡県

91	09	日本現代詩文庫55　花田英三詩集	花田英三	土曜美術社	1929・東京都
	10	沖縄現代詩文庫⑦高良勉詩集	高良勉	脈発行所	1949・玉城村
	10	沖縄現代詩文庫⑧大城貞俊詩集	大城貞俊	脈発行所	1949・大宜味村
	11	比嘉加津夫文庫①詩集　ゴッホの伝説	比嘉加津夫	脈発行所	1944・久志村
	11	比嘉加津夫文庫②詩集　溶ける風	比嘉加津夫	脈発行所	1944・久志村
	11	比嘉加津夫文庫③詩集　アジアの少女	比嘉加津夫	脈発行所	1944・久志村
	11	比嘉加津夫文庫④詩集　一角獣の塔	比嘉加津夫	脈発行所	1944・久志村
	11	比嘉加津夫文庫⑤詩集　詩はどこにあるか	比嘉加津夫	脈発行所	1944・久志村
	11	比嘉加津夫文庫⑥詩集　人形の家	比嘉加津夫	脈発行所	1944・久志村
92	02	うるわしのばらよ	原國政信	あけぼの印刷	1932・那覇市
	04	うちなーちむがなしゃ	仲宗根清	潮流出版社	1941・大阪
	04	サンサンサン	上原紀善	でいご印刷	1943・糸満市
	05	心の現在	後田多敦	おきび社	1962・石垣市
	06	風に吹かれて	泉見享	垂水社・愛編集室垂水	1942・池間島
	06	水に流れて	泉見享	社・愛編集室	1942・池間島
	07	うう・とうと	佐和田武夫	ライブ編集社	□・宮古島
	09	沖縄現代詩文庫⑨西銘郁和	西銘郁和	脈発行所	1952・与那城村
	10	太陽の卵	市原千佳子	思潮社	1951・池間島
	10	残照	山田有勝	宝文館出版	1913・愛知県
	11	首里	堀場清子	いしゅたる社	1930・広島県
	12	砂あらし	芝憲子	青磁社	1946・東京都
93	02	詩画集・春は風に乗って	比嘉加津夫	脈発行所	1944・久志村

03	夢のかけら	赤嶺盛勝	間隙出版	1943・石垣市
04	抒景の流域	勝連敏男	コザ印刷出版	1943・北谷
04	目出たいもの	國吉乾太	でいご印刷	1951・城辺町
06	沖縄方言対訳詩集　唐獅子の独語	下門次男	ゆうな印刷工芸	□・西原町
07	風の韻律	勝連繁雄	コザ印刷出版	1940・北谷
07	暗い庭と青い空と	大瀬孝和	青樹社	1943・静岡県
08	アーラヤ河紀行	伊良波盛男	砂子屋書房	1942・池間島
09	ふりろんろん	上原紀善	でいご印刷	1943・糸満市
10	まろうど現代詩選書④　体温	与那覇幹夫	図書出版・まろうど社	1939宮古島
11	詩・画　MODEL	比嘉加津夫	ボーダーインク	1944・久志村
12	マスクのプロムナード	星雅彦	花神社	1932・那覇市
12	新城兵一詩集	新城兵一	脈発行所	1943・城辺町
□	詩＋コラージュ　いのちの夏	喜村朝貞	印刷・三陽印刷	□
94				
02	沖縄現代詩文庫⑩佐々木薫詩集	佐々木薫	脈発行所	1936・東京都
03	南島詩人	平田大一	富多喜創	1968・小浜島
03	越える	高良勉	ニライ社	1949・玉城村
03	夢魔と供れて――悪魔の風土	高安昇	私家版	□
05	思い出アルバム	伊智稔	フィガロ社	1944・大阪
05	第三の人生	原國政信	あけぼの印刷	1932・那覇市
05	世紀末のラブレター	川満信一	エポック	1932・平良市
07	マッチ箱の中のマッチ棒	安里正俊	ボーダーインク	1942・首里
08	猫のいる風景	ましきみちこ	エポック	1945・宮崎市

94	09	グッドバイ・詩	大城貞俊	てい芸出版	1949・大宜味村
	09	風葬墓からの眺め	花田英三	ニライ社	1929・東京都
	09	サガリバナ幻想	金城けい	潮流出版社	1945・玉城村
	10	新屋敷幸繁詩集	新屋敷幸繁	ロマン書房	1989・与那城村
95	01	花のある道	諸星詩織	垂水社	1945・沖縄県
	03	愛ポポロン	諸星詩織	新風舎	1945・沖縄県
	07	水語り	網谷厚子	思潮社	1954・富山県
	08	かたつむりの詩	仲宗根正満	ボーダーインク	1995・沖縄市
	08	詩・連音　原始人	上原紀善	でいご印刷	1943・糸満市
	08	再会	仲嶺眞武	沖積舎	1920・沖縄県
	09	陽炎の記憶	金城けい	潮流出版社	1945・玉城村
	09	現代詩人精選文庫61巻　宮城松隆詩集	宮城松隆	表現者	1943・那覇市
	10	暗い夜の縞馬	大瀬孝和	ワニプロダクション	1943・静岡
	11	カンチロの口笛	仲里房江	編集工房・櫂	□
	11	生命あり	新城兵一	白地社	1943・宮古島市
	12	現代詩人精選文庫58巻　佐々木薫詩集	佐々木薫	表現社	1936・東京都
96	04	灯影	勝連繁雄	編集工房〈風〉	1940・北谷町
	05	無の器	平良ゆき	詩学社	1940・東京都
	06	南島語彙集	伊良波盛男	銅林社	1942・池間島
	10	詩・連音　嘉手志	上原紀善	でいご印刷	1943・糸満市
	11	星昼間	飽浦敏	湯川書房	1933・石垣島
	11	汽水域	佐々木薫	脈発行所	1936・東京都

97	02	みやぎよしみつ歌詩集	みやぎよしみつ	琉球ネシア企画	1936・那覇市
	03	偽装の時に	神谷毅	潮流出版社	1939・読谷村
	04	握りしめた手の中の私	山入端利子	博英プリンティング	1939・大宜味村
	04	物語散文詩・風の神話	勝連繁雄	編集工房〈風〉	1940・北谷町
	04	うちなあーちむがなしゃ	仲宗根清	大里印刷	1941・大阪
	04	蟬	國吉乾太	でいご印刷	1951・城辺町
	04	沼	仲宗根清	大里印刷	1941・大阪
	07	ヒミコ	岸本マチ子	歌神社	1934・群馬県
	09	旅路の風	世阿祈夢	秀英社印刷	1931・伊是名
	09	自画像	宮城隆尋	私家版・孤松庵	1980・那覇市
98	02	道にまよって	泉見享	垂水社・愛編集室ボー	1942・池間島
	04	遠い風	中里友豪	ダーインク	1936・那覇市
	04	h部落、中道あたり	仲本瑩	比嘉興文堂	1949・玉城村
	07	盲目	宮城隆尋	コロニー印刷	1980・那覇市
	08	母が手	平野長伴	アドバイザー	1920・平良市
	08	島	花田英三	夢人館	1929・東京都
	10	宇宙の根っこの島で	テリー・テルヤ	ボーダーインク	1957・沖縄県
99	02	サンパギーダ	高良勉	思潮社	1949・玉城村
	04	風音（かざね）	さむらよう	ニライ社	1955・那覇市
	05	夏の出来事	大城和喜	ボーダーインク	1949・南風原町
	07	空中楼閣	大瀬孝和	ワニプロダクション	1943・静岡県
	07	海風　その先	石川為丸	おりおん舎	1950・新潟県

99	10	ユキオー詩集	小嶺幸男	月刊沖縄社	1939・東京都
	10	闇の人形	宮城松隆	漉林書房	1943・那覇市
	11	屋根の獅子	知念清栄	柊書房	1919・那覇市
00	01	四行詩集　風景	仲嶺眞武	沖積舎	1940・与那原町
	03	真珠出海	山口恒治	榕樹書林	1940・比島
	03	歩く詩人	平田大一	富多喜創	1968・小浜島
	04	きょうを書きたい	玉代勢章	印刷・旭堂	1947那覇市
	08	神の島	伊良波盛男	皓星社	1942・池間島
	08	のんきな町のちいさなもの	芝憲子	OFFICE　KON	1946・東京都
	11	実存の苦き泉	宮城英定	伊集舎	1938・那覇市
01	02	夕方村	八重洋一郎	檸檬新社	1942・石垣市
	02	すからむうしゅの夜	桐野繁	ふらんす堂	□・鹿児島県
	04	げれんサチコーから遠く	山川文太	ニライ社	1941・沖縄県
	05	夕焼け	中正勇	文進印刷	1954・伊平屋
	05	ハベル（蝶）の詩	安里英子	御茶の水書房	1948・首里
	05	万里	網谷厚子	思潮社	1954・富山県
	08	やいま文庫②　遠い朝	砂川哲雄	南山舎	1946・福岡県
	09	眠れない街	玉城喜美子	ボーダーインク	□・名護市
	10	消え行く言葉たち	山入端利子	潮流出版社	1939・大宜味村
	11	逢魔が時	宮城松隆	編集工房アオキ	1943・那覇市
	12	パナリ幻想	星雅彦	土曜美術社	1932・那覇市
	□	カモメの飛び交う街で	うえじょう晶	□	1951・那覇市

02	02	（海）子、ニライカナイの歌を織った	佐藤洋子	矢立出版	1951・仙台市
	04	火祭り	勝連繁雄	ボーダーインク	1940・北谷町
	06	神々が消えた日	与那嶺千恵子	竹林館	1935・サイパン
	08	詩画集トスカナーへの旅	中里友豪	福琉印刷	1936・那覇市
	08	陰のある愛	平田嗣吉	わらべ書房	1938・美里村
	10	絶対零度の近く	高良勉	思潮社	1949・玉城村
	10	月夜の子守歌	松永朋哉	沖国大文芸部	1982・沖縄県
	11	月の山	高橋渉二	ダニエル社	1950・北海道
	11	idol	宮城隆尋	孤松庵	1980・那覇市
	11	四行詩集　屋根の上のシーサー	仲嶺眞武	沖積舎	1940・与那原町
03	08	今帰仁で泣く	水島英己	思潮社	1948・徳之島
	09	ポエム&エッセイ　あけもどろの花	中村田恵子	ドメス出版	1936・沖縄市
	10	青の島影	上山青二	あけぼの出版	1933・平良市
	10	おれの七月	仲松庸全	あけぼの出版	1927・首里
	10	名前のない旅	大瀬孝和	ワニ・プロダクション	1943・静岡県
04	04	島ちゃびの欒	渡久地成公	印刷・でいご印刷	1941・羽地村
	04	真帆船のうむい	真久田正	KANA舎	1949・石垣市
	04	蜘蛛と夢子	仲程悦子	尚生堂	1949・うるま市
	04	燃える緑	上原紀善	でいご印刷	1943・糸満市
	08	四行詩集　ネヴァモア	仲嶺眞武	沖積舎	1940・与那原町
	11	島の月	島袋あさこ	あけぼの出版	1951・沖縄県
	11	方言札	真栄田義功	編集工房ノア	1922・沖縄県

年	月	書名	著者	発行所	生年・出身
04	11	**或いは取るに足りない小さな物語**	**大城貞俊**	なんよう文庫	1949・大宜味村
	12	嵐のまえぶれ	東風平恵典	ボーダーインク	1932・平良市
	12	さかさま階段――沖縄から南半球に	芝憲子	OFFICE KON	1946・東京都
	□	日常	うえじょう晶	□	1951・那覇市
05	03	シナプスの迷路	上地香代	新星出版	□
	03	夢のかけらⅡ	赤嶺盛勝	間隙出版	1943・石垣市
	03	ラジオをつけない日	トーマ・ヒロコ	沖縄国際大学文芸部	1982・浦添市
	04	**おかあさん**	**久貝清次**	夢／編集工房	1936・宮古島市
	04	深夜	なかもと須美	（記載なし）	1940・具志川市
	05	にーぬふぁ星	飽浦敏	沖縄タイムス社	1933・石垣島
	07	天河譚――サンクチュアリ・アイランド	網谷厚子	思潮社	1954・富山県
	11	しらはえ	八重洋一郎	以文社	1942・石垣市
	11	ゆるんねんいくさば	山入端利子	新星出版	1939・大宜味村
06	04	**記憶の種子**	**岡本定勝**	ボーダーインク	1937・平良市
	04	遺稿詩集　優しい魂よ	知念榮喜	琉球新報社	1920・国頭村
	07	鶴よ－46臆年の神歌	与那覇幹夫	パレット舎	1939・平良市
	07	魔術師	沖野裕美	久米島出版	1946・今帰仁村
	08	しずく	宮城松隆	編集工房アオキ	1943・那覇市
	10	新選・沖縄現代詩文庫①市原千佳子詩集	市原千佳子	脈発行所	1951・池間島
	10	四行詩集　樹下石上	仲嶺眞武	沖積舎	1920・与那原町
	12	NEW	宮城信太朗	ボーダーインク	1985・沖縄県
	□	降り注ぐ太陽の光　降り注ぐ夜の荘厳	高江洲満	私家版	1972・那覇市

07	01	トポロジィー	八重洋一郎	澪標	1942・石垣市
	02	蝶なて戻ら	佐々木薫	あすら舎	1936・東京
	03	Dream Come True　のぞみかなえたまえ	赤嶺盛勝	ジラーフ企画	1943・石垣市
	03	藍染め	山入端利子	私家版・でいご印刷	1939・大宜味村
	04	バンドルの卵	仲村渠芳江	詩遊社	1953・久米島
	10	八重山讃歌	大石直樹	沖縄自分史センター	1960・小浜島
	10	宇宙語んんん	かわかみまさと	海風社	1952・宮古島市
08	01	四行詩集　時間が牛になって草を食べている	仲嶺眞武	沖積舎	1920・与那原町
	04	新選・沖縄現代詩文庫②中里友豪詩集	中里友豪	脈発行所	1936・那覇市
	04	無限光年の海	小橋啓生	沖縄タイムス社	1949・西原町
	04	青タンソール	新垣汎子	沖版プロセス（印刷）	1953・沖縄県
	06	時の岸辺に	西銘郁和	非世界出版会	1952・うるま市
	07	現代詩人文庫⑪　八重洋一郎詩集	八重洋一郎	砂子屋書房	1942・石垣市
	08	坊主	花田英三	ボーダーインク	1929・東京都
	08	呼ぶことという鳥がいて	佐藤洋子	矢立出版	1951・仙台市在
	11	新・日本現代詩文庫57　網谷厚子詩集	網谷厚子	土曜美術社	1954・富山県
	11	新選・沖縄現代詩文庫③勝連繁雄詩集	勝連繁雄	脈発行所	1940・北谷町
	11	沖縄や戦場になやい	名嘉憲夫	新星出版	1956・伊是名
	12	うりずん戦記	上江洲安克	琉球新報社	1958・那覇市
	12	新選・沖縄現代詩文庫④砂川哲雄詩集	砂川哲雄	脈発行所	1946・福岡県
09	03	ひとりカレンダー	トーマ・ヒロコ	ボーダーインク	1982・浦添市
	05	現代詩の新鋭13　ゆいまーるツアー	宮城隆尋	土曜美術社	1980・那覇市

09	05	新選・現代詩文庫⑤宮城松隆詩集	宮城松隆	脈発行所	1943・那覇市
	06	四行詩集　首の上の石	仲嶺眞武	沖積舎	1920・与那原町
	07	諸行無常	伊良波盛男	池間郷土学研究所こぎ	1942・池間島
	11	犠牲博物館	沖野裕美	と堂	1946・今帰仁村
	11	マリアマリン	瑤いろは	ボーダーインク	1978・沖縄県
10	01	四行詩集　どのような劇になるのだろうか	仲嶺眞武	沖積舎	1940・与那原町
	06	白い声	八重洋一郎	澪標	1942・石垣市
	06	新選・沖縄現代詩文庫⑥仲嶺眞武詩集	仲嶺眞武	脈発行所	1920・与那原町
	06	三拍子の行進曲	花田英三	レモン屋	1929・東京都
	07	井之川岳遠望	鈴木次郎	出版社Mugen	1962・金武町
	07	新選・沖縄現代詩文庫⑦山入端利子詩集	山入端利子	脈発行所	1939・大宜味
	07	草たち、そして冥界	新城兵一	あすら舎	1943・宮古島市
	09	それについて	下地ヒロユキ	私家版・古仙文庫	1957・宮古島市
	10	歌	白石明大	思潮社	□
	11	那覇・浮き島	佐々木薫	あすら舎	1936・東京都
	11	ガラスの少女	大石直樹	沖縄自分史センター	1960・小浜島
	12	武州紀行	大瀬孝和	書肆青樹社	1943・静岡県
11	03	隠喩の島	平川良栄	ボーダーインク	□
	04	夕焼け雲の神話	かわかみまさと	あすら舎	1952・宮古島市
	04	月しるべ	市原千佳子	砂子屋書房	1951・池間島
	09	死生の海	新城兵一	あすら舎	1943・宮古島
	09	とくとさんちまで	下地ヒロユキ	花view出版	1957・宮古島市

	10	四行詩集　九十歳の産声	仲嶺眞武	沖積舎	1920・与那原町
	10	瑠璃行	網谷厚子	思潮社	1954・富山県
12	01	第九識	伊良波盛男	あすら舎	1942・池間島
	02	便利な全自称の形式と公式と儀式	千葉達人	アドプロ自声堂	1974・沖縄市
	03	新選・沖縄現代詩文庫⑧上原紀善詩集	上原紀善	脈発行所	1943・糸満
	03	うりずんの風	中村田恵子	あすら舎	1936・沖縄市
	04	水のチャンプルー	かわかみまさと	日本文学館	1952・宮古島市
	04	卵舟	おおしろ建	出版社Ｍｕｇｅｎ	1954・宮古島市
	04	生物の書	上江洲安克	ボーダーインク	1958・那覇市
	05	ディープ・サマー	佐々木薫	あすら舎	1936・東京都
	06	沖縄料理考	八重洋一郎	Ｍｕｇｅｎ舎	1942・石垣市
	06	私でないもの	西原裕美	でいご印刷	1993・浦添市
	08	ふりろん――連音による詩の創造――	上原紀善	非世界出版会	1943年・糸満
	08	いんまぬえる	新城兵一	あすら舎	1943・宮古島市
	08	地霊	沖野裕美	こぎと堂	1946・今帰仁村
	09	黙行秘抄	上江洲安克	ボーダーインク	1958・那覇市
	09	全万象の爆進濃縮詩集	千葉達人	アドプロ自声堂	1974・沖縄市
	11	琉球海溝	鈴木次郎	出版社Ｍｕｇｅｎ	1962・金武町
	11	新選・沖縄現代詩文庫⑨中村田恵子詩集	中村田恵子	脈発行所	1936・沖縄市
	12	ワイドー沖縄	与那覇幹夫	あすら舎	1939・宮古島市
13	02	ゑのち	山入端利子	アローブックス	1939・大宜味村
	10	夢幻漂流	岡本定勝	ボーダーインク	1937・平良市

13	10	キッチャキ	中里友豪	出版社Mugen	1936・那覇市
	11	弟または二人三脚	新城兵一	あすら舎	1943・宮古島市
	12	抒情詩篇　かぞえてはいけない	川満信一	Gato Azuf	1932・平良市
14	01	福木のトンネルの向こう側で	テリー・テルヤ	ボーダーインク	1957・□
	01	希望の光	仲村絹代	日本文学館	1947・沖縄県
	02	与那覇湾——ふたたびの海よ——	かわかみまさと	脈発行所	1952・宮古島市
	02	ウナザーレーィ	米須盛祐	沖縄自分史センター	1937・伊是名
	04	超越	伊良波盛男		1942・池間島
	05	我が青春のドン・キホーテ様	うえじょう晶	あすら舎	1951・那覇市
	06	多門墓	波平幸有	あすら舎	1938・那覇市
	07	木洩陽日蝕	八重洋一郎	ブイツーソリューション	1942・石垣市
	10	艦砲ぬ喰え残さー	星雅彦	土曜美術社	1932・那覇市
	11	ゆがいなブザのパリヤー	松原敏夫	土曜美術社	1948・平良市
	11	♂♀誕生死亡そして∞	市原千佳子	土曜美術社	1951・池間島
15	04	島惑い　私の——石川為丸遺稿詩集	石川為丸	榕樹書林	1950・新潟県
	04	東風平恵典遺稿集　カザンミ	編集委員・岡本定勝他	でいご印刷（印刷）	1932・平良市
	04	青い夢の、祈り	湊禎佳	七月堂	1953・那覇市
	08	恋人	宮城信太朗	TYPISA RECORD	1985・沖縄県
	11	魂魄風	網谷厚子	思潮社	1954・富山県
	11	新選・沖縄現代詩文庫⑩かわかみまさと詩集	かわかみまさと	脈発行所	1952・宮古島市
	02	小の情景	波平幸有	ブイツーソリューション	1938・那覇市
16	02	沖縄詩人アンソロジー　潮境1号	編集委員・佐々木薫他	（記載なし）	□

	03	少年の日といくつかの夕日	山川宗司	余白社	1952・沖縄市
	03	うたう星うたう	瑤いろは	ボーダーインク	1978・沖縄県
	05	思いみぐい	波平幸有	ブイツーソリューション	1938・那覇市
	09	長いロスタイム	中里友豪	アローブックス	1936・那覇市
	09	恋はクスリ	鈴木小すみれ	ボーダーインク	1979・浦添市
	11	パンダが桜を見た	高江洲満	沖縄自分史センター	1972・那覇市
	11	風が光る	文芸委員会	ボーダーインク	□
	12	読みづらい文字	下地ヒロユキ	コールサック社	1957・宮古島市
17	01	日々割れ	うらいちら	あすら舎	1949・天草
	04	遺伝子の旅	伊良波盛男	あすら舎	1942・池間島
	04	サントス港	佐藤モニカ	新星出版社	1971・千葉県
	04	神々のエクスタシー	あさとえいこ	あすら舎	1948・首里
	05	日毒	八重洋一郎	コールサック社	1942・石垣市
	05	棒ぬ先から火	波平幸有	ブイツーソリューション	1938・那覇市
	06	沖縄という源で	芝憲子	あすら舎	1946・東京都
	10	三十路遠望	玉木一兵	あすら舎	1944・那覇市
	12	島――パイパティローマ	佐々木薫	あすら舎	1936・東京都

資料2　初出一覧

第Ⅰ章　沖縄文学の特異性と可能性

一　沖縄現代詩の軌跡と挑戦　『琉球大学教育学部紀要第76集』　2010年3月

二　沖縄戦争詩の系譜　書き下ろし

三　沖縄戦争詩の現在　書き下ろし

四　「沖縄文学」の特異性と可能性　『沖縄文化研究』45号　2018年3月31日

五　伝統と記憶の交差する場所　『「伝統的な言語文化」の学び論』　2014年2月28日

六　機関誌『愛楽』に登場する表現者たち　『琉大言語文化論争第8号』　2011年3月

七　グローバル社会における詩教材の可能性　『琉球大学教育学部紀要第81集』　2012年6月

八　沖縄の文芸～近・現代の文芸と韻律　『短歌往来』二〇〇六年七月号　2006年6月15日

九　シマクトゥバの発見と沖縄文学の挑戦　『琉大言語文化論争第11号』　2014年3月

第Ⅱ章　沖縄平成詩の軌跡と表現

一　はじめに――詩の力　書き下ろし

二　歴史を検証する言葉の力　書き下ろし

三　時代を継承する様々な試行　書き下ろし

四　状況と対峙する言葉を求めて　書き下ろし

五　おわりに――詩人の企《たくら》み　書き下ろし

第Ⅲ章　詩人論

一　市原千佳子論　書き下ろし
二　佐々木薫論　書き下ろし
三　網谷厚子論　書き下ろし
四　沖野裕美論　書き下ろし
五　宮城松隆論　書き下ろし
六　中里友豪論　『中里友豪詩集』巻末解説　２００８年４月24日
七　牧港篤三論　詩誌『ＥＫＥ』31号　２００７年６月30日
八　知念榮喜の詩世界　『沖縄文芸年鑑』　２００５年版
九　船越義彰論　詩誌『ＥＫＥ』26号　２００４年12月20日
十　清田政信論　文学批評『敍説ｘｖ』　１９９７年８月25日

解説

「沖縄文学」の抗いと「しまくとぅば」の創造

大城貞俊『抗《あらが》いと創造——沖縄文学の内部風景』に寄せて

鈴木比佐雄

1

大城貞俊氏は、『椎の川』で具志川市文学賞を受賞した小説家であり、近著の『一九四五年チムグリサ沖縄』ではさきがけ文学賞を受賞している。沖縄戦の実相を見詰め、沖縄戦がもたらした米軍占領下の戦後に生きた人びとに想いを寄せて、沖縄の山原《やんばる》の森やニライカナイの神の来訪した浜辺などの自然からの眼差しを感受し、数多くの小説や評論を書き続けている。昨年には『椎の川』は沖縄の名作として数多くの復刊の要望があり、二十年ぶりにコールサック小説文庫の一冊として復刊された。また大城氏は山之口貘賞を受賞した詩人でもあり、一九八九年に『沖縄戦後詩史』と『沖縄戦後詩人論』、一九九四年に『憂鬱なる系譜——「沖縄戦後詩史」増補』の三冊の詩論集を刊行し、戦後の沖縄詩の歴史を書き記してきた評論家であり、また琉球大学教授で様々な沖縄文学を研究しそれらを学生たちに生きた沖縄文学史として伝えてきた研究者でもある。このことから大城氏は詩人・作家・評論家・研究者が混然一体となった重層的な文学者・研究者であると言える。

今回の大城貞俊『抗《あらが》いと創造——沖縄文学の内部風景』は、ある意味で三冊の詩論集を踏まえた集大成とも言える詩論的「沖縄文学論集」だろう。それは「沖縄文学」全体の中で「沖縄戦後詩」がどのような深層の位置を占めてきたかを論述し、小説と詩文学を貫いている沖縄の言語「しまくとぅば」の可能性について、多くの詩人や作家の作品を通して浮き彫りにしている。大城氏にとっての戦後の「沖縄文学」には、「沖縄戦後詩」が背骨のように貫いているのであり、そのような小説だけでなく詩などの短詩系文学も視野に入れた「沖縄文学」全体の内部風景を書き記そうと構想されたのだろう。タイトルの「抗《あらが》いと創造」から感じられることは、「沖縄文学」が外部勢力への不屈な「抗い」という抵抗精神を秘めており、その苦渋と困難さの抵抗精神と思われるが、それと同時に後に触れる大城氏が「沖縄文学」の特徴として挙げている「倫理意識」と重なっているのであり、独自の文学を「創造」してきた歴史であったことを暗示している。

2

本書はⅠ章「沖縄文学の特質と可能性」、Ⅱ章「沖縄平成詩の軌跡と表現」、Ⅲ章「詩人論」に分けられている。Ⅰ章の「一　沖縄現代詩の軌跡と挑戦」では、「Ⅰ　沖縄現代詩の軌跡」と「Ⅱ　方言詩の軌跡と冒険」に分かれている。大城氏は冒頭のⅠの「1　復帰以前（一九四五～一九七一）(1)リアリズムの方法……牧港篤三《まきみなととくぞう》と宮里静湖《みやざとせいこ》」において「沖縄現代詩」を「第二次世界大戦以降に発表された戦後詩に限定し、作者は沖縄で生まれたか、もしくは沖縄に居住して詩を作っている人々と規定して考察したい」という定義をしている。そして次のように「沖縄文学」の背景である歴史的情況を的確に要約している。

> 沖縄は、戦後、日本本土から切り離されて米軍政府統治下に置かれた特異な歴史がある。戦前にも「琉球処分」と称されて他府県よりも数年遅れて明治政府に取り込まれた経緯がある。また、地理的にも日本本土より遠く離れた辺境の地であるがゆえに、特異な文化圏や言語を有して歴史を刻んできた。さらに復帰後の現在、この狭い島嶼県に日本全体の四分の三の米軍基地が存在する。「太平洋の要石」としての軍事優先政策が施行されてきたがゆえに、沖縄の人々にとっては、基本的人権をも侵害される様々な悲劇が生み出されてきた。そして、何よりも大きな違いは、さる大戦で唯一住民をも巻き込んだ地上戦が行われ、県民の三分の一近い戦死者が出たということだ。

このような歴史の違いは、当然表現の分野でも日本本土との違いを微妙に醸し出しているように思われる。特に自らの生きる時代と真摯に格闘し、苦悩と矛盾を明らかにしようとすればするほど、沖縄の独自な歴史や複雑な状況が目前に大きく立ちふさがってくるはずだ。表現者たちのこの苦難の軌跡を概観し、問題意識を明らかにすることは有意義なことである。

この大城氏の指摘する「琉球処分」、「沖縄戦での甚大な被害と米軍による占領」、「米軍統治と基地が返還されないままの本土復帰」などの「沖縄の独自な歴史や複雑な状況」を本土の多くの日本人たちが、自らの問題として認識し共有してこなかったことは恥ずべきことだったろう。その結果として今も辺野古海上基地の民意を無視した建設の強行は、前の第三次の「琉球処分」に次ぐ第四次の「琉球処分」だとも沖縄の人びとからは言われ始めている。それゆえに大城氏は次のように語る。

沖縄現代詩の出発は、やはり戦争体験の表出から始まる。自らが体験した地獄のような戦争を、後世にどのように語り伝えていくか。このことから沖縄の現代詩の第一歩が刻まれていく。
沖縄の詩人たちの表現は、戦後六十年余が経過した現在もなお、沖縄が置かれた状況と深く関わっている。それも時代の状況に対して強い「倫理意識」によって貫かれているところに特徴がある。この特徴をも担いながら、自らの戦争責任をも厳しく追及し、終生のテーマとして出発したのが牧港篤三であった。

沖縄現代詩の出発が「戦争体験の表出」であり、〈時代の状況に対して強い「倫理意識」〉を背負い「自らの戦争責任をも厳しく追及する」ところに特徴があると指摘する。大城氏はこの強い「倫理意識」に注目し時代の状況の中で自らの内部に問うてくる精神の在りかを「抗い」という言葉に込めたのかも知れない。牧港篤三たちの後には、「(2)　シュールレアリズムの効用……克山滋《かつやましげる》」、「(3)　抒情の実験……船越《ふなこし》義《ぎ》彰《しょう》」、「(4)　『琉大文學』の詩人たち」、「(5)　内向する言葉……清田《きよた》政信《まさのぶ》と勝連《かつれん》敏男《としお》」など沖縄の戦後の詩人たちの多様な方法を紹介しながら、その詩法に託した「戦争体験」を継承し「戦争責任」を自らの問題とする「倫理性」を詩行から読み取っていく。それと同時に大城氏は時代のテーマだけでなく個々の詩人の固有のテーマも指摘し詩人の内面の格闘を明らかにしていこうとする。

　大城氏は「沖縄戦後詩」を前後の二つの時代に分けた。後期の「2　復帰以後（一九七二〜現在）」とすることの意味に関して本土の人びとは、戦後の沖縄を考える時に痛切な「戦争責任」を感じなければならないだろう。二十七年間もの米軍による占領統治は、筆舌に尽くしがたい米軍の狼藉が繰り返された歴史であり、本来的に戦争を引き起こした本土の日本人の「戦争責任」を沖縄人に肩代わりさせた悲劇が、進行していた期間だったろう。その本土復帰が実現してからも、米軍基地は固定化されて辺野古を含め新たな再編と基地強化が進んでいることは紛れもない事実だ。

「2　復帰以後（一九七二〜現在）」は、「(1)　同人誌・個人誌の時代」、「(2)　海を渡る表現」、「(3)　方法の実験」、「(4)　反戦詩の方法とモノローグの実験」、「(5)　その他」（沖縄方言をいかに活用するか）などのように、個々の詩人たちの内面の自由な表現活動の軌跡を伝えてくれている。

　さらに「Ⅱ　方言詩の軌跡と冒険」は、Ⅰの(5)についてさらに深く論じていくために、「1　石川正通《せいつう》から山之口貘へ」では戦前の詩人を論じ、「2　方言詩の実験と挑戦」では、戦後の詩人の「(1)　中里友豪と高良勉」、「(2)　与那覇幹夫と松原敏夫」、「(3)　上原紀善と真久田正と山入端利子」らの詩作品を通して沖縄の歴史や山河や海辺の光景を見詰めていると、その中から不思議なことに「内的な言葉」として方言詩や「ウチナーグチ」が立ち現れてくることを伝えている。この評論が書かれたのは二〇〇九年であり、まだ「しまくとぅば」という沖縄方言は、大きな注目を集めていなかったが、この大城氏の沖縄現代詩の論考は、「しまくとぅば」が顕在化する前夜のようにも思え、それをある意味で予知していたもののように考えられる。

その他のⅠ章の中から重要な箇所を挙げてみたい。

3 ⑵増幅される危機感／政治と文学

「二　沖縄戦争詩の系譜」の「2　終わらない戦後」では、琉球大学の『琉大文學』の新川明と川満信一を挙げて、次のように語る。

この時代に、沖縄の戦争詩は、反戦詩の特徴を鮮明に帯びてゆく。詩のベクトルは過去の戦争体験を基盤に据えながら、沖縄の現状を告発し、未来を憂う詩の言葉がシュプレヒコール的に発せられる。具体的な作品の題材は、戦争体験から基地被害へ移り、人権擁護の視点への色彩を色濃く帯びていくのである。

沖縄の戦後詩は「戦争詩」の誕生から、琉球大学の『琉大文學』を経て、さらに「基地被害」、そして「人権擁護の視点」へと展開していく。その中でも池田和の詩を引用し次のように続けていく。

戦争詩は戦争体験をうたう詩から当時の統治者である米軍政府を糾弾する詩へと変貌するのである。そして沖縄を「みなし児」と見なすかのように顔を背ける日本政府の態度を厳しく批判する詩の言葉が紡がれるのだ。

しかし必然的とも思われるこのような詩の登場は、必然的であるがゆえに沖縄の地で戦争体験を作品化することの意義や必要性など論理的な拠点を構築することなく次世代に引き継がれていったように思う。このことは、今日までも沖縄戦の継承の方法が多くの詩人や作家たちに模索される伏流になったように思われる。もちろんこの現象は、一概に賛否を断ずることのできない沖縄戦後詩の歴史の特異な軌跡の一つである。

大城氏が〈戦争詩は戦争体験をうたう詩から当時の統治者である米軍政府を糾弾する詩へと変貌するのである。そして沖縄を「みなし児」と見なすかのように顔を背ける日本政府の態度を厳しく批判する詩の言葉が紡がれるのだ。〉と沖縄の詩人たちの歴史的必然性を語る言説には、多くの沖縄の詩篇を読み続けて、そこに通底している「倫理性」が宿っていると指摘している。「沖縄戦争詩」や「沖縄戦後詩」という言葉の概念には、沖縄の血が通っていて、本土の戦後詩が衰退していったのに比較して、「沖縄戦後詩」は今後ももっと豊かに開花していくことを予感させてくれる。

その後に大城氏は「沖縄戦後詩」の成果として次のように語る。〈沖縄戦後詩のこのような挑戦を具現化した象徴的な詩作品を二つ紹介してこの論考を閉じたい。一つは宮古島の詩人与那覇幹夫（一九三九年〜）の「叫び」、他の一つは石垣島の詩人八重洋一郎（一九四二年〜）の「日毒」だ。〉と言う。

そして大城氏は〈与那覇幹夫は「ワイドー加那、あと一人」という言葉に万感の思いを込めて想像力を飛翔させ、夫婦の痛みに寄り添う。そしてこの言葉は、いつしか沖縄の地で「犯され殺された数多くの主婦やみやらび、いたいけな幼女たちの鎮魂／嘉手納、普天間、金武、辺野古—襲われ続ける守礼の島」の女たちへ寄り添う言葉となる〉とその女たちの魂を救済する沖縄の方言の力を見出している。また〈八重洋一郎の詩集『日毒』もまた土地に寄り添い、国家権力に対峙する言葉を集めた詩集だ。「日毒」とは、毒される日常の意味ではなく、日本政府に毒される沖縄のことを喩えている〉と数百年の沖縄と日本の植民地化していく関係の実相を抉りだし、その沖縄からの歴史の真実を語る言葉として高く評価する。

「三　沖縄戦争詩の現在」の「2　戦争詩の具体例とその方法」では、上江洲安克、山入端利子、大瀬孝和、上原紀善、中里友豪、市原千佳子、網谷厚子、芝憲子、宮城隆尋、佐々木薫の詩篇を引用して、その現在の沖縄が戦争に加担することと対峙する戦争詩の試みを論じている。さらに「4　抗う言葉の行方」では、『オキナワ　終わらぬ戦争』に高橋敏夫氏が執筆した解説文を引用して、その言説が今の沖縄戦後詩の姿を指し示していると語る。その箇所を引用してみる。

沖縄でもヤマトでも、それぞれの場において戦争と暴力に抗うわたしたちの前に、みずみずしく歓喜にみちた抗いのリアルとその熱源が出現する。いや、そうではない。動かしがたく圧倒的な戦争と暴力のリアルに違和感をいだいてはじまる、わたしたち一人びとりの思考と行為および表現がすでに、みずみずしく歓喜にみちた抗いの闘いのリアルそのものではないか。

（『オキナワ　終わらぬ戦争』解説文・高橋敏夫）

大城氏はこの言葉を受けて、次のように語る。

「沖縄の人々は希望を捨ててはいない。また捨ててはいけないのだ。小さな言葉の積み重ねが、やがては大きな歴史のうねりを作っていくことを信じている。そして、言葉は、時間や空間を越えて国境をボーダレスにする力があることをも信じている。これこそが、歴史がすでに証明してくれているはずだ。」

高橋敏夫氏の「わたしたち一人びとりの思考と行為および表現がすでに、みずみずしく歓喜にみちた抗いの闘いのリアルそのものではないか」という沖縄の「抗いの闘い」の仕方こそが、「沖縄の希望」であり、「小さな言葉の積み重ねが、やがて大きな歴史のうねりを作っていく」ことなのだと言う。そして沖縄が決して「抗いの闘い」を放棄しない人びとから成り立っていることを静かに物語っている。

4

Ⅰ章のその後の評論は〈四　「沖縄文学」の特異性と可能性〉、「五　伝統と記憶の交差する場所　～文学表現にみられる記憶の言葉と伝統文化の力～」、〈六　機関誌『愛楽』に登場する表現者たち　～「沖縄ハンセン病文学」研究～〉、「七　グローバル社会における詩教材の可能性　～山之口貘の詩から見えるもの～」、「八　沖縄の文芸～近・現代の文芸と韻律」、〈九　「しまくとぅば」の発見と沖縄文学の挑戦〉の六編がある。四では、「沖縄文学」は「日本文学の枠組みを揺り動かすダイナミックなマグマを有する文学である」と言い、沖縄の芥川賞作家やその他の作家たちの作品を紹介している。五では「沖縄の文学が有しているウチナーグチでの表現は、今日、多くの作者が試み、その方法も実に多様化している」と言い、小説、詩、さらには「オモロ」、「組踊」、「琉歌」などを基礎言語として「ウチナーグチ」を顕在化させている。六では「私が本論で考察する『愛楽』は、一九五四年発行の創刊号から一九七六年発行の37号までである」として、沖縄愛楽園に入園している歌人、俳人、作家の作品の特徴と傾向を論じ、俳句・短歌はその代表作を、小説はあらすじを紹介している。七では「貘は、自らの存在を認識するために複眼的な視点を構築しているることが、この詩から理解できる。国家や世間が絶対的な価値観を強いる時代に、多様な視線を持つことが重要であることを、貘は様々な職業を遍歴しながら会得していたものと思われる」と山之口貘の魅力を国語教材に生かす試みを伝えている。八では〈沖縄には、「おもろ」「ニーリ」「あやご」「ユンタ」「ジラバ」などと呼ばれる伝統的な韻律を有した短詩型の文学表現がある。さらに「琉歌」に至っては、八、八、八、六音のリズムで、三線の音色に乗せられて、広く今日までも人々に愛好されているのだ〉と伝統的な韻律から生まれた短詩系文学が「沖縄文学」の基層に存在していることを沖縄の歌人たちの作品を引きながら語っている。

最後の〈九　「しまくとぅば」の発見と沖縄文学の挑戦〉では、現在の「沖縄文学」の最大の課題が「しまくとぅば」の発見であることに気付かされるのだ。大城氏は次のように「しまくとぅば」について考察している。

私たちが使用している生活言語には、「琉球方言」「しまくとぅば」「うちなーぐち」、などと様々な呼称がある。その中で「しまくとぅば」という呼称を使用するのは、先に述べた沖縄タイムス社の使用や、県の条例に定めた「しまくとぅばの日」など、昨今、使用例が急速に広がりつつあることも理由の一つである。同時に、沖縄はかつて「琉球王国」と呼ばれる独立国家が存在していた。このことは自明なことであり、この王国の系統を体現する言語を含めた言葉に言及するのであれば、方言という呼称に、やはり違和感を覚える人々がいるだろう。また、琉球王国の王府である首里城が存在していた首里地域の言葉を対象とする文学作品だけではなく、那覇や離島やヤンバルで使用されている言葉、それこそ「しまくとぅば」を対象とした作品をも論じたいと思うからだ。

実際、今日活躍している表現者たちの中には、「しまくとぅば」のみならず、「うちなーぐち」や「方言言語」の範疇を突き抜けた新しい個的な言語を創造し、文学の表現言語として果敢に挑戦している表現者たちが数多くいる。これらの表現者たちの営為をも含めて、「しまくぅとば」という呼称を使うことが妥当であると思われる。

私も沖縄の言葉を「沖縄方言」と言うことは異国であった琉球王国の言葉に対して、違和感を抱いていた。また「ウチナーグチ」も内向きと感じていたが、「しまくとぅば」はなぜかしっくりくる。大城氏が〈「しまくぅとば」という呼称を使うことが妥当であると思われる〉と言うことは、「沖縄文学」が基層言語を発見し、「沖縄文学」をさらに新たに創造していくエネルギー源になっていることに自信を深めているかのようだ。

Ⅱ章「沖縄平成詩の軌跡と表現」では、冒頭でも触れたが大城氏の三冊の詩論集は、「沖縄戦後詩」の一九四五年から昭和の終わる一九八九年ごろまでしか論じていないが、その後の平成三〇年を約十年ごとにその間に刊行された沖縄県の出身か沖縄に暮らす三冊以上の詩集を出した二十九名の詩人たちの特徴を丁寧に論じている。

Ⅲ章「詩人論」では十名の詩人論「市原千佳子論、佐々木薫論、網谷厚子論、沖野裕美論、宮城松隆論、中里友豪論、牧港篤三論、知念榮喜論、船越義彰論、清田正信論」を収録している。作品論と詩人論が相互に関係を持ちながら詩人の存在と詩語の在りようを浮き彫りにしていく。大城氏の視線はとても温かで詩人がなぜをそのような詩を書かざるを得ないかを知らせてくれる。

本書は「沖縄文学」と「沖縄戦後詩」の重層的な関係を考える際に最も相応しい論考集として読み継がれていくに違いない。また新たな「沖縄文学」を「しまくとぅば」を駆使して創造しようとしている若き表現者たちにも大きな示唆を与えるだろう。

あとがき

○詩を書かなくなってから久しくなるが、詩についての関心は途絶えることがなかった。この思いにさらに火をつけたのは二〇一七年、韓国平昌で開催された「日中韓詩人祭」に参加したことにある。また二〇一八年、W・B・イエーツの生誕したアイルランドを旅したことも本書をまとめる起因の一つになった。

○詩への関心は、私が生きているこの時代を考える手段の一つにしたいからである。私の表現者としての関心は常に私が生きている目前の時代である。この息吹を感じさせてくれるのが詩だ。そして多くの示唆を与えてくれるのも詩人たちの新鮮な発想と多様な表現である。この思いはここ数年間変わることはない。

○沖縄は、「詩の島、歌の島」だとも言われている。この喩えには多くの意味が含まれているはずだ。例えばその一つに沖縄が歩んできた苛酷な歴史や背景がある。その時々の喜怒哀楽を詩の言葉に託してきたのだ。詩は時代に対峙し、時代を咀嚼し、時代を乗り越える希望としての言葉でもあるように思う。

○本書は、書き下ろしの論考と既出の発表原稿とで構成した。既出の発表原稿については平成の時代のものから取捨選択した。それぞれの論考に引用される詩が一部重なった場合は、煩わしさを避けるために一部削除したり置き換えたりしたが、基本的には原文のままにした。独立した論考をできるだけ原文のままで収載しようとしたためである。

○本書で展開した詩人の詩世界については、できるだけ美質を取り上げて紹介しようと意図した。この姿勢にいささかの悔いもない。しかし、このことによって詩人の有する詩世界を狭《せば》まれて理解されはしないかとの不安はある。私の見解はあくまでも詩人のもっている詩世界の一部であることをご了解願いたい。

○本書の出版には、多くの畏友たちの激励と協力があった。特に資料を紹介してくれた琉球新報社の米倉外昭さん、編集の助言や出版の労を執ってくださったコールサック社の鈴木比佐雄さん、その他スタッフの皆さんには深く感謝したい。有り難う。

二〇一九年四月

大城貞俊

人名索引

あ

青木恵哉 107
赤嶺盛勝 18, 230, 313, 318, 319
飽浦敏 16, 170, 171, 172
あさとえいこ 53, 54, 239, 240, 323
安里英子 53, 54, 239, 316
安里正俊 230, 313
あしみねえいいち 311
足立悦男 123, 124, 133
網谷厚子 48, 49, 56, 164, 182, 222, 223, 224, 257, 262, 311, 314, 316, 318, 319, 321, 322
天久佐信 105, 107
鮎皆月 103
新井せつ 97, 107
新井節子 94, 95, 97, 103, 105, 106, 107, 108, 140
新垣亀吉 107
新垣汎子 319
新川明 12, 13, 25, 31, 32, 298
新川とし 107
荒川洋治 131, 134
スベトラーナ・アレクシエービッチ 73, 80

い

W・B・イエーツ 237, 332
池上永一 72, 154, 156, 157, 158
池沢聡 64, 146
池澤夏樹 69
池田和 12, 31, 43
池原正一 230, 311
池宮城積宝 60, 137, 138, 139
伊沢利夫 107
石垣美智 103, 105, 107
石川啄木 60, 138
石川為丸 18, 230, 231, 269, 315, 322
石川正通 19, 20, 23, 25
カズオ・イシグロ 26, 43
石島英文 146
石田マユミ 103
石田操 107
石田みさを 107
石田迪夫 107
石田三男 107
石野径一郎 64, 146
石原慎太郎 69, 182
石原昌英 143
石牟礼道子 75
泉見亨 15, 230
伊智稔 313
市原千佳子 16, 25, 48, 164, 222, 242, 246, 312, 318, 320, 322
井出啓 107, 108, 116
出光清充 99
伊波南哲 10, 24, 28, 146

伊波普猷　20, 83
伊波雅子　72
今福龍太　173
伊良波盛男　16, 18, 164, 310, 311, 313, 314, 316, 320, 321, 322, 323
伊禮英貴　72
岩山静枝　107

う

うえじょう晶　164, 211, 214, 316, 318, 322
上江洲安克　37, 45, 164, 190, 191, 198, 199, 319, 321
上地香代　230, 318
上野登　105, 107, 108
上原カナ　107
上原紀善　18, 22, 23, 45, 47, 56, 85, 86, 153, 155, 159, 164, 166, 170, 171, 207, 269, 310, 312, 313, 314, 317, 321
上原孝　110, 111
上原将十九　110, 111
上間幹夫　97, 107
植真幹男　107, 108
植真幹夫　97, 107
上山青二　230, 317
内田永信　105, 107
うらいちら　16, 25, 211, 216, 217, 323

え

M子　104

お

翁長求　97, 102, 103, 105, 107, 108
大石直樹　190, 191, 198, 319, 320
ＯＭ生　107, 108
大河隆　100, 110, 111, 112
大川隆　107
大城和喜　315
おおしろ建　218, 219, 321
大城貞俊　25, 80, 164, 190, 191, 195, 240, 310, 312, 314, 318
大城立裕　19, 30, 37, 64, 65, 71, 72, 99, 136, 144, 150, 151, 240, 297
大城弘　230, 311
大城三男　107
大角みのる　107
大角山子　103
大瀬孝和　16, 25, 45, 46, 164, 174, 175, 177, 310, 311, 313, 314, 315, 317, 320
太田良博　64, 71, 146, 284
大見栄　107, 108
大味栄　107, 108
岡一夫　97, 107
丘野幸雄　107
岡本恵徳　58, 80, 93, 142
岡本定勝　18, 190, 191, 196, 197, 318, 321, 322
沖島澄子　107
沖野裕美　164, 222, 224, 225, 263, 264, 266, 267, 268, 318, 320, 321
小野弘　107

小野正嗣　75, 76, 80
親泊康順　99
折口信夫　140
オレンジ・レンジ　136

か

鹿島祥造　237
鹿野政直　13, 24
数田雨條　99
克山滋　11, 63, 145, 283
勝連繁雄　15, 164, 190, 191, 193, 313, 314, 315, 317, 319
勝連敏男　13, 14, 141, 193, 236, 310, 313
嘉手苅春子　107
嘉手川春子　103
金子光晴　117, 120, 130, 148, 212
川平朝申　99
神谷厚輝　15
神谷毅　15, 230, 311, 315
嘉陽安男　64, 71, 146, 297
かわかみまさと　164, 201, 204, 205, 319, 320, 321, 322
川端康成　100
川満信一　12, 13, 31, 166, 172, 173, 174, 287, 313, 322
川村湊　44, 80
神田良一　107

き

岸本マチ子　311, 315
北川透　184
北野一生　103
北山かおる　107
北山迪子　107, 108
喜納勝代　141
儀間進　152
許田耕一　107
清田政信　13, 14, 32, 33, 43, 72, 236, 300, 301, 308
桐野繁　18, 230, 316
金城けい　230, 314
金城弘一　107
金城忠正　107, 108
金城哲雄　15

く

久貝かほる　107
久貝清次　190, 191, 195, 318
草野心平　117, 148
日谷英　270
久志芙沙子　60
久高日車　99
国本稔　110, 111, 112
國吉乾太　230, 313, 315
久場政盛　99
久里薫　107
黒井千次　69

こ

幸喜孤洋　15, 230, 311

幸田貢　103
河野多恵子　69
呉我春夫　99, 106
小海永二　122
小島住男　102, 104, 105, 107
小島みどり　107, 108
東風平恵典　18, 230, 318, 322
古処誠二　44
小橋啓生　218, 221, 319
小林寂鳥　99, 105, 106, 140
小嶺幸男　316
米須盛祐　208, 209, 322
呉屋比呂志　230, 311

さ

再木耿　311
坂本空蟬　107
先島竹志　105, 106, 107
先島猛　107
崎山多美　19, 70, 80, 154, 155
佐々木薫　16, 50, 51, 164, 222, 225, 226, 247, 248, 252, 254, 255, 256, 269, 311, 313, 314, 319, 320, 321, 322, 323
佐藤春夫　117, 120, 129, 148
佐藤モニカ　53, 71, 227, 239, 240, 323
佐藤洋子　190, 191, 193, 317, 319
里山つる　107
里山つる子　107
里山るつ　97, 107, 108
里山るつ子　97, 107
さむらよう　315
佐和田武夫　312

し

後田多敦　312
芝憲子　16, 17, 33, 34, 50, 164, 269, 310, 312, 316, 318, 323
ヴィクトル・シクロフスキー　123
島於茂登　107
島しげる　107
島川漱治　105, 107
島倉浮世　107
島田米子　100
島中冬郎　100, 110, 113
島中稔　100
島根陽一　104, 107
島袋朝一　107
島袋あさこ　230, 317
島袋清　107
島袋重四郎　107
島袋朝昌　107
島袋稔　107
島袋陽一　107
下里静夫　104
下地勇　152
下地ヒロユキ　164, 201, 202, 203, 204, 320, 323
下門次男　230, 313
霜多正次　64, 146
釈迢空　140
ジェイムズ・ジョイス　237

城郁子　107
昭和天皇　29
白石明大　320
城山ゆき　107
新里美津子　107
新城貞夫　141
新城兵一　15, 164, 166, 167, 168, 169, 269, 311, 313, 314, 320, 321, 322
新屋敷幸繁　166, 177, 178, 314

す

鈴木小すみれ　226, 227, 229, 236, 323
鈴木次郎　18, 211, 212, 213, 320, 321
鈴木比佐雄　187
砂川哲雄　230, 232, 269, 316, 319

せ

世阿祈夢　315
青来有一　44, 75
世禮國男　20, 60, 61, 83, 151

そ

徐京植　55, 238
添島元　107
フェルディナン・ド・ソシュール　8
園咲恵　107
曾野咲恵　107

た

平栄輝　107
平良一成　107
平良好児　141
平良とよみ　107
平良豊美　107
平良ゆき　230, 314
高江洲公平　211, 212
高江洲満　226, 227, 229, 236, 318, 323
高木悦子　107
高橋渉二　16, 317
高嶺朝光　284
高安昇　313
高良松一　230, 311
高良勉　18, 20, 21, 35, 43, 164, 169, 188, 190, 207, 208, 310, 312, 313, 315, 317
高良留美子　124, 134
竹富生夫　107
武原吉舟　107
田中真人　16
棚田典夫　104, 105, 107, 108
玉川清水　104
玉木一兵　218, 219, 220, 221, 323
玉城喜美子　230, 316, 349
玉城繁　107
玉城正夫　107
玉城洋子　141
玉城朝薫　88
玉代勢章　230, 311, 316

ち

知名秀裕　104, 107, 108
知念ウシ　143
知念榮喜　16, 151, 289, 290, 291, 292, 293, 311, 318
知念和江　230, 311
知念清栄　230, 316
知念武　107
千葉薫　107, 109
千葉達人　226, 227, 229, 236, 321

て

ボブ・ディラン　73, 215
てふてふP　72
テリー・テルヤ　230, 315, 322
照屋たこま　72
照屋寛善　99

と

桃原邑子　141
トーマ・ヒロコ　190, 191, 198, 199, 200, 227, 236, 269, 318, 319
徳田球一　145, 283
渡久地成公　317
富森文子　107
友川光夫　100, 104, 107, 109
豊田稔　107
豊平良顕　284

な

名嘉憲夫　319
仲賀信　97, 104, 107
仲里効　86, 92, 93, 143
仲里実光　104
中里房江　230
仲里房江　314
中里友豪　18, 20, 21, 44, 48, 55, 56, 84, 153, 164, 207, 208, 277, 278, 279, 280, 281, 310, 315, 317, 319, 322, 323
中島薫　107
仲宗根清　230, 312, 315
仲宗根政善　63, 80, 135, 136, 139
仲宗根正満　230, 314
仲曽根美枝子　110, 113
仲田恵美子　107
中田紀子　270, 349
仲田正子　104
仲地裕子　17, 33, 34, 224, 263, 264, 266, 268
長堂英吉　71, 282
仲西徹　107, 109
中西稔　107
中野菊夫　99
永浜沖太郎　230, 311
長浜芦琴　137
仲程悦子　190, 191, 194, 317
仲程昌徳　57, 58, 62, 80, 125, 126, 127, 131, 134
名嘉真恵美子　141
中正勇　230, 316

仲松庸全　230, 317
仲嶺眞武　16, 164, 182, 183, 184, 314, 316, 317, 318, 319, 320, 321
仲村絹代　322
中村田恵子　164, 211, 215, 216, 317, 321
中村久夫　104
仲村盛宜　102, 104, 105, 107
仲本瑩　18, 230, 269, 311, 315
なかもと須美　318
中森信子　105
仲村渠芳江　190, 191, 197, 198, 319
波平幸有　164, 201, 205, 206, 207, 322, 323
成田龍一　44, 45
南原旅人　100, 110, 111, 113

に

西原裕美　226, 227, 228, 236, 321
西村宏　107
西銘郁和　15, 230, 232, 269, 312, 319

の

野崎白揚　107, 109
野ざらし延男　178, 218
野原光　107, 109
野原みつ　107

は

ジョージ・バーナード・ショー　237
莫言　73, 74, 80
鳩間森　230, 310
花田英三　16, 164, 174, 176, 177, 311, 312, 314, 315, 319, 320
端山敏夫　107
原漂児　107, 109, 349
原國政信　230, 312, 313
原田貞吉　99
原田道夫　105, 107
原田道雄　107, 109
春山行夫　105, 107, 109
坂東玉三郎　144

ひ

シェイマス・ヒーニー　237
比嘉加津夫　15, 164, 166, 269, 312, 313
比嘉豊光　86
比嘉美智子　141
比嘉喜幸　110, 113
東茂　107
東光家　107
東峰夫　19, 30, 37, 65, 66, 81, 82, 149, 150
東江健　72
東原嶺雄　100, 101, 105, 107, 109, 110, 113
日高日車　99
日野啓三　69
平川栄三　107
平川良栄　230, 320
平田健太郎　72

平田静夫　107, 109
平田大一　230, 313, 316
平田嗣吉　230, 317
平田正子　107
平野長伴　230, 315
平山哲夫　107, 109
平山良明　106, 141
広津和郎　60, 137

ふ

スーザン・ブーテレイ　93
深山一夫　104, 105, 107, 109, 110, 115
府川源一郎　93, 129
藤しげる　107
藤井貞和　94
藤島宇内　130
藤野寛　162, 240
船越義彰　11, 12, 24, 28, 29, 31, 63, 99, 146, 283, 288, 294, 295, 296, 297, 298, 299, 349

へ

サミュエル・ベケット　237
平敷武蕉　269, 270

ほ

外間守善　19, 20
星雅彦　18, 37, 164, 310, 313, 316, 322
堀場清子　312

ま

真栄田義功　317
前平政敬　107
牧ひろし　107
真喜操　107
牧野牛歩　104, 107
牧港篤三　9, 10, 24, 28, 37, 45, 62, 63, 140, 145, 282, 288, 301
真久田正　18, 22, 23, 154, 188, 190, 317
ましきみちこ　230, 313
益田勝実　90, 91, 93
又吉栄喜　37, 65, 66, 67, 136
松下元兒　107
松島しずか　107
松田道之　40, 76
松田守夫　99
松永朋哉　18, 190, 191, 194, 227, 236, 317
松並一路　105, 107, 109
松原敏夫　18, 21, 22, 207, 208, 210, 211, 269, 322
松山汀　107
松山雄児　104
摩文仁朝信　138, 139
ガルシア・マルケス　75
丸谷才一　69
丸山圭三郎　8, 24, 25
アリス・マンロー　73, 74

み

水島英己　190, 191, 194, 317
水納あきら　15, 17, 18, 166, 169, 170, 240, 311
緑一洋　107
湊禎佳　322
南真砂子　104, 107
南山正夫　96, 100, 101, 104
源静夫　105, 107, 109, 110, 114
嶺新雄　107, 349
宮城秀一　15
宮城信太朗　226, 227, 229, 236, 318, 322
宮城隆尋　18, 50, 164, 166, 177, 178, 179, 180, 227, 315, 317, 319
宮城嗣吉　96
宮城つとむ　100, 101, 104, 107
宮城英定　15, 190, 191, 316
宮城松隆　18, 164, 230, 233, 234, 269, 270, 272, 273, 274, 275, 276, 314, 316, 318, 320
宮城靖　107
みやぎよしみつ　315
宮里藍　136
宮里静湖　9, 10, 24, 28, 63, 283
宮里朝光　143
宮里光雄　100
宮沢茂　107, 109
宮下和子　107
宮本輝　69
宮良保　105, 107, 110, 111, 114

む

村野四郎　130

め

目取真俊　37, 44, 65, 66, 67, 68, 91, 92, 93, 136, 138

も

パトリック・モディアノ　73, 80
森中信子　107
諸星詩織　230, 314

や

八重洋一郎　16, 25, 41, 42, 79, 80, 164, 182, 184, 185, 240, 266, 269, 311, 316, 318, 319, 320, 321, 322, 323
矢口哲男　16
安田里子　107
安田喜幸　104, 107
矢野克子　145, 283, 310
矢野酉雄　145, 283
矢野野暮　99
山川宗司　211, 217, 323
山川文太　18, 190, 191, 192, 316
山口泉　130
山口恒治　15, 190, 191, 316
山崎夏代　270
山崎由紀子　107

山里勝己 238
山里つる 97, 107
山里つる子 105, 107
山里光盛 107
山里るつ 107
山城正忠 60, 119, 138, 139
山田有勝 230, 312
山田有幹 99
山之口貘 17, 19, 20, 22, 37, 48, 50, 51, 53, 60, 61, 62, 80, 83, 84, 85, 117, 118, 119, 120, 123, 124, 128, 129, 130, 131, 132, 133, 134, 137, 138, 139, 141, 146, 148, 149, 170, 171, 174, 179, 182, 183, 185, 190, 191, 192, 193, 194, 195, 196, 197, 198, 201, 204, 205, 207, 208, 209, 210, 217, 223, 227, 228, 230, 239, 246, 247, 257, 262, 278, 279, 291, 292, 310
山入端利子 18, 22, 23, 35, 36, 43, 45, 46, 86, 154, 164, 182, 188, 189, 190, 207, 269, 315, 316, 318, 319, 320, 321
山村春夫 107
山村晴夫 107
山本太郎 130

よ

瑤いろは 226, 227, 228, 236, 269, 320, 323
与謝野晶子 60, 137, 138
与謝野鉄幹 137
吉沢孝史 270
吉田兼好 193
吉野三区 107
吉村きよし 107, 109
喜村朝貞 230, 313
吉本隆明 162, 238, 240
与那嶺千恵子 317
与那覇幹夫 18, 21, 41, 42, 79, 80, 84, 85, 93, 164, 310, 313, 318, 321
寄宮ひさし 107, 109

わ

湧川次郎 107, 109
鷲田荘一 107

大城貞俊（おおしろ　さだとし）　略歴

1949年大宜味村に生まれる。元琉球大学教育学部教授。詩人、作家。県立高校や県立教育センター、県立学校教育課、昭和薬科大学附属中高等学校勤務を経て2009年琉球大学教育学部に採用。2014年琉球大学教育学部教授で定年退職。現在、那覇看護専門学校非常勤講師。主な受賞歴に、沖縄タイムス芸術選賞文学部門（評論）奨励賞、具志川市文学賞、沖縄市戯曲大賞、九州芸術祭文学賞佳作、文の京文芸賞最優秀賞、山之口貘賞、沖縄タイムス芸術選賞文学部門（小説）大賞、やまなし文学賞佳作、さきがけ文学賞最高賞などがある。

〈主な出版歴〉

1989年　詩集『ゆめ夢・ぼうぼうかいどう夢夢街道』（編集工房・貘）
1989年　評論『沖縄戦後詩人論』（編集工房・貘）
1989年　評論『沖縄戦後詩史』（編集工房・貘）
1993年　小説『椎の川』（朝日新聞社）
1994年　評論『憂鬱なる系譜―「沖縄戦後詩史」増補』（ＺＯ企画）
2004年　詩集『或いは取るに足りない小さな物語』（なんよう文庫）
2005年　小説『記憶から記憶へ』（文芸社）
2005年　小説『アトムたちの空』（講談社）
2006年　小説『運転代行人』（新風舎）
2008年　小説『G米軍野戦病院跡辺り』（人文書館）
2011年　小説『ウマーク日記』（琉球新報社）
2013年　大城貞俊作品集〈上〉『島影』（人文書館）
2014年　大城貞俊作品集〈下〉『樹響』（人文書館）
2015年　『「沖縄文学」への招待』琉球大学ブックレット（琉球大学）
2016年　『奪われた物語―大兼久の戦争犠牲者たち』（沖縄タイムス社）
2017年　小説『一九四五年 チムグリサ沖縄』（秋田魁新報社）
2018年　小説『カミちゃん、起きなさい！生きるんだよ』（インパクト出版）
2018年　小説『六月二十三日　アイエナー沖縄』（インパクト出版）
2018年　『椎の川』コールサック小説文庫（コールサック社）
2019年　評論『抗《あらが》いと創造―沖縄文学の内部風景』（コールサック社）

石炭袋

抗《あらが》いと創造——沖縄文学の内部風景

2019年5月18日初版発行
著者　　　　　大城貞俊
編集・発行者　鈴木比佐雄

発行所　株式会社 コールサック社
〒173-0004　東京都板橋区板橋2-63-4-209
電話 03-5944-3258　FAX 03-5944-3238
suzuki@coal-sack.com　http://www.coal-sack.com
郵便振替　00180-4-741802
印刷管理　（株）コールサック社　製作部

＊装画　野津唯市　＊装丁　奥川はるみ

落丁本・乱丁本はお取り替えいたします。
ISBN978-4-86435-389-2　C1095　￥1800E